情窝

The Only Love
About You

臣年　著

九州出版社
JIUZHOUPRESS

图书在版编目（CIP）数据

恃宠 / 臣年著. -- 北京：九州出版社，2022.11（2025.9重印）
ISBN 978-7-5225-1497-0

Ⅰ.①恃… Ⅱ.①臣… Ⅲ.①长篇小说—中国—当代
Ⅳ.①I247.5

中国版本图书馆CIP数据核字(2022)第230200号

恃宠

作　　者	臣年 著
责任编辑	李创娇
出版发行	九州出版社
地　　址	北京市西城区阜外大街甲35号（100037）
发行电话	（010）68992190/2/3/5/6
网　　址	www.jiuzhoupress.com
电子邮箱	jiuzhou@jiuzhoupress.com
印　　刷	三河市中晟雅豪印务有限公司
开　　本	700毫米×980毫米　16开
印　　张	21.25
字　　数	395千字
版　　次	2023年2月第1版
印　　次	2025年9月第13次印刷
书　　号	ISBN 978-7-5225-1497-0
定　　价	49.80元

愿为一盏灯，引你入凡尘。

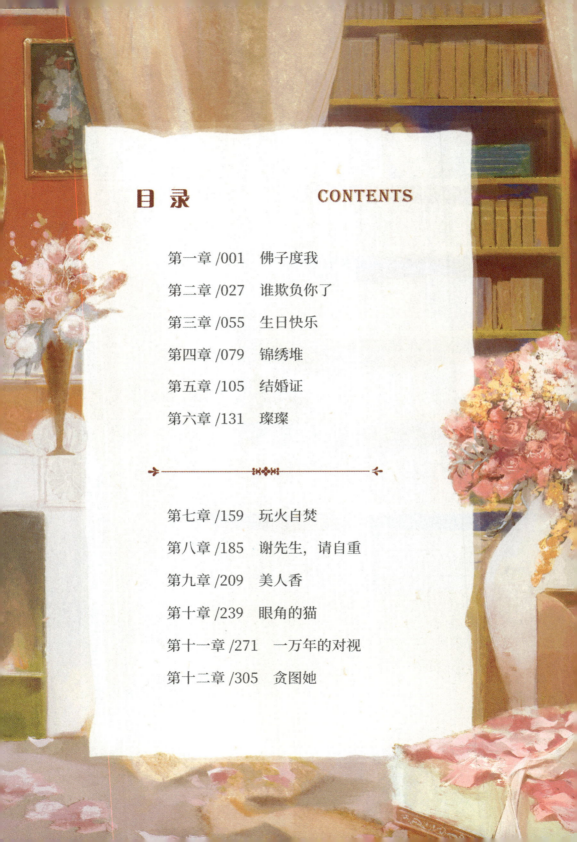

目　录　　　CONTENTS

他为你而来——

第一章　佛子度我

北城的深夜，浓稠如墨，透着化不开的瑰艳旖旎。

郊外独栋别墅内，书房光线柔和昏黄，依稀能看到墙壁上挂着大幅栩栩如生的人体油画——

画中少女侧身躺在奶白色的沙发上，曼妙身躯上仅覆着一层薄薄的浅金绸缎，尾梢微卷的长发散落，此时双眸轻闭着，让人忍不住呼吸放轻，生怕扰她浅眠。

明明画风靡丽，偏偏少女脸蛋清纯，极致的艳色与纯真交会，构成奇异的张力，又仿佛缺失了什么。

直到，窗帘大开的落地窗外，朝阳驱散黑暗，天色渐渐明亮……

卧在沙发上沉睡的少女顶着与画中少女一模一样的面容，长睫轻颤一下，缓缓地睁开一双眼眸。一瞬间，灵魂浸透油画。

秦梵脸蛋下意识地蹭了蹭抱枕，一双桃花眼水色潋滟，眸光流转间，迷离的眼神清醒许多，懒洋洋地支起身子环顾四周。

"性冷淡"装修风格的书房，两面墙壁到顶是一排排黑色书柜，书籍大多是秦梵看不懂的财经金融方面的。在这样清冷的环境中，挂在灰色墙壁上的色彩浓烈的油画显得格格不入。

空荡荡的房间内，只有自己睡在这里。

秦梵忍不住眨了下有些酸涩的眼睛，隐约闻到空气中残余的浅浅木质淡香，估计那人走了没多久。

"丁零零……"

手机铃声突然响起，秦梵从薄绸中伸出一只雪白纤细的手臂，摸索着找到手机。亮起的屏幕上来电显示——蒋姐。

"喂？"

刚刚起床，秦梵的嗓子有点儿沙哑。经纪人蒋蓉听到她慵懒的声音，顺便想出她此时的模样。

素来稳重的蒋蓉，此时心情也有点儿激动："刚醒吗？还在别墅那边吧？"

"嗯……"秦梵懒洋洋地用鼻音应了声，随意将身上那浅金色的薄绸丢到一边，光着脚走向不远处的沙发，拿起扶手上那件黑色的男士真丝睡袍，随意披在身上，这才不紧不慢地离开书房。

踩在厚实的地毯上，走动时脚尖下意识地用力，脚踝处青色的脉络蔓延而下，越发衬得那一双玉足精致细嫩。

出门前，秦梵扭头看了眼墙壁上的巨幅油画，略一思索，但最终并未拆下来，只是单手把腰带系了一下，睡袍松松垮垮的，她也不在意，就那么一边打电话，一边推门离开。

别墅很大，保姆也不少，秦梵出来时，三楼的保姆忙道："太太，早安。"

秦梵轻轻颔首："早。"

保姆看着太太消失在主卧大门的身影，差点儿移不开视线，太太不愧是网上公认的人间仙女，腿好白啊。

转念想到太太从书房出来，一个小时前先生也是从书房出来的，难道这两位是睡在了书房？

等等，这个暧昧的地点！她是不是无意中知道了这对豪门夫妻的新情趣？

秦梵刚走进主卧浴室，肩膀上那摇摇欲坠的黑色睡袍便再也禁不住她肌肤的细滑，顺着手臂滑落至地。

睡袍像是一朵墨色的莲花，绽放在少女雪白的脚踝处。秦梵低垂着眼眸，静静地望着那件睡袍，略有些恍惚。

直到手机那边传来蒋蓉扬高的声音，才打断了她的思绪："祖宗，你听没听到我的话？"

"没听到，你再说一遍。"

秦梵开了免提，将手机随手搁在洗手台的架子上，不影响自己洗漱护肤。

蒋蓉无语："……"

合着她刚才说了那么多话，这位祖宗一句都没听到！

蒋蓉深吸一口气，想到秦梵是自己好不容易才签到手的艺人——当年蒋蓉第一次看秦梵的古典舞演出时，一眼便觉得她更适合拍电影，从长相到气质全都无可挑剔，静止时美得毫无攻击性，可一旦出现在镜头前，便像是注入了生机，惊艳又夺目。

秦梵天生就是为了大银幕而生的。因此当秦梵宣布退出舞蹈圈时，蒋蓉便立刻签下她，她也就此成为一名演员。

所以，蒋蓉对秦梵很有耐心，重复了一遍：

"我说，奉导那部原本定了你的电影角色又被抢了，有个一线女演员愿意自降片酬出演。"

"一线女演员，谁？"秦梵眉尖轻蹙，如果她没记错，这个角色只是个女三号吧，哪个一线女演员无聊到跟她这个三线女演员抢角色？

"徐妙园。"蒋蓉忍不住叹了口气，"我算了一下，这三个月内，你被抢了五次角色、两个代言、一部综艺，全都是原本已经谈好的！"

作为资深经纪人，蒋蓉将秦梵的事业规划得非常完美，这两年来让她先从亮眼的小角色开始，然后一步步冲击更重要的戏份，却没想到最近连续几次重要的角色都被抢走了。

每次截走秦梵资源的人，都是圈内比她咖位高的女明星，抢回来根本是不可能的事情。

偏偏她们不知道到底得罪了谁，在背地里这么被搞。

徐妙园？

秦梵想了想，好像并没有跟这位有过任何交集，所以她也是受人指使？

蒋蓉又说道："能驱使得动徐妙园抢角色，搞你的人背景绝对深厚，也难怪咱们查不到。"

不过她们查不到，但有人查得到啊。秦梵看着镜子里自己带着水珠的面颊，眼睫低垂，慢慢地抽出一张擦脸巾擦拭干净，然后云淡风轻地开口："我知道了，见面再说吧。"

"好，一会儿我接你去做造型。公司拿到一个私人商业晚宴的邀请，今晚有几位大导也在场，总有导演能慧眼识珠！"

蒋蓉就不信了，难不成那个搞秦梵的人能在演艺圈一手遮天？

挂断电话后，秦梵将沾了水的擦脸巾随手丢入自动垃圾桶。她双唇抿紧，乌瞳幽深，在浴室炽白的灯光照耀下，精致侧颜像是被镀上了层薄薄的冷光。

下午，到了约好的时间，秦梵踩着高跟鞋不疾不徐地走到门口，来接她的车已然到了。秦梵上车后，入目便是坐在里侧的蒋蓉。

秦梵弯腰上车，打了个招呼："蒋姐。"

蒋蓉正捧着平板电脑看她最近的行程，这段时间，秦梵的行程可谓寥寥无几，再这么下去，跟被封杀有什么区别？

"来了。"

蒋蓉应了声，偏头时不经意瞥到秦梵的后颈，目光陡然顿住——因为等会儿还要做造型，秦梵只穿了一件简约的灰蓝色调衬衫裙，乌黑的长发绑了个松松的丸子头，此时低垂着头系安全带，薄而精致的肩颈线条弧度完美，唯独雪白的后颈与领口相交的位置，露出一抹红印，格外惹眼。

"啧啧啧，你昨晚跟谢总太激烈了吧。"

秦梵听到蒋蓉的感叹，指尖一顿，眉眼倦怠地往车座上一窝，眼尾微微上扬："羡慕？"

"得了吧，我可不敢。"蒋蓉一想到秦梵家那位，连连摆手，普通人消受不起！也就秦梵这小妖精消受得起。

见秦梵笑，蒋蓉放下平板正色问："所以成了吗？谢总答应帮忙查一下搞你那人的背景了？"

为了请谢总帮忙，蒋蓉特意找国际知名女画家定制了秦梵的人体油画，让秦梵哄哄便宜的商业联姻老公，顺手帮她查查人。

秦梵没答，反而嫌车厢内空调开得太足，拿了条毯子盖在身上，漫不经心地"嗯"了声："快了。"

听着她像是敷衍的调调，蒋蓉有点儿不放心："真的？"

蒋蓉略一迟疑，又说道："毕竟谢总是传闻中商界最没有七情六欲的性冷淡神佛，要是没成，咱们再想想别的法子。"

只是不知道敌人是谁，总让人有种被毒蛇暗中窥视的毛骨悚然。

秦梵抬了抬睫毛，一双桃花眼带着不自知的风情明艳："啧……"

蒋姐这是太低估她的魅力，还是太高估谢砚礼的自制力？

"还有，蒋姐，你这什么'中二'形容词……"如果她没记错的话，自家经纪人好像是中文系的高才生。

"哪里'中二'，你没看你老公最近的访谈吗？这个形容是网友热评第一，很出圈！"蒋蓉说着，从平板电脑上找出那篇报道，用指尖点着屏幕示意她，"你瞧瞧。"

秦梵目光落在被蒋蓉点开的采访视频上——

视频中，男人一身金贵的高定西装，从容不迫地坐在深红色沙发上接受采访，眉眼清俊，让人过目难忘。

最显眼的便是他右手那串刻着经文的黑色佛珠，佛珠并未戴在手腕，而是漫不经心地垂落在他肤色冷白的长指上，完美得像是艺术品，天生适合供人珍藏。

秦梵确定，这的确是她家那位便宜老公。

她随手点开下方评论，原本的热评第一已经被另外一条评论取代。

最新热评第一——佛子度我。

"挺有意思。"

秦梵红唇慢悠悠地上扬起弧度，干脆利落地截图发送到自己的手机上，然后点击保存。

见她这一系列举动，本来蒋蓉还打算调侃两句，谁知保姆车已经停在了造型工作室门口。

蒋蓉看了下时间，来不及开玩笑，连忙按开车门催促道："快下车，时间要来不及了，咱们得早点儿去。"

秦梵收了手机："别急，来得及。"

蒋蓉看到秦梵这副泰山崩于前依旧淡定的模样，不知道是喜是忧。她心态这么稳是好事，但未免也太稳了吧！

北城的盛夏，傍晚六点时，天色只是隐隐开始暗淡。秦梵准时到达星河鹭起酒店门口，在侍者的指引下，拿着邀请函顺利进入第十二层的私人宴会厅。

宴会厅装修得古色古香，看似低调，实则尽显奢华：两扇雕刻的檀木屏风隔开两个空间，外侧是自助社交区域，里侧是酒席区域。能有资格进里侧酒席区域的，都是贵客中的贵客。

有些人就算拿到邀请函，也是没资格入席的。蒋蓉很有自知之明，没打算带秦梵入席。

幸而一进门便看到国际知名大导演宋麟坐在不远处，她连忙带着秦梵去打招呼。现在秦梵不缺演技与经验，就缺一个好角色，让她出现在观众面前。蒋蓉记得宋导演最近也在筹拍一部大 IP 电影，能拿到一个试镜机会也是好的。

宋麟没说话，倒是坐在他身旁的房地产老总于州升打量着秦梵那张即便处于美人如云的娱乐圈依旧数一数二的脸蛋，和颜悦色："秦小姐的古典舞我曾欣赏过，不知于某是否有幸邀请秦小姐私下跳一场。当然，不是白跳，毕竟于某打算投资宋导演的新戏。"

宋麟没吭声，无论秦梵答不答应都跟他无关，毕竟这种事情你情我愿。

作为圈里人，蒋蓉如何听不出于总的暗示，她脸色一变，连忙看向秦梵，生怕这位脾气不好的小祖宗，忘记这是不能造次的地方。

蒋蓉见秦梵脸色不对，连忙压低了声音在她耳边提醒："冷静冷静，千万别动怒，别得罪人，把他当成野生癫蛤蟆，人怎么能跟动物计较呢！"

见蒋姐疯狂朝自己使眼色，秦梵把到嘴边的嘲讽之语咽了下去，随即，眼睫轻抬，似笑非笑地看向那位于总："真不巧，我脚踝扭了。"

蒋姐差点儿当场晕给她看——祖宗啊，就不能找个走心一点儿的借口吗？您踩着一双超过十厘米的高跟鞋，谁会信您脚扭了？

旁边围观的宋麟，忍不住笑出了声。

于总也注意到了秦梵那双稳稳踩在高跟鞋上的脚，顿时觉得受到了侮辱。

听到宋麟的笑声，于总更觉失了面子，便将满腔怒气发泄在秦梵身上："保安呢，把她们赶走，也不看看这是什么地方，什么女人都配进来。"

动静太大，厅内其他人齐刷刷地看过来。

议论纷纷——

"这好像是秦梵？"

"这要是当场被赶走，我都替她尴尬。"

"秦梵自从退出古典舞界，真是一天不如一天，她今天要是被赶走，真成笑柄了。"

"……"

秦梵眼神冷了下来，她从小到大都没受过委屈。

美人生气也是美的，于州升看着灯光下秦梵那张掩不住明艳动人的脸蛋，觉得自己可以再给她一次机会。

他咳嗽一声，故作大度："你现在要是后悔还来得及。"

秦梵看着茶几上那杯没动的酒，刚准备抬手——

谁知，屏风内出来一位西装革履的年轻精英男士："秦小姐，我们谢总邀您入席。"

谢总？

处于外侧的客人们惊奇地望着谢总那位工作时间从不离身的温秘书，温秘书此刻正恭恭敬敬地走向秦梵。

不说他们，就连蒋蓉也惊到了。这是什么缘分，谢总居然也在！

蒋蓉推了推秦梵的手臂，跟她小声咬耳朵："只有你那塑料老公能救你了，还不快去！"

温秘书是知道秦梵身份的，看了眼呆滞的于总道："秦小姐，需要让保安将于总请走吗？"

请走等于赶走，在场的谁不知道这意思。

秦梵倒是淡定，便宜老公的人不用白不用，不做表情地颔首："可以。"

四周鸦雀无声，即便是刚才还嚣张的于总，都不敢反驳。毕竟温秘书的意思就相当于谢总的意思，他敢反驳谢总的意思吗？

秦梵提着裙摆，袅袅婷婷地跟着温秘书进了屏风内侧。

此时酒桌上，十几个位子几乎坐满。一眼望过去，全都是商界数得上名号的人。只有主位旁边空出来一个位子。

秦梵扫过主位时，视线顿住——

她很少看谢砚礼穿黑色的衬衫，黑色衬得他原本清俊如画的面容映丽至极，直到男人放下酒杯，抬眸看过来时，她方看清男人——眉眼清冷淡漠、无悲无喜，仿佛一尊没有感情的冰雕人像。

秦梵提着裙摆的指尖下意识地用力，还未来得及开口，便见那人屈起修长手指，敲了敲他右侧空位的桌面，用偏冷的音色叫她的名字："秦梵，过来。"

随着谢砚礼这句话落音，现场陷入一片寂静，众人看向秦梵的眼神多了探究——不知这位小姐是何方神圣，竟然能让素来不近女色的谢总亲自邀请？

秦梵面对大家的注目礼，唇角始终弯着浅浅的弧度，从容闲适地径直走向那个已经拉开的位子。

刚一落座，旁边男人身上清淡的木质沉香气息就不动声色地环绕过来。

她条件反射般侧眸，见谢砚礼安静地坐着，姿态看似云淡风轻，然而解开的袖口微微露出一截修长有力的手臂，宛如优雅蛰伏的猎豹，让人不敢轻视。

秦梵稳住心神，客客气气地对谢砚礼道谢："谢谢您的解围。"

噗——站在秦梵身后亲自为她倒茶水的温秘书手腕一抖，心情复杂地想，不知道的还以为她这是第一次跟谢总见面呢。

谢砚礼握着玻璃杯的长指一顿，随即沉敛的眸子不疾不徐地落在她身上，打量了数秒后，薄唇溢出低低的单音节："嗯。"

大家虽然对秦梵好奇，但碍于她旁边有谢砚礼这尊大神在，自然没人敢招惹，酒桌很快恢复之前的闲谈气氛。

秦梵看着桌前这些色香味俱全的复杂菜色，拿起筷子片刻，又放下，抿了口温热的茶水。

谢砚礼示意温秘书拿菜单过来。

这期间，秦梵并没有注意到他们，懒洋洋地靠在柔软的椅子上，准备玩一会儿手机。他们的话题与她无关。

微信快被蒋姐的留言刷爆了——

"啊，刚才宋导要了我的名片，说如果有合适的机会会推荐你！

"因祸得福啊，你现在情况怎么样了？

"千万别忘了让谢总帮忙查一下谁在背后搞你，别觉得不好意思，向他伸出你求救的小爪爪吧。

"毕竟如果敌人太强大的话，估计还得让谢总帮你解决。咱们得未雨绸缪，好好哄哄……"

秦梵指尖顿在屏幕上，想到蒋姐的交代，她有些苦恼地揉了揉眉心，谢砚礼有点儿难哄。

秦梵纤细的手臂撑在桌上，偏头看向谢砚礼，余光落在他那只缠绕着佛珠、此时正随意搁在膝盖上的冷白手掌上。

她伸出一根手指，若无其事地杵了一下谢砚礼的尾指，仿若闲谈地问："你今晚回家吗？"

谢砚礼淡而清晰地落下一句："不回去。"

他们说话并未在意旁边，因而不少人听到了，众人齐齐看向秦梵那张极美的面容，皆是恍然大悟：原来谢总平时不是不近女色，而是眼光太高，人家能看上的只有仙女。

这不是也养了小情人。

秦梵被谢砚礼这句话噎住，这让她怎么继续后面的话题！

谢砚礼见她表情不对劲，善心大发地解释："有工作，住酒店方便。"

秦梵纤指把玩着薄薄的手机，思索片刻，唇角忽然勾了勾。她快速地解锁屏幕，从相册里找出那张截图，然后从桌子底下递给谢砚礼。

谢砚礼低眸望过去——

入目便是女人细腻白皙的指尖，正点着他前段时间采访视频下方那一行小字：

佛子度我。

谢砚礼并非不通世俗，自然明白这四个字的含义。

对上秦梵那双正期待地望着自己的桃花眼，犹自记起昨晚她亲自挂到自己书房的人体油画，谢砚礼忖度几秒，漆黑眸底闪过一抹意味深长。

秦梵期待地望着他："你看网友们多么慧眼，能看出你如佛子一样慈悲为怀，普度众生，所以度一度你明媒正娶的太太应该不过分吧？"

谢砚礼对此了然，薄唇抿起极淡的弧度，徐徐颔首："好，我懂了。"

懂了？

秦梵狐疑地眨了眨眼睛，有些不太放心，他还没说怎么帮她呢。

她张了张嘴，刚准备说一下自己最近职业生涯遭遇的困难。

恰好温秘书将菜单递给谢砚礼。

谢砚礼从西裤口袋里拿出一张薄薄的卡片，夹进菜单后，才顺手递给秦梵。

没等秦梵有所反应，谢砚礼已经从座位上起身，单手扣上袖扣，准备离席。

秦梵捧着一本菜单，总觉得不太对劲。

当谢砚礼要走时，秦梵连忙拽住近在咫尺的男人的衣摆，仰头望着他：

"等等，你懂什么了？"

谢砚礼提前离席，准备早些完成工作。

既然是合法妻子，在秦梵不踩他底线的范围之内，谢砚礼可以履行身为丈夫的义务。

此时被突然拦住，他不动声色地俯身，在她耳边低低地落下两个字：

"度你。"

秦梵："……"

谢砚礼确定她听清楚了，方从容地起身，不紧不慢地越过屏风离开。

鸦雀无声的酒席上，秦梵慢慢打开菜单，看到夹在色彩鲜艳的菜单里一张烫金字的黑卡，视线陡然一僵。

是——

房卡。

破案了！

这狗男人居然以为她是想要……性生活！

秦梵深吸一口气，慢慢平复呼吸，指尖捏紧了那张房卡，恨不得丢进垃圾桶。但一想到自己即将被封杀的职业生涯，甚至连仇人是谁都不知道，就觉得亏得慌。

秦梵权衡利弊，很快冷静下来。房卡不能丢掉，毕竟谢砚礼素来也忙，经常十天半个月见不着人，谁知道下次见面是什么时候，今晚她绝对不能再睡着。

谢砚礼离开后，全场目光都落在秦梵一个人身上。她也没久留，踩着高跟鞋，一如来时那般从容，身姿袅袅地随后离开。

秦梵用房卡刷开酒店顶层的总统套房，房间内淡香清雅，玄关处放置着一个黑色登机箱。

秦梵看一眼便移开，踢掉高跟鞋，习惯性光着一双小脚，缓缓地走向露台。不愧是星河鹭起酒店最好的套房，单单是这占了一整面墙壁的落地窗，就能够俯瞰几乎半个北城。

秦梵没坐在沙发上等他，反而拿了个抱枕，在落地窗前席地而坐。

夜幕降临，城市却没有陷入沉睡，霓虹灯闪烁，构成了一个灯火辉煌的世界，街道上行走的人、车，渺小如蝼蚁。

秦梵托腮望着外面，自嘲一笑。在某些人眼里，她不就是这样的存在，可以随随便便抹杀掉她的努力。

大概是房间太安静，又或者今天太疲倦，秦梵抱着抱枕忍不住昏昏欲睡。

夜色更深，落地窗外绚烂的霓虹灯静悄悄地消失了许多。

"嘀——"

安静的空间内，房门开启的声音格外清晰。秦梵一个激灵，下意识地望过去，眼眸带着迷蒙的水汽。

谢砚礼推门而入后，才发现室内灯光竟然全部亮着，眉心刚要蹙起，便听到一道又软又倦的声音响起："你回来了。"

谢砚礼抬眼望过去，背对着夜色的落地窗旁，一袭黑色吊带长裙的少女安静地卧在地毯上，身姿曼妙靓丽，几乎与夜色融为一体。

裙摆下露出来的一双细白小腿，随意搭在几何图案的地毯上，肤色莹润如玉，指甲精致粉嫩，美不胜收。

灯光太亮，秦梵眯了眯眼睛，然而没等她适应这光亮，下一秒，灯一个一个地被谢砚礼按灭。

偌大的房间，陡然陷入黑暗，唯余清冷的月光，穿过透明的玻璃，莹莹洒落在秦梵身上。

等他太久，秦梵趴在抱枕上的时间有些长，感觉自己整个人都僵硬了，好不容易直起身子坐稳。

"你……"

话音未落，忽然毫无防备地被推到落地窗前，秦梵想转身，后背已经贴过来一个独属于男人的胸膛，阻挡了她所有的动作。

巨大的落地窗，让人有种会掉下去的错觉，秦梵视线只能往下望，高空惊险，瞬间便刺激到大脑皮层。

"松开——"秦梵双手被迫撑在玻璃上，指尖因为用力，边缘泛着浅浅的苍白。

昏暗恰到好处，女人柔软的腰肢不盈一握，开衩长裙下的小腿皮肤在黑暗中白得反光。

谢砚礼伸出一只手，与她抵在玻璃面的手交握，薄唇覆在她耳垂处，嗓音低沉道："合法义务，应该履行。"

男人身上淡淡的木质沉香气息与酒精的味道交杂，融合成奇异又独特的旖旎感，让人欲罢不能，拒绝不了。

合法义务是什么东西？

秦梵咬着下唇，将几乎要溢出唇间的骂人的话咽回去。为了哄这男人，她真是拼了。

秦梵恍惚间想到昨晚自己准备好油画哄谢砚礼帮忙，谁知谢砚礼倒是上钩了，但——她因为白日太累，睡着了！

她的记忆停留在睡觉前，谢砚礼还没来得及下一步，想想今早的身体状态她就知道，昨晚根本没成。

唉，昨晚好不容易呢，她还掉链子。

今晚绝不能再掉链子了。

漂亮的眸子蒙上薄薄的水光，秦梵看着落地窗外的霓虹灯光开始感到迷离。

结束时，秦梵终于看到了男人的正脸，却发现他居然连衬衫都没有乱，结束后还是衣冠楚楚、冷情寡欲的样子。

看着自己身上的黑色长裙，秦梵顿觉不公平。见她侧躺在地毯上，一双桃花眼情态激滟，像是沁透了干净的泉水，带着不自知的勾人心魄。谢砚礼捡起掉在旁边的领带，轻轻盖在她的眼眸上。

秦梵没有安全感，下意识地想要掀开，男人嗓音低哑却强势："别动。"

秦梵指尖顿了一下，想到自己要忍辱负重，只好老老实实地任由他将领带缠绕两圈，彻底隔绝了她所有视线。

视觉消失，听觉与触觉却越发灵敏。

…………

不知过了多久，混沌间她听到他问了一句："喜欢落地窗，还是油画？"

秦梵红唇张了张，不记得自己回答了没，好像回答了，又好像没有。

翌日，天蒙蒙亮时，原本安静睡着的秦梵猛然从床上坐起来——等听到浴室传来淅沥的水声后，她才重新倒回枕上。她吓死了，还以为谢砚礼已经走了。

躺下没几分钟，搁在茶几上的手机铃声忽然响起，秦梵认命地去拿。裹着一床薄被窝进沙发，开了免提后，她闭着眼睛有气无力道："喂？"

蒋姐声音中的兴奋掩盖不住："宋导刚才给我提供了一个无价消息！"

秦梵散漫地应了声，配合问："什么消息？"

蒋姐："天才导演裴枫筹备了三年的大 IP 电影《风华》这个月要开始选角了！是裴枫啊！宋导说裴枫跟谢总是一个院里长大的发小，你去跟谢总提一句，拿个试镜角色不是顺手的事？而且裴枫的电影，绝对没人敢抢试镜。"

听到这个名字，秦梵脸上的表情终于认真起来："《风华》要拍了吗？"

裴枫虽然年轻，但自从处女作一鸣惊人之后，但凡他出手制作的电影，没有一部不是精品，《风华》这部电影从立案开始便深受期待，无论是观众还是演员。

多的是演员想要在这部电影中拥有一个角色，即便是几秒钟的角色，都抢破了头。

等到与蒋蓉的电话挂断后，秦梵脑子里都是这部电影。

"你想演《风华》？"

突然，谢砚礼清洌好听的嗓音从身后传来。秦梵下意识地转身，入目便是他披着酒店白色浴袍不紧不慢地擦拭短发的画面。

她顾不得跟他说调查人的事情，明显这个试镜更重要，于是立刻点头："想，听说裴枫跟你是发小，你能帮我拿个试镜机会吗？"

目光落在谢砚礼身上，秦梵觉得，他们既然是夫妻，帮她拿个试镜机会这么简单的小事，谢砚礼应该不会拒绝吧？

谢砚礼手顿住，目光悠悠地望着她："还记得你进娱乐圈时信誓旦旦的话吗？"

秦梵迟疑一秒，想说不记得了，但记忆很清晰，当时她说："绝对不用任何家族资源，凭借自己的实力站在演艺圈巅峰！"

谢砚礼确定她已经想起来了，语气稳了稳："所以我怎么好让你这么快就打脸。"

秦梵权衡一下打脸与裴枫的电影试镜名额，然后挪开视线，理不直气也不壮地辩解："我昨晚累着了，脑子不清醒，完全不记得以前说的话，这你要负大部分责任！"

最后撂下这句话后，秦梵裹着毯子，在沙发上坐得笔直，一脸正直地看着谢砚礼。

谢砚礼似笑非笑，忽然将擦过头发后半湿的毛巾盖在秦梵脸上："现在清醒了吗？"

谢砚礼拿着毛巾，在她脸上随意擦了两下。冰凉感袭来又消失，短短几秒钟时间，秦梵却像是从夏天到冬天再到春天度过四季交换。

秦梵僵在原地，裹着薄毯的指尖没注意一松，毯子顷刻间顺着她柔滑的皮肤从肩头滑了下来。

"嘶……"

秦梵彻底清醒了！

然而没等她放狠话，一双手速度更快地捞起滑落至一半的薄毯，将她重新裹得严严实实。

男人的视线在她脸蛋上停留几秒，清冽中透着点儿微哑的音质缓缓在她耳边响起："我该上班了。"

秦梵一口气哽在喉间，满脑子刷了一堆乱码又需要打马赛克的话：

狗男人说这话什么意思？以为她别有用心把毯子滑下来的吗？皮肤太滑怪她喽。

还他要上班了，上就上啊，不知道的还以为她挽留他别去上班呢！

"谢砚礼，你，喀喀……"秦梵话还没说完，就被空气呛到了，咳嗽个不停，一句完整的话都说不出来。

谢砚礼已经直起腰，不疾不徐地换衣服，等到要系领带时，目光不经意落在挂在床尾的那条星空灰色的暗纹领带上。

因为只出来住一天，所以他没带备用领带。

正当他看着领带考虑要不要暂用时，秦梵终于缓了过来，走到谢砚礼旁边，刚准备质问，却发现他视线一直停在一个位置。

顺着谢砚礼的目光看过去，秦梵也看到了那条领带，脑海中顿时浮现出昨晚的画面。

秦梵见他似乎望着领带在思考什么，顿时误会了——

她一双桃花眼睁得圆溜溜的，恍若才看穿男人的本性："变态！"

谢砚礼刚决定让人给他送一条上来，便听到谢太太那言辞清晰响亮的两个字。

"……嗯？"

"谢总是变态？"蒋蓉一脸不可置信地看着坐在公司休息室里拨弄插花的女人。

把秦梵从酒店接走之后，蒋蓉直接将她带回了公司。执行副总要见她们，谈一下秦梵的未来发展。

趁着副总还在开会，蒋蓉问她谢总有没有答应帮她拿裴枫的试镜机会，谁知从秦梵口中得到了她对谢总大写的两字评价。

秦梵自然不会将私下那档子事拿出来跟蒋蓉说。

见蒋蓉追问，秦梵懒洋洋地丢掉修剪花枝的剪刀，拍了拍手："他说不会帮我，让我凭自己的本事拿。"

蒋蓉沉默片刻，才冒出来一句话："天啊……"

秦梵见她一副见了鬼的模样："怎么了？"

蒋蓉咽了咽口水，才平复下自己的震惊："真没想到，谢砚礼居然只享受不干活！"

秦梵眉尖轻轻蹙起，觉得她这话不对，纠正道："我们顶多算是互相享受。"

这时，助理小兔端着一杯温热的牛奶递给秦梵道："梵梵姐说得没错，谢总自从公开露脸，连续三个月荣登全国女性最喜爱的男性榜单第一！这么算来，梵梵姐也不亏。"

秦梵乌黑的眼眸闪过无奈，这些无聊的东西到底是从哪儿统计来的？

抿了口温牛奶，秦梵还是问出口："上次报道不是还说他是性冷淡佛子吗？"

这些喜欢谢砚礼的女性，是不是都有什么奇怪的爱好——

想想秦梵就忍不住皱眉头。

他还是高高在上的好，免得下凡糊她一脸湿毛巾。

"得不到的就是人类幻想的。"小兔作为一个刚毕业的小姑娘，倒是很理智，"你们想呀，谢总出身显赫，俊美神秘，偏偏这样的人还清清冷冷、无情无欲，从不为任何女人停留视线，这样全天下女人都得不到的男人，只适合用来幻想，不敢妄想。"

而后她朝着秦梵露出一个微笑："谁能想到，这样的全天下女人不敢妄想的男人是我们家仙女的，嘻嘻。"

别说，小兔这话还真把蒋蓉哄到了。

蒋蓉安慰秦梵道："这么看来，有谢总当老公，你也赚了。"

秦梵："……"

真是头疼，幸好外面同事敲门，提醒副总会议结束要见她们。

鸣耀传媒副总办公室。

面对秦梵，林副总态度还是很和气的，只是说出来的话，却没有他脸上的笑容那么和气："秦梵啊，你来鸣耀也两年了，公司原本资源是向你倾斜的，可最近这几个月，你浪费了公司多少资源，你算过吗？"

秦梵唇瓣微微抿着，倒是没有因为林副总的话而羞愧，毕竟她这两年为公司赚的钱虽不多，但还是能抵销公司给她的资源的。

蒋蓉护着秦梵："林总，您这话不能这么说，也不是梵梵想浪费资源的。"

"可是秦梵得罪的那个人，到现在公司都没查到，说明不是咱们有资格查的。"林副总看着秦梵那张脸，也很不舍，若不是这一出，秦梵稳扎稳打，未来有机会的话，大红大紫是铁定的。

他们公司原本也有机会出一个演艺圈一姐，但现在林副总即便再舍不得，也要舍弃，毕竟比起留一个不知前景的艺人和避免无形中得罪什么大佬连累公司，他还是选择考虑后者。

他闭了闭眼睛："公司不能再在你身上浪费资源……"

秦梵之前被截走的好几个资源都是公司的。

眼见着公司要放弃秦梵，蒋蓉猛地站起身："林总，我们有机会拿到裴枫导演的《风华》的电影试镜，秦梵演技没问题，肯定能拿下一个角色！"

"裴导如果定下的演员，对方背景再强大，也绝对不敢抢。"

果然，蒋蓉这话一出，林副总眼睛亮了，偏头看向秦梵："你有信心吗？"

秦梵揉了揉眉心，旁边蒋蓉偷偷捏了捏她的手腕，示意她不要乱说话。

秦梵原本想提的解约的话，就这么咽了下去。在蒋蓉的虎视眈眈与林副总期待的目光下，硬着头皮点了点头。

谈妥之后，秦梵她们刚一出门，就听到一个略带一点儿嗲的清甜女声传来："咦，看我偶遇了谁——人间仙女秦梵小姐姐哦。"

秦梵正对上了花瑶的手机镜头，短短一秒闪过。

下一秒，花瑶对着早就收回的镜头自言自语道："哎呀，刚才路过林总办公室，好像听到秦梵小姐姐要试镜裴枫导演的新戏，提前恭喜试镜顺利。"

蒋蓉脸色一变，知道她在直播。

花瑶一边拿着手机就要离开，一边假装疑惑地小声嘟囔了句："咦，可是听说裴导的试镜名额还没出呀？"

此时弹幕刷得频繁：

"哈哈哈，怕不是碰瓷儿人家《风华》吧。"

"《风华》也是什么十八线演员都能妄想的？"

"如果秦梵能去，瑶瑶，你也去试试呀。"

花瑶害羞地笑了："我可没资格试裴导的电影。"

这话一出，弹幕上对秦梵嘲讽得更厉害了。虽然秦梵在古典舞圈很出名，但在演艺圈，出道七八年的花瑶算是她的前辈，花瑶这话明褒暗讽。

听到她说的话，蒋蓉差点儿气昏过去。偏偏她开着直播，现在说什么都可能会被她的粉丝扭曲。

下一刻，之前眉眼散漫望着花瑶表演的秦梵忽然朝她走过去。

蒋蓉的心跳了跳："小……祖宗。"

可千万别当着那么多花瑶粉丝的面把他们偶像欺负了啊！秦梵腿长，三两步便追上了刻意磨磨蹭蹭的花瑶，站在她身后。

猝然出现，吓得花瑶差点儿把自拍杆掉地上。

秦梵稳稳地托住她的手，一张毫无瑕疵的绝美容颜挤进镜头，歪了歪头道："原来你在直播呀。

"啊，我的脸好奇怪啊。"

花瑶连忙把镜头挪开，生怕刚才她们的同框被截图。开玩笑，她开了美颜加滤镜，脸型、五官非常完美，然而秦梵出现后，那五官、脸型直接变形了。

大概是生怕秦梵追过来，花瑶也不磨蹭了，连忙快速消失，临走还不忘给自己挽尊："嘤嘤嘤，秦梵小姐姐真爱开玩笑。"

秦梵嗓音清脆悦耳："我没开玩笑呀，你手机摄像头好像坏了。"

看花瑶的背影走远，秦梵脸上的疑惑神情才倏然消失，眼神沁着冷意。

蒋蓉长吁一口气："幸好你反应及时。"

秦梵当场回击花瑶美颜过度，她不敢趁机踩秦梵碰瓷，不然就是伤敌一千，自损八百。毕竟花瑶平时营造的形象就是素颜能打的甜美系少女。

两人对视一眼，从彼此眼中看到了——劫后余生。要不是反应快，绝对会雪上加霜。

花瑶这场直播事故，也只是在粉丝之间小范围地传播，并没有引起太大的轰动。

回到保姆车上后，秦梵靠坐在车座上，双手抱臂，静静地望着自家经纪人，等她解释。

蒋蓉想到自己刚才在林总办公室自作主张，心虚地清了清嗓子："我当时要不这么说，你信不信林总当场就能定下雪藏你一百年！"

秦梵心不在焉地轻哼了声："我可以解约。"

"你有钱吗？"

秦梵："……"有钱，都是谢砚礼的钱。这两年在娱乐圈，她拍的都是小角色，时间都用来钻研演技，并没赚到什么大钱……

虽然她可以随意支配谢砚礼的副卡，但脑海中却浮现出今天早晨他问她，还记不记得进娱乐圈时说的话。

她是要靠自己搞事业的！用谢砚礼的副卡付违约金，那跟让他帮忙有什么区别！

秦梵恹恹地摇头："没有……钱。"

蒋蓉："那不就得了，我到时候打听一下，有没有机会亲自跟裴枫导演见一面。"

据她了解，裴导的背景是已经顶级的阶层，就算搞秦梵的那个人也是顶级阶层，可要截走裴导亲自定下的人，也得掂量掂量。

但是蒋蓉觉得那个人不可能跟裴导同阶层，毕竟那个阶层就那么寥寥几家，谁又能闲着没事来费劲恶心秦梵这个娱乐圈寂寂无闻的小明星。

听到蒋蓉的解释，秦梵愣了愣，像是想到什么一般垂下眼睫，语调有些淡："你的思路没错。"

那个背后搞她的人，确实不敢招惹裴枫，然而——裴枫这个人更不好招惹。

天才都有脾气，尤其是搞文艺的天才，脾气更古怪。

秦梵看着外面快速闪过的路边景色，闭上倦意的眼睛，准备休息一下。车厢刚安静下来，秦梵的手机铃声乍然响起。

蒋蓉连忙把手机递给她："是方影帝，快接。"

秦梵看了眼来电显示，是上次她客串的一部剧的男主角，几乎拿遍大满贯影帝的方逾泽。

只是，他们好像不怎么熟。

秦梵虽然意外，但礼貌地称呼："方老师，您有什么事情吗？"

方逾泽是一个很温柔绅士的前辈，嗓音柔和："没什么事，只是刚才刷微博时不经意看到你和花瑶的直播片段，听说你想试镜裴导的《风华》，需要帮你引荐吗？"

秦梵这两个月被抢了资源，这件事在圈里不是秘密。

嘶——旁边偷听的蒋蓉倒吸一口凉气，什么叫柳暗花明又一村，这就是啊！

秦梵被自家经纪人掐得手臂都要紫了——至于这么激动吗？

刚准备跟方逾泽道谢，便听到对方主动道："我现在在你公司附近，要见个面谈吗？"

蒋蓉更激动了，在旁边几近无声地张嘴："答应他，快点儿答应他！"

秦梵："好，那我请您用午餐吧。"

保姆车过了马路之后，重新掉转车头，往鸣耀传媒方向驶去。

一路上蒋蓉都在激动地跟秦梵讨论雪中送炭的方影帝，并未注意到不远不近跟着他们一起掉头的那辆面包车。

谢氏集团位于北城金融的中心地段，在寸土寸金的位置，足足占据了一整栋大厦。

下午三点，顶楼会议室的玻璃门自动开启，从里面走出来一个西装革履的精英团队，簇拥着中间个子最高、气质矜贵清冷的男人。

谢砚礼听着旁边团队汇报工作，眉眼淡漠，偶尔才"嗯"一声，或者给予简单的否定。

一行人到电梯前才散开，谢砚礼径自回到总裁办公室，准备处理今天剩余的文件。

处理了几份文件后，谢砚礼抬眼看向站在对面不动弹的温秘书："还有事？"

温秘书没作声，默默地打开平板电脑递到谢砚礼眼皮子底下。

谢砚礼垂眸，亮起的屏幕上，显示着娱乐新闻头条页面——人间仙女秦梵与影帝方逾泽甜蜜共进午餐，疑似恋情曝光。

总裁办公室装修风格极简，主调是灰、白两色，明明身处炎炎盛夏，温秘书却感觉后背冷飕飕的。

却见自家上司神色淡漠地看着那张被媒体拍下来共进午餐的照片，仿佛疑似被戴绿帽的并非他本人。

照片上，秦梵与方逾泽相对而坐，隐约能看到她弯着唇角，对面英俊的男人亦是眼神温柔。

谢砚礼目光不经意落在热门评论上——

"啊，人间尤物女明星和万众瞩目大影帝这一对给我贴死！"

"虽然我觉得秦梵咖位配不上方影帝，但光说颜值的话，真的配一脸。"

很多网友觉得他们颜值很般配，甚至已经有人开始想象他俩孩子的长相了。

有一条格格不入的评论很惹眼：只有我觉得秦梵这张脸把方逾泽比成路人了吗？

这条评论很快被方逾泽的粉丝举报删除了。

谢砚礼仅停顿了几秒，便平静地收回了视线。

温秘书偷瞄自家上司，轻咳一声，捧回平板电脑一脸正色地说："这些网友眼神都不好，明明像太太这样的仙女跟您才是顶配，外面那些随随便便的男人都不配。

"啧，还有更瞎的，居然说太太这样不食人间烟火的仙女，没有男人配得上，那他们是没见过谢总您，见了一定惊为天人！"

"……"

谢砚礼握着钢笔的修长手指一松，端起文件旁边的咖啡杯递过去。

正捧他们家上司踩隔壁影帝的温秘书，手上忽然一沉，对上谢砚礼那双冷若寒星的眼眸后，嘴立刻闭上了。

温秘书刚准备往外走，忽然想起一件事，小心翼翼地问了句："那今晚去州城的飞机要改签？"

不回家训妻？

午后的阳光没有那么刺眼，透过玻璃照在男人清俊的侧脸上，光影交错间，他的神色看不分明，嗓音却平静无波："按原计划。"

秦梵得知自己跟方逾泽上热搜时，正躺在美容院床上做美容。

午餐时得知方影帝已经被裴枫钦定为《风华》的男主角，他还跟秦梵她们透露剧中有个绝色美人的角色，之前裴枫提过娱乐圈那些一、二线女演员，没有一个符合自己一眼惊艳的要求，说刚好想推荐秦梵。

蒋蓉一听，饭局结束后，立刻带秦梵来美容院了。

这说的不就是她们家秦梵吗！她敢打包票，娱乐圈绝对没有比秦梵还要美的女明星。

进可耀眼攻击性浓颜大美人，退可不食人间烟火冷颜系小仙女，什么风格都能驾驭，可塑性无敌强。

无论裴导要怎么样的惊艳美貌，她们家秦仙女都可以！

秦梵闭着眼睛听蒋蓉闭眼夸，忽然耳边声音停住了，倒是让秦梵不适应："为什么不说话了？"

毕竟蒋蓉吹的彩虹屁还挺催眠。

蒋蓉道："你被爆恋情了！"

秦梵猛地睁开眼睛，请给她按摩脖颈的工作人员离开后，才裹着真丝睡袍从床上起来："怎么回事？"

想起昨晚谢砚礼把她抵在顶楼落地窗前满是马赛克的画面，秦梵慵懒的表情沉重了几分。

"中午跟方影帝吃饭被拍到了，有狗仔一直跟着我们。"还让他们拍到了方逾泽。

媒体爆出小视频后，还在微博上很得意地说——本来只是想随便拍拍最近不太工作的人间仙女美照，没想到拍到了这么大一个新闻。

秦梵虽然在演艺圈是小新人，但当年在古典舞圈一舞成名太出圈，也累积了千万舞蹈粉、颜值粉，人虽然低调，热度却不低。

粉随正主，秦梵平时在微博上就是人淡如菊的仙女形象，粉丝们也都是这样，很是安静。

所以，恋情疑似曝光的热搜词条下基本上分为三大势力：路人凑热闹夸他们颜值般配；方逾泽的粉丝不相信，到处辟谣说朋友也可以一起吃饭，媒体捕风捉影；浑水摸鱼黑他们的对家。

只有寥寥无几的秦梵粉丝评没有男人配得上仙女梵梵，大部分粉丝都没现身。

看完之后，秦梵第一反应就是松口气，幸好不是她跟谢砚礼的关系曝光。

不过……方影帝好心帮忙引荐导演，她却把人家低调演员带上热搜，心里有些愧疚。

这种捕风捉影毫无根据的新闻其实不需要管，越澄清越会显得你心虚。

等蒋蓉跟方逾泽经纪人商议过后，一致决定等热度自然下去，总归他们身正不怕影子斜。

秦梵怀疑地看着蒋蓉："不澄清的话，会不会对方影帝的影响不好？"这不是蹭人家热度吗？

"不能说蹭热度，只能算是共赢，虽然你是演艺圈新人，但网友讨论度一直很高，刚好方影帝最近也有作品要上。"蒋蓉说，"至于你，许久没有新作品，这次热搜也能带一拨热度，免得时间长了，观众都不知道你是哪位。"

行吧，听专业经纪人的。秦梵重新躺回美容床上，声音懒洋洋地说："麻烦蒋姐给我把按摩师叫回来。"

蒋蓉见她就这么躺平了，沉默几秒："……"

这心态，绝了。

秦梵不红，天理难容。

方逾泽办事效率很高，刚说要帮秦梵引荐，没两天就定下了时间。

北城私密性最高的渔歌会馆，因为裴枫性格古怪，所以只允许秦梵一个人过来。

被蒋蓉按在造型室做了足足一下午的造型，没有白白浪费，秦梵无论走到哪里，皆被人用惊艳的目光看着。

毕竟秦梵之前混的是小众圈子，今日又是难得的浓艳妆容，能来渔歌会馆的人，基本很少关注娱乐新闻，一路上，竟然没有人认出来这是古典舞圈的人间仙女秦梵。

秦梵踩着珍珠一字带的高跟鞋，身姿婀娜地往方逾泽跟她说的那个包厢走去。

秦梵肩膀上卷成波浪的长发微微散落在肩头，被她随手撩到身后，抬眸时，眼睛陡然眯起。

转到二楼，光线暖昧昏黄的走廊墙边，她看到了一个熟悉的男人。

灯光下，谢砚礼身材挺拔清俊地站在窗口，身后追过来一个红裙似火的年轻女孩。

秦梵踩着高跟鞋不紧不慢地停下，纤细的手臂环在胸前，从她的位置，能清晰听到少女喘着气音问："谢哥哥，我还以为你走了呢，能给我一张你的名片吗？今天很高兴认识你。"

谢砚礼反应淡漠，未开口前，微微侧眸，却没看她，反而是视线捕捉到不远处朝着他勾唇笑的明艳女人。

"谢哥哥？"

……

秦梵轻轻啧了一声，又是一个被谢砚礼皮相蒙蔽的可怜少女。

当年她被家里推出来和谢砚礼联姻时，也被他的矜贵优雅表象蒙蔽了一段时间，以为他们婚后即便没有感情，最起码也能做到举案齐眉，是她单纯了。

看不惯谢砚礼蒙骗小姑娘，秦梵终于动了。

尖尖的高跟鞋踩在铺着地毯的地面上，依旧能发出清晰的声响，她慢条斯理地一步一步走过去，慢悠悠地开口："我们谢总从不给女人递名片。"

眉眼流转间，透着几分勾人的妩媚，她红唇微张，似是呢喃般吐出下一句："他只给女人递房卡。"

突然出现的声音惊到了穿着红裙的裴烟烟，她下意识地看过来。

"你是……"

等看清秦梵的长相之后，裴烟烟心情一沉。秦梵穿了一袭墨绿色的薄绸旗袍，灯光下，显得皮肤嫩白细腻，红唇乌发，美得毫无瑕疵。

一看就是那种攻击性很强的大美女，明艳肆意，夺目耀眼。女人看女人，一眼便能分出胜负。

在这样极致的美貌面前，连带着裴烟烟的红裙都仿佛暗淡了许多。

裴烟烟偷偷看了眼谢砚礼，想知道他对这个突然出现的漂亮女人是什么反应，只见谢砚礼眼神变都未变。

裴烟烟松了口气，以为谢砚礼不认识她，放心大胆起来，冷哼道："你是什么人？半点儿礼貌都没有，凭什么打断我们？"

刚准备请秦梵离开，却见这个漂亮的女人亲昵地勾住谢砚礼的手臂，朝她笑得冷艳："凭我是被谢总递过房卡的人呀。"

说话时，秦梵纤细的涂着葡萄粉色指甲油的手指缓慢攀上谢砚礼的胸口，隔着薄薄的白衬衫，逼近他突出的喉结位置。

嘶——看着秦梵像是一条美女蛇般几乎攀在清清冷冷、不受蛊惑的谢砚礼身上，裴烟烟倒吸一口凉气。

更让她震惊的是，素来不近女色的谢哥哥居然没有推开这条美女蛇。

所以，这真是谢家哥哥的床友吗？

秦梵轻轻一笑："如果你想上位的话，可能得往下排队，毕竟领着你谢哥哥爱的号码牌的女嘉宾大概有……"

停顿两秒，秦梵指尖在男人肩膀随意点了点后，双唇吐出极轻的一句话："你排在第 3456 位。"

"你……"裴烟烟指着秦梵，咬着下唇问谢砚礼："她和你真的是那种关系吗？"

自始至终没说过话的谢砚礼，先是没什么感情地扫一眼好友的妹妹。是什么都与她无关，谢砚礼没有义务同她交代。

男人只是捏了捏秦梵还在他喉结乱动的小手，嗓音冷洌却透着熟稔感："玩够了吗？"

这话自然是对秦梵说的，裴烟烟一听这语气，顿时明白面前这个美艳绝伦的女人跟谢砚礼关系不一般，当即觉得天都塌了。

呜，二十年来她唯一看中的男人，居然是个浪子！

秦梵眨了眨眼睛，以为她觉得排名太靠后："要不你等我心情好了让位，给你插个队？"

裴烟烟心态更崩了，哭着转身跑走。

哭了？这是秦梵没有料到的，她松开覆在谢砚礼身上的小手，往后退了两步，保持安全距离，紧接着干脆利落地甩锅："你把人家小姑娘弄哭了！"

谢砚礼目光落在她的一身盛装打扮上，薄唇抿起极淡的弧度，眼神毫无波动，仿佛在看一个机器人，谢太太惯爱倒打一耙。

秦梵没忘记自己的正事，抬步越过谢砚礼，就要往尽头那个紧闭着门的包厢走去。

秦梵刚准备敲门，发现谢砚礼也在她身后停下。

秦梵秀气的眉皱起："你跟着我干吗？"

谢砚礼当着她的面推门而入，下一秒，里面传来一道声音："砚礼，牌局三缺一，就等你了。"

秦梵故作从容地收回了尴尬敲门状的手……谢砚礼不早说跟她同一个局。

包厢内人不多，寥寥七八个，秦梵一个都不认识。不过听那人跟谢砚礼说话这么随意，便知道跟他关系不错。

当初办婚礼时，她只出席了结婚仪式，连敬酒环节都没有，便结束了一场看似盛大的婚礼。

至于谢砚礼的那些朋友，她一个都没正式见过，就是这么虚假又塑料的婚姻。

谢砚礼进了包厢之后，随手拿起搁在沙发上的西装，嗓音冷淡："不打，回去了。"

坐在最里侧的年轻男人叼着烟，姿态闲散，戏谑调侃："怎么，家里太太管这么严，给你定了门禁？"

"可惜你结婚那天我在国外取景，不然真想见识见识谢太太，要不你把她叫来聚聚？"

听到裴枫的话，谢砚礼侧眸看向落后他半步的秦梵。意思很明显，不用叫。

然而裴枫没懂，顺着他的目光看过去，眉峰轻挑："哟，这不是方逾泽介绍的小明星吗，跟你一块来的？"

裴枫打量着秦梵那张脸，这个小明星，倒是拥有一副令人惊艳的美貌。

秦梵对上年轻男人那若有所思的眼神，认出他就是裴枫，上前一步自我介绍："裴导，你好，我是秦梵。"

跟裴枫同牌桌一个穿着花衬衫的男人忽然道："秦梵？这名字有点儿耳熟。"

裴枫答："一个演员，认识正常。"随即朝着秦梵招了招手："你过来。"

花衬衫男人疑惑：是吗？

他平时也不看剧……总觉得耳熟不是这个原因。

见裴枫也丢了牌，"花衬衫"没时间想别的："哎，你也不打了？"

裴枫带着秦梵往里侧茶间走去，随意摆摆手："不打了，面试。"既然答应了方逾泽，总不能就这么让人走了。

谢砚礼拿着西装外套，站在门口看着秦梵与裴枫一起消失的背影，不疾不徐地转身离开。

半个小时后，秦梵一出会馆门，便看到了停在路边的黑色迈巴赫。

后排车窗缓缓降落，露出一张清俊冷漠的男人侧脸，他语调淡淡："上车。"

夜幕下，迈巴赫在空旷的街道疾驰而过。

秦梵跟裴导聊过之后，基本敲定了试镜资格，原本心情还不错，直到刷着微博，余光不小心看到坐在隔壁闭目养神的男人。今晚被她"捉奸成双"，并没有引起他丝毫的情绪波动。

秦梵闲着无聊，故意问："你不解释解释？一个已婚男人跟年轻小姑娘私下见面？有没有点儿身为已婚男人的自觉？"

她着重突出"已婚男人"这四个字。

谢砚礼半合的眼眸缓缓睁开，车厢昏暗的光线下，只见他视线淡淡扫过她那张找碴的小脸，薄唇忽然勾起讳莫如深的弧度，缓慢地溢出几个字："她是裴枫的亲妹妹。"

秦梵脸色一变："……"

她好不容易拿到的试镜资格是不是要黄了？

似乎觉得她表情有趣，谢砚礼语调极为漫不经心道："而你把她弄哭了。"

秦梵听到耳熟的话："……"

谢砚礼报复心怎么这么重啊？

秦梵捏着手机的手一顿："我说错了吗，咱们俩难道不是那种关系？"

她也没撒谎，更没有凭空捏造污蔑他，谢砚礼确实给她递过房卡，字字句句都在挽救一个即将失足的少女，这是感天动地的善行。

总之，她不承认把未来"大腿"的亲妹妹弄哭了，绝不承认！

谢砚礼坐直了身子，侧眸静静地望着她。

被他看得心虚，秦梵不甘示弱："看什么看，好不容易因为我平时行善积德，才天降贵人帮我引荐了裴导，不像某些人，只会拖后腿。"

"你的天降贵人，已婚。"

方影帝已婚？谢砚礼怎么知道？没等秦梵从这个惊天大八卦中缓过神来，已抵达京郊别墅，车子稳稳停下。

谢砚礼解开安全带，长臂一伸握住她的手腕。秦梵攥着手机的指尖下意识地松开，手机陡然落到她膝盖上。

亮起的屏幕显示三十秒前的推送文章：交警执行公务时偶遇情侣，提醒广大市民，快乐虽好，注意不要刻意寻求刺激。

谢砚礼瞥了眼推送标题，不动声色地换了话题："知道太太和只是被递房卡的人的区别吗？"

秦梵刚准备抬眸看他，却感觉到一根修长白净的手指停在她薄绸旗袍的开衩处。她的视线与注意力停留在这里，久违的紧张情绪袭上身来，还未启唇……

下一刻，那个存在感极强的指尖忽然换了个位置，轻轻点了点手机屏幕上的一行字。

秦梵顺着男人存在感极强的指尖看过去——

他什么意思？秦梵抬头撞进了谢砚礼那双漆黑如墨的眼眸。

光线昏暗的车厢内，不知何时只剩下他们两人，静得仿佛只能听到彼此的呼吸声。

秦梵穿着单薄绸缎旗袍的身子微微瑟缩了一下，五感都被放大了。

男人薄唇寸寸逼近，浅淡的木质沉香味霸道而强势地占据了她所有呼吸，秦梵下意识地屏息，免得被这磨人的气息迷了心志。

因为他的话，脑子里还真出现一架天平。左边写着"被递房卡的人"，右边写着"太太"。

不对不对，这有什么好选的，他不要脸，她还要脸呢！

秦梵紧张得一口气没提上来，谢砚礼薄唇在贴近她唇瓣一寸距离戛然停住，似笑非笑地垂眸望着她。

秦梵睁着一双乌黑的眼眸，终于看清楚谢砚礼眸底的深意。

不知道从哪里来的力气，她一把将谢砚礼推回了座椅上："我不要！"

谢砚礼不显狼狈，顺势仰躺在椅背上，漫不经心地"嗯"了一声。

"纯洁的小仙女是不会答应做这种事的。"秦梵删掉那条新闻推送，着重提醒了一下这个表里不一的男人，"你这个低级趣味的人类不要试图妄想本仙女。"

谢砚礼难得很有耐心地又应了一句："好。"

男人突然的懂事，让秦梵怀疑地望着他：这么好说话？

见秦梵僵持在原地，谢砚礼慢条斯理地坐直身子，整理着身上微乱的西装，似是随口说："还不下车吗？纯洁小仙女。"

谢砚礼嗓音虽然一如既往地冷冷淡淡，在提及"纯洁"二字时，语气微微加重，带着几分笑意。

这是……取笑她？等等，他有什么资格笑她？！

"谢砚礼，你……"秦梵刚想要找他理论清楚，人家说完之后，就下车走人了。

"站住，你别走。"秦梵手忙脚乱地把自己的安全带解开，踩着高跟鞋踢踢踏踏地追了上去，够到男人修长的手臂，"说清楚，你刚才是不是取笑我？"

一路回到别墅，直到临睡前，秦梵都没有从谢砚礼口中得到答案。难得这么安安静静地躺在床上，秦梵倒是睡不着了。

就着月光，秦梵偏头看他——谢砚礼的睡姿跟他本人一样，端端正正的，极为标准，双手交叠贴在腹部，眼眸轻合着，呼吸轻缓，不知道是不是睡着了。

秦梵今天事业上有了转机，本来就有点儿睡不着，想要找人倾诉。显然这位枕边人是最不适合的倾诉对象，秦梵收回目光，摸索着点开了手机，准备刷一会儿微博助眠。

手机屏幕暗淡的光线映亮了一点床头，十五分钟后，秦梵看着手机，眼皮开始打架。

当她快要睡着时，忽然，男人修长有力的身躯探起，手臂撑在她脸颊两侧，像是一张密实的大网，将她整个人严丝合缝地笼罩其中，明明依旧舒缓的呼吸声，此时却让人感觉到了极强的侵略性。

秦梵一下子从迷糊中清醒过来，小手抵着他的胸膛问："你干吗？"

男人轻松地将她的两只手扣在头顶，垂眸望着她，嗓音徐徐："给你'谢太太'应有的待遇。"

夜色，床上，成年男女，从天色、地点再到人物，都昭示着即将发生的事情。秦梵感觉嗓子有点儿干，嫣红的双唇下意识地抿了抿，却没想到，谢砚礼居然率先吻住了她。

　　秦梵乌黑的瞳仁陡然睁大，谢砚礼有洁癖，结婚两年，他亲吻她的次数屈指可数。

　　错愕间——男人微凉的薄唇，就着黑暗摸索到女人柔软的唇瓣，温热的呼吸如羽毛一般拂过她白生生的脸侧。

　　秦梵下意识想要躲开，却被牢牢地按住后颈，原本温柔的缠吻愈加急促。

　　澡白洗了。

第二章　谁欺负你了

上午，九点。

秦梵醒来时，房间内除了尚未消散的淡淡沉香味，再也没了男人睡过的痕迹。

她简单洗漱后，穿着及踝的真丝睡裙，一脸慵懒地下楼，保姆已经将早餐摆好了。

秦梵用餐时，接到了蒋蓉的电话。

蒋蓉语带惊喜："《风华》剧组通知你下午去试镜，昨晚你是怎么说服裴导的？"

记忆中，裴导可是导演圈最难伺候的。

秦梵握着叉子的手指顿了顿，漂亮的眉眼带着几分愉悦："大概……是美貌？"

蒋蓉被噎了一下，却也想不出什么其他原因，权当是被她的美貌所折服吧。

秦梵玩笑过后，若有所思地加快了用餐速度。如今试镜机会拿到了，后面就真的要靠实力了。

秦梵闭了闭眼睛，从方逾泽引荐开始到拿到试镜，顺利得不可思议，让她有种不真实的感觉。

她捏了捏手指，也不继续吃早餐了，用寥寥无几的时间，琢磨演技。临时抱佛脚，万一能抱到呢。

当天下午，秦梵出现在《风华》的试镜大厅，与她一同来的是助理小兔。蒋蓉因为公司有些事情，不能陪她。

其实《风华》的试镜已经私下悄悄开始了，只不过接到试镜邀请的演员不多，都是保密状态，多一个人知道，岂不是多一个竞争对手，大家都不傻。

《风华》是一部以民国为背景的大制作电影，为了还原出当年真正的历史建筑与场景，剧组历时几年取景布景，还未开拍，就耗资无数，因此这部电影说是裴枫的心血也不为过。

之前方逾泽推荐秦梵试镜的角色，是为了男主角而被敌军残忍杀害的白月光女三号，一个极端精致主义者，身处战火硝烟时代，都要死得精致美丽，全剧活在男主角的记忆中。

而白月光与女主角长相相似，男主角与女主角第一次相遇，就是错将女主角当成白月光复生。

《风华》的女主角宁风华只身一人在敌军当卧底，一身旗袍迷住了万千热血男儿的眼睛，她性格多变，前一秒风情万种朝你勾魂笑，下一秒就能冷血无情地举枪洞穿你的眉心。

这部戏，无论是女一号，还是女三号，都是风情万种的大美人。

秦梵到了之后，才知道裴枫拿给她的是女主角的试镜。

等秦梵换上了一身深绿色的军装外套，皮带扣在腰间，她一改往日的慵懒散漫，挺直了身板，又飒又酷，完全不会让人觉得衣服与她的长相不配。

她抽到的是女主角冷血无情地举枪指向男主角的片段，可以说是全场最难的戏份。

等候试镜期间，秦梵为了缓解心情，打开微信页面，准备找个人解解压。

滑了一圈，最后落在一个空白的头像上，指尖轻点了点那个一看就性冷淡的头像。

秦梵突发奇想，翻出刚才在化妆间做好造型时的照片发过去。她刚敲完一行字，思考要不要发送时，忽然有工作人员从试镜厅出来："秦梵小姐，轮到你试镜了。"

"来了。"秦梵连忙起身，随手点了发送键，才将手机交给小兔。

秦梵进入试镜厅之后，裴枫难得眼前一亮。他果然没看错，秦梵这个女演员的可塑性太强了。

当秦梵面无表情地举起道具枪时，明明是风情万种的桃花眼，刹那间，裴枫在她眼里看到了冷血压抑，让人不寒而栗。

裴枫眼睛越来越亮，本来只是想让秦梵试试的，但是现在，他觉得秦梵是适合演女主角的。

之前试镜的演员，虽然演技都很好，但不够美。演出来的美人与真正风情万种的美人，还是有点儿区别的。虽然秦梵演技还略有不足，但灵气足以弥补。

秦梵一出试镜厅，就看到小兔端着一杯咖啡迎过来："梵梵姐，怎么样，成功了吗？"

秦梵接过咖啡，抿了一口，才淡定地摇摇头："等消息吧。"

她隐约能看得出来，裴枫对她的表演尚算满意。就算拿不到女主角，那个白月光女三号也应该没问题。

虽然秦梵没试镜白月光，可她大胆猜测，裴枫是觉得她昨晚那身旗袍，已经诠释了女三号那个角色，不需要再试镜一次。

"那我们先回化妆间换下衣服，就回家吧。"

秦梵："好。"

试镜厅空调开得很足，但这么热的天穿长袖还是挺难受的。

她们离开时，并未注意到，试镜厅不远处一个年轻女孩盯着秦梵的身影看了许久。

直到有人喊她："裴小姐。"

见秦梵穿着一身军装戏服，裴烟烟抬了抬下巴，皱眉问道："那是谁，她来干吗？"

裴枫助理顺势看过去："那位是被导演邀请试镜女主角的秦梵小姐。"

试镜女主角？

裴烟烟转过身冷笑："我哥呢？我有非常重要的事情要对他说！"

谢氏集团总裁办公室，晚上八点，谢砚礼最后一场会议刚刚结束。

温秘书将他的手机呈上："谢总，之前太太和裴二少都给您来过消息。"

谢砚礼随手点开头像靠前的消息。

裴枫："听烟烟说你俩关系不一般，给你面子，定她当女主角怎么样？"

接着是一张照片。

照片上是秦梵一身英姿飒爽试镜的视频截图，举枪的眼神让外行人都觉得入戏。

温秘书在一旁说："太太的演技太棒了，刚看到的时候，我都被吓了一跳。"

他差点儿觉得那子弹要穿过屏幕射到他脑门上。

谢砚礼修长身姿往椅背上一靠，黑色佛珠随意地滑入他白皙的手腕内侧。

他慢条斯理地敲了四个字回过去："面子，不必。"

温秘书看到后，深以为然地赞同："太太凭演技就能当女主角！"

谢砚礼没否定他的话，长指点开秦梵发来的微信，是她的一张自拍照片，同样是穿着军装的照片，她这双桃花眼弯弯，笑得明艳又肆意。

后面跟着一条消息：

谢太太："谢砚礼，有时候我真羡慕你，能拥有像我这样又甜又酷的仙女老婆。"

谢砚礼不疾不徐地敲下了一行字。

温秘书好奇地探身。相较于回复给裴二少那加上标点符号简单粗暴的五个字，谢总给太太的回复敲击屏幕次数可就太多了！

谢砚礼无视温秘书，发完消息之后，便径自按灭了手机，淡淡道："今晚加班。"

温秘书苦着脸："是。"

秦梵早早回到京郊别墅，一个人霸占主卧大床，刚享受得想打滚，就收到了来自谢砚礼的消息。

谢砚礼："会咬人的仙女？"

秦梵瞪着那几个字，差点儿要瞪出窟窿来。谢砚礼怎么回事，能不能好好夸夸她，她什么时候咬人了？

没等她想好怎么回击，消息框里又冒出来一句：

"秦小姐，鉴于你昨晚的行为，本人要求索赔，如果你拒不认账，12小时内你将收到来自谢氏律师团拟定的律师函。"

秦梵："……"

卧室只开了一盏壁灯，暖黄色的灯光下，秦梵坐起身来，睡袍微微松垮，挂在她纤细雪白的手臂上，不加装点，骨子里便透着慵懒的美感。

她低垂着睫毛，指尖滑动屏幕，面无表情地将谢砚礼的备注从"陪睡的"改成"陪睡狗"。

改完之后，双唇抿着，还觉得气不过。

什么品种的男人才能做出这种狗里狗气的狗事？

秦梵越看越觉得这个头像碍眼，轻哼了一声，顺手把人拉到黑名单，终于气顺了！

做完这一切之后，秦梵重新躺回枕头上，看着色调高级的天花板纹路，莫名觉得谢砚礼加班不回家，主卧的空气都清新了不少，这是自由的空气。

就这么安安静静地躺了几分钟，秦梵忽然翻身起来，光脚踩在地毯上快速走到门口，手指在门锁上点了点，只听到"嘀"一声长音，卧室门被牢牢反锁住。

手机里的谢砚礼只配待在黑名单里，而现实生活中的谢砚礼只配睡客房！

秦梵放心地关灯入睡。

试镜结束后，秦梵接下来几天都在赶通告，毕竟如果确定入组的话，裴枫的剧组中途是不能请假的。

忙碌中，甚至忘了还有个活在黑名单里的老公。

这天下午，秦梵出席一场商务活动，那是她之前一个手表代言的活动，早就定好了时间。

地点是北城最大的商场，此时这里年轻人极多，且都往一个方向而去。

秦梵活动结束后，身上一袭霜色礼服长裙还未换下来，细白的手腕戴着一块孔雀绿表盘的精致手表，单手提着裙摆，正站在三楼栏杆处，遥遥望着一楼大厅涌动的人群。

周围被工作人员清场，对比一楼，这一层极为安静。

"梵梵姐，你快看。"小兔手指向楼下。

人群中，一个被层层保镖护卫在中间、穿着酒红色丝绒长裙的女明星走过。

"秦予芷，秦予芷！"

粉丝们整整齐齐的欢呼声，几乎掀翻整个商场。

秦梵却在听到这个名字之后，微微眯起乌黑的眼眸。

"秦予芷？"秦梵望着那个人，红唇缓慢地溢出来这三个字。

小兔以为她不认识，解释说："姐，你不知道吗，秦予芷是主流圈力捧的小公主，年纪轻轻就拿到许多影后奖杯，出道至今被誉为演艺圈的清流，还特别低调，口碑也很好。人家有很硬的后台撑腰，却偏偏要靠实力征服万千粉丝。"

"说起来，梵梵姐，你也姓秦，希望以后你也能跟秦女神一样大红大紫！"

秦梵没作声，也没拦着她，漫不经心地准备收回视线。

小兔又是一惊一乍："啊，秦女神好像在跟我们打招呼！"

原本径自往前走的秦予芷，抬头往这边看，大方美丽的容颜在灯光下一览无余。见秦梵看到她了，秦予芷涂着豆沙色口红的唇瓣浅浅地勾起一个弧度，引得周围粉丝更加声嘶力竭地尖叫。

秦梵浑不在意地转过身来，提着裙摆往休息室走，表情散漫，随意道："走了，再不走要堵车。"

小兔依依不舍地跟在秦梵身后，看着自家艺人那淡定自若的模样，忍不住心中感叹："不愧是梵仙女，瞧瞧这格局，人家沉迷女神降临时，咱姐担心影响交通。"

只是她并未发现，秦梵转身过后，那顷刻间淡下来的表情。

连续跑了几天通告，秦梵终于有时间休息一天喘口气。当天晚上临睡前，她决心睡到明天中午再起床，好好把缺的觉补回来。谁知，早晨刚过七点半，秦梵就被保姆叫醒，原因是有客来访。

秦梵在床上"瘫"了一会儿，好不容易挣扎着起床，难得踩上了一年不怎么穿几次的室内拖鞋，脚步虚浮地下楼。

客厅内蒋蓉已经等着了，一看秦梵眼下泛青，小脸苍白，顿时想到了一系列年轻小夫妻深夜盖着被子不纯聊天的画面。

"话说，我刚才遇见谢总了！"蒋蓉很少来京郊别墅，来了也是在外面等秦梵，所以今天第一次遇见谢砚礼，忍不住感叹，"就谢总这颜值，我都想签他当艺人了！"

秦梵接过保姆递过来的温水，踢了拖鞋往沙发上一窝，红唇勾起嗤笑的弧度："签约金天价。"

蒋蓉："……"

秦梵又抬起眼皮，闲闲地补了一句："天价签约金签个除了脸，要啥啥不会，还像活祖宗的男艺人。"

蒋蓉哑口无言，彻底打消了念头，惹不起惹不起。

不过，作为过来人，她总觉得秦梵今天提到谢总语调怪声怪气的："你跟谢总闹矛盾了？"

自从忙着赶通告，秦梵就再也没在家里见过他，两人时间不同步，都忙碌的时候，若非一方刻意，还真见不到几面。

秦梵握着玻璃杯的指尖微微一顿，随即若无其事地岔开话题："仙女的事你少管，倒是你，今天怎么敢进来了？"

蒋蓉先啧了声："行行行，仙女跟老公的夫妻问题，我们凡人也不敢管。"随即才从文件袋里拿出一沓合同，"这是《风华》剧组传来的初拟合同，没问题的话，下午咱们就去裴导公司签约。"

秦梵眼眸动了动，难怪今天蒋姐直接登门，原来试镜通过了。纤指翻着合同，就着客厅明亮的光线，她一条一条看得非常认真。

蒋蓉心情愉快："这下公司再也没理由雪藏你了，等你红了，那些想要抢资源的人就得掂量掂量。"

他们就不会像现在这么被动了。

在娱乐圈，红是原罪，但不红就会任人宰割。

秦梵若有所思，揉了揉眉心："好吧。"

总归能拿到角色就是好事。

为免夜长梦多，蒋蓉当天就带着秦梵去签约。

耀星影视公司。

秦梵她们一过来，就被裴枫的助理引着前往会客室。等候期间，秦梵懒洋洋地往椅背上一靠，打开了手游页面。

蒋蓉看她："你还有心情玩游戏？"

秦梵纤细的手腕晃了晃，开了一局："我没心情啊，这不是压惊吗？"

会议室大白天也开着灯，灯光又白又亮，照在秦梵那张毫无瑕疵的脸蛋上，完全看不出任何的受惊。

蒋蓉无奈起身："我出去转转。"

一局。

三局。

直到五局游戏过去——

秦梵看着再次变成黑色的手机屏幕，将发烫的手机往桌子上一放，闭上眼睛小憩。

不知道过了多久，秦梵快要睡着时，忽然听到会议室的门被猛地推开。她蓦地睁开一双桃花眼，猝不及防对上一脸怒意的蒋蓉。

秦梵眼神逐渐清醒，慢悠悠地坐直了身子，软软的嗓音有点儿哑："怎么了？"

蒋蓉深吸一口气，强迫自己冷静下来，一字一句道："刚才有人过来说裴导临时有事，让我们回去等通知。"

回去等通知？不过是短暂地停了一秒，秦梵便反应过来，秀气的眉毛微微扬起："裴导不想签我了？"

蒋蓉点头。

秦梵表情微淡，她如何不知，这就是间接拒绝，只是人家话没说得那么直白。安静几秒，秦梵忽然站起身，抬步往外走去。

蒋蓉连忙追过去："你去哪儿？"

蒋蓉是生气，不过理智还在，想到秦梵那个脾性，担心她得罪裴枫。

秦梵平静地抚了抚垂落在脸侧的发丝，没答蒋蓉的话，出门询问路过的工作人员："请问裴导的办公室在哪儿？"

裴枫的办公室也在这一层。

秦梵脚步顿在门口，房门紧闭，但透过玻璃墙，她眼尖地发现会客区茶几上放着三个杯子，其中两个白色的茶杯边缘有浅淡的口红印，说明不久之前，他接待的客人是女性。

秦梵眼睫低垂，所以，裴枫是见了她们才决定不与自己合作的。

这时裴枫的助理赶来解释道："秦小姐，我们裴导出去了。"

"打扰。"

秦梵也不纠缠，顺从地转身离开，只是余光扫到走廊处的监控时，闪过一抹幽色，朝着旁边蒋蓉眨了眨眼睛。

蒋蓉与她极为默契，不动声色地点了点头，而后一前一后离开办公楼。只是，蒋蓉走到门口后，重新折回去。

而秦梵戴着口罩，环顾四周，最后往不远处一间私房菜餐厅走去。待了三个小时，她刚好饿了。

盛夏的黄昏姗姗来迟，落日的余晖只留下一个尾巴，像是一尾金色的锦鲤，在一片混沌的云层中翻滚着。

秦梵抿了抿红唇，望着那尾锦鲤，若有所思。

到了私房菜馆包厢内，秦梵看着菜单，干脆点了全鱼宴。上天在提示她，今晚该吃鱼。

等到吃得差不多了，她慢条斯理地用服务生准备好的温毛巾，轻轻擦拭手指，将一根根葱白的指尖擦得干干净净。

她的眉眼带着一如既往的散漫平静，似乎并没有被今天的事情打击到。刚擦完手，电话铃声在安静的包厢内响起，是蒋蓉。

秦梵拿起手机："蒋姐，怎么样了？"

刚才她使眼色让蒋蓉去拿那边的监控，也不知道蒋蓉拿没拿到。

蒋蓉作为资深经纪人，自然有她的手段："我出马自然没问题。

"我告诉那边负责人，说你在走廊掉了一枚价值不菲的钻石耳环，想通过监控找找，你猜我发现了什么？

"竟然是见了秦予芷！

"我刚才找人打听了一下，秦予芷想零片酬出演女主角，并且唯一的要求是女三号让她公司的一个新人来演。

"要不是知道她真是那种修养极高的佛系女神，我都怀疑她是刻意针对你！"

刚好把秦梵试镜的那两个角色全都截走了。

见秦梵一直沉默不语，蒋蓉话锋一转："不过搞不好她也是被人指使来截走你的好资源的。"

秦梵终于有了一丝丝的波动，突然轻轻笑了一声。

她笑得蒋蓉莫名其妙："你是不是被气傻了？"这还笑得出来。

秦梵手肘撑在桌子上，莹润精致的指尖捏着瓷白的汤匙把玩，笑意顿住，嗓音飘忽，隐约透着深意："她不是被人指使。"

侧眸看着窗外夜色，今晚星星很多，秦梵忽然想起来自己小时候很喜欢看星星，因为这样就像是看到了爸爸。

后来为什么不喜欢了呢？

因为秦予芷对她说："人死了就被烧成灰，永远在泥土里腐烂，不会变成星星。"

最近每晚谢砚礼都要加班到深夜，今天也不例外。与几位国际合作商的酒局结束后，谢砚礼才就着冰冷的月光回家。

与往日不同，今天他刚打开门，竟然听到客厅有电视声音。谢砚礼换拖鞋时，抬眸扫了眼，入目便是在客厅地毯上盘膝而坐的女人，此时她漂亮的纤指正握着一杯盛满奶白色液体的玻璃杯。

"你在做什么？"今天倒是不躲他了。

秦梵柔若无骨的身子靠着沙发座位边缘，一双明眸，睫毛轻轻颤了一下，就那么直勾勾地望着他，然后举起手中那玻璃杯晃了晃，语调理所当然："我在喝酒啊。"

喝酒？

谢砚礼扯松了领带，慢条斯理地走过去，走得越近，她手中被灯光折射出冷调光晕的白色液体越清晰。

修长的身影站在秦梵面前，格外有压迫感。他握住秦梵晃动的手腕，微微俯身从她手里拿过杯子，靠近时，能嗅到淡淡的奶味，确实是一杯牛奶。

谢砚礼没着急起身，就那么对上秦梵的双眸——此时像是覆上了一层薄雾，迷茫如天真无辜的小鹿，倒像是真的醉了一样。

谢砚礼有些意外地望着她：她喝奶也能醉？

秦梵看着自己小手空空，一双水眸顿时委屈了，歪歪扭扭地扑到面前那个挡光的人身上："你别抢我的酒！"

见她莽撞的样子，谢砚礼下意识地扶住了她的腰肢，呼吸间奶气瞬间被怀中女人身上的酒香气冲散……

果然是醉了。

谢砚礼扶稳了她的肩膀："秦梵，你还知道自己是谁吗？"

在他怀里挣扎着要抢"酒"的秦梵显然被这个问题问住了。

秦梵仰头看着谢砚礼，从她的角度，能清晰看到男人修长白皙的脖颈，只要微微踮脚，就能亲上他的下颌。

可此刻，秦梵一脸深沉地思考着，仿佛在思考什么难解的学术问题。

谢砚礼准备把她放到沙发上时，忽然感到身上一沉。秦梵跳到他身上，像是考拉一样地抱着他，愉快地宣布："我想起来了！我是一只猫。"

清早的第一缕阳光照进主卧房间时，秦梵表情凝重地坐起身来。

这世界上最尴尬的事情不是大清早醒来旁边睡了个男人，而是……男人看起来像是被凌虐过的。

秦梵余光不受控地往男人身上飞，他双眸微合，呼吸均匀，清俊的面容也因为睡着，看起来安静柔和。

只不过，此时男人白皙脖颈上布满了齿痕，累累罪证昭示着秦梵昨晚的恶行。

秦梵有根据地猜测：谢家律师团队拟定的律师函，又要加一份。

大概是秦梵的眼神太直白，谢砚礼眉心轻蹙，睁开眼睛后，入目便是秦梵正双手抱臂，表情沉重肃穆地望着自己。

男人清冷的声音带着晨起的喑哑："谢太太，我还没死。"

秦梵愣怔两秒，没反应过来："啊？"

谢砚礼揉了揉眉心："所以，你不必露出这副为丧夫哀悼的表情。"

秦梵："……"

毕竟心虚，虽然满肚子槽点，但她还是露出温柔贤惠太太的笑容："醒了，抱歉，昨晚我喝多了……"

看着她此时假模假样地装傻，谢砚礼脑海中却浮现出昨晚临睡前，她紧紧攥着自己的手，眼眸沁着泪珠儿，脆弱如白瓷的样子。

见谢砚礼沉默不言，秦梵偷偷抿了抿唇，怀疑自己昨晚是不是把人欺负得怀疑人生。

一时无话，卧室顷刻间静下来。

秦梵忍不住了，懊恼地闭上眼："昨晚我到底把你怎么了？你说吧，我承受得住！"

听她声音沉重且生无可恋，谢砚礼缓缓地坐起身，思索过后："你是说边咬我边喊你是一只猫，还是……"

男人嗓音徐徐，慢条斯理地仿佛说了个很平常的话题。

然而——秦梵脑子蓦地炸开了般！

啊！疯了！

她昨晚竟然干出这么羞耻的事情，难怪谢砚礼脖子都那样了。

秦梵身子僵住，没等谢砚礼说完，立马面无表情地用被子把自己包裹起来，闷声闷气地说："祝谢总上班愉快，再见。"

谢砚礼垂眸，在她躲进被子之前，看到了她乌黑发丝下那红通通的小耳朵。

秦梵躲了好一会儿，又悄悄露出来两只眼睛，目送谢砚礼下床，小声嘟囔了句："你别误会，那是我们年轻人最喜欢的游戏，叫猫咪蹭。表达，嗯，表达……"秦梵编不下去了，自暴自弃，"反正喝醉酒无论说什么做什么都不算数的，你赶快忘掉！"

谢砚礼淡淡地扫了她一眼，若无其事地准备开门出去。

"你等等，你就这么出门？"秦梵披着被子，快速拦住他。

谢砚礼示意她看向墙壁上的钟："谢太太，六点半。"

意思非常明显，他上班的时间到了。

秦梵不让："你就这么去上班，不怕被下属们或者合作伙伴们笑话吗？"

谢砚礼松开门把手，平静地望着她——所以怪谁？

秦梵完全读懂了谢砚礼的眼神，握住他的手腕折回去："你跟我过来。"

两分钟后，梳妆镜前。秦梵细白的指尖捏着一管遮瑕液，顶着谢砚礼颇为冷漠危险的眼神，用指腹小心翼翼地将已经点涂在他脖子上的遮瑕液晕染开。

谢砚礼略微低头，能清楚看到秦梵浓密的睫毛动也不动，小嘴也紧抿着，屏息认真的模样。

仿佛昨晚那个默默流眼泪的女孩是幻觉，他安静了几秒钟后，忽然开口："昨晚为什么喝酒？"

秦梵指尖轻顿，随口答："我作为成年女性，喝个酒还需要理由？"

谢砚礼若有所思："在外面受委屈了？"

"并没有。"

看着男人处理完毕的修长脖颈，正常社交距离的话，应该看不出来，秦梵长出了一口气，她给自己化妆都没这么用心过！

秦梵不想跟谢砚礼讨论自己受没受委屈，塑料夫妻，没必要走心。

"好了，你可以去上班了。"秦梵推着换好衣服的谢砚礼出房间。

他临走之前，秦梵认真嘱咐："今天你不要碰脖子了，免得蹭掉妆。"

谢砚礼心想：妆？

谢砚礼前脚离开，秦梵脸上的笑意立刻消失，冷然地看着手机。

昨晚喝酒，是她最后一次容许自己放纵情绪。她还有事业要做，不能低落太长时间。过去了，她又是天不怕地不怕的小仙女！

恰好小兔发消息提醒她："姐，前天活动你答应粉丝要亲手出个甜品教程，需要我过去帮忙吗？"

秦梵当然不需要小兔。她带着设备自顾自地走到厨房，还把厨师们惊到了："太太，您有什么吩咐吗？"

秦梵亲自准备好拍摄设备："没事，我想自己动手做个甜品，今天厨房有什么新鲜的水果？"

厨师答道："今天刚好有新鲜的水蜜桃，您要用吗？"

秦梵脑子里浮现出一系列水蜜桃甜品的教程，而后轻轻颔首："可以。那就做个蜜桃糯米糍吧。"

等东西全都准备好，秦梵便给厨师们放假了。偌大的厨房，只剩下她自己。她动作熟稔，按步骤将桃子削皮，切成丁。正准备下锅将桃子皮煮成桃汁水时，旁边台面上的手机陡然响起视频铃声。

安静的空间内，手机铃声格外清晰。秦梵偏头看了眼旁边的手机屏幕，"小公主"三个字嚣张地占满了屏幕。

是她从小一起长大的好闺密姜漾。与她复杂的家庭环境不同，姜漾虽然母亲早逝，但父亲身价不菲，恨不得将这个唯一的女儿捧在手掌心，把这个女儿养得娇气又肆意。

秦梵刚接通，就听到那边嘈杂的声音："你在哪儿？这么吵。"

镜头晃了晃，很快出现一个又美又艳的面容。

姜漾用手机拍着转了个圈，笑得很肆意："我在时装周后台，可以提前选下季的新品哦。我也给你选了几件，等回国就给你送去。"

秦梵淡定地搅拌着锅里淡粉色的水："谢谢公主姐姐。"

姜漾这才看到秦梵身上的围裙和锅勺，倒吸一口凉气："你这是在厨房做饭？谢家连厨师都请不起了？难怪秦家非要你嫁过去呢！"

秦梵许久没有听到秦家的消息了，眼睫轻颤了颤，随即若无其事地拿起手机对准拍摄器材，说道："工作需要，做个甜品，当 vlog 视频的素材。"

"幸好。"姜漾拍着胸口，而后话锋一转，"秦予芷最近是不是又满肚子坏水针对你了？"

"嗯？"秦梵了解姜漾，她对娱乐圈的事情并不感兴趣。

姜漾轻哼了声："我看秀的时候碰到她了，她对我笑了！她哪次对我笑，不是挑衅又欺负到你了？"

秦梵正在揉糯米粉团的手微顿，忽然想到什么一样，低声说："漾漾，你等会儿如果再碰到她，帮我带句话。"

姜漾道："什么？"

秦梵红唇轻飘飘地勾起："就说，'秦梵让我转告你，"你以为这样就欺负到我了吗？"'"

姜漾有些迷惑，秦梵没解释："总之，你就这么说，等回来之后我再告诉你怎么回事。"

"好吧……"

那边有人叫姜漾，所以对方很快便挂断了视频。秦梵没碰自动挂断的手机，不疾不徐、很有条理地将甜品做好，最后将视频发给小兔，让她剪辑后再发出去。

三天后，秦梵要参加一个时尚盛典。想着很有可能要有一场硬战，所以她亲自挑选战袍。

京郊别墅她的衣帽间内，秦梵径直走进最里侧单独的区域，指尖划过玻璃衣柜，里面是管家才让人送来的衣服和首饰。

秦梵最后选定了条高级而低调的香槟色吊带长裙，设计简约，亮点是钻石链条的肩带，即便不戴任何配饰，也能压住其他佩戴闪耀珠宝的女明星，走红毯再美不过。

不出她所料，秦予芷也出现在这个活动上。红毯结束后的后台走廊内，两人狭路相逢。

秦梵眼眸微微眯起，视线悠悠地落在穿着身黑色方领丝绒长裙，走气质女星路线的秦予芷身上。

秦予芷在背后搞了那么多，就是为了踩自己，衬托她是高高在上的天上云，而自己是被人狠狠践踏的地上泥。

当从姜漾口中听到她说，她完全没被欺负到，甚至还有看戏的意思时，秦予芷自然坐不住了。

如今的对峙，是秦梵料事如神。相较于被众多助理簇拥在中间、气场惊人的大明星秦予芷，旁边只有小兔一个助理的秦梵，显得弱势许多。

秦梵看似姿态慵懒散漫，香槟色长裙曳地，行走间裙摆摇曳，美不胜收，偏偏从气场上毫不逊色于人多势众的秦予芷。

莫名地，感受到两位女明星周围萦绕的氛围感，大家都不敢说话，气氛瞬间凝滞下来。

敏锐如小兔，嗅到了女明星之间弥漫的无形硝烟。

直到秦梵抬起眼眸，红唇微启，声线平静地突然开口："是你做的吧？"

她话中之意，秦予芷比谁都清楚。对上秦梵的目光，秦予芷笃定她是刻意装平静。

于是她踩着超十厘米的高跟鞋，慢慢走向秦梵。离得近了，也丝毫不在意旁边还有助理听着，她就那么用温柔优雅的语调说："是我做的你又能怎么样呢？梵梵，你明白的，只要我在娱乐圈待一天，就要阻碍你成功。"

秦梵望着她，唇角弯着没什么情绪的弧度："秦予芷，你能不能别像疯狗一样，整天追着路人乱咬？"

秦予芷以为自己激怒了她，带着胜利者的微笑："裴导这个戏，我抢定了，不但这个戏，以后你所有的戏，我都要……"

秦梵表情淡淡："是吗？秦予芷，你在娱乐圈待了几年，我还以为你能长点儿脑子。"

话音刚落，在大家猝不及防间，秦梵忽然伸手，将近在咫尺的秦予芷推到走廊墙壁上，发出"嘭"的一声。

秦予芷万万没想到秦梵居然敢对她动手，猝然睁大眼睛。趁着她那些助理还没有反应过来，秦梵面不改色，掌心蓦地用力，抵住秦予芷的肩膀，将她牢牢按在墙上，桃花眼里像是浸透了寒霜，缓慢而笃定道："这个戏，我演定了。"

会场外面不知何时下起了暴雨，闪电撕碎夜幕，雨水肆意泼洒在高高的台阶上，溅起层层叠叠的水花。

雨帘中出现一个撑伞的身影，宽大的黑伞下，秦梵提着长长的裙摆缓缓走来。她身影纤细婀娜，不疾不徐行走在雨间，仿若工笔圣手笔下那徐徐展开的仕女图。

小兔尽量将伞遮在秦梵上方，小心翼翼地跟在她身边。

下一刻，秦梵却停住，冰凉柔软的手指往她那边推了推伞柄，好听的嗓音依旧清淡："别淋雨了。"

小兔用余光偷看了眼旁边的仙女，觉得自己现在像是在做梦。

明明这个人间仙女美丽又善良，可刚才居然那么霸气强势，直接把后台强大的娱乐圈梦中女神毫无形象地按在墙上。现在想想，小心脏都被"飒"得怦怦乱跳。

小兔当然也没忘记正事："梵梵姐，万一秦女神……不对，我是说秦予芷，万一秦予芷拿到走廊监控网暴你怎么办啊？"

他们在场的人知道是秦予芷先挑衅的，但是网友们不知道啊。而且对方那么多助理，在场的站在梵梵姐这边的只有自己！太被动了。

白色保姆车停在路边，因为下雨，她们又走得迟，所以原本热闹的会场外，除了这辆车，只有寥寥无几的车辆路过。

秦梵弯腰上车，不以为意道："她不会。"

秦予芷虚荣心极强，营造自己高高在上主宰一切的女神形象不容易，怎么可能暴露出自己被碾压的一面。在她眼中，今晚被按墙羞辱是黑历史，估计恨不得永远消除。

不过秦予芷会用比网暴更恶心的手段……从小到大，秦梵不会低估她恶心人的境界。

小兔一脸崇拜地望着自家艺人："秦予芷算什么女神，我们家梵仙女才是真正的女神！"无论是容貌还是智商，单方面碾压秦予芷，连当场打人都能打得对方不敢吭声，绝了。

秦梵对小兔的反应有点儿意外："你不是她粉丝吗？"

小兔立刻摆明态度："当然不是！

"我就是一个没见过世面的小市民，上次在商场看到大明星激动了点儿。"

小兔生怕秦梵误会她的立场，还举手发誓："我许兔，永远站梵仙女这边！"

秦梵被她这举伞站在雨中发誓的画面逗笑，红唇轻弯起。

这时，从副驾驶座冒出来一个人头："耍什么宝，还不快点儿上车。"

蒋蓉亲自来接她们，车子发动，蒋蓉先提醒了一句："你上热搜了，今天红毯表现不错。"

想到刚才她们在外面，蒋蓉皱着眉头怀疑道："不过……刚才听你们的话，是不是发生了什么我不知道的事？"

小兔绘声绘色地将走廊那一幕说出来，秦梵想要阻拦已经来不及了。

她假装没看到蒋蓉一副呼吸困难，还要听小兔说细节的样子，用干毛巾擦了擦微微有些潮湿的发梢之后，便转到车厢后排私密的空间，将裙摆已湿透的礼服换下来。

换上车里备用的简约白 T 恤和短裤后，她随即在最后排一窝，拿出手机刷微博，今天她走红毯的照片已经在同台争艳的一众女明星中脱颖而出，占据了热搜一个位置：

"人间仙女秦梵红毯造型"。

前方热评——

"这颜值，这身材，夸一句神仙姐姐不过分吧？"

"可以永远相信人间仙女秦梵。"

"这个眼神，绝了！"

"要醉在姐姐的桃花眼里，呜呜呜……"

"姐姐这么美，要多多工作呀，不要浪费这与生俱来的美貌。"

"脸红心跳了，为什么一条普普通通的吊带裙，我都能看得心跳加速？"

秦梵纤指抵着眉梢，漫不经心地继续往下滑。基本上都在夸奖她的美貌，而且热度攀升极快，最后直接压住了原本在热搜第一的"秦予芷首次亮相时尚盛典"。

会场距离酒店很远，靠着车窗，外面雨声淅沥，不减趋势。

秦梵刷着手机上那张秦予芷的红毯照，想到两个小时前跟秦予芷放的狠话，有点儿走神。话说得容易，做到却很难啊。

她现在跟秦予芷的状态如下：一个穿着入门新手装的玩家，嚣张地跟满身金灿灿大神装还开了挂的人民币玩家叫嚣谁的钱多。

就在秦梵苦恼的时候，旁边听小兔讲完全过程的蒋蓉，好不容易让自己平复下来。

她扭头看向秦梵，非常严肃地提议："要不，你还是求求你家谢大佬吧。"并引经据典，"张爱玲不是说过吗，'男人靠征服天下来征服女人，女人靠征服男人来征服天下'，你细品，这就是上天创造出男女的意义，给了女人的最好王牌。"

秦梵双唇微抿起，若有所思——把谢砚礼当成反击秦予芷的工具人，好像也不是不能接受。

不过秦梵没应，指尖把玩着薄薄的手机，语调有些漫不经心："蒋姐，我更想靠征服世界来征服男人。"

"……"蒋蓉沉默两秒，然后幽幽道，"你有没有想过，或许征服谢大佬那样的男人，比征服世界难度还要高。"

秦梵脸上笑意一收，将薄毯蒙在脑袋上："你别说话了！"

拒绝交流。

眼前视线暗下来，秦梵脑海中浮现出谢砚礼那张无情无欲的面容，即便是在做最亲密的事情，他依旧能保持全部的理智。

这样的男人，诱他沦陷、诱他失去理智，确实比征服世界还要刺激。

想着他沉沦情劫，主动走下神坛……

不知不觉，秦梵蒙在脸上的薄毯滑落，她竟就这么睡着了。

蒋蓉看着秦梵神色倦怠，亲手给她调整座椅角度，对司机小声道："慢点儿开。"

本来还想问她跟秦予芷到底怎么回事，见她这么累，蒋蓉只好将所有问题压下，暂且不提。

时尚盛典的举办地点在与北城相邻的斐城，因为下雨，秦梵她们直接在酒店住下，并没有冒雨上高速。

暴雨是后半夜停下的。

"嗡……"手机振动声在漆黑的酒店客房内响起。

雪白的大床上，忽然伸出来一只几乎与床单同色的瓷白小手，摸索着找到手机，嗓音略哑："喂？"

"是我，快开门！"蒋蓉声音急促。

十分钟后，套房客厅内。蒋蓉一脸怒色难以掩饰，将开着的平板电脑递给秦梵："秦予芷的工作室一个小时前点赞了粉丝夸她红毯造型很有《风华》女主角风情万种的感觉，官方暗示秦予芷已经签了《风华》。

"起因是有一个微博书粉大 V 说你这次红毯造型很有宁风华的感觉，建议裴导选角可以看看你。

"现在网上都在踩你捧秦予芷，这也就算了，之前花瑶直播说你拿到试镜那段也被翻了出来，嘲你仙女跌落泥潭。"

现在不单单是抢资源的问题了，更严重的是风评受损。在演艺圈，演员的风评甚至与演技一样重要。

秦梵坐在沙发上，炽亮的灯光下，她微微垂着眼睫，侧脸被映得冷白如上等玉器，面无表情地看着屏幕显示的微博页面。

她跟秦予芷的单人热搜热度已经掉出前五位。

随之爬上第一的是——秦予芷秦梵谁更适合宁风华。

词条下全都是她跟秦予芷的红毯对比图。

但热评从一溜舔她颜值变成了——

"秦梵那张脸美是美，但你们不觉得她……嗯，这造型有点儿廉价吗？浑身上下居然一件首饰都没有。"

"看秦女神的红毯，烈焰红唇加丝绒黑裙，高贵不失典雅，复古风情是宁风华本华了。"

"秦予芷脖子上那是 T 家的珍藏款吧？不比不知道，一比秦梵太小家子气。"

"幸好裴导慧眼识珠，一眼就看出秦予芷更适合宁风华，早早定下，免得被某些路人冒犯！"

"说秦梵是路人就过分了吧？人家好歹当年也是古典舞界的小仙女，真女神，美名远扬的。"

"所以关演艺圈什么事，为什么要碰瓷电影作品？"

　　…………

　　小兔在旁边神神道道："我怎么没想过，还能从梵梵姐买不起首饰这个角度来切入？"

　　重点是这个角度，当年的古典舞界宝藏级女神，不食人间烟火喝露水长大的仙女秦梵，如今过得居然连首饰都买不起，这是多么高潮迭起的反转剧情啊。

　　蒋蓉见秦梵看得认真，问道："你有什么感想？"

　　秦予芷的背景蒋蓉是知道一些的，却不知道她为什么针对秦梵，想到她们两个的姓氏，蒋蓉忽然灵光一闪："你们两个不会真的是什么豪门姐妹相爱相杀的剧本吧？"

　　能够跟谢砚礼商业联姻，秦梵的背景绝对不容小觑。那么——由此可见，秦予芷跟秦梵还真有可能是同一个"秦"！

　　秦梵抬了抬眼，墨色瞳仁里盛满了平静："哦，感想就是我礼服的价格，可以买下来两条她脖子上的项链。"

　　见她并未回答第二个问题，蒋蓉没好气地翻了个白眼："这是重点吗？"而后懊恼地拍了一下桌子，"真是阴魂不散！我们现在要怎么办？由着她？"

　　得知她对《风华》还没死心，秦予芷自然要彻底坐实，免得节外生枝。

　　秦梵唇角扬起，安抚自家经纪人："蒋姐，你没发现吗？《风华》官博并没有出来官宣。"

　　蒋蓉反应极快，连连点头："这说明《风华》没有接受秦予芷方面的施压提前官宣，也就是说……"

　　"我们还有时间把这个角色抢过来！"

　　可是，怎么抢？秦梵与蒋蓉对视一眼。

　　蒋蓉深吸一口气，捏了捏拳头："你放心，我就算发动所有的人脉，也要弄清楚裴导为什么会弃你选秦予芷，找到原因也好对症下药。"

　　秦梵摇了摇头，声线沁着点儿凉意："除此之外，主要根源还在秦予芷，就算弄清楚了这一次，还有下一次，她会像块狗皮膏药那样死死黏着我。"

　　之前她就感觉到，是秦予芷在背后搞她，奈何没有证据，原本打算哄着让谢砚礼帮忙查，就是为了拿到证据。

　　而现在——秦梵伸出指尖碰了碰手机，神色清冷：新鲜出炉的证据，就在她手里。

　　这边，蒋蓉正咋舌："……"

　　真没想到传闻中淡雅高洁的清流女神秦予芷，实际上居然是这种人……

"走吧。"秦梵拿起手机，没让蒋蓉去管网上那些事情，抬步往外走。

蒋蓉跟着她起身："啊，大半夜你去哪儿？"

现在才凌晨四点，外面夜色依旧浓稠如墨汁浸染过。

秦梵侧了侧身，冷静回了句："回家。"

啊？回家？蒋蓉狐疑地望着她，这是想通了要回家找老公帮忙？

雨后的夜晚格外宁静，白色的保姆车在暗夜中疾驰，路上隐隐约约还能听到清脆的蛙声、虫鸣声。

早晨七点整，保姆车停在一栋主体蓝、白两种色调的复式别墅外，别墅造型独特，很有童话感。

秦梵透过车窗，遥遥望着这栋别墅，素来慵懒散漫的眼神，此时透着清晰的怀念。

"这是哪儿？"蒋蓉难得见她露出这么柔和的神色，"别墅造型还挺好看的。"

别墅位于半山腰，风景极美，一些真正有底蕴的上流家族，当年不少在这里安家的。只不过相较于旁边那些古典式别墅，这栋显得独特了些。

秦梵嗓音很轻："当然好看，这是我爸爸在我出生之前亲自重新设计的外观，我在这里住了十八年。"

因为爸爸说，她是他的小公主，小公主就要住在童话世界的城堡里。

北城当然不能随便建造城堡，所以爸爸退而求其次，设计了这样一栋别墅。

蒋蓉了然，光是看着这栋别墅，就能感受到来自父亲那对小公主的期待与疼爱。

"原来你说的回家是回娘家。"

娘家？秦梵唇角怀念的弧度渐渐凝为薄凉的讽意："这是秦予芷的娘家。"

蒋蓉觉得自己大脑不够用了，满头问号。

"等等，这不是你爸给建的吗，怎么又成了秦予芷家？你来这里是做什么的？"

"还有你跟秦予芷到底什么关系？"

"你先别下车，给我说清楚再走！"

小兔已经从外面打开车门。

秦梵漂亮精致的眉眼满是漠然，下车后直起身子，遥遥望着那栋别墅，清淡的嗓音仿佛从天边而来："来这里找秦予芷的监护人，让他们管好这条疯狗，别放出去咬人。"

"至于关系……"秦梵缓缓转身，隔着车窗对着蒋蓉露出抹似笑非笑的表情，"秦予芷是我二叔的女儿，我二叔是我妈的现任丈夫。"纤长食指隔空点了一下那栋被青山绿水环绕的蓝白别墅，嗓音淡了淡，"而他们一家三口住在我爸爸建的别墅里。"

与别墅外观干净、童话的风格不同，秦梵一进客厅，差点儿被里面华丽奢靡的装修风格闪到眼睛。

连天花板都换成了浅金色，那巨大华丽的吊灯亮着，能清晰看到里侧开放式餐厅内正在用餐的两个人。

秦梵站在门口，被灯光刺得眼睛微眯了一下。

"梵梵？"

餐桌上，一个穿着精致的白色绸缎长裙的女人突然站起来，不可置信地望着突然出现在家门口的女儿。

与秦梵相仿的美丽眉眼中透着几分化不开的忧愁，此时眼底满是惊喜。

秦梵眼睛缓过来了，平静地喊了一声："妈。"

秦临温和地朝着秦梵招招手："梵梵回来了，过来陪你妈妈再吃点儿早餐。她很想你。"

秦梵没答，目光落在说话的男人身上。即便人过中年，秦临身材依然保持得很好，儒雅温和，很有成功儒商的感觉。

这时，楼梯处传来踩着拖鞋的脚步声，语调带着点儿撒娇的意味："爸妈，你们吃早餐怎么不叫我——"

秦予芷穿着家常睡衣从二楼下来，见到秦梵，陡然顿住，下一刻笑了笑说："欢迎。"

秦予芷在秦夫人旁边坐下，亲亲热热地挽着她的手臂："妈妈，你今天亲手做了我爱吃的南瓜糕呀。"

秦夫人当着亲生女儿的面，被继女这么亲密地抱着，身体有点儿僵硬。

秦予芷故意挑眉看向秦梵："梵梵，你看到我跟妈妈关系好，不会跟小时候那样吃醋摔筷子吧？"

秦梵神色未变，就那么看着他们一家三口。她从小就知道，爸爸去世后，妈妈嫁给二叔，她不但失去了爸爸，也失去了妈妈。

秦夫人下意识地想要拉秦梵的手："梵梵，坐……"

秦梵避开她的手，言辞很有礼貌："不坐了，我说完就走。"

"我是来请二叔关好家里的犬女。"

"关"与"犬"两个字，秦梵刻意重读，免得她这位爱和稀泥的二叔听不懂。

一家人齐刷刷地看向秦梵，秦予芷无辜地望着秦梵："梵梵，你对我是不是有什么误会？也是，你从小就对姐姐误会很深。"

秦梵懒得看她惺惺作态，指尖轻点手机屏幕。

从手机里沙沙地传出来一段对话——

"是你做的吧？"

"是我做的你又能怎么样呢？梵梵，你明白的，只要我在娱乐圈一天，就要阻碍你……"

音频刚开始播放，秦予芷便反应过来，眼神闪烁不定，随即叹了声："梵梵，我没想到你居然这么恨我。本来还想帮你隐藏的，你却断章取义……"

说着，秦予芷将高领的睡衣往下拉了拉，露出从脖颈到肩膀处青紫的伤痕。

"嘶……"

秦夫人倒吸一口凉气，慌乱地看向秦梵："梵梵，你怎么能欺负姐姐？"

秦梵当时是按了她的肩膀，但绝不可能一夜之间瘀青成这个样子。而她的亲生母亲不分青红皂白就质疑自己，秦梵眼睫轻颤了一下，觉得有些可笑。

小时候她被秦予芷陷害过，无力为自己辩解，因为所有人都相信乖乖巧巧的秦予芷，而觉得她被爸爸娇宠着长大，性子乖张顽劣。

在这样的阴影下，秦梵养成了跟人对峙时，要先拿到证据的习惯。所以秦梵明知秦予芷一直在背后搞她，奈何没有证据，这才忍耐着等待机会。

昨晚在时尚典礼走廊，秦予芷上钩，让她趁机录下了这段铁证——秦临不作声，默认秦夫人指责秦梵。

秦梵手指漫不经心地敲了一下桌面："首先，你指控我伤害你，可以带着证据去警察局，按照你这个伤势，我可以构成故意伤人罪了。但是，秦予芷，你敢去报警吗？"

秦予芷紧咬着下唇不言，她当然不敢，因为这本来就是她自己用力掐的。

秦梵不再管她，将目光移到旁边一言不发的秦临身上："二叔要是做不了秦予芷的主，那就请奶奶回来做主吧。我手里这个音频，足够证明秦予芷利用家族权力迫害族亲。"

秦老夫人如今是秦家掌权人，而秦临只是代执行者，所以当秦梵提到奶奶时，秦临终于开口："你想怎么样？"

秦梵居高临下地站着，条理清晰道："我的诉求很简单，管好秦予芷，别让她仗着秦家人的身份随便出去咬人，二叔能做到吗？"

"秦梵，你！"

秦予芷刚想开口，秦临便训斥道："芷儿，从今往后不准再欺负梵梵，姐妹两个有什么误会不能坐下来好好说？还有梵梵，虽然你嫁到了谢家，但也需要娘家人，姐妹两个关起门来闹归闹，别让外人看了笑话。"

说完，秦临便站起身来离开餐厅。

秦夫人满脸紧张地目送秦临离开，而后想要抓秦梵的手："梵梵，你跟妈妈到房间一下……"

旁边秦予芷冷哼一声，她手僵在原地。下一刻，秦予芷丢了筷子，话也没说，转身上楼。

秦梵看着惶惶不安的母亲："没事我就走了。"

"有的，我们母女已经一年没见面了，梵梵，妈妈好想你。"

看着那一双美眸中浸着忧愁与思念，这是没有任何演戏成分的，秦梵本不想答应她……

看了眼时间，秦梵冷淡地说了句："我只待十五分钟。"

"好好好。"秦夫人忙不迭地拉着秦梵去了自己房间。

房间内，秦夫人先是摸了摸女儿的脸蛋："梵梵，你过得好吗？"

"还有十四分钟，妈，你要说什么？别浪费时间。"秦梵对于她这种迟来的母爱，一点儿都不在意，如果真的爱她这个女儿，早干什么去了。

秦夫人哽了哽，然后说道："梵梵，妈妈知道你不喜欢妈妈嫁给你二叔，可是妈妈能怎么办呢？你爸爸去得早，我们孤儿寡母活不下去的。为了妈妈，你忍一忍好不好，以后不要像今天这样莽撞了，万一，万一……"

"万一二叔因为这件事生气不要你了，你害怕这个对吗？"秦梵唇角勾起凉凉的弧度，"所以呢，让我息事宁人，跟以前一样，不跟秦予芷计较，随便她如何欺负我、污蔑我。"

她这个母亲，如菟丝花一样，离开了男人就存活不了。

"没这么严重，你误会芷儿了，她是个很善良的姑娘，平时在家里都说你的好话。"秦夫人觉得秦梵太偏激，把人想得太坏。

秦梵不想跟自己这个"傻白甜"的妈说话了，起身准备往外走。

"梵梵，如果芷儿不喜欢你当演员，你就退出娱乐圈吧。"

乍听到这话，秦梵放在门把手上的指尖微微用力，几秒钟后，她背对着秦夫人留下毫无感情的一句话："你可真是我亲妈。"

完全不在乎亲生女儿的事业、梦想，只因为继女不高兴，所以就那么轻轻松松说出让她放弃事业这种话。

秦梵自嘲一笑，幸好她从懂事开始，就再也没有对母亲这个角色产生过任何期待。

楼梯口，保姆突然拦下她："二小姐，大小姐在花园秋千那边等你。"

秋千？原本准备径直离开的秦梵，像是想到什么，眼神冷下来。

无须保姆带路，秦梵转身去了花园那边，她比谁都熟悉那里。

因为那架秋千，是爸爸亲手为她打磨制作的，坐在秋千上，仿佛感觉爸爸依旧在她身边陪伴着她一样。

越过层层花丛，偌大的樱花树下，原本架立在那里的那架小巧精致的秋千消失不见了。

048

秦梵乌黑的瞳仁陡然收缩——秦予芷换了身轻便的衣服，手里正把玩着一把大剪刀，脚下踩着一堆木头与断掉的麻绳，见秦梵来了，朝着她笑笑："你那架破秋千都快烂了，姐姐帮你处理了。"而后扭了扭手腕，"那绳子真结实，差点儿没剪动，幸好……"

秦梵眼睫毛垂着，一步一步朝着秦予芷走过来。明知道这架秋千对于秦梵的意义，此时见她这样，秦予芷眼神更恶毒。

"滚开。"

秦梵忽然开口，看着被秦予芷踩在脚下的木头。

秦予芷想到自己的目的，给旁边保姆递了个眼神。昨晚秦梵那么羞辱她，不羞辱回来，她怎么能忍。

秦梵满眼都是那些碎裂的木头与断掉的绳索，伸出纤白的指尖轻轻触碰了一下，仿佛怕弄疼了它们一样。这是爸爸送她的最后一件礼物，现在也没了。

秦梵指尖猝然收回，抬起眼眸，森冷而沉郁地看向幸灾乐祸的秦予芷，秦予芷被她的眼神吓了一跳，而后回神，秦家可是自己的地盘，有什么好怕的？

于是她抬了抬下巴，吩咐保姆："给我按住她！"

秦予芷目光落在秦梵那雪白纤细的脖颈上，想象着，如果这脖颈被自己掐住的话，她还会不会用那双漂亮又骄傲的眼睛恶狠狠瞪着自己。

秦梵眼看着七八个保姆围上来，心中冷笑。她敢自己过来，自然是不怕秦予芷用这种手段，现在的她，早已经不是那时候任由秦予芷欺负还不了手的小孩子。

眼看着保姆们即将抓到她，秦予芷满脸都是畅快的笑——

忽然，管家急促的声音传来："大小姐，谢先生来接二小姐了！"

秦梵紧握的手陡然松开，第一次觉得"谢先生"这三个字那么动听。

她冷睨着表情难看的秦予芷，讥讽道："要继续吗？"

秦予芷脸色阴沉，那些保姆不敢拦，任由秦梵径自离开了花园。

秦梵站在客厅门口，远远便看到坐在沙发上那个修长挺拔的身影。

此时大概是听到了声音，谢砚礼正侧眸看过来。目光落在秦梵那张苍白的小脸上，男人眼神微妙地暗了一瞬，嗓音一如既往地冷冽低沉："过来。"

秦梵沉豫两秒，像是没看到坐在谢砚礼对面的秦临，眼泪突然从那双漂亮的桃花眼中落下来，而后三两步扑进谢砚礼怀里："老公，呜呜呜。"

谢砚礼还是第一次看到她真掉眼泪，覆在她腰间的长指微微一顿，随即揽住了她的肩膀："谁欺负你了？"目光平淡地扫过跟在秦梵身后进来的秦予芷，却让人不寒而栗。

秦予芷对上谢砚礼那双无情无欲、仿佛看死人的眼神，吓得瑟缩一下。又是这样的眼神，这样毫无感情，如真正冰雕玉刻的男人，凭什么这么温柔地抱着秦梵？

秦予芷又是惊吓又是不可置信。

秦梵本来就是想要试探试探，没想到谢砚礼这么配合，心里稳了，知道这个人不愿意看到自己受欺负，丢了他们谢家的脸。

"她把我爸爸给我绑的秋千剪坏了。"秦梵想到那架秋千，抬起手捂住眼睛，说话声音有些发颤，"那是我爸爸给我的最后的礼物。"

秦梵把原本克制的情绪，趁机发泄出来，泪珠顺着指缝滑落。

她不愿意对任何人示弱，她从小到大都知道，哭是解决不了任何问题的，只会让想欺负你的人，更加肆无忌惮，变本加厉。

谢砚礼没有推开秦梵，谢家的女主人，不是什么路边的阿猫阿狗能欺负的。他单手揽住秦梵，薄唇溢出清晰的冷笑："秦总，你就是这么教导女儿的？"

秦临本来还想跟谢砚礼谈谈后面两家合作的事情，现在全被这个蠢女儿搞砸了。

他头疼地对秦予芷骂道："混账，还不给你妹妹和谢总赔礼道歉！"而后安慰秦梵道："梵梵，二叔再给你做一架更好的秋千，别哭了。"

秦梵哑着嗓子，对谢砚礼说："我们回去吧。"

爸爸没了，爸爸的秋千也没了，这里再也没什么值得她留恋的了。但是，秦予芷她不会放过。

临走之前，秦梵仰头睁着一双可怜巴巴的红眼睛说："我喜欢姐姐的玻璃花房，能移到咱们家里吗？"

秦予芷终于反应过来，脸上闪过一抹惊恐："不能！"

玻璃花房里是她整个年少时期暗恋的男生送她的所有花，她全都保护得很好。秦梵，秦梵是怎么知道的？

谢砚礼根本不在意秦予芷的拒绝，漫不经心地把玩着指尖那串黑色佛珠，徐徐说道："秦总，可以吗？"

并非问句，而是——威胁。

半个小时后，黑色迈巴赫车厢内。

"酷啊谢总，今天你在我心里身高两米八！"

秦梵脸蛋白皙，干干净净，不像是刚哭过的样子，此时正吹捧来英雄救美的谢总。想想把秦予芷心爱的玻璃房里的花全都拔掉，秦梵就痛快。

她又不是圣母，凭什么秦予芷欺负了她，她还要忍？她要以牙还牙，以眼还眼！

谢砚礼来都来了，他的威慑力不用白不用。谢砚礼膝盖上放着笔记本电脑，长指轻敲了几下，随后淡淡地扫了秦梵一眼："窝里横。"

秦梵被噎住了："……"

他这话什么意思？

"有胆子把我拉黑，却被别人欺负哭？"

秦梵嘴硬："谁哭了，我那是剧情需要，我才没哭！"

谢砚礼目视屏幕，似乎很忙的样子，看不出是信了还是没信。

秦梵忽然一顿，问了句："你怎么来了？"

还来得这么及时。

谢砚礼没答，倒是坐在副驾驶座的温秘书回道："太太，是蒋经纪人，她说您可能在秦家遇到麻烦了，谢总推了重要的国际会议亲自来接您。"之后，他又补充了一句，"最近谢总都忙于这个国际合作，加班很多天了。"

秦梵了然，难怪她没看到保姆车，原来是蒋蓉搬的救兵。

秦梵细白指尖杵了杵他手腕上那随意垂落的黑色佛珠，小声嘟囔："这么忙，干吗还要过来？"

谢砚礼抽空看了眼她不老实的手指，没阻止。

温秘书悄悄在手机上打了一行字递到秦梵眼皮子底下——谢总是心疼啦！

秦梵蓦地看向一旁眉眼冷漠的男人：他会心疼？开什么年度玩笑！

车厢内静了下来，男人身上清淡的木质沉香味道缭绕在呼吸之间，秦梵的心却一瞬间安定下来。

不多时，谢砚礼肩膀一沉，偏头看到秦梵倒在自己肩膀上，秀气的眉心紧蹙，睫毛不安地轻颤着，睡得并不安稳。

他收回了想要将她推回去的手，将膝盖上的笔记本电脑递给温秘书。

秦梵往里面缩了缩，感觉呼吸间的木质沉香味越发浓郁，让人想要沉眠，舍不得醒来。

等秦梵醒来时，她发现自己居然躺在谢砚礼的膝盖上，身上盖着他沉香幽微的西装外套。

谢砚礼正靠在椅背上看手机，暗淡的光线下，男人白衬衫穿得一丝不苟，露出修长脖颈处的喉结。安静时眉目淡漠，俨然是高不可攀的高岭之花。

这张脸、这身材，无论从哪个角度，都无可挑剔。也难怪当初蒋姐初次见他，就想签了当艺人。

"醒了。"

男人语调低沉而温雅，在密闭的车厢空间内，秦梵竟然听出了几分性感。她猛然回过神来，连忙从谢砚礼膝盖上直起身，起得太快，头有些晕："我睡着了？"

见秦梵动作急促，谢砚礼随手扶了扶她的手臂，随即捡起掉在车座上的西装外套，打开车门应了声，才道："醒了就回家。"

谢砚礼下车后，原地站了一会儿。

秦梵打量着他腿部位置，试探问："你还行吗？要不我给你揉揉腿再走？"

谢砚礼目光落在她睡得有些散乱的发丝上，只留下一句："适可而止，谢太太。"

看着他一步一步走得很稳的身影，秦梵脑海中莫名想起曾经看到一个帖子——无论什么脾性的男人，都不允许女人说他不行。果然，在某些方面，谢砚礼还算是正常男人……

秦梵跟在谢砚礼身后回家，惦记着如果他腿麻摔倒了，自己也能扶一扶。突然包里的手机振动起来——是蒋蓉。

蒋蓉："回家了吗？有没有被欺负？"她们原本是想进去的，没想到却被外面的保安拦下，只好求助谢砚礼，蒋蓉庆幸那天早晨多着胆子跟谢总要了一张名片！

秦梵顺手拽住谢砚礼的衣袖，免得玩手机看不到路摔了，低头回复消息："没事，现在到家了。"

谢砚礼脚步顿住，秦梵差点儿撞他身上，还疑惑地抬头："干吗不走了？"

见谢砚礼沉默垂眸，秦梵顺着他的视线落在自己刚才随手攥住的袖口上，无言以对，顿了几秒才道："你是什么冰清玉洁小可爱吗，连衣袖都拽不得？"

谢砚礼想了想，淡声："皱了。"

"皱就皱了，我赔给你一件新的！"秦梵指尖捏成拳，轻轻撞了撞他修长有力的手臂，"赶紧回去，我早餐还没吃，饿了！"

刚准备按灭手机屏幕，秦梵视线忽然定格在日期上——7月21日。

明天好像是谢砚礼的生日，秦梵想到自己嫁给谢砚礼两年，他都没有过过生日。

去年他在外面出差，秦梵只给他发了条生日快乐的消息，每年人生中最重要的日子怎么能虚度呢？

秦梵主动问道："谢总，那你今晚还加班吗？"

谢砚礼："加。"

"明天呢？"

"出差。"

"不过生日？"

"不过。"

"啧，你是工作狂魔吧！"

回家之后，秦梵填饱肚子，快步上楼补觉。刚躺下，便听到外面车子启动的声音。

秦梵下床，拉开厚重的窗帘，清楚地看到原本停在门口的迈巴赫又一次离开别墅。似乎谢砚礼就只是接她回家，顺便吃个午餐。

踢了踢脚边的拖鞋，秦梵重新回到床上，但一闭上眼睛便浮现出碎裂的秋千与绳索，顿时睡意全无。

秦梵莫名地想到了谢砚礼，如果不是谢砚礼突然出现，她今天恐怕真的不能全身而退。谢砚礼一个眼神过去，秦予芷再不愿意，也得把她最珍贵的花房破坏掉。

啧，她真是太天真了，明明有谢砚礼这个名正言顺的老公可以用，白白给秦予芷欺负这么久。

不行！不能这么算了。

秦梵若有所思，想到谢砚礼的生日，忽然有了主意。

第三章　生日快乐

夜半时分。

漆黑安静的主卧房内，刚睡下不到一个小时的谢砚礼突然被推醒，耳边传来一道好听的女声："老公，生日快乐！

"快起来，我给你准备了惊喜！"

秦梵准时把谢砚礼从床上拉起来。

谢砚礼揉了揉酸疼的眉梢，房间内灯光大亮，原本零星的睡意彻底消散，他清晰地看到钟表指向——零点一分。

偌大的客厅，唯独茶几旁边几何形状的落地台灯亮着柔和的光，却也能清晰照到放在客厅里的那个精致漂亮的翻糖蛋糕。

上面是秦梵亲手捏的一个穿着西装的 Q 版谢砚礼，连手腕上那垂落的佛珠都惟妙惟肖，让人一眼就能认出来这捏的是谢砚礼。

"惊不惊喜，意不意外？"

秦梵蹲在茶几旁边，仰着头，眼眸亮亮地望过去："这可是我亲手做的，做了一下午呢！"

在幽暗的环境下，男人站在楼梯旁的身影高大，显得存在感格外强烈。谢砚礼目光顺着那个明显用过心思的蛋糕落在秦梵那张白皙的脸蛋上。

谢砚礼抵着眉梢的手松开，自他记事起就从未有人特意为他准备过生日惊喜。从小到大，他的生活都围绕着学习、工作，如同一台精密的仪器，所有时间都被安排满，生日并不在他的时间安排之内。

秦梵蹲得脚都要麻了，见谢砚礼不动弹，催促道："过来吹蜡烛。"

她找了个位置，将色彩鲜艳的蜡烛插进去，念叨着："你今年二十七岁，四舍五入就是三十岁，所以就插三根蜡烛吧。"

秦梵没有去买那种数字蜡烛，因为觉得没有仪式感。被四舍五入直接长了三岁的谢总，终于缓步走过来，用清冽的嗓音道："确实挺惊。"随即当着秦梵的面，取下一根蜡烛。

秦梵正准备点蜡烛的手顿住："……"

行吧行吧，这大概就是老男人的倔强，维护一下谢总的尊严。

秦梵当作什么都没有发生，点燃蜡烛之后，就着微弱的烛光，一双桃花眼水波潋滟地望着对面的男人："好了寿星，现在可以许愿了。"

谢砚礼就那么静静地看着她，看得正拿着手机对他拍许愿视频的秦梵僵硬住。

罢了——是仙女天真了，谢砚礼能做这么少女心的事情才怪。

她将开了视频模式的手机递给谢砚礼："你不许，我帮你许！"

谢砚礼没拒绝，从善如流地接过了手机，看自家太太还准备怎么闹。

却见秦梵闭着眼睛，双手交握，念念有词："希望我能拿到《风华》的女主角，拿不到女主角，女配角也行，总之，不能让秦予芷拿到。"

想了想，秦梵觉得不够，又补充："嗯，如果可以的话，最好让我明年可以拿到影后奖杯，入围也行。"

谢砚礼听得清清楚楚，薄唇似笑非笑——这是在帮他许愿？

昏暗光线下，谢砚礼看着秦梵虔诚地闭着眼睛，脑海中浮现出白天在秦家，她红着一双眼睛扑进他怀里的画面。

听着她可怜巴巴地重复了好几遍愿望，又偷偷睁开眼睛看自己，对上眼后，假装没看到继续闭着念叨："如果我无所不能的老公能帮我完成心愿的话，我大概就是全天下最幸福的仙女啦！"

谢砚礼再也忍不住，扶额低笑了声。秦梵连续说了三遍，才深吸一口气把蜡烛吹灭。

刚睁开眼睛就听到男人低沉好听的笑声，秦梵睁大眼睛："你笑什么？"

谢砚礼颔首应道："笑你。"随后起身，骨节分明的手指轻敲了一下秦梵的额头，声音压低，"洗洗睡吧，全天下最幸福的仙女。"

虽然"仙女"另有企图，但这个"企图"取悦了他。

安静的客厅内，谢砚礼的声音清晰地落入耳中。

秦梵缓过神来，怔怔地望着他离开的背影："你不吃蛋糕吗？"

"你留着吃吧。"谢砚礼没回头，抬步上楼。

秦梵一个人对着翻糖蛋糕，与穿着西装的卡通小谢总大眼瞪小眼，仿佛能从它眼神中看到清傲矜贵。

她面无表情地一刀子下去，然后塞进冰箱里。算了，就谢砚礼那个孤寡脾气，能半夜出来陪她折腾这么长时间已经很给面子了。

半夜吃蛋糕什么的，不能指望他。半个小时后，秦梵重新梳洗后爬上床。

谁知刚上床，腰肢便被一双手臂箍住了。秦梵撑在床上的手腕一软，整个人蒙蒙地趴到了原本应该睡着的男人身上。

"你还没睡？"

谢砚礼沉着地"嗯"了声，随后长指捏了捏她的下巴，偏冷的音色在床上格外磁性蛊惑："吃蛋糕了吗？"

"吃，吃了……"秦梵下意识回答。

难道不能吃？

"我还没吃。"谢砚礼视线在她红润的唇瓣流连，清清淡淡地落下一句。

秦梵觉得他这话有点儿丧心病狂了，是她不让他吃吗？

不盈一握的细腰被牢牢地掌控在他手臂之间，秦梵心跳忍不住加速，总觉得这样的黑夜，这样的姿势，很危险。

"你想吃，就去……"厨房冰箱里还有很多呢。

秦梵话音刚落，唇上便被烙上温度极高的吻，伴随着男人模糊的低语："嗯，正在吃。"

秦梵感觉自己的脸像是着火了般，果然不经意撩人最致命！

谢砚礼半夜被谢太太吵醒，再次躺下后没了睡意，自然，这责任是要她负的。

秦梵为自己半夜把人叫醒过生日，付出了惨重的"代价"。

无论睡得多晚，谢砚礼清早依旧准时出现在餐桌前。等管家亲自端来一碗面时，谢砚礼冷眸平静地看向他。

管家恭敬地解释："这是昨日太太吩咐的。还有这个。"

说着，管家掀开旁边盖着的托盘，小心翼翼地将那个翻糖蛋糕的小人放到了碗里。

原本平平无奇的一碗长寿面，顷刻间变得特殊起来。

"先生，祝您生日快乐。"

谢砚礼垂眸看着迅速被热汤溶掉的 Q 版人物衣角边缘的薄糖，拿筷子的手略略顿住。

上午九点，谢砚礼已经开完早会。他随手松了松袖扣，回到办公室准备处理重要文件。

刚坐下，谢砚礼叫住了去煮咖啡的温秘书："让投资部接触《风华》这部电影。"

素来专业修养极高的温秘书愣住："啊？"

谢砚礼清俊的眉心微皱，冷冷地扫他一眼："我不需要耳朵有问题的秘书。"

"没问题没问题，我听到了！"温秘书反应过来。

他知道《风华》这部戏与太太有关，非常贴心地询问："要告诉太太吗？"

谢砚礼拧开钢笔："温秘书，不要做多余的事。"

"……"温秘书卑微地离开。吃瓜有风险，用户需谨慎。

这边谢砚礼刚透露欲投资《风华》的消息，裴枫的电话就打来了：

"你不是坚持不涉足娱乐行业吗，怎么突然又要给我投资了？"

"难道是终于意识到兄弟我的重要性比你的坚持还重要？"

谢砚礼面不改色地在文件上落下自己的名字，声音疏淡平静："我投资这部电影，唯一要求就是把秦予芷换了。"

裴枫声音震惊："你，你，你……"

他反应很快："你什么意思？这是为了给你的小情人秦梵撑腰？"

除此之外，他再也想不到第二个原因会让谢砚礼有这个要求。

小情人？谢砚礼若有所思，想到秦梵之前发给他的那张剧照，忽然开口："裴枫。"

"干吗？"

"我是商人，投资不是为了亏本的。"谢砚礼把玩着钢笔，不动声色道，"所以，选择角色一切以电影为主。"

谢砚礼挂断电话前，没忘记纠正他的错误认知："还有，秦梵不是我的情人。"

裴枫看着挂断的电话，完全想不通，不是情人那干吗突然给他投资，还要与秦予芷解约？

这不明显的大佬帮小金丝雀出气打脸的剧本吗？

算了，不想了。裴枫想不通，直接放弃，给剧组负责人打电话，让他去通知跟秦予芷解约，谁出钱谁说了算。

至于违约金，谢砚礼有钱，谢砚礼给。

秦梵是被蒋蓉催魂一样的电话催醒的。

"蒋姐？"

听着秦梵沙哑的嗓音，蒋蓉都来不及调侃，说道："刚才《风华》的官博回复秦予芷的粉丝，说以后有机会再跟秦女神合作，哈哈哈，笑死了。"

这不明摆着，秦予芷这个女主角泡汤了嘛！

蒋蓉扬眉吐气："之前秦予芷家的粉丝是怎么暗暗讽刺你碰瓷儿《风华》的，现在全部反噬！

"这可是官方出来打脸，爽！

"你昨天在秦家做了什么？居然真把她的女主角撸下来了？"

秦梵听着蒋姐的话，还以为自己尚在梦中，无辜地说："说出来你可能不信，我什么也没做。"

她就是警告秦予芷跟她的监护人，别再跟疯狗似的追着她咬。依照秦予芷的脾性，她吃进去的饼，绝对不可能吐出来，那么定然不是她自己主动退出的。

就在秦梵想破脑袋都想不通时，那边蒋姐惊呼一声："嚯，裴枫的助理刚给我发消息了，说要你参加二次试镜。"

这下秦梵彻底清醒了！天上这是——掉馅饼了？

昨晚的许愿成真了？早知道许愿这么管用，昨晚她就多许几个了！

不对，谢砚礼生日还没过，她现在许还来得及！

秦梵将手机丢床上，纤细身子半跪在床上对着落地窗外早就升起的太阳，闭着双眸念念有词："神佛在上，信女秦梵，一愿前程锦绣早得影后，二愿长命百岁越来越美，三愿……"

略一顿，秦仙女格局很大："三愿我们的祖国繁荣昌盛，世界和平！"

许完了之后，秦梵觉得自己好像忘了点儿什么。

"念叨什么，我半个小时后到你家门口！"

蒋蓉具有穿透力的声音从手机里传出来，打断了秦梵的思绪，她捡起手机下床："听到了，这就准备。"

秦梵没来得及吃饭，便被蒋蓉接去参加二次试镜。保姆车内，秦梵换了身浅色系油画衬衫配百褶裙，乌发随意扎了个低马尾，脸颊两侧自然散下微卷的碎发，清雅慵懒。

蒋蓉满意极了："今天这身搭配不错，等会儿好好表现。"

秦梵靠坐在车座上，正有一口没一口地吃着家里大厨做的三明治，懒洋洋地"嗯"了声。

见她态度这么散漫，蒋蓉忧心忡忡。到影视公司门口停车后，秦梵一下车，表情收敛，又是美貌矜持的女明星。

女明星慢条斯理地带着经纪人、助理再次踏入这扇门，这次裴枫早早在办公室等着了。面前便是签约合同，二次试镜不过是借口罢了。

裴枫乍一看秦梵从门口走进来，单论这张脸，她就比秦予芷要更适合《风华》女主角。

有些人的风情万种是演在表面的，而有些人，是骨子里的那股劲儿，举手投足都是自然的明艳旖旎。

前者秦予芷，后者秦梵。

裴枫想到，当初在她和秦予芷之间犹豫，如果不是她跟谢砚礼的暧昧关系，让自己有道德枷锁，自己最后还是会选择秦梵。

现在谢砚礼替他做了决定，不用再摇摆了。

无论秦梵是不是兄弟的情人，既然兄弟选择秦梵，他也只能跟嫂子说声对不起了。

签完合同，秦梵与裴枫握手，听到他意味深长地说了句："希望你以后专注拍戏，男人只会拖你后腿。"

秦梵莫名其妙，礼貌应付道："谢谢导演教诲。"

离开办公室等电梯时，蒋蓉还低声问："导演跟你说那话什么意思？"

秦梵指尖把玩着薄薄的手机，若有所思地摇头："不知道是不是跟谢砚礼有关。"

不过如果是谢砚礼的话，裴导为什么要说他拖后腿？当她思考着要不要问一下谢砚礼时，电梯门忽然开了。从里面出来一群人，簇拥着中间的秦予芷，排场依旧很大。

蒋蓉在秦梵耳边低声说了句："她应该是来解约的。"

秦梵看都没看，径自准备进电梯，却被秦予芷喊住："站住！"

秦梵懒得搭理她，踩着高跟鞋，漫不经心地与她擦肩而过。

秦予芷忽然当着整层楼员工的面说："秦梵，靠男人抢走我的资源，你一定很得意吧。"

靠男人？秦梵眉尖蹙了蹙，转身看到秦予芷那愤恨恼怒的眼神，恍然大悟。

是了，除了谢砚礼，谁还有那么大的能力，一夜之间，将秦予芷的资源撸下来了，还让她忍气吞声解约。

哪有什么神佛帮她完成心愿，是谢砚礼出手了。秦梵顿了顿，浓密的睫毛低垂，让人看不清表情。

秦予芷冷笑睨着她："怎么，心虚了，不敢说话了？"

忽然，秦梵轻笑出声，压低了声音在她耳边说："要不是你，我还不知道我老公私下做了这么多。"

"谢谢秦女士告知，未来我会靠着老公，把你所有的资源都抢回来。"

秦梵气完了人，不再看秦予芷那张越来越难看的脸，气定神闲地进了电梯。

"秦梵！"

秦予芷咬牙切齿的模样，被不少员工看到了。作为影视公司的员工，他们知道自己什么时候该当"小聋瞎"。

经纪人徐安皱眉提醒："阿芷，形象。"

秦予芷强迫自己冷静下来："她欺人太甚，不能这么算了。"

她偏头对徐安说了一句话，徐安脸色也不好看："你疯了？"

秦予芷抬步往裴枫办公室走去："就这么定了。"

半小时后，保姆车内。

"万万没想到，居然是你老公做的！"蒋蓉终于打听到谢砚礼全额投资了

《风华》的事，振奋道："我就知道没有男人能逃过梵仙女！"

秦梵瘫回车座，拿出手机，指尖顿在微信页面，犹豫了许久，都没有想到给谢砚礼发什么。

蒋蓉探身过来看："这有什么好犹豫的，就发一句'谢谢老公，么么哒，爱你'。"

"……"

秦梵抬了抬眼皮看向自家经纪人，红唇溢出一句话："你瞧着谢总像是那么解风情的男人吗？"

蒋蓉眼前浮现出谢总那张无情无欲的面容，陷入了沉默，是她草率了。

秦梵把手机收进包里，闭目养神："算了，回家吧。"

蒋蓉："就这？"

秦梵略一顿："好久没逛街了，不回家那就去商场逛逛，再不逛就得进组了。"

进组得三四个月，裴导的剧组还难请假。

蒋蓉："你不去趁热打铁跟你老公热乎热乎？还有心情去逛街？

"经过这次，你还没想通吗，有老公干吗不用？

"你瞧瞧谢总一出手，什么都有了！

"作为过来人，姐跟你说，你男人你不用，到时候被别的女人用了，就等着哭吧。"

"我去商场，是打算给谢砚礼买生日礼物。"

蒋蓉本来还打算继续说服她，听到秦梵这话，反应极快："上次那幅油画怎么样，要不要再给你定做一幅？

"谢总生日这天给你这么大的惊喜，你不得好好回报一下？"

油画？等等！这段时间她都没去过书房便忘了，但谢砚礼经常去书房啊，难道他每天都正对着那幅旖旎的油画办公？

秦梵越想越觉得羞耻。

不过，转念一想，以谢砚礼这么一本正经的性子，恐怕早就收起来了。

京郊别墅，秦梵推开书房大门，入目便看到挂在办公桌对面墙壁上那幅偌大的油画。

秦梵沉默几秒——她是高估了谢砚礼，还是低估了？

视线不经意落在黑色实木桌面上那随意搁置的浅金细框的眼镜，脑海中浮现出谢砚礼那张禁欲清冷的面容。

所以谢砚礼就顶着一张斯文败类的脸，每天对着她这幅油画办公？

靡丽暧昧的油画，清心寡欲的男人。

啧——秦梵莫名地有点儿心痒痒，想要亲眼见证这个场面。

她靠在冰冷的办公桌上，对着油画拍了张照片发给谢砚礼："谢总，晚上回家吗？"

没奢望谢砚礼会秒回，所以秦梵放下手机，就去衣帽间选衣服。既然要哄，自然得投其所好。

秦梵指尖滑过一排排布料。

所以他喜欢什么风格？

性感妖娆风？

又纯又欲风？

清新天仙风？

还是乖巧甜美风？

秦梵指尖顿在一条极度贴合身材的吊带长裙上，是极为浓郁的朱红色，她想起了某天她穿了同款黑色裙子，谢砚礼的反应格外大。

朱红色相较于黑色，更加夺目绮丽，尤其是配上秦梵那双潋滟的桃花眼。

秦梵换好后，又特意化了个精致的淡妆，这才站在落地镜前满意地看着，红唇轻轻抿了抿："真是便宜谢砚礼这个不解风情的男人了。"

看了眼挂在墙壁上的钟表，晚上七点钟。秦梵一个人坐在客厅沙发上，旁边放着正方形的白色礼盒。

八点，八点半，九点……

时间迅速流淌，再晚一点儿，生日就要过去了！秦梵面无表情地望着打过电话，但是没接通的手机。

亏她还想哄他开心，现在真是白白浪费睡美容觉的时间，女明星的时间就不重要了吗？

秦梵想了想，随即致电温秘书："谢砚礼呢，还没下班？"

温秘书一听太太这语气，小心翼翼地透过屏风缝隙往里面看，谢总正眉眼淡漠地拿着牌。他也不敢隐瞒太太："谢总在渔歌会馆，裴导约的局，说是给谢总庆祝生日。"

秦梵明白了，难怪几个小时不回她消息，不接她电话，原来在外面鬼混，于是冷笑了声："哦。他还挺快乐？"

温秘书："……那倒没有。"他看不出来谢总快乐不快乐，毕竟谢总无论干什么事情都是这副表情。

秦梵凉凉地问："有女人吗？"

温秘书犹豫两秒，闭眼答："有。"

"位置发我！"说完，秦梵不容温秘书拒绝，便挂断了电话，留下温秘书对着嘟嘟响的手机，满脸忧郁。

秦梵从沙发上站起来，也没有叫司机，顺手拿了玄关柜子上的车钥匙，踩着高跟鞋，袅袅婷婷地直奔会馆。

根据温秘书发的定位，短短二十分钟，秦梵便抵达会馆。

戴上刚才途中在路边摊买的手绘猫咪面具，面具上两只猫耳朵的位置还挂着金色的铃铛，随着她走动，铃铛发出清脆的声音，与她这身摇曳生姿的曼妙红裙竟然契合无比。

经理接到消息，来为她带路："这位小姐，您是哪间包厢？我通知一下。"

秦梵报了包厢号，而后对经理说："不必通知，我是来捉奸的。"

噗——听到秦梵报出来那超贵 VVVIP 包厢，经理惊呆了。大人物的事情，他不敢管啊，幸好他们家大老板也在里面。

包厢内能被裴枫邀请过来为谢砚礼庆祝生日的，都是各个圈子数一数二的大佬，当然，他们有个共同点——都是谢砚礼从小到大的兄弟。

不然谢砚礼也不会赏脸过来。

温秘书早就在包厢门口等着了，秦梵主动喊了声："温秘书。"

温秘书不愧是谢砚礼的秘书，乍看到秦梵脸上的面具惊了一瞬，很快恢复正常："太太，您来了。"

经理听到温秘书认识这位将脸遮挡得严严实实的神秘小姐，终于放心走了。

秦梵一进包厢，并没有想象中的烟雾缭绕、酒气浓郁，反而散发着淡淡的檀香，很雅致的感觉。

包厢很大，确实是如温秘书所言，男女都有，秦梵戴着面具，视线范围有限，刚准备顺着刚才温秘书指的方向过去，谁知却被一道身影拦住。

"你是谁，藏头露尾的，有邀请函吗？"

秦梵往后退了几步，才看清楚挡在她面前的那个跟她身上的裙子撞了色的裴烟烟，没想到还是熟人。

秦梵忽然玩味一笑："我老公不喜欢我被其他男人看到脸，他占有欲强爱吃醋，所以……只好藏着。"

裴烟烟上下打量着面前这个红裙女人，细细的肩带勾勒出精致的锁骨，浓郁的红色完全没有被她穿得庸俗，反而越发衬得她肌肤如雪，微缩起的慵懒发丝漆黑如墨，即便脸上戴着不伦不类的红白手绘猫面具，依旧掩不住那属于人间尤物的魅力。

同样是红裙，这个女人不露脸，都比自己穿得好看，裴烟烟就很气，重点是她信了这鬼话："你老公是谁呀？"

恰好秦梵余光瞥到坐在里侧牌桌上的谢砚礼，谢砚礼骨相极好，即便在昏暗灯光下，那张清俊的面容，以及端方冷淡的气场，依旧是全场最显眼的。

秦梵面具下的眼眸微微眯起，随意指了指谢砚礼的方向："在那儿。"

说着，秦梵便提起裙摆，快步走过去，铃铛声清脆绵长，惹得不少人朝她看过来。

裴烟烟看到她居然直奔谢砚礼，顿时瞳孔放大："你……"

当裴烟烟要追过去时，秦梵已经胆大包天转到谢砚礼身后。当着整个包厢人的面，她微微俯身，柔软细腻的手臂环住男人修长的脖颈，冰凉面具贴向他那张疏冷寡淡的侧脸，用偏软的音质幽幽地问："好玩儿吗，老公？"

秦梵话一落，偌大的包厢里空气都像是静止了般。

女勇士？

不对，不是女勇士，更像是穿着妖冶红裙的女妖精，这是他们能看的东西吗？

全场最冷静的大概就是谢砚礼本人了。

谢砚礼动都未动，那只捏着牌的手，指节明晰干净。他慢条斯理地往牌桌上丢下一张牌，这才伸出两根修长手指，抵开贴到自己面庞上的面具。

他并不在意一群盯着他们的人，侧眸对上面具里那双近在咫尺的桃花眼，嗓音清淡冷静："你想玩？"说着，将手中剩余的牌交给秦梵，甚至还准备给她让位置。

秦梵没想到谢砚礼是这个反应，顿了顿，倒也没慌。

"不用让，我有座。"说着，她很不客气地往谢砚礼腿上一坐，"你不介意吧？"

谢砚礼不置可否，眉眼怠懒地往椅背上靠了靠："随你。"

虽然语调依旧没什么感情，但单单是这种纵容，已经让人大开眼界了！这可是对任何人任何事都毫无慈悲之心的谢砚礼啊！

让他对异性和颜悦色，简直比登天还难。现在居然有女人爬到他腿上撒野了，他都没吱声。

众人张了张嘴，没有一个人敢开口。直到裴烟烟走过来，指着秦梵震惊道："你你你，你说那个不让你露脸的占有欲强爱吃醋的老公是谢哥哥？"

哦嚯！这句话信息量十足，大家齐刷刷地看向谢砚礼。

谢砚礼漫不经心地把玩着秦梵猫耳朵尖上的那个铃铛，全场除了裴烟烟的喘气声，就只有零乱的铃铛声。

秦梵看着手里的牌，这是要输了，难怪谢砚礼干脆把烂摊子交给她。她把牌反扣在桌上，这种烂牌谁要玩！

秦梵歪了歪头无辜地问谢砚礼："不玩了吗，那我们回家吧？"

爱吃醋？占有欲强？

谢砚礼薄唇微凉，不动声色地颔首："那散了吧。"说着，便准备与秦梵一同起身。

"不，不介绍一下？"坐在谢砚礼对面的姜傲舟终于开口道。

"我太太。"谢砚礼言简意赅。

穿西装时，黑色佛珠在男人冷白手腕间碰出细微的声音，让人不寒而栗。大家顿时噤声，虽然抓心挠肝地想八卦，但只能忍住，不敢得寸进尺，眼睁睁地看着谢砚礼被一双纤细、白到发光的手臂挽着，同步离开包厢。

女人鲜艳的裙摆走动时，宛如绽开的红莲，同样冷白皮的长腿若隐若现，恍若得意于已经将佛子引下凡尘。

裴烟烟手指颤抖着，像是得了帕金森。裴枫从洗手间抽烟回来，便看到谢砚礼身影不见了，唯独他坐过的牌桌旁留下一副残牌。

他随手将牌拿起来，顺便问："寿星呢？今个儿得把寿星赢个底儿朝天！"

牌被翻了个面，三张都是十以下的小牌。

裴烟烟忽然捂住耳朵："啊，为什么谢哥哥会有老婆？我不相信！"

裴枫皱眉："……"

这个蠢妹妹又怎么了？

姜傲舟摊了摊手，解释："刚才谢哥被他太太接走了，这位谢哥的爱慕者接受不了呗。"

这下裴枫也接受不了："嫂子来了？"

错过了一个跟嫂子道歉的机会。

姜傲舟看着这兄妹俩："……"

要疯一起疯？真是亲兄妹。

一出包厢门，秦梵便松开手，漂亮小脸蛋上毫无笑意，仿佛刚才那或嗔或笑只是幻觉。

夫妻俩沉默回家，直到谢砚礼在客厅沙发最显眼的位置看到了个白色礼盒。

秦梵顺手将脸上的猫脸面具塞到谢砚礼手里，先一步进客厅，弯腰捡起礼盒，面无表情道："今晚你睡书房！"

谢砚礼没放下面具，单手扯松了领带："谢太太，生气了？"

摘下面具后，天生肤白貌美的秦梵，如今被那条鲜艳红裙衬着，越发旖旎迷人。灯光下，她情绪不佳，乌黑的瞳仁清亮潋滟，即便生气也是美的。

谢砚礼对着自家太太这张脸，大概两年之久，偶尔还是会被她惊艳到，比如现在。

他难得耐心解释了句："我刚看到手机消息，下班后手机被裴枫关机。"

他缓缓地伸出那只戴着佛珠的手，掌心朝上："所以，我有幸能与谢太太在书房度过一个愉快的夜晚吗？"

秦梵目光从他指尖挪到了那张俊美的面庞上，几秒钟后——

她伸手，蓦地在谢砚礼的掌心轻拍了一巴掌，冷漠无情："不行，夜不归宿的人没这个荣幸。"

说完，秦梵便转身噔噔噔地跑上楼，生怕谢砚礼追着把她打回来似的。

谢砚礼眼眸深深地望着她的背影，并未打算追过去，修长指尖慢条斯理地再次拨弄了一下那猫面具耳朵上的金色小铃铛。

秦梵洗了澡吹干头发出来时，谢砚礼难得没有在书房办公，反而在床上等她了。

这还是谢砚礼第一次等秦梵洗澡，却没想到，谢太太居然能在浴室折腾一个多小时才出来。

刚推开浴室门，便带出来袅袅水汽与一室暗香，秦梵对于那眼神视若无睹，抚了抚吹得蓬松又自然的长发，慢悠悠地往床边走去。

秦梵并未如往常那般穿着睡觉时的真丝或者薄绸睡裙，反而真空穿着一件黑色的男士衬衫。衬衫衣袖与领口有精致的暗纹刺绣，低调优雅，穿在秦梵那纤细曼妙的身躯上，走动时透着慵懒风情，甚至比今晚她穿的那身红裙更让人着迷。

秦梵领口解开了两颗扣子，露出一截白嫩精致的脖颈与锁骨，衣摆至大腿上侧，一双长腿就那么明晃晃地撞入视线，黑色衬衫、雪白肌肤，与脚趾那勃艮第红指甲三种颜色无意融会成一抹绝色。

秦梵仿佛不知道自己这副模样有多勾人，冷冷淡淡地扫了眼靠坐在床上的男人，便拉了被子准备睡觉。

"看什么看，关灯！"

谢砚礼轻笑了声，倒也顺势关了壁灯，并且将落地窗的窗帘也拉上了。静谧的空间内，秦梵听到窗帘拉上的声音，而后便是男人踩在地毯上细微的声音。

秦梵指尖下意识地攥紧了被子边缘，直到谢砚礼绕过她这边，重新躺回床上，才长出一口气。

"衬衫是给我的？"

黑暗中，男人低沉磁性的嗓音清晰入耳。

谢太太语带不满："这是我的！你别碰瓷啊。"

"当然，如果某人今晚准时回家的话，这衬衫可能就姓谢了。"

略略一顿，她故意道："还可能附带仙女老婆甜甜的亲亲。"

安静片刻，直到秦梵怀疑谢砚礼睡着了时，忽然听到他应了声："好。"

好什么？秦梵一时之间没反应过来，想要等他的下文。

几分钟后，秦梵偏头看过去，适应了黑暗的眼睛看到谢砚礼睡姿端正，呼吸均匀，俨然睡着的模样。

秦梵："……"

就这样？谢砚礼到底是不是正常男人，面对这么又甜又软的仙女老婆就这么放弃了？都没有再坚持坚持哄哄她吗？

秦梵深吸一口气，卷着被子背对着他，气呼呼地翻来覆去大半夜，不知道什么时候，才昏昏沉沉睡过去。

翌日，日光穿透落地窗，均匀地洒在秦梵那张熟睡的脸蛋上，她闭着眼睛嘤了声，缓缓坐起身来。

薄被顺着她细滑的皮肤流畅地滑了下去，秦梵伸懒腰的动作停了停——

低头看着自己的身躯，被震惊到了，她身上那件衬衫呢？

隔壁合法老公一如既往地消失不见，秦梵捶了捶床，罪魁祸首是谁不言而喻！

秦梵回想起昨晚某个男人干脆利落去睡觉的样子，万万没想到，他白天趁自己没醒竟然来这出釜底抽薪。

仙女很气，后果很严重，然而秦梵的气持续到下楼便结束了。

因为——秦梵刚到客厅，便受到管家的热烈迎接："太太，先生让人提前把下一季 B 家的新款都送来了，已经放在您的衣帽间。"

秦梵大清早被摆了一道的小情绪，在接到管家递过来的本次新款图文并茂的小册子后，顿时退散了。

本来秦梵打算顺势原谅他，谁知，持续到她一个月后即将入组《风华》，都没再见过谢砚礼的面。

谢砚礼前段时间忙的国际合作已经到了最后收尾部分，需要他亲自飞一趟国外，主持大局。

秦梵这段时间，忙着抱着剧本琢磨演技。若非时不时地会从管家那边收到谢砚礼准备的礼物，再看看手机上跟他比脸还干净的聊天记录，她真有那么一瞬间，怀疑自己或许已经丧偶。

按照裴枫平时的拍摄习惯，《风华》开机之前，会先有一星期的剧本围读时间。

围读那天，秦梵在会议厅内看到不应该出现在这里的身影——秦予芷真是阴魂不散。

小兔在秦梵耳边低声说："来了来了，梵梵姐，她是不是又来抢你女主角？"

秦梵冷眼看了一秒，便随意找个位置坐下，这么多演员、工作人员，就算秦予芷再嚣张，也不敢在这边抢什么女主角。毕竟，她还要经营清流女神人设。

秦予芷一副跟秦梵相熟的样子在她旁边坐下："梵梵，我拿到了女三号的角色，以后我们要在剧组朝夕相处。"

女三号？这个角色是秦梵最初竞争的，与女主角撞型了的男主角白月光。

秦梵兴致缺缺："哦，那恭喜你！"

见秦梵懒得搭理自己，秦予芷倒也不生气。

因为她知道，很快，秦梵就笑不出来了。

她翻开一页事先拿到的剧本："看到白月光这个角色，我忽然想起来一件事。

"你知道谢总学生时代也有位白月光吗？对方出国之后，谢总对她依旧念念不忘，他那串从不离手的黑色佛珠，据说就是那位白月光所赠。"

秦梵看剧本的指尖陡然顿住。

不是因为白月光，而是因为那串佛珠。

她淡淡地扫了眼兴致勃勃说谢砚礼白月光的秦予芷："你见过他几次？怎么知道他佛珠从不离身？"

在家里，她就很少见谢砚礼戴佛珠。

秦予芷被噎住了，她还真没见过谢砚礼几次。

眼睛瞥到秦梵那张未施粉黛依旧精致漂亮的脸蛋，秦予芷努力让自己保持冷静，唇角的笑不免僵硬许多："你别天真了，谢总真的不会爱上别的女人，当年我不愿意嫁给他，正是知道他心里有个深藏多年的白月光，不然怎么轮得到你嫁？

"我有自知之明，绝对赢不了程熹那个女人。"

秦梵眼睫垂了垂，忽然嗤笑出声："往自己那张大脸上贴什么金，你也配对谢砚礼挑挑拣拣？"

"……"

连续几次被噎，秦予芷深吸一口气，为免自己当着这么多人的面克制不住情绪，最后撂下一句："我好心提醒，你不信就算了。"

秦予芷会有好心？秦梵不妨相信谢砚礼能变成绝世小甜心。

一样都不可能发生。

在保姆车上看到蒋蓉时，秦梵狐疑地问："你今天不是去谈新代言了吗？"

蒋蓉等秦梵坐下后，亲自给她捧上一杯咖啡："谈完了，来接你。"

秦梵红唇沾了沾杯沿，轻抿了口："你不是说咖啡影响身材管理吗？"

作为拥有女明星自我修养的秦梵，即便那冒着热气的咖啡再有吸引力，她也只是抿了口便不喝了。

蒋蓉轻咳一声："偶尔喝喝调节心情。"

"我心情挺好。"秦梵莫名其妙，"不需要调节。"

蒋蓉默默地将平板电脑递过去："很快你就不好了。"

秦梵下意识地接过——

蒋蓉在耳边念叨："你一定要冷静啊，其实新闻就喜欢夸大其词，可能并不是想象中的那样。

"你好好想想，最近跟谢总是不是有什么误会？"

秦梵看着屏幕上显示的新闻标题：

《谢砚礼亲迎程熹回国，机场深情对视，疑似再谱破镜重圆的童话爱情》

更显眼的是配图照片——端方矜贵的男人与穿着月白色长裙、透着清傲柔淡气质的女人对视，素来不苟言笑的男人，薄唇竟然染着极淡的弧度，似是在笑。

秦梵忽然想到最近这段时间谢砚礼的表现。

不见人影，礼物不断。

这不是男人出轨的征兆吗？

光线暗淡的车厢内，秦梵红唇紧抿着，精致的眉眼之间皆是冷色，不像往常那样漫不经心地刷评论开玩笑，反而往车座上靠了靠，闭眼不知道在想些什么，脑子里却浮现出白日里秦予芷那幸灾乐祸的话。

破镜重圆，所以这个程熹真的是谢砚礼的白月光吗？

见她表情不对，蒋蓉试探着问："你没事吧？"

秦梵顿了半晌，缓缓抬起卷长的睫毛，澄澈双眸中带着浅浅的讽意："我能有什么事儿？

"不过是商业联姻的塑料婚姻罢了，他在外面是洁身自好还是彩旗飘飘，都与我这个花瓶太太没有什么关系。"

是她这段时间越界了，不得不说，这条新闻，给了她当头一棒，脑子彻底清醒了。

蒋蓉仔细观察那张照片，给秦梵分析："以我之见，谢总不一定是对着她笑，你看这女人没你漂亮没你身材好没你有魅力，男人得多瞎才能把你这样的仙女老婆放在一边，跑去搞什么婚内出轨。

"再者，就谢总这身份地位，出轨做什么，要是真喜欢上别的女人，直接强行跟你解除婚姻关系，完全没必要出轨啊。"

秦梵没打断她，直到蒋蓉口干舌燥把面前那杯咖啡一饮而尽，才冷静开口："哦，可能怕我分他财产，离婚成本太高，不划算。"

秦梵最后瞥了眼蒋蓉手上那张放大的照片，她视线越过谢砚礼唇角的弧度，忽然落在程熹身侧，只见程熹的手腕隐约露出一点儿，上面戴着串缩小版的黑色佛珠。

毕竟两位当事人并非身处娱乐圈，所以这个新闻暂时只在财经圈小范围流传，尚未闹大。

回到京郊别墅，已经晚上八点。秦梵没什么胃口，直接上楼洗澡睡觉。

偌大的卧室，窗帘拉得严严实实，透着几分压抑的寂静，除了床上细微的呼吸声，再也没有其他声音。秦梵将自己埋进被子里，一动不动。

闭上眼睛，便是新闻中的那张照片，她以为自己不在意的，可脑子不听话，总是浮现出来。

漆黑的深夜，总能放大所有情绪。秦梵猛地翻身起床，盘膝坐在大床上，不对啊，她不应该在意吗？

作为正室谢太太，头顶莫名被戴了绿帽子，她在意不是很正常吗？有点儿脾气的都不会这么忍了吧！

真忍了，那她岂不成了软包子，谁都能来捏一下？秦梵睡不着，从谢砚礼酒柜里取了最上面那排一看就很贵的酒，闲闲地靠在吧台上，倒了杯酒，准备催眠。

她失眠都怪谢砚礼，自然要他的酒来赔！

要是自己给谢砚礼省钱，搞不好未来都是给别的女人省的。

凭什么啊，做了两年的谢太太，这瓶酒她喝定了。

客厅内没开灯，唯独一侧吧台开了盏昏黄的壁灯。

秦梵细白的手指握着瓶身，给自己倒了杯红酒，灯光下，红酒在杯子里晃了晃，透着神秘的光泽。

秦梵先小心试探着抿了口，发现居然口感醇厚，而且越抿越觉得沉迷，一杯红酒就这么空了。

秦梵觉得没有喝够，这酒没什么味，所以她以为这酒度数不高。不知不觉，酒瓶就空了一半。

秦梵喝到后面，有点儿无聊，柔若无骨的小手点了点放在旁边的手机，抿着红唇，懒洋洋地将拉黑的微信重新拉回来，指尖不稳地修改备注——眼疾老男人，再发微信消息过去：

"本仙女不要你了！

"我要用你的钱找一百个比你年轻，还会哄我开心的男人！

"离婚吧，别阻碍本仙女寻找年轻男人。

"瞧瞧，本仙女是不是比你强多了，最起码有素质有修养，知道先离婚再寻找第二春。"

秦梵手腕软趴趴的，没了力气，当然，也没忘记骂完之后重新把"眼疾老男人"拉入黑名单。

嘟着湿润娇艳的红唇，秦梵语调带着不自知的软糯绵长，哼了哼："这样的男人只配待在黑暗的狗笼子里。"

嘟囔完了之后，秦梵皱着秀气的眉头："嗯……怎么晕晕的？

"一定是被谁诅咒了！

"……"

距离京郊别墅三千米远，谢砚礼正在处理收尾工作，他今天出差回来后，便直接去了公司，临近晚上十点，才从公司出来。

本来谢氏集团的精英秘书团都以为今晚要陪上司加班一夜，万万没想到，谢总居然十点之前下班了！

普天同庆，加班狂上司第一次出差回来没彻夜加班！

此时，温秘书表情复杂地看着自家上司私人手机上显示的一条条消息，不敢吱声，也不敢关了振动。

安静的车厢内，振动声非常明显，终于引起了谢砚礼的注意，他抬起冷眸。

温秘书打了个寒战，连忙解释："谢总，是太太给您发了消息。"

谢太太给他发消息？谢砚礼想到自己出差这么长时间，上次接到谢太太的微信消息还是半个月前，她发过来一张代购清单。

振动又频繁响起，谢砚礼垂眸看了眼尚未结束的工作页面："她说什么？"修长指尖轻敲着键盘，一心两用地问了句。

温秘书看着屏幕上刷过的消息，沉默几秒，果断将手机递过去："您还是自己看吧，我不敢读。"

什么小鲜肉、老腊肉，这种话题是他这种卑微下属能看的东西吗？不敢不敢，谢氏集团首席秘书这个位置，他还没有坐够。

谢砚礼随意扫视过去，在看清屏幕上的微信消息后，素来平静端方的男人，漆黑瞳仁一瞬间幽邃如浩瀚深海。

缓缓地扣上尚未看完文件的电脑，谢砚礼接过银灰色的手机，坐在车座上的姿势依旧优雅端正，然而温秘书敏锐地嗅到了不一样的气氛。揣摩到上司的心思，他将前后挡板升起来。

谢砚礼没关注戏多的秘书，将注意力放在微信消息页面，然后指尖轻敲几下："十分钟后到家。"

刚点击发送，忽然，微信消息前方显示一个鲜艳的红色惊叹号。

而后下面一排小字：消息已发出，但被对方拒收了。

谢砚礼看着页面，几秒钟后，低沉冷冽的笑声在寂静车厢内响起。

前方副驾驶位上的温秘书默默地裹紧了自己的小西装，重金求购一双没看过太太给谢总发的微信的眼睛。

几分钟后，温秘书听到了自家谢总用冷淡的语调说："明天早会推迟。"

"……"

所以——谢总今晚是真的要训妻了吧。

晚上十点一刻，谢砚礼准时出现在家门口，刚一推开门，就看到客厅最里侧吧台位置亮着昏黄的光。

想到秦梵发的那几条没什么逻辑的消息，谢砚礼清俊的眉目微敛，慢条斯理地解开袖扣，往那边走去。

转过酒柜，入目便是没骨头似的趴在吧台上的女人。

秦梵从床上直接爬起来，只穿着惯常穿的烟粉色吊带睡裙，此时没什么坐相地支在高脚椅上，纤细白嫩的大腿露出来大半，昏暗光线下，格外扎眼。

一个月没见，谢砚礼没想到谢太太上来就给他这么大惊喜。

大概是听到了声音，秦梵漫不经心地转过身，本就漂亮的桃花眼，此时染上了水波，冷艳中透着清纯。

谢砚礼眼眸微微眯起，不动声色地将目光从她身上移开，挪到了她旁边那几乎空掉的红酒瓶上。

眉头轻扬，缓缓走近，若是他没记错的话，这酒是他们结婚那年，姜傲舟送他的新婚礼物。

虽然度数不高，但后劲儿绵长，又不会让人彻底失去意识，后来被谢砚礼放到了酒柜最上方，免得家中来的客人误喝。

此时看到秦梵双颊绯红，眼波如水，谢砚礼若有所思，或许新婚夜该拿出来的。

就着黑暗，谢砚礼一步一步，不疾不徐地在她身旁停下，掌心抵在吧台冰凉的桌面上，微微俯身，清冽犹带清浅沉香的气息逐渐逼近了秦梵。

秦梵有点儿反应迟钝，慢吞吞地仰头，眯起那双眼尾绯红的漂亮眼眸望着他："你怎么有四只眼睛……"

"你是猫。"谢砚礼定定地看了她那双像是带着小钩子的眼睛片刻，忽然开口。

"猫？"

秦梵眨了眨眼睛，眼前男人虽然模模糊糊的，但莫名地，她就知道是谢砚礼回来了："我不是猫！

"臭男人，别骗我！"

臭男人？谢砚礼倒是没想到谢太太私下对他的称呼是这样的。

想到半个小时前收到的微信消息，可见他对谢太太确实不够了解。谢砚礼不打算破坏气氛，称呼的问题容以后再说。

他从西裤口袋里取出一个精致小巧的蓝色礼盒，当着秦梵的面，气定神闲地打开，白皙干净的长指将里面那条玫瑰金色的链条取下来，在她迷糊的眼前晃了晃——

镶嵌在链条上巧夺天工的几枚精美铃铛发出细碎悦耳的声音，秦梵被那细细的链子晃得眼睛更晕了，下意识地抱住近在咫尺的那条修长有力的手臂，理直气壮地命令道："你别动！"

她奶猫一样的力道对谢砚礼毫无威胁力："想要吗？"

没有女人能抵挡住漂亮精致又亮晶晶的小玩意儿的诱惑，尤其是晕乎乎的女人。

秦梵点点头："想要的。"

谢砚礼薄唇勾起，将她重新按在高脚椅上，而后说道："只有猫才会戴铃铛，所以你是猫吗？"

男人微凉的指尖顺着她纤细白皙的小腿最后停驻在脚踝位置，秦梵拧着眉头思考她到底是不是猫这个问题。

忽然，脚腕一凉，她隔着眼底薄薄水汽，隐约看到自己雪白细瘦的脚踝上，多了一条细细的脚链。

随着她挪动，铃铛作响，如黑夜之中从远方传来的靡靡之音。

秦梵踢了踢小脚——咦？响了？

谢砚礼被这声音撩拨到了，看着秦梵无辜又困惑的眼神，脑海中却浮现出那天在会馆看到的红裙小野猫。

他让人亲自定制的铃铛确实很适合谢太太，即便是醉意绵长，秦梵的警惕性也还是很强的。

秦梵敏锐察觉了危险，立刻从高脚椅上跳下来就要往外跑，光滑白嫩的小脚踩在冰凉地板上时，脑子清醒一瞬。

只是很快便被本能驱散，快速往楼上跑去，谢砚礼不疾不徐地跟在她身后。秦梵前脚刚迈上台阶，谢砚礼后脚抱住她不盈一握的纤腰，顺势打横抱起，稳稳地上楼。

秦梵下意识地挣扎，却不小心扯掉了谢砚礼领口的衬衫扣子。几粒扣子顺着旋转楼梯砸落，细微的声音，并未引起秦梵的注意。谢砚礼偏头扫了眼，并未在意。

原本他是打算去书房的，但垂眸看到秦梵那不甚清醒的眼神，谢砚礼脚步一顿，随即拐回了主卧。

"谢砚礼，你放开！碰过了外面的女人，还想侮辱本仙女，你滚啊，我怕得病！"

秦梵躺下之后，天旋地转，不经意瞥到了谢砚礼手腕上那串佛珠垂落在自己脸侧，沉香弥漫，她别过头，远离那串佛珠。

谢砚礼单手分开她纤细的脚踝，耳边传来清脆又靡丽的铃铛声。

乍听到这话，他垂眸望着秦梵，嗓音很淡："没碰过，明天给你看我的体检报告。"

秦梵脑子混沌，由于喝过酒迟钝的缘故，隔了许久才反应过来男人的意思。

主卧内空气透着幽淡的玫瑰香，随着时间推移，玫瑰上沾满了浓烈的木质沉香，最后几乎被彻底覆盖。

…………

秦梵最近生物钟很准，不到六点就醒来了。与往常不同的是，背后传来独属于男人胸膛的温度。她刚一动，就从被子下面传来微弱的铃铛音。

昨夜，铃铛音响了几乎大半夜，秦梵已经对这个声音条件反射了。秦梵身子僵了僵，不敢再动，关于昨晚的大片记忆涌入脑海。

谢砚礼居然，居然——乘人不备！

谢砚礼本人极度寡欲，但是自从她准备了油画后的每一次，谢砚礼像是解锁了什么新的人格般。

这次更是如此，自备道具，甚至哄骗她，说她是猫，所以要戴铃铛。

秦梵抬了抬酸疼无力的手臂，心里把谢砚礼骂了无数次。当她好不容易艰难地坐起来时，一双手臂压过来，将她重新按回枕头上。

"乖一点儿。"男人嗓音低哑，本来偏冷淡的音质，在早晨幽暗的房间内，很性感。

当禁欲佛子染上欲望，更让人心痒痒。

然而秦梵只想一巴掌打在他的脸上。她深吸一口气，免得自个儿早晨走不了，克制住想要打人的冲动，假装贤惠温柔的语调："你睡吧，我今天要去剧组。"

谢砚礼眉心隐隐透着倦怠之色，昨日国际长途十几个小时回来又加班到十点，几乎两天两夜没休息。

但他依旧懒散地睁开双眸，望着坐在床边够丢在床尾睡裙的那纤美身躯，漫不经心地问了句："谢太太，还觉得我老吗？"

"……"

她没失忆，当然记得她喝了酒之后发了什么信息给谢砚礼。

那是什么假酒？让人当时神志不清也就算了，为什么事后要记得清清楚楚，她宁可自己忘掉。

谢砚礼见她不说话，徐徐补充了句："还需要去找年轻男人吗？"

语气温和却危险。

秦梵深知，自己若是此时给一句肯定，这人绝对要身体力行让她感受来自"老男人"的力量！

秦梵实在是维持不住假装贤惠的笑容，站在床边很凶地瞪着依旧躺着的男人："你不反思老婆为什么会想要去找年轻男人，还好意思问？"

说完，她就迅速往卧室外跑去，跑动时，脚腕上的铃铛叮当作响，每走一步，就响几下，直到出了主卧，秦梵才低头把那个铃铛脚链解下来。

解下来之后，秦梵才发现，这居然是个手链，不过延长扣也垂下来一颗小铃铛，谢砚礼就是系到了小铃铛上面。

　　本打算丢到谢砚礼脸上，奈何这个铃铛手链太精致可爱，秦梵顿了顿，冷静地收了。

　　当作分手礼物！

　　衣帽间有两扇门，一扇通往主卧，一扇在三楼，秦梵噔噔噔地上了三楼，刚换上衣服准备去谢砚礼的书房用一下打印机时，隐约听到楼道口保姆们的议论声：

　　"今早我看到了楼梯下面有好几颗纽扣，是先生衬衫上的。"

　　"先生昨晚好像回来了。"

　　"曜，太太这么迫不及待吗？"

　　"又是可以相信豪门爱情的一天。"

　　秦梵："……"

　　捡颗纽扣就相信豪门爱情了？她慢悠悠地与她们擦肩而过，嗓音悦耳："衬衫纽扣被扯掉，也有可能是谢先生打架输了。"

　　保姆们："……"

　　秦梵说完后，不管她们的表情，快速地在书房备用电脑上写了合约，然后打印出来，签上自己的名字，折了折递给门口的管家："等先生醒来，将这个给他。"

　　秦梵拖着收拾出来的两个行李箱，迤迤然离开京郊别墅。

　　上午九点，谢氏集团。难得取消早会的谢总坐在办公室，面前并非文件，而是铺着一份条理清晰的合同。

　　最下面乙方位置写着秦梵秀骨风雅的签名，合同上清晰列着谢砚礼投资《风华》这部电影秦梵立下的军令状，一定会让这部电影赚到钱，不会让他一时兴起的影视投资打水漂。

　　字字句句都是跟他撇清关系，出差之前，还为这个投资而费尽心思取悦他、为他过生日的小姑娘，仿佛消失不见，取而代之的又是冷冰冰的利益交换。

　　谢砚礼揉了揉眉心，夫妻生活不和谐，严重影响日常工作。不过，谢砚礼人生中，还真没有哄太太这项。

　　作为首席秘书，温秘书递咖啡时，眼尖地看到了太太那冷冰冰的跟谢总公事公办的合同，想起今早自家女朋友发给他的那条财经新闻。

　　或许——太太也看到了那条新闻？

　　温秘书将那条传遍了财经圈，甚至今天隐隐要登上微博头条的新闻找出来：

"谢总，您看这个。"

谢砚礼指尖抵着眉梢，入目便是平板电脑屏幕上的那张对视照片。当事人还是他！深情对视、破镜重圆、白月光？男人的眉心深深敛起。

温秘书眼观鼻、鼻观心，为自家上司解惑释疑："谢总，太太或许是看了这条新闻，才骂您的。"

当然，他不敢直言，舌头拐了弯："太太才会生气。"

片刻，谢砚礼从薄唇溢出无情无欲的六个字："虚假新闻，撤了。"

第四章　锦绣堆

剧组会议室。

秦梵刚坐到椅子上，纤细的肩膀倏地僵住，一种难以言喻的感觉瞬间从尾椎传至大脑皮层。

她忍不住倒吸一口凉气，脸上瞬间染上几分恼怒之色——她半夜三更跑下去喝什么红酒，被谢砚礼欺负成这样了！

剧本围读中途休息时，小兔端着一杯没加糖的奶茶过来，在秦梵耳边小声说："姐，大消息！"

秦梵顺势趴在小兔肩膀上，桃花眼微微上扬，清甜的嗓音拉长了语调，带着不自知的撩人："什么事？"

小兔环顾四周，发现没人注意她们，悄悄把秦梵的手机递过去："谢总和程熹的头条新闻被删掉了！

"一定是您老公出手了，谢总肯定没出轨。"

"你怎么知道这不是他心虚？"秦梵懒洋洋地哼笑一声。

小兔被这笑声勾得耳朵发麻，对上自家艺人那张艳若桃花的容颜，忍不住腹诽：面对这样人间绝色的大美人老婆，神仙也不会出轨吧！

不然他出轨的对象，得是多天仙下凡。

小兔默默地指了指秦梵的手机："因为刚才谢总打电话过来，说要来接您。

"要是心虚的话，不应该避而不见？"

秦梵把玩手机的指尖顿在屏幕上几秒，而后缓缓地打开手机通讯录，果然有不到一分钟的通话记录。

联系人——眼疾老男人。

好像是她昨晚喝多了，把给谢砚礼所有的备注都改成了这个。

小兔轻咳一声，假装自己没看过这个备注。

"要不您跟谢总回个消息，我不看！"

说着，她背过身子玩手机，假装自己很忙。

会议室灯光调整得很适合阅读，不亮却足够柔和，洒在秦梵那张精致如画的面庞上，让进进出出的人都能第一时间看到她。

秦梵不在意大家的目光，只垂着睫毛。不知道过了多久，她白皙干净的指腹缓缓停在微信图标上，打开黑名单，把唯一的那个账号拉出来。

刚准备给他发消息过去：知错了吗……

忽然。

小兔的低呼声传过来："姐，你快看！"

秦梵刚敲了前两个字，陡然停住，指尖皮肤不小心扫到了发送键。她没注意，下意识地看向小兔的手机屏幕，入目便是国内最大的论坛——某乎。

此时首页飘着一个标红的热帖：

《商界名流谢砚礼冲冠一怒为红颜，十分钟内下架全网所有同框新闻》

楼主：昨天楼主被一条财经新闻配的机场图吸引，关注了一对豪门 CP[1]，本来今早想再回顾回顾那条新闻，没想到居然被删了，再去搜索相关新闻，全都查不到。后来找财经圈朋友询问才知道，原来这是大佬为了保护白月光不被外界打扰，特意下令全网删除！妈耶，我又相信爱情了！附机场图。

补充：据说大佬这位白月光有抑郁症，为了出国治疗才忍痛与他分手，他多年不近女色，就是为了这位守身如玉。圈内对他们的过去绝口不提，似乎有很大的秘密，这是什么虐恋情深的豪门爱情故事。两位都是神仙颜值！

"短短一个小时，已经快要破千层楼——同财经圈，已经解码，佛子度的果然得是天仙。"

"这位可是总裁界的颜值天花板啊！果然，长得好看的男人都有主了。"

"又好看又深情，羡慕。"

"你们仔细看机场大图，他们手腕上的佛珠是不是同款！！"

"据说谢砚礼多年来对这串黑色佛珠从不离手，宝贝至极，之前有个房地产老总喝醉了想要拿这串佛珠欣赏，被谢砚礼拒绝后，没几天就破产了。现在懂了，原来是与白月光的情侣款，难怪这么珍视。"

"这种事隔多年，心里依旧有彼此的爱情，真的太纯洁太美好了，美慕了！"

"清清冷冷的佛子遇到心爱女人，也下凡了，跟普通男人好像没什么区

---

① CP：Coupling，简称 cp，网络流行词，指有恋爱关系的同人配对，指动画、影视作品粉丝自行将片中角色配对为情侣，有时也泛指两人之间的亲密关系，表示人物配对的关系。

别，也珍惜与白月光的情侣款。"

"……"

小兔不敢吱声，偷瞟了眼秦梵。

灯光下，她表情平静地刷着帖子，嫣红色的双唇轻抿着，几乎成一条单薄的线，乌黑的眼眸毫无情绪。

刷到最后，今日眉眼极美极艳的女人从唇瓣溢出来一抹冷笑。

直到二十分钟后，休息时间结束。秦梵没管不小心发过去的那条未写完的微信消息，面无表情地重新将谢砚礼所有的联系方式拉黑，然后把手机交给小兔带出去："遇到陌生号码，不要接听。"

小兔："……是。"

就凭这个帖子，她想给谢总说好话，都没用！

梵梵姐说得对，谢总删掉新闻有什么用，谁知道是不是心虚。

下午五点，剧本围读结束后，裴枫临时招呼几个主要演员一块聚餐。

秦梵刚准备弯腰上车时，身后传来一道清朗明亮的男声："姐姐，我的车坏了，能搭个便车吗？"

秦梵扶着车门的手微微顿住，黄昏的阳光有些刺眼，她下意识地眯了眯双眸，转身便对上年轻阳光少年那张初具英俊轮廓的面容。

池故渊是圈内极少童星没长残的代表之一，如今演技与流量皆不缺。

秦梵之前还很喜欢看他演的仙侠剧，对这个少年自然很有好感，侧身让他先上车："自然可以。"

"姐姐人美心善。"池故渊顶着张无害的娃娃脸，朝秦梵甜甜地笑。

秦梵落后一步上车，随意地靠坐在椅背上，接过小兔递过来的水抿了口，乌发红唇雪肤，即便身处光线昏暗的车厢内，依旧让人移不开视线。

秦梵喝水时，睫毛低垂，并不欲说话，倒是池故渊敏锐地察觉到了她心情不是很好。

他托腮望着秦梵的侧脸，夸奖道："我看过姐姐拍的戏，与古典舞一样，都是非常专业的。"

秦梵不知道他为什么会说这个，抬了抬睫毛望过去："嗯？"

池故渊唇角带笑，故作轻松道："所以压力不要太大，有我给你垫底呢，平时导演最爱骂我啦！"

秦梵明白过来，这小帅哥是以为她身处这个专业演员太多的剧组，压力太大，正用自己的方式安慰她呢，顿时忍不住轻轻笑了笑。

池故渊看得惊艳："姐姐笑起来像小仙女一样！以后要多笑笑。"

这样有礼貌嘴还甜的"奶狗系"帅哥谁会不爱？

原本只是小帅哥的路人粉，经过路上这十几分钟的相处，秦梵想着回头就找个小号，给小帅哥点赞！

果然，嘴甜小帅哥可比某些不会说话、冷漠无情的老男人可爱多了！

抵达餐厅后，池故渊率先下车，站在车门旁，绅士地朝秦梵伸出一只手，想扶她下来。

秦梵弯腰出车门，刚准备将指尖搭在池故渊掌心，忽然，视线一顿，看到马路对面那辆熟悉的黑色迈巴赫。后排车窗降下，那张清冷淡漠的俊美容颜，此时正朝这边看来。

男人那双无悲无喜的眼眸仿佛浸透着无边寒意，明明落日余晖光线正暖，偏偏让人感觉不到丝毫温暖。

秦梵指尖下意识地收缩，莫名有种被抓包的心虚感。仅仅是片刻，她就反应过来，她有什么可心虚的，又没出轨，更没什么白月光！

错的人本来就是谢砚礼，秦梵漂亮脸蛋上的表情收敛，不甘示弱地冷冷瞪了回去：看什么看！

"是遇到认识的人了吗？"池故渊顺着秦梵的视线望过去，有些疑惑。

他年纪不大，还未到二十岁，日常生活只有拍戏与上学，自然不认识谢砚礼。

对上"小奶狗"那澄澈如清泉、一眼便能望到底的眼眸，秦梵果断摇头："不认识。"

池故渊皱了皱眉："那他怎么一直看你？"

看我是不是用他的钱养了"小奶狗"，给他戴了绿帽子呗。

当然，秦梵没这么说。她气定神闲地将手搭在池故渊的掌心下车，一碰即松，而后答道："嗯，大概是什么狂热私生粉吧。"

"啊？那要让保安去处理一下吗？"

"不用……"

秦梵暗暗地想：到时候还不知道谁处理谁。

没想到会在这里碰到谢砚礼，秦梵本来还担心是裴枫邀请了投资商，想着自己要是跟谢砚礼同桌用餐，可能会泼他一脸酒。

幸好，落座之后，裴枫绝口不提投资商要过来的事情，还让人开始点餐，她略松了口气，

大概只是巧合。

路边，谢砚礼的黑车依旧没动。想到刚才看到的画面，温秘书大气不敢出一

声，内心却疯狂为太太呐喊。

最牛的还是他们老板娘啊，这才一晚上过去，就兑现了昨晚的豪言壮语，真找了个年轻男人！

这也就算了，被抓包后，还嚣张地挑衅谢总！！

温秘书适时地开口："谢总，裴导邀请您共进晚餐的地点就是这里，天色也不早了，既然路过，不如……"

几分钟后，车门开启的声音响起。谢砚礼弯腰下车，抬步往这家私房餐厅走去，修长手指顺势整理了一下手腕上那扣着的低调华贵的天然贝母袖扣，脚步不疾不徐。

温秘书连忙跟过去，内心为太太点了根蜡烛。

谢砚礼抵达包厢时，众人已经落座。裴枫亲自来迎接："还以为你不来了，没想到我面子还挺大。"

跟在谢砚礼身后的温秘书忍不住腹诽：面子大不大不知道，不过裴二少这脸真的越来越大。

谢砚礼清冷的眼眸扫视四周，却并未发现秦梵的身影。男人眉心沉沉敛起，从白皙劲瘦的手腕滑落至长指的黑色佛珠，被他用指尖随意地拨弄了几下。

了解他习惯的温秘书知道，这是谢总耐心告罄的表现。温秘书发现，不单单是太太不在包厢内，就连那个跟太太一起的"小奶狗"也不在。

嘶——温秘书仿佛看到自家上司的黑色短发开始逐渐变绿。

谢砚礼虽然一如既往地神色淡漠、矜冷端方，可就连裴枫都能感觉到他比在往常的酒局上更高不可攀。

没人敢给他敬酒，甚至原本热闹的说话声都降低了。大家如之前的温秘书一样，大气不敢出。

温秘书轻咳一声，试探着，仿佛随口问："怎么不见女主角？"

毕竟是谢总的首席秘书，自然有很多人愿意为他解惑释疑："秦老师酒量浅，抿了口酒就有点儿晕，去外面醒酒了。"

温秘书道："这时间是不是有点儿长，不会出什么事情吧？"

副导演答："放心，小池弟弟去找她了，应该很快就能回来。"

主桌上，裴枫给谢砚礼倒了杯酒："怎么，今天心情不好？"

谢砚礼长指漫不经心地握住透明的酒杯，先是抿了口烈酒，而后微仰起线条流畅的下颌，将整杯烈酒饮尽，随即起身，眼神扫过裴枫后，抬步往外走去。

裴枫巴不得他这个低气压赶紧离开，真是很影响气氛。

温秘书没敢跟上去，他以为自家上司是去找走丢的女主角。

走廊上安静极了，谢砚礼离开包厢，隔着一扇门，听到包厢内气氛热烈起来。

包厢在走廊尽头，谢砚礼漫不经心地立在拐角的阴影处，站姿并不端正，反而透着零星的散漫。

"咔……"

细微的打火机开合声在寂静的走廊尤为清晰。暗淡光线下，男人影子修长，指尖火星明明灭灭。

谢砚礼将香烟递到薄唇边缘时，肤色冷白的手掌缠绕着的黑色佛珠随着他的动作晃动，烟灰差点儿落在镌刻着经文、无比神圣、令人敬畏的佛珠之上。

冰刻玉雕般的面容，仿佛染上了世俗的烟火，从裤袋拿出手机，谢砚礼看着发过去依日被拒收的消息，神色越发肃敛。

正沉思着，忽然传来高跟鞋踩在地上越发清晰的声响。

秦梵离开包厢是为了避开酒局初始的互相敬酒环节，她最近这几天对酒精"过敏"！

等到觉得大家差不多不会关注她喝不喝酒时，秦梵才慢条斯理地回来，谁知刚走到包厢门口准备推门，手腕便被握住。

秦梵脚下一崴，顺着惯性撞上了男人坚硬的胸膛，额头砸到纽扣上，忍不住惊叫一声，下一秒，便被这力道快速地拽进了旁边拐角处的安全通道口。

厚实的门在身后被沉闷地合上，将一切阻隔在外。

此时包厢门被打开，副导演站在门口，看着空无一人的走廊，有些疑惑："咦？刚才好像听到了秦老师的声音。"

恰好池故渊从远处走来，副导演朝他招手："小池，你没看到秦老师吗？"

秦梵背靠在楼梯冰凉的扶手上，熟悉了黑暗的眼睛清晰看到近在咫尺的那张熟悉面容，紊乱的心跳渐渐平静下来："谢砚礼，你是不是有病？"

突然把她拉到这种地方，她还以为是什么变态。

谢砚礼没答，在幽黑狭窄的安全通道内，他掌心抵着秦梵的细腰，将她完全掌控在自己掌心之间，男人微烫的呼吸越来越近。

秦梵反扣在栏杆上的指尖微微收紧，呼吸间皆是男人身上缭绕的沉香味道，与往常不同的是，木质沉香中夹杂着世俗的烟酒味。

随即秦梵感受到他薄唇擦过自己脸颊，烈性的气息落在又薄又嫩的耳垂处，企图在上面烙下印记。

秦梵用力往后仰想避开，然而男女力气对比过于鲜明。最后他的吻似有似无地在她的脖颈处流连，素来清冷的音质偏哑："他是谁？"

秦梵先是愣了愣，等反应过来后，也不躲了，忍不住笑出声。

不知道什么时候，谢砚礼面色平静地望着她笑。

得知他的来意，秦梵脑中警铃解除，懒洋洋地双手抱臂靠在栏杆上："怎么，谢总有危机感了？

"也是，小池弟弟年轻力壮，还乖巧听话，各个方面都比某三十岁的老男人要讨喜得多……"

话音未落，秦梵瞳仁陡然放大，红唇被堵住，再也说不出男人不爱听的话。

忽然，外面传来一阵说话声。秦梵狠咬一口谢砚礼的舌尖，然而他极快地收了回去。

于是，便咬到了他的下唇。秦梵瞬间松开贝齿，干脆利落地将谢砚礼那张脸推了出去，丝毫不管他会不会被发现。

反正她不被发现就行了，然而，秦梵推开他的刹那，安全通道的门已经开了——

厚重的门被推开后，走廊光线顷刻间倾泻进来，照亮了这方寸之地。

秦梵背对着门口，蓦地顿在原地，耳边甚至清晰地听到外面那群人震惊的低呼声。

脑子里飞过几个大字：完了，要上热搜了！

无论他们上楼还是下楼，都绝对会经过自己。谢砚礼将西装外套脱下，盖在秦梵头顶上，顺势将她的脑袋按入自己怀中。

极淡的木质沉香味将她包裹住，逐渐布满全身，甚至与灵魂相交，秦梵没反抗。因为在被发现"社死"与灵魂即将被浸透之间，她选择不能"社死"！仙女要脸。

进来的几个人大概是没想到这年头还会有人在安全通道密会，尤其想到刚才门开那一瞬间，这两人似乎是正在接吻的姿势，而且走廊射进来的光线，将里面身量极高男人的面容映得清清楚楚——

黑发略有些散乱，冷白皮五官深邃俊美，此时正垂着慵懒冷漠的眼眸睨过来，气场强大，让人不敢直视。不过那殷红薄唇上的小小齿痕，瞬间弱化几分冷冽，显得过分旖旎。

尴尬萦绕其中。

对视几秒后，几个年轻人默契地后退回去。

"哥们儿，打扰了！"

"我们这就走，你们要不继续？"

谢砚礼正脸即便暴露在所有人眼前，依旧没有丝毫的紧张，仿佛被抓包亲密的并非他本人一样。

门重新关闭的瞬间，秦梵甚至听到了他们低低的说话声："那个男人下唇还有咬痕，妈耶，好激烈。"

有个女生说："而且颜值好高啊，脱下西装给女朋友挡脸的姿势帅爆了！"

"咬痕有点儿欲……"

"羡慕他女朋友。"

"……"

秦梵松了口气，幸好不是隔壁包厢的熟人。不然，认出她的裙子……

沉闷的关门声响起，秦梵将头顶上那件西装外套掀开，面无表情地丢回谢砚礼怀里，将"过河拆桥"这四个字演绎得淋漓尽致。

丢完之后，秦梵踩着高跟鞋，一言不发地径自越过他，准备离开这个鬼地方。

谢砚礼看着她纤细婀娜的背影，将西装挂在修长有力的手臂上，跟在她身侧，语调极淡："回家。"

秦梵自己拉开门，没答应。

谢砚礼慢条斯理地略微整理了一下凌乱的袖口："上次列给我的代购清单，也全都买好放到你的衣帽间了，不回去清点？"

秦梵猛地拉开了厚重的大门，嗤笑一声："谁说我不回去？"

她好不容易种草收集的小宝贝们，怎么能便宜别的女人！谢砚礼有错，但小宝贝们没错。

两人一前一后从安全通道出来时，已经是半个小时过去了。秦梵一副不认识谢砚礼的样子，看都不看他，回包厢之后，直接将门关上。

谢砚礼站在包厢门口："……"

"你怎么在门口？"

裴枫从洗手间出来，入目便看到失踪半天的谢砚礼站在门口不动弹："刚才去哪儿了？"

"等等，你这嘴怎么回事？"

裴枫在国外待了那么多年，又拍了不少爱情戏，虽然自己没交过几个女朋友吧，但绝对能认出来，谢砚礼下唇那暧昧的牙印，肯定是被女人咬的！

谢砚礼没注意，被裴枫按住肩膀，抵了墙壁上。

这时，包厢门突然打开，一群人出现在门口，然后便看到这样的画面——

谢总素来整齐的短发，此时微微有点儿凌乱，原本冷漠无情的男人，染上了几分不羁，正冷冷地望着把他按在墙上的裴枫，嗓音浸透寒意："松手。"

裴枫试图近距离观看谢砚礼下唇那个咬痕，就这么被逮了个正着。

大家都不敢吱声，直到一道好听的女声打破了安静到极点的气氛："裴导，你把谢总咬了？"

裴枫："……"

谢砚礼眼眸深沉："……"

大家这才看到谢砚礼下唇那齿痕。

"嚯！"

没看出来，裴导居然这么野，不愧是国外回来的！话说谢砚礼首次投资娱乐圈影视，不会是有内幕吧？

秦梵看到谢砚礼还在外面时，心跳骤然一停，然后反应很快地甩锅给裴枫：裴导，抱歉了，就当你上次不分青红皂白把我换掉的报复吧。

这下他们扯平了。

裴枫跳脚："不是我！"

然而这话落在旁人耳中，更像是无力的反驳。

秦梵带头说："嗯嗯嗯，我们相信裴导肯定不是这种人。"

"对对对，裴导不是这种人，我们什么都没看到。"

"咱们散了散了，别打扰谢总跟裴导。"

"走吧。"

大家装作无事发生，勾肩搭背地离开，裴枫追过去解释："真不是我干的，老子取向正常着呢！

"用你们的脑子想想，老子是非礼得了谢砚礼的人吗？

"老子还活着，足以证明我们的清白。"

别说，这还真说服了刚才吃瓜的一群人，难道真是他们误会了？

谢砚礼一言不发，见秦梵也要离开时，不咸不淡地落下一句："秦梵，站住。"

走到半路的众人齐刷刷地转过头，谢总不会是要怪罪秦梵说了句大实话吧？

温秘书连忙开口为上司挽尊："秦小姐，我们公司研发的新游戏即将面世，您很适合做代言人，我们谢总想亲自与您谈谈。"

大家恍然大悟，《风华》男主角方逾泽含笑说："这是好事，过去吧。"

当着大家的面，秦梵不好推辞，唇角扬起极淡的弧度："好……"心里却快要把谢砚礼骂死了。

最后，秦梵在小兔忧心忡忡的眼神下，还是上了谢砚礼的车。

车厢内，温秘书乖觉地把前后挡板升起来。

"裴枫咬的？"

就在秦梵以为谢砚礼假扮雕塑时，男人低沉清冽的嗓音忽然响起。

秦梵凉凉地扫了他一眼，完全不心虚："不然呢？说刚才谢总把我堵在安全通道，做坏事不成反被咬？"

静静看着她片刻，谢砚礼揉了揉眉心，淡淡地问："谢太太，你在气什么？"上午不是还发微信说她知错吗，下一刻就把自己拉黑。

秦梵拒绝跟他聊天，密闭逼仄的空间内，萦绕着冷淡与沉默。

这一沉默，直接沉默到车子抵达京郊别墅。

晚上十点，秦梵身上裹着一件浴袍，眉眼冷淡地拿着清单在衣帽间点代购的物品。

除了她清单上的，秦梵还看到了不少清单以外的。不用说就知道是谢砚礼多给她带回来的。

秦梵看着这些非常符合女性喜好的东西，忽然怀疑起来——这些东西是不是程熹陪着谢砚礼一起买的？

越想越觉得这个可能性很大，她顿时就不想清点了，裹着件真丝睡袍，便回到主卧沙发上，坐得端端正正，打开手机刷论坛。

一整天了，那个帖子依旧红红地飘在首页。

谢砚礼从浴室出来时，带出来一阵冰凉水汽。浸过水的浅色薄唇，牙印越发明显，甚至能看出来，已经破皮了。

秦梵懒散地靠坐在沙发上，身上绸滑的布料微微敞开，露出小片雪白柔嫩的皮肤，谢砚礼察觉到她往这边看了眼，似乎是在等他。

谢砚礼沉思几秒，刚想走过去，却见谢太太冷冷地瞥着他，红唇微启，对着手机屏幕开始念："'程熹是为了度佛子而下凡的天仙吧，国际顶级服装设计学院毕业的高才生，刚毕业就创立国内最知名的原创设计品牌，甚至已经走向国际。家世完美，履历优秀，还肤白貌美，服了。'

"'大概只有这样完美的女性，才能让禁欲佛子动心吧。'

"'啊，求他们快点儿原地结婚吧。'

"……"

听着她语调没什么情绪地念着一些奇怪的词句，他随意擦干短发，对无关紧要的人的履历不感兴趣。

谢砚礼脚步一转去了床上，从床头柜取下平板电脑，趁着睡前半个小时，处理今晚应该加班处理的工作。

秦梵念了半天，发现当事人居然跑去工作了，红唇紧抿着——怎么跟她唱独角戏似的，当她是背景音乐吗？

秦梵越想越觉得生气，将手机一丢，也不念了。

"谢砚礼！"

她没穿拖鞋，赤着脚跳下沙发，往大床方向走去，果断喊了声。

谢砚礼回复一封国际邮件后，才缓缓抬眸："嗯？"

秦梵不满他无论发生什么事情，都这么一副无情无欲的样子，仿佛谁都没有资格被他放在心上一样。安全通道里那仿若吃醋的眼神，像是她在做梦。

秦梵咬着下唇，深吸一口气故意问："合同你签字了吗？"

谢砚礼看她一眼："我不认为，我们的关系需要用合同作为凭证。"

知道今晚大概在家里加不成班了，于是谢砚礼不紧不慢地将平板放回床头柜，修长身体往后靠了靠抱枕，悠悠地望着她。

秦梵对这位床上美男视若无睹，冷嘲道："我们什么关系？不就是平平无奇的金钱关系？"

"所以，不用合同用什么？"

谢砚礼神色自若，声音透着一如既往的从容不迫："我们是夫妻。"

"我们算哪门子夫妻？"秦梵站在床边，居高临下地望着谢砚礼，"不知道的还以为我是阻碍你和白月光破镜重圆的恶毒女配。"

"哦，可能恶毒女配都算不上，勉强算是炮灰女配。"

见她像故作镇定却又掩不住后脊多毛的小猫，谢砚礼眼底掠过一抹淡笑痕迹，不过很快隐去，猝不及防地伸出手臂，双手抱起她的细腰，将人稳稳地安置在大床上。

天旋地转，秦梵视线恍惚一瞬，没料到这人居然来这出。

下一秒，她后背便触及柔软的床铺，双眼瞪得圆溜溜的，水眸染上几分错愕。秦梵本来积蓄着怒火，被谢砚礼突然抱住，有点儿反应不过来，用力踹了他一脚："你抱我干吗，去抱你的白月光去！"

眼看着谢太太气得眼尾都泛红了，谢砚礼指尖漫不经心地碰了碰她的睫毛，不慌不忙地哄："我亲自参与开发的新游戏的代言人，你喜欢吗？"

秦梵觉得谢砚礼是在侮辱她："我是那种能被这些小恩小惠收买的人吗？"

略一沉吟，谢砚礼对上自家太太那双眼睛，若有所思："过两天北城有场线下拍卖会，如果最近没合心意的首饰，可以去看看压轴的那套翡翠。"

秦梵："……"

谢砚礼将秦梵的手机递过去，偏冷的嗓音此时偏深沉："所以，我可以从黑名单里出来了吗？"

这样就想从黑名单里出来？

秦梵眯了眯眼眸，夺过自己的手机，冷哼道："这得看我心情。"

三十秒后，秦梵手机不停振动。

谢砚礼慢条斯理地将手机放下："谢太太现在心情好点儿了吗？"

秦梵点开短信页面，看着一个页面刷不到头的转账信息，忽然毫无情绪地低笑。主卧安静，秦梵的笑声显得尤为清晰。

谢砚礼意外。

下一秒。

他便听到谢太太意味深长的话："暂时给你一天监外执行时间。"

周一早晨六点，北城金融中心已经车来车往，人潮如织，一派辉煌盛世之景。

谢氏大厦顶楼，总裁办。

谢砚礼修长的手指一下一下极有节奏地敲着实木桌面，让人心惊胆战。

谢砚礼让人查了被谢太太挂在口中的那位"白月光"："帖子传播广泛，为什么没及时解决？"

公关部经理冷汗直流："您与太太不是要隐婚的吗，这个帖子刚好可以作为最好的遮掩，所以便没有管。"甚至还加了把火……

"隐婚？"

谢砚礼手指顿住，嗓音更冷了："我何时说过隐婚？"

他怎么不知道？

公关部经理这下真的要跪了。

"……"

揣测错误大 Boss 的心思，对职业生涯的打击是致命的。

就连旁边的温秘书都目瞪口呆："……"

谢总竟然没打算隐婚？

谢砚礼从旁边抽屉里拿出戒指盒，他不习惯戴结婚戒指，因此一直放在办公室，倒是让人误会他未婚。戴上戒指后，谢砚礼忽然示意温秘书过来："把太太上个月的消费清单拉出来。"

温秘书拉完清单之后，忍不住感叹，原来谢太太才真是吞金兽，幸好谢总能赚钱。

谢砚礼用刚出黑名单的微信将清单发送到秦梵手机上，并且附言："谢太太，乖巧听话的小弟弟，养得起你？"

等到秦梵看到谢砚礼发的清单和消息时，已经在剧组酒店。柔白纤细的指尖滑过一长串的账目，时间、地点、物品、价格清清楚楚，滑到最后——秦梵看到了总计金额，眼皮子跳了跳。

蒋蓉正跟她谈几天后国内颁奖典礼邀请她当嘉宾的事情，见秦梵看着手机不语，下意识地侧身看了眼："这是什么？"

秦梵抬了抬睫毛，慢悠悠地从红唇溢出一句话："我上个月的消费账单。"

蒋蓉："噗！"

她满脸震惊地说："你是什么品种的败家精？"

秦梵给谢砚礼回复："我也养得起自己，但乖巧听话的小弟弟比你年轻。"

发过去后，秦梵指尖把玩着手机，看向蒋蓉："蒋姐，继续谈工作吧。"

蒋蓉视线从她的微信页面收回，道："虽然说你也养得起自己，但是现在你这个被养的人，对老公这么嚣张真的可以吗？"

秦梵抽出蒋蓉手边那张行程表，一边看一边随口回："如果你非要用这种关系来形容我们的话，我更希望换成另一种说法。"

蒋蓉蒙了蒙："什么？"

没等秦梵回答，端着下午茶进来的小兔学会抢答了："猫主子和铲屎官！"

秦梵给了小兔一个欣赏的眼神："这个季度加奖金。"

小兔欢呼："老板万岁！"

蒋蓉："……"

算了，秦梵高兴就好，总比前两天没精神要好。

颁奖典礼恰好在入组前一天，所以蒋蓉便答应了这场活动。这在国内算是大型活动，基本上接到邀请的都是在娱乐圈比较出名的明星。

而秦梵今年能接到邀请，还要归功于被裴枫选为《风华》女主角。圈内谁不知道，被裴枫捧出来的女主角，未来再不济也能成为二线演员。

《风华》剧组后面还特意开了个会，商议颁奖典礼那天正式官宣秦梵，让秦梵跟导演裴枫走红毯。

这段时间，秦梵依旧住剧组，完全没有回家的意思。对于谢砚礼的示好，她礼物照接，转账照收。

直到颁奖典礼当天，秦梵准备做造型时，收到了温秘书发来的几张照片。秦梵坐在造型工作室沙发上，垂眸点开微信。

温秘书："太太，您喜欢哪个？今晚谢总会参加拍卖会。"

秦梵刷着那五张照片，全都是她喜欢的首饰，突然想起来，今天好像就是谢砚礼上次提过的那个拍卖会了。

最后面那两张拍卖品的照片最吸引秦梵，一个是翡翠项链，另一个是通体泛着紫色光泽的紫罗兰摆件，都不是凡品。

难怪这场拍卖会，能被谢砚礼放在心上。

秦梵懒洋洋地垂着睫毛，谢砚礼这是真打算用礼物收买她了。

她就给谢砚礼好好上上课，让他知道，女人不是花花钱就能哄好的。

秦梵轻点屏幕，敲了几个字过去："哦，告诉他，我都喜欢。"

远在拍卖场，拍卖会尚未开始。温秘书看到这个消息之后，默默估算了价格，觉得自己做不了决定。

谢砚礼正在跟几个从世界各地赶来的商界人士寒暄，温秘书压低了声音在谢砚礼耳边道："谢总，太太说，这些她都喜欢……"

说着，温秘书将手机递给谢砚礼，有些后悔谢总让他选几样拍卖品给太太选择时，自己很实在地把全场最受瞩目的全都发给了太太。

主要是他真没想到，太太居然狮子大开口。要知道，今天拍卖会能拍到一两样已经够可以了，太太这张嘴就"全要"！温秘书甚至已经想到谢总要黑脸了。

谁知向来冷情冷性、无悲无喜的男人，薄唇居然缓缓勾起浅淡笑痕。虽然只是一闪而逝，但温秘书确定自己没看错，谢总怕不会是被太太气疯了吧？

温秘书咽咽口水："谢总，要怎么回复太太？"

谢砚礼接过温秘书的手机，言简意赅地敲下一个字："好"。

看着昏暗光线下，谢总那张依旧俊美如画的面容，温秘书捂住小心脏，其实谢总要讨女人欢心，奉献出那张脸和真心就可以了，大可不必这样。

当天拍卖会刚结束，谢砚礼拍下众多珍品的新闻，席卷了全网，迅速霸占全网各大新闻头条。

有媒体等在拍卖会场外，采访这位出手阔绰的买家，并同步到网络直播平台。

直播中，谢砚礼身姿挺拔，姿容端方，站在设计古典的拍卖场门口，身后跟着黑衣冷脸的保镖，密不透风地护着几个盒子。

媒体看到这个架势，满是震惊，传闻居然是真的！有记者多着胆子问："谢总，请问您今夜拍下这么多首饰，是为了收藏还是送人？"

谢砚礼注视着媒体的摄像机，长指不经意碰到无名指上那枚婚戒，冷眸染上的几分幽色，很快便隐没。

沉吟几秒，从他薄唇缓慢溢出云淡风轻的五个字："我太太喜欢。"

全场寂静如身处虚空，下一刻，媒体记者举着话筒与摄像机的手全都不受控地抖了抖，看直播视频的网友们甚至都感觉到了画面震动。

别说是媒体记者了，就连他们这群看直播的都忍不住倒吸一口凉气——

"因为太太喜欢？嘶！这位谢太太的喜好也太值钱了吧！"

"不对？这位出手大方、堪称商界颜值天花板的年轻大佬竟然有太太了？"

"网友们疯了——'我太太'，妈呀，谢砚礼这个称呼太宠了吧！"

"呜呜呜，此刻想变身谢太太。"

"谢太太是拿了什么小说女主角的剧本吗？"

"谢总人间值得！"

"好想知道能拥有这样'人间值得'好老公的谢太太是何方神圣……"

记者们更是心脏狂跳，反应快的已经当场拿出手机编辑新闻头条！

即便谢砚礼身处财经圈，但他们已经能想象到，凭借这几件价格不菲的首饰与谢砚礼的颜值、已婚，这几个点，足够引爆网络。

谢砚礼结婚时，并未大肆报道，虽未曾刻意隐瞒，却也因为低调，未曾刻意对大众公开。

所以除了圈子里的人，甚少有外人知晓。

或许有买谢氏集团股票的重仓持有者愿意深入了解一下集团执行者的履历，可谢氏集团股票的重仓人群，极少有刷微博、刷头条这种娱乐。

大家纷纷猜测，到底是怎样的仙女下凡才能让这位大佬深爱如斯。

此时，仙女本人正坐在车内，等着按照顺序入场走红毯。为了等会儿要官宣她出演宁风华，秦梵今晚的造型更偏向于风华绝代时期的宁风华。

一袭黑色重工刺绣旗袍礼服，剪裁简约，极致的黑色却更能衬托出那极致的美貌。如瀑布般的鬈发松松绾起，乌发点缀着细碎珍珠，纤细修长的天鹅颈微微扬起，露出那张美得明目张胆的浓颜系脸蛋，眸若春水，唇若点朱，一颦一笑皆是风情万种，人间绝色。

若是网友们看到这样的谢太太，大概不会怀疑有男人愿意为她一掷千金。

秦梵上车之前，看过了谢砚礼在拍卖会的直播视频。没想到他居然真的舍得，而且秦梵关注的点更在谢砚礼接受采访时，拨弄婚戒的动作，网友们关注点都在首饰上，唯独秦梵看到，他无名指那枚戒指，是他们婚礼当天彼此交换的婚戒。

婚后，她从没见到谢砚礼戴过，还以为他早就丢了。当她刷着微博上关于谢砚礼的热搜词条时，微信消息传来。

"眼疾老男人"发来一张照片。

照片上是几个打开的盒子，盒子被随意放在了车座上，车厢光线极暗，却掩不住盒内的璀璨华光。

啊！爱了！

秦梵唇角忍不住上翘，那本就春色激滟的桃花眼，看手机时，仿佛有星光落下。

她回复了个"仙女已沦陷"的表情包。

没等到回复，秦梵秀气的眉头微微蹙起，谢砚礼不会不打算送她吧？想了想，秦梵给他发了张小兔今天给她拍的照片过去。

照片上，秦梵站在浅金色的旋转楼梯上，黑色重工刺绣旗袍衬得她曲线完美，秾纤合度，开衩裙摆露出一截纤白的小腿，长睫低垂，端的是颠倒众生、睥睨一切。

秦梵跟了条消息过去："看你的仙女老婆脖子上是不是缺了点儿什么？"

与谢砚礼聊天的调调，恢复往日，至于为白月光冷战，早就被秦梵抛到脑后。谢砚礼都公开承认自己有太太了，什么洁身自好等白月光回国的谣言自然不攻自破。

至此，秦梵单方面宣布夫妻冷战就此结束。没多久，秦梵感觉掌心振动，迫不及待地看过去。

眼疾老男人："谢太太，我是商人。"

秦梵眯了眯眼睛，这个老男人，又要作什么妖！秦梵刚准备敲字过去，忽然眼前落下一个阴影。她条件反射地想盖住与谢砚礼的聊天页面，谁知手忙脚乱差点儿把手机掉地上。

裴枫本来靠在车座上小憩，没睡着，忽然准备提前跟秦梵对对等会儿官宣《风华》女主角的台词，谁知刚过去，就看见女主角手忙脚乱地盖手机。

被她这一弄，裴枫还真下意识地看了眼屏幕，最后那段眼熟的话映入眼帘——视线陡然定住："你这是在跟谢砚礼聊天？"

车厢内空气凝滞一瞬，裴枫看着维持捡手机姿势的秦梵，她乌黑慵懒的碎发贴着雪白后颈，此时眼睫低垂，让人看不清表情。

"这个问题很难回答？除了谢砚礼，谁还会把'我是商人'这四个字说得这么理直气壮！"

秦梵握紧了手机，心里长出一口气。吓死她了，原来裴导只看到了后半截！

秦梵脑筋转得很快，立马抬起头，对裴枫弯唇笑："是这样的，上次谢总不是想邀请我签约谢氏集团新游戏的代言人吗？"

裴枫记得这茬儿，一辈子都忘不了！

秦梵略迟疑，似是为难道："这次谢总问我如果签我当代言人，我能带给他什么好处……"

"……"

裴枫震惊脸："禽兽啊！"

裴枫咋舌几秒，才艰难地吐出来这三个字。而且他忽然想起之前谢砚礼莫名其妙要给他投资，还说秦梵不是他情人，原来人家秦梵还没答应！

此时看着秦梵那张堪称人间绝色的面容上露出为难与无辜的表情，裴枫深深地同情她。

长成这样，竟被谢砚礼惦记上，真不知道是幸还是不幸。

秦梵不知道裴枫想到了什么东西，只见他一脸看小可怜的眼神望着自己，深深叹息之后，说了句："下部戏我要拍个大 IP 宫廷剧，你来试个角色吧。"

秦梵瑟缩一下："……"

黑了谢砚礼后，还有这种好事？自己可真是个小机灵鬼！

虽然是电视剧，但这是裴枫第一次执导的电视剧，意义自然跟普通小荧屏不同。

这时，车窗忽然被敲响，随后传来工作人员的声音："再过十分钟要轮到两位老师走红毯了，请准备准备。"

裴枫在秦梵提着裙摆率先下车后，拿出手机迅速压低声音给谢砚礼发了句语音："潜规则女明星，谢砚礼，你真够可以的啊！老实点儿，小心我去你家告状！"

红毯星光熠熠，两侧都是拍摄的粉丝与媒体记者，他们走上红毯时，两侧顿时发出粉丝们的惊呼声。

媒体镜头不受控地对准他们，这两人绝了，随便一拍都是杂志大片。

"仙女姐姐！！"

"啊，梵仙女，永远的神！"

"裴导好帅啊！"

"支持《风华》。"

在粉丝们的欢呼声中，秦梵与裴枫顺利地走上红毯。其实在秦梵挽着裴枫踏上红毯后，大家已经预料到了什么，包括正在看直播的观众。

果然，主持人喊住了他们。

裴枫对着镜头，薄唇勾起招牌的玩世不恭弧度，嗓音却笃定有力："我说秦梵就是宁风华，你们有意见吗？"

大家下意识地将视线转移到自始至终一直尽职尽责当花瓶的秦梵身上，秦梵正走神想自己那五个小宝贝。

然而美人走神都是美的，在红毯堪比照妖镜一样的灯光下，秦梵皮肤细腻雪白，毫无瑕疵，美得如同一尊精美绝伦的瓷娃娃。

然而当她眼波流转时，瓷娃娃顿时灵魂满溢，桃花眼望着人时，如蛊惑人心、堕入深渊的妖精。

这不就是原著中对卧底时期的宁风华的描述吗？大家顷刻间便懂了裴导这句话的含义。

秦梵就是宁风华，任谁都比不过她。

颁奖典礼刚开始，秦梵与裴导的红毯照与《风华》官宣女主角的热搜便爆了。

大概是秦梵的红毯造型过分贴合女主角，再加上裴枫的鼎力支持，网上评价暂时是一片叫好：

"啊！"

"裴导酷毙了！"

"不敢有意见。"

"秦梵就是宁风华。"

"仙女太美了，呜呜呜，爱了爱了。"

而此时，黑色轿车在高速上疾驰。谢砚礼难得没有在车上办公，也没有趁机小憩，而是放大了秦梵那张黑色旗袍的照片。

几分钟后，搁在旁边的手机忽然振动，他随意点开语音。下一秒，裴枫压低的声音传遍了整个安静的车厢："潜规则女明星，谢砚礼，你真够可以的啊！老实点儿，小心我去你家告状！"

司机以及同行的两个秘书，全都听得清清楚楚。谢总骚扰女明星？这是什么大瓜？

谢砚礼知晓裴枫与秦梵同走红毯，这罪名是谁安在他身上的，不言而喻。

"呵……"

不知过了多久，谢砚礼沁透着凉意的冷笑声陡然响起。大家头盖骨都麻了，他们知道这么大的秘密，生怕被谢总杀人灭口。

秦梵漂亮脸蛋上表情有些凝重，谢砚礼不会要反悔了吧？想了想，她咬着下唇，在上台当颁奖嘉宾之前，给谢砚礼发消息过去：

"谢商人，你不会真想要我出卖色相吧？

"我卖艺不卖身的！"

这次倒是没多久，他便回了。

眼疾老男人："好。"

好？是个什么意思？

秦梵眼神有些迷茫，是要她卖艺的意思吗？

很快，工作人员便喊她去后台做准备，秦梵便随手给谢砚礼回了个"点头"的表情包。

管他要什么艺呢，又不是卖身，先同意下来再说。反正无论谢砚礼要她卖什么艺，她都不亏。

开机仪式是明天下午，秦梵惦记着小宝贝们，所以决定颁奖完毕便提前离场回京郊别墅一趟。

晚上十点，京郊别墅已经笼罩在一片黑暗之中。

偌大的别墅，仿佛蛰伏的凶兽。然而秦梵心情愉悦地推门而入——客厅内漆黑一片，静悄悄的，保姆们全都不在，就连走廊也没有亮灯。

一般来说，她跟谢砚礼不在家时，保姆们都在的。

秦梵边换鞋，边纳闷："家里怎么没人？"

踩上拖鞋便摸索客厅灯，没等她触碰到开关，忽然之间，灯光大亮。秦梵吓得差点儿"平地摔"，视线所及之处，不远处的落地窗前居然站着一个修长挺拔的身影。

"谁？"

秦梵下意识地惊呼，话音刚落，男人已经转过身来，背对着窗外如墨夜色，他嗓音清冽有磁性："是我。"

秦梵轻舒一口气，没好气道："你大晚上关着灯偷偷摸摸干吗？"

"过来。"

谢砚礼没应，漫不经心地朝她晃了晃手中一个镂空雕刻的精致木盒。

秦梵没动，警惕地望着他："你知道你像什么吗？"

谢砚礼随口问："什么？"

秦梵一字一句："诱引无知少女走向歧途的犯罪分子。"

谢砚礼修长手指抛了抛手上的盒子，忽然低低笑出了声。

难得见谢砚礼笑，秦梵抿着唇瓣："你笑什么？别以为我这么容易就上当！"

这个老男人要么不笑，要么笑起来勾引人。可怕的是，秦梵觉得自己竟被他勾到了。

谢砚礼并未多言，当着她的面，忽然将盒子打开，秦梵的眼神完全被这条项链吸引。

谢砚礼腿长，半个客厅的距离，他三两步便走了过来，将项链随手塞进秦梵手里。

秦梵差点儿没接住："你小心点儿，小心点儿！！"纤白小手忙乱地捧住，还没来得及欣赏呢，忽然腰间多了一条手臂，随即秦梵被打横抱起。

"谢砚礼！"秦梵整个身子腾空，若不是指尖钩着钻石链条，项链怕是要碎在她手里了！

小脚踹上男人的手臂，她恼怒道："摔了怎么办！"

听着她心有余悸的惊呼声，谢砚礼稳稳地抱着她上楼，往书房走去。

离得近了，秦梵才发现他身上穿的黑色暗纹衬衫竟然是当初一大早被他从自己身上扒下来的那件。

秦梵无意识地翘了翘唇角，等发现自己笑了时，她立刻敛住表情，刻意把笑痕抹平。

"去哪儿？"秦梵也不踢他了，拽了拽他衣领上的扣子问。

扣子本来已解开两颗，被秦梵略一拽，便露出男人大片冷白色的锁骨皮肤，走廊壁灯随着他们的行动轨迹而一一亮起。

秦梵第一次发现，谢砚礼右侧锁骨下方，居然有一颗小小的痣，若非他皮肤白，还真看不出来。

她忍不住伸出指尖轻轻杵了下，有点儿性感。

秦梵仰头望着男人那俊美的容颜——依旧一脸的冷淡禁欲，仿佛身处高山之

098

巅而云雾弥漫，让人想拨开那厚云浓雾，窥得那掩盖在重重云雾之中的欲念。

当高岭之花欲起来——秦梵眼神恍惚时，却见谢砚礼单手推开了书房大门，嗓音徐徐："我比你手里的项链还好看？"

秦梵下意识地答："是。"话音刚落，便哽了哽，补充道，"当然是它更好看！"

"那开始吧。"

谢砚礼开了灯，秦梵被突然亮起的光刺得眼眸微眯，眼底沁出一层水雾，视线蒙眬地对上了挂在灰色墙壁上那大幅靡丽至极的人体油画。

见她站着不动，谢砚礼耐心重复："开始吧。"

秦梵一时之间没理解，红唇微张："开始什么？"

谢砚礼整理着被秦梵拽开的衬衫领口，依旧是那副禁欲斯文的模样："卖艺。"

秦梵终于反应过来，看谢砚礼的眼神透出疑惑，他让她卖艺？

谢砚礼拿着遥控器，将书房灯光调到了最亮，清晰看到谢太太那张漂亮脸蛋上，短时间内变换了无数表情。

男人薄唇微微上扬，弯起极微小的弧度。看不清他是不是真的在笑，秦梵觉得他这是在嘲笑自己："不就是卖艺嘛！我要真搞艺术了，你别害怕！"

谢砚礼气定神闲地望着她没说话，只是手臂伸了伸，做了个"请"的手势，并且移步到最佳观赏区——书房唯一那张旋转的真皮椅子——缓缓落座。

秦梵本来想敷衍着给他跳支古典舞，刚起了个姿势，那人忽然开口了："要跳舞？"

"怎么，给谢总跳舞不算是卖艺？"秦梵身上还穿着那身黑色刺绣旗袍，微微抬高下巴，身姿舒展时，格外婀娜曼妙，像是一只骄傲的小孔雀。

炽白色的灯光下，她骨相极美，五官也精致，尤其桃花眼微挑起，勾人而不自知。

谢砚礼顿时想起在车上时，她发来的那张旗袍照，目光落在她脖颈处，微微一顿——

谢太太说得没错，确实是缺了点儿什么。

像谢太太这样的美人，就适合生在锦绣堆里，被金堆玉砌、小心翼翼地呵护着，才能持续绽放出璀璨盛景。

"算了。"谢砚礼指腹漫不经心地搁在桌面上，一双偏冷淡的眼眸就那么望着她。

秦梵顿了顿，没想到谢砚礼这么轻松就答应了，倒让她有些猝不及防。

她也不需要伴奏，直接干跳，但是莫名地不会让人觉得尴尬，反而会让人只全身心地关注她的舞，而忽略其他。

从谢砚礼的视线望去，少女背后是大幅色彩浓艳的油画，少女在油画前穿着旗袍跳古典舞，细腰柔软，不盈一握，看似被紧贴的布料束缚，但她却跳出了另外一种味道。

随着她的动作，那松松绾起的乌发再也受不住这种力道，蓦然如瀑布般散落在纤窄的肩膀上，滚落了一地用来装饰的细碎珍珠。

秦梵乌发红唇，雪白双足踩在地面上，一颦一笑都活色生香，像是踩在人的心尖上。

谢砚礼将目光从她那双唇上移开，漫不经心般落在她雪白纤细的脚踝处。

一舞完毕，秦梵坐在地板上，额角碎发上沾了点儿晶莹水珠，她喘着气，许久没有跳舞，有些不熟练了。

秦梵蜷缩了下有一点点酸疼的手腕，若无其事地问："谢总，您对我刚才的才艺表演还满意吗？"

谢砚礼没答，只是缓缓从椅子上站起身来，边慢条斯理地解着袖扣，边朝她走来，脚步声很轻。

秦梵仰头望着他，下意识地舔了舔有些干燥的下唇，顿时，唇色潋滟。

谢砚礼弯腰，双手将她从地毯上抱到宽大的实木桌子上，桌面冰凉的触感让秦梵没忍住打了个哆嗦，红唇翘起一边，与男人对视——总是被他牵着鼻子走，秦梵有点儿不爽。

眼波流转间，她细腻柔滑的指尖轻轻地触碰男人修长脖颈处的锁骨，逐渐点着往下，刻意拉长了语调："谢总这是要做什么，人家只卖艺的。"

谢砚礼喉结微微耸动，面容依旧从容不迫，缓缓与她十指相扣。原本缱绻的动作，被他做得格外蛊惑人心。然而没等秦梵反应过来，两只手便被重重地抵在了桌面上。

"嘶……"秦梵蓦然惊呼。

就着过分明亮的灯光，男人俯在她身上的影子格外幽深，压迫感十足。

薄唇跟着覆下，温热的呼吸缭绕在耳侧："谢太太，谢某对你的卖艺不太满意，要不要考虑考虑另一个选择？"

男人薄唇循着她的耳垂轻轻咬了咬，而后落在柔软的唇角，一点点地试探轻吻，没有丝毫强求的意思。

秦梵眼眸不受控地漫延上薄薄的水雾，全身的重量都支撑在两只被他按在桌面的手上，仰着脖颈，感觉男人的吻也顺势落了下来。

凌晨时分，书房内，秦梵仰躺在奶白色的沙发上，却听谢砚礼拨开她耳边湿润的碎发，低语："谢太太，油画上那薄绸在哪儿？"

嚯？还挑拣拣的？

秦梵懒洋洋地抬起睫毛，哼了声："想得美。"

经历油画浓烈艳丽的色彩与冰冷书桌上极致靡丽的碰撞，秦梵很困倦，说完便闭上了眼睛，然而谢砚礼不疾不徐地握住了她的脚踝。

谢砚礼指腹隐约带着薄茧，意味不明道："明天要进组了。"

秦梵听到这句话后，猛然清醒了，脑中警铃大作："……"

这人要干吗？

谢砚礼轻而易举地把她从沙发上翻了个身，随即长臂揽住那一抹纤腰，贴上了她细滑优美的背脊——秦梵的拒绝，全被吞入唇齿之间。

书房双层窗帘拉得严严实实，隐去了所有月光，而原本光线炽亮的室内，不知何时陷入黑暗之中。

当清晨的第一缕阳光从天边跳出来时，秦梵迷迷糊糊感觉到有人抱她，她立刻抱住身下的靠枕："不要不要，你别碰我！"

男人嗓音低沉好听："抱你回卧室睡。"

秦梵虽然眼睛都睁不开了，但很警惕地赖在原地："不要，我就要在书房睡！"

秦梵再次睁开眼睛时，发现她还在书房，松了口气。不过，空荡冷清的房间，只有自己睡在地毯上。

"丁零零——"

听到手机铃声，秦梵环顾四周，捡起旁边一条薄毯披着，才去找手机。

亮起的屏幕上来电显示——人形 ATM。

看到来电，秦梵不急着接，在电话自动挂断前一刻，才慢悠悠地接通。

下一秒，秦梵耳边传来男人熟悉的声音："醒了？早点儿回房睡，地毯凉。"

秦梵揉了揉近乎要酥掉的耳朵，面无表情地点开免提，凉凉道："感谢陛下日理万机还抽出时间敷衍臣妾。"

直到对面男声不疾不徐地提醒："谢太太，距离我抵达公司还有十分钟……"

意思很明显，不要浪费他宝贵的时间。

秦梵懂了他的意思，假装微笑着问："那么请问谢总，我为什么会睡在地毯上，抱我去沙发能累死你？"

老男人懂不懂怜香惜玉？

果然，早晨说要抱她回主卧睡是别有目的，连一米远的沙发都不愿意抱她过去，还能抱她回卧室？

谢砚礼目的不单纯！幸好她聪明没从。

谁知，却听谢砚礼顿了顿，几秒钟后才回："你看看沙发。"

秦梵下意识地扭头，看向身后的沙发——天鹅绒材质的布艺沙发上，痕迹斑驳。

秦梵瓷白的脸蛋上迅速飞上一抹绯色："你，你，你……"

谢砚礼比她从容："不是我，是你……"

"闭嘴，再见！"秦梵迅速挂断电话。

谁知，手机振动一下，她悄悄地瞅了一眼。

来自"人形ATM"的微信消息——

"所以，上午会有人来把书房沙发换掉，记得回卧室。"

秦梵将脸埋在干净的抱枕上，总算明白谢砚礼为什么一大早打来电话了，原来是怕她跟换沙发的工人撞上。

生无可恋闭眼，仙女没脸见人了。

秦梵的小情绪一直持续到进剧组之前。

中午和经纪人吃过午餐之后便直奔《风华》剧组。

蒋蓉捏了捏她的脸蛋："今天下午开机仪式，会有媒体采访，一定要拿出女主角的气势来，别这么懒洋洋的！"

秦梵慵散地靠在车座内，恹恹地应了句："你根本不知道我遭遇了什么。"

蒋蓉掀开她披散着的长发，指着那玉白耳后道："这里都没处理好，我能不知道你遭遇了什么？"

刚才她上车的时候，蒋蓉就看到了。

秦梵下意识地抚了抚头发，表情很正经："别乱动，我害羞……"

蒋蓉看着她毫无害羞之色的脸蛋，忍不住扶额："你这个脾气，我倒是不用担心你在剧组里受委屈。"

就秦梵这第一次当女主角都不紧张的心态，蒋蓉觉得自己作为经纪人不能落于下风。

"目前网上对你扮演宁风华的舆论基本都是正面的，所以最近这段时间到电影上映之前，你一定要时刻保持住宁风华那样绝代风华、风情万种的气场。"

秦梵："……是是是。"

蒋蓉看着秦梵穿着简单白T恤配百褶裙，懒洋洋窝着的架势，哪有什么女神气场，就不免一阵头疼。

没想到，等秦梵下车进剧组大门时，桃花眼微微挑起，周身气场一下子就变了。

进组途中，秦梵眉尖若蹙，总觉得自己是不是忘了点儿什么事情。

开机仪式结束后，秦梵刚准备去化妆间，便有工作人员过来："秦老师，裴导让你过去，媒体采访提前开始了。"

秦梵还穿着戏服，这是宁风华第一次出场，在街道上被人调戏时穿的衣服。这是件月白色的旗袍，优雅大气，却掩不住万种风情。

等秦梵抵达采访地点后，发现导演右边已经站了个穿着耀眼的正红色旗袍的女人。

秦梵脚步没停，却见那人回眸朝她笑。面前是一排排的记者与摄像机，秦梵眼睫轻眨，仪态万方地朝着那边走过去。

裴枫没有意识到女明星之间的明争暗斗，直接把秦梵叫到自己身边："女主角站我左边，女三号往旁边挪个位置。"

秦予芷穿着红色旗袍的身体顿了顿，随即对着镜头笑得妩媚大方："裴导看样子对咱们女主角很满意呀。"

裴枫就觉得她说了句废话："我从不选不满意的女主角。"

秦予芷噎了噎，跟秦梵换个位置后，主动亲密地挽住秦梵的手臂："咱们真有缘，第一场戏都是旗袍装呢。"

摄像机对着她们拍个不停。

秦梵早就猜到这又是她恶心人的手段，也没推开秦予芷，对镜头微笑着，却侧身在她耳边低语："你真像一只试图学孔雀开屏的野鸡。"

秦予芷脸色顿时黑了，暴露在镜头之下。

记者反应极快："秦老师，请问您跟小秦老师关系很好吗，私下说悄悄话，能告诉我们说了什么吗？"

小秦老师？

秦梵扫了眼那个记者胸前戴着的工作证："周记者，悄悄话说了还算悄悄话吗？"冷艳的红唇弯起，似笑非笑地看着镜头的画面，完全被拍摄进去了。

嚯，裴导的新人女主角居然这么嚣张，敢讽刺记者？不怕被乱写吗？

就连裴枫都没想到秦梵这么刚，不过却非常对他胃口，只有这么刚的性格，才能让谢砚礼吃瘪，从小到大，他可从未见谢砚礼在谁身上失败过，除了秦梵。

裴枫摆摆手："这问的什么问题，试图窥探我们女演员小秘密的记者，请出去！"

众媒体记者："……"

裴导，您这么护着这个小新人真的好吗？裴枫完全不怕他们乱写，敢在他的地盘上乱写，还想不想在这个圈子里混了！

结束后，秦予芷看着秦梵婀娜窈窕的背影，修剪漂亮的指甲狠狠掐进了掌心，眼底渗透着无边的恨意。

裴枫的剧组很严格，保密性很强，一旦开机，便很难请假出去，甚至外面有人送东西探班都得经过严苛的审核。

这天晚上，裴枫接到了温秘书送来的东西。

裴枫看着温秘书身后那几个人高马大的保镖："谢砚礼这是干吗？恼羞成怒

要杀人灭口？"

　　温秘书稳重地笑，抬了抬手，顿时五个保镖将他们手里各自捧的东西打开。

　　嗒——五声轻响同时响起，裴枫本来以为自己见多识广，在看到盒子里的东西后，依旧被狠狠惊艳到了。

　　裴枫："这是什么？"

　　送他的？这么大方？

　　温秘书徐徐一笑："秦梵小姐入组前忘带的东西。"

第五章　结婚证

导演休息室不算宽敞，甚至有点儿简陋，偏偏被这五个木盒里的东西一映衬，蓬荜生辉。

缓了将近两分钟，裴枫才幽幽吐出一句话："不愧是他。"

裴枫最近忙着剧组开机事情，自然没时间去看热搜，并不知道这就是谢砚礼在拍卖场高调为谢太太拍下来的。

温秘书虽然不知道裴枫为什么这么说，但还是很有礼貌："那么就劳烦您亲自走一趟了。"

裴枫对秦梵还算有点儿了解，知道她不是那种随便收已婚男人礼物的人。

于是他非常认真地继续说："这东西我会帮他去送，但秦梵要是不接受的话，你让谢砚礼别强迫她收！"

温秘书莫名其妙："……"

只是没等他问，裴枫已经挥挥手："行了你走吧，看着你就头疼。"

被无故迁怒的温秘书沉默几秒，见东西送到，也不久留，他也很忙的。

等休息室只剩下他自己后，裴枫将那些打开的盒子一个个扣上，揉了揉眉心。谢砚礼真能给他找事儿。他带着这些玩意儿去敲秦梵的门，像什么话？

东西在他手里烫手，裴枫当天晚上便抽空去了趟秦梵房间。有了谢砚礼的投资，他奢侈地大手一挥，包下影视城唯一的四星级酒店。

他跟秦梵住同层，所以裴枫洗完澡穿着家居服便直奔她门口。

秦梵也刚刚洗完澡，正在做日常护肤，看到门外站着表情不太耐烦的裴导时，秦梵意外地开门："裴导，有事吗？"

裴枫将袋子里的几个盒子递过去，秦梵看到纸袋里摞得整整齐齐的五个眼熟的盒子，终于想起来她今天入组时忘记的事情！忘了把她的小宝贝们收藏起来，秦梵刚要去接……面前空了。

裴枫将手收回去说道："我就知道你不是那种被这种小恩小惠收买的女孩，这玩意儿就是侮辱你的尊严。"

秦梵手僵住："……"

"你放心，只要你不愿意，我绝对不强求你接受他的这些俗气东西！"裴枫英俊的面庞在走廊暗淡的光线下显得格外深沉郑重。

秦梵眼神飞向她的小宝贝们，这是她昨晚的收获啊，跟谢砚礼有什么关系！

秦梵红唇微启，不知道该怎么跟裴枫解释："裴导，其实……"她准备为了小宝贝们跟裴导坦白她和谢砚礼的关系，所以收他东西天经地义。

裴枫以为秦梵害怕，继续说："你别怕他，既然进了我的组，我就罩着你。"说完，便主动将秦梵推进去，"好了，你早点儿睡。"砰的一声，完全不给秦梵说话的机会，话落之后直接把门帮她关上了。

等秦梵重新开门后，发现裴导的大长腿已经走远了，她眼睁睁地看着自己的小宝贝们跟自己错过……

秦梵回到床上，开始反思自己，是不是当时就不该让谢砚礼背黑锅！这算是现世报吧？

很快，她安慰自己：没关系，等拍完戏后，就亲自把它们接回来。

不过没等秦梵缅怀完她的小宝贝们，原本在套房次卧休息的小兔捧着平板电脑敲门进来："姐，快点儿看热搜，好气啊！"

秦梵接过来她的平板："我看看。"

新热搜就是她跟秦予芷今天的媒体采访。

词条格外显眼：大秦小秦谁更适合宁风华。

大秦小秦是什么东西？看到这个词，秦梵就想起那个被裴枫赶出去的记者。

打开后，置顶的微博便是她跟秦予芷的旗袍照，一个穿着婉约优雅的月白色，另一个穿着明艳张扬的正红色，不仔细看的话，确实是正红色更加耀眼。

秦梵往下翻了翻网友的热门评论——

> 秦予芷才是真正的人间富贵花吧，要是秦予芷都配不上出演宁风华，那什么十八线演员秦梵更不配。秦梵是走后门了吧？抱抱我们的清流芷妹，堂堂正剧女神却沦落到给新人作配。

忽然在看到某条回复时，视线顿了顿，秦梵边看，边拿出自己的手机，搜索微博，果断地给这条热评下面一条热度不怎么高的网友回复点了赞。

小兔看着她一系列操作，惊呼一声："姐！

"完了完了，你用的可是大号啊，快取消，呜呜呜，取消也没用，肯定被截图了！"

秦梵刚抿了口温水的唇瓣犹带无辜湿润感："没事，就点了个赞而已。"

"就点了个赞？"小兔捂着小心脏看她点赞的那条回复——

秦予芷的粉丝到底对她加了多少层滤镜，到底谁给她的勇气来跟秦梵比颜值的，本年度最佳笑话非秦予芷莫属。不是穿了鲜艳的红色就配叫人间富贵花的，睁大你们的眼睛看看什么才是真正的人间富贵花！

配的照片是张像素不高的秦梵机场照：她穿着一身红色的吊带裙，鬈发披散在雪白的肩头，红裙雪肤，回眸浅笑时，露出颠倒众生的容貌，恰好被路人抓拍到了。

秦梵记得自己那天刚下飞机，未免被粉丝觉得气色不好担心她，就涂了涂口红，甚至妆都没怎么化，没想到居然成了她粉圈的经典照片，很多粉丝就是看了这张照片入圈的。

小兔觉得自己没法跟蒋姐交代了："姐，你就不怕他们骂你自恋？"

秦梵指尖点了点自己细滑白嫩的脸蛋，理直气壮："什么自恋，顶多算是自我认知清晰。"

小兔看到她那张脸，又觉得自家艺人这话好像也没毛病。

原本秦梵点赞的那条微博热度很低，但是被她大号点赞之后，很多粉丝网友都看到了。

出乎蒋蓉意料，网上的舆论风向竟然变成了——

"哈哈哈，正主下场了，秦梵这是公开跟秦予芷叫板吗？"

"手滑吧？"

"这点赞，秦梵性格好真实！"

"不得不说，秦梵赢了。无论是气质还是颜值，路人照都比秦予芷那刻意穿了红色旗袍的更绝更风情万种。"

"身为书粉，我觉得秦梵比秦予芷更适合《风华》女主角，这浑然天成、活色生香的美貌，内娱就她第一了吧。"

"尤其是她似笑非笑掸记者的那张抓拍照，妈呀，这是什么人间仙女！"

…………

小兔也是第一次看那张照片，在给蒋姐报告情况的时候，赶紧把照片保存了。

小兔偷偷瞄了眼正坐在床上眉眼散漫刷手机的女明星，深以为然——

人间仙女绝对就是秦梵这样的！可盐可甜，长眼睛的人都知道他们家仙女才适合女主角！

蒋蓉也早就知道微博上把秦梵跟秦予芷对比的事情，只是没想到事情的扭转居然在秦梵随便一个点赞上，不得不说，秦梵有时候挺任性的，但任性之前还是会深思熟虑。

所以蒋蓉这次没骂她，只让她好好休息，后面的事情，公司会帮忙看着。

秦梵刷着手机，眼神淡然，对视频那边的蒋蓉道："蒋姐，这件事不会这么简单，秦予芷肯定有后手。"

"如果我没猜错的话，秦予芷要锤我被潜规则才拿到这个角色。"

蒋蓉倒吸一口凉气："她这是多恨你，为了搞你特意来当女三号也就算了，还步步弄臭你的名声。"

秦梵没答，反而说道："估计她手里还有什么料等着我。"

见蒋姐忧心忡忡，秦梵安慰道："无论什么料，只要我们有能证明凭借试镜被选为女主角的证据就行。"

蒋姐立刻反应过来："我这就联系裴导，先把试镜视频要来！免得措手不及！"

《风华》剧组正常拍摄将近半个月后，秦梵已经快要适应剧组生活，拍戏也逐渐进入状态。

这段时间安静得蒋蓉都开始怀疑她是不是高估了秦予芷的智商，就在蒋蓉快要放下戒备心时，几张酒店的模糊照片传遍全网。

"秦梵被潜规则实锤"。

照片上，裴枫穿着家居服在秦梵房间门口，手里还拎着一个纸袋。这个纸袋还被圈出来，旁边附带上了明显的字迹：换洗衣物。

裴枫与秦梵的侧脸都被拍得清清楚楚。

除此之外，还有个小视频，正是半个月前开机仪式结束后媒体采访时，裴枫为了护着秦梵把记者赶出去的。

还有那句："我从不选不满意的女主角。"

从照片到视频，单独剪辑出来，仿佛实锤了他们关系匪浅。

事关裴枫与秦梵，还是目前热度最高的《风华》开拍，大半夜就爬上了热搜第一。

网友们议论纷纷——

"我就知道秦梵一个新人不可能越过那么多一、二线演员拿到《风华》女主角这个大饼！"

"是我们天真了。娱乐圈就是大染缸，仙女也为了上位不择手段！"

"悟了，原来女主角是睡来的！"

"本以为裴导是圈里难得的清流导演，现在也堕落了……"

"秦梵，你还不如回古典舞圈，娱乐圈的钱不好赚啊，跳舞很累吗？"

"只有我觉得人家男未婚女未嫁都是年轻人，搞不好是正常恋爱呢，怎么被你们说得这么不堪。"

"颜值很般配啊，俊男美女搞什么潜规则，直接谈恋爱算了！"

……

秦梵也就大体看了看网上的舆论，天还未亮，便被喊到了制片人房间开会，另外一个当事人裴枫也在。

茶几上摆放着电脑，上面是酒店的监控视频。秦梵看着大家凝重的眼神，眉尖轻蹙起："是不是监控不见了？"

如果有监控的话，她跟裴导的谣言自然会不攻自破。秦予芷蠢归蠢，这些善后的事情，总有专业人士帮她。

得到肯定的答案之后，秦梵双唇紧抿着，目光落在裴枫那张英俊的脸上，她在想秦予芷的目的。

就在这时，秦梵握在手里的手机忽然响了，她看了眼来电显示——人形ATM。

乌黑瞳仁陡然放大，她忽然反应过来，秦予芷的目的肯定不是为了锤死她被裴枫潜规则，其更深的目的可能是为了离间自己跟谢砚礼的感情，倒真是一箭双雕的好把戏。

裴枫现在只想掐死谢砚礼，要不是为了给他帮忙，自己一世英名能毁了吗？

他倒是没有迁怒于秦梵。毕竟在他眼里，秦梵是因为长得好看而被谢砚礼疯狂追求的无辜少女。

秦梵没接电话，按了静音。电话自动挂断后，屏幕上冒出来微信消息，吓得她的心都要蹦出来了。

人形ATM："我在你房间门口。"

秦梵捏着手机边缘的指尖微微收紧，也顾不得面前还守着这么多人，快速敲了几个字过去：

"赶紧藏起来！！"

是怕她的桃色新闻还不够多吗？没看到网上把她的房间号都爆出来了！

秦梵坐在沙发上，紧张地垂眸看着手机屏幕，素颜脸蛋上的表情似是有些魂不守舍。

"秦梵?

"秦梵，你听到没有？"

秦梵乍然听到有人喊她，下意识地抬眸看过去："什么事？"

制片人头疼地揉了揉并不怎么多的头发，两个当事人，一个魂不守舍不知道看着手机在想什么，另一个还有心思看剧本。

制片人拍了拍桌子："你们两个能不能走点儿心？

"都火烧眉毛了，这事儿处理不好，咱们剧组名声可就臭了！"

导演潜规则女主角，这种道德问题传到台面上，谁都不好看。

裴枫扫了他一眼："对着人家小姑娘发什么脾气，公关的事情不是你负责吗？

"我还缺那点儿公关钱？"

裴枫想到罪魁祸首就是谢砚礼，公关钱就得他出！

制片人望着裴枫：……

你这副土大款的模样是认真的吗？秦梵默默地缩小自己的存在感，打开接收到的消息。

人形 ATM："我是你的情夫？"

秦梵差点儿原地表演一个晕过去，这人到底闹什么，他现在比情夫还见不得人好不好？

一时之间秦梵想不到用什么威胁他，最后只能皱着张小脸蛋："扮演情夫的游戏也挺好玩的，要不你试试？

"就那种你现在要被正室发现，提着裤子准备跑路，快跑呀！"

几秒钟后，那边回复——

"……"

秦梵深呼吸，面无表情地敲下："老公，亲亲老公，别逼你的仙女老婆跪下来求你！"

人形 ATM："好。"

没想到谢砚礼终于松口，秦梵长出一口气。距离谢砚礼给她打电话已经过去五分钟，秦梵觉得这五分钟度秒如年。

谁知道因为现在网上这个报道，会不会有记者冒着危险潜进来拍摄，秦梵完全不会低估媒体朋友们的冒险精神。

虽然谢砚礼松口了，但秦梵怎么都觉得这不像是谢砚礼的行事作风，这么容易答应吗？

此时，秦梵房间门口。温秘书拿着张房卡过来："谢总，太太房间的房卡。"

谢砚礼收了手机，神色自若地刷卡进去，秦梵对此一无所知。

两个小时后，经过商议，最后决定由剧组官博公布本次女主角的试镜视频。

微博发出去后，裴枫转发视频——

> 导演裴枫 V：关于网络上传播的那几张所谓的酒店私会照，起因皆是我有个朋友是秦小姐的热情粉丝，我帮他送礼物过去，没想到会引起这样的误会。
>
> 我还是那句话：但凡我裴枫在导演圈一天，就不会做任何违背道德、法

111

律的事情，所有的角色都是通过公平公正的试镜选拔选出。

信不信随你们，我问心无愧！还有，别污蔑人家小姑娘名誉，什么为了钱不择手段，她连我朋友送的价值不菲的礼物都没收，真是清流小仙女。等电影上映，她不会让观众失望，我也不会。

最后，恶意诋毁造谣的人，等待你的将是法律制裁。

裴枫这条微博顿时引起了大量围观。

"裴枫发长文澄清并公开支持秦梵"。

即便是凌晨时分，热度依旧很快爬上前排，后面跟着一个"爆"字。

不得不说，吃瓜群众对于瓜的热情，是超越了时间的。

前排热评——

"澄清了澄清了，终于等到你！"

"裴导提到秦梵的语气很宠。妈耶，小仙女，好甜好甜，你们直接在一起吧！"

"太般配了，因戏生情也很不错。"

"请大家把关注点放在裴导那个送价值不菲的礼物并且被仙女拒绝的朋友上好吗？"

"啊！仙女姐姐牛，说拒绝就拒绝！"

"以后谁说秦梵是为了钱进娱乐圈，老娘甩她一大嘴巴子。"

…………

原本只是看热闹的吃瓜群众评论，一些去看过试镜视频的真正观众粉回来评论道——

"看过试镜视频了，如果原本觉得秦梵适合，只是单纯因为那张活色生香、颠倒众生的脸蛋，那么看过试镜里的军装'宁风华'之后，我终于明白裴导为什么会选择她。"

"建议那些上蹿下跳说秦梵不适合女主角的人去看看试镜，反正我鸡皮疙瘩是起来了。"

"秦梵演技真是太绝了，单单是一个眼神，便从风情万种大美人变成了真正的军人，宁风华便是如此，她骨子里是真正的军人！"

"这是我第一次期待书中纸片人变成有血有肉的人呈现在电影银幕上，裴导选角的眼力真的太绝了！每一部都不会让人失望。"

"也不知道说裴导是潜规则了秦梵才把这个角色给她的人脑子是怎么想的，非要说潜规则的话，我觉得可能性更大的是裴导为了说服秦梵出演这个角色牺牲了自己的美色。"

"哈哈，楼上+1。"

"你们把裴导的朋友放在眼里了吗？这么多礼物，这粉丝爱得得多深沉？"

"同为梵仙女的粉丝，我们很自卑。"

秦梵转发了裴导的微博之后，便准备回房间睡觉了。裴枫上午给她放了半天假，戏挪到了下午。

早晨六点，秦梵刷卡开门，身后小兔还在夸奖裴导今天在微博上英勇维护她的雄姿！

小兔星星眼："裴导今天真的好帅啊，要不是姐你已经结婚，其实像网友们说的，和裴导凑一对也很好啊。

"女演员跟男导演，跟演艺圈双剑合璧似的，你们就是新一代的演艺圈雌雄双侠！"

秦梵一边推门，一边故意逗她："好啊，那我改嫁算……"

"了"字还没说完，秦梵便看到了坐在客厅沙发上清俊淡漠的男人，正微微抬眸，素来没情绪的墨色双眸，似笑非笑地朝她望过来。

秦梵手一抖，吓得条件反射般把门重新关上了！

"砰……"

秦梵重重一声关门声响，吓得小兔肩膀瑟缩："姐，里面有鬼吗，还是私生粉？"说着便准备拿出手机，"我报警。"

"别！"秦梵顿时按住了小兔拿手机的手，对着房门深呼吸，让原本蹦跶的小心脏平静下来。

小兔望着自家艺人对着门板，仿佛下一刻就要深鞠躬的凝重表情，有点儿莫名其妙。里面到底是什么？

"小兔，你下去新开个房间，报销。"说完，秦梵便重新刷门进去。

生怕里面的人出来开门。

小兔："……"

当然，她不敢走，也不敢敲门，只好给蒋姐打电话。

蒋蓉知道谢砚礼会去探班，因为温秘书问过她秦梵的房间号，就连备用房卡都是她帮忙拿到手的。

没跟秦梵说，是因为温秘书说谢总要给太太一个惊喜。

蒋蓉很淡定："没事，是她老公，你自己开个就近的房，开工之前给她打个电话。"

小兔："老公？"

嘶——那她刚才跟梵梵姐在外面的对话不会被谢总听到了吧？

啊，完了完了，这酒店隔音好不好啊？

此时套房客厅内，谢砚礼戴上了之前秦梵在书房看到过的那副细金丝边眼镜，正在看电脑文件。

秦梵站在门口，犹豫两秒，正考虑着要用什么开场白时，就听到谢砚礼清冽磁性还没什么感情的声音传来："谢太太在门口考虑如何改嫁？"

秦梵脑子轰的一声，这个狗耳朵果然听到了！！也是，门开着，又距离茶几不远，他听不到才奇怪。

秦梵脑子极速转着，倒打一耙："我就是开玩笑而已，作为男人难道你还要把玩笑话上纲上线？一点儿都不大度！"又转移话题，"还有，你是怎么进来的？偷摸着擅闯女明星酒店房间，跟变态有什么区别！"

谢砚礼靠在沙发背上，修长手指抵了抵眉心，为了空出时间，他昨晚加班到凌晨，未休息便直接来了酒店。

他语调不紧不慢："战利品不想要了？"

秦梵听到战利品，立刻反应过来，是上次被裴枫带走，与自己擦肩而过的小宝贝们！

难道谢砚礼慈悲心发作，给她送来了？

她也不站在门口了，踩着平底拖鞋就往谢砚礼的方向走去："我要！"

半夜被叫醒，秦梵眼睛都睁不开，困顿着随意从衣柜里抽出条长裙，等穿上之后才发现这是条及踝长裙，走起路来虽然好看，有种步步生莲的感觉，却不太好走路。

走向茶几那边的地毯时，略提着裙摆都差点儿被绊倒，秦梵顺势往茶几上一趴，本就柔若无骨的身躯丝毫不显得狼狈，捧着下巴满是欣赏地看着谢砚礼："谢总，是我以前错怪你了，你可真是个举世无双的大好人。"

离得近了，秦梵能清晰看到他戴着细金丝边眼镜的样子，本来清冷淡泊的面容，多了点儿斯文矜雅，果然如她当初想象中的……性感禁欲。

被谢太太发了好人卡，谢砚礼见谢太太用那水波潋滟的桃花眼望着自己，乌黑清亮的眼眸里是毫不掩饰的欣赏。

对视几秒后，谢砚礼忽然抬手，准备摘下鼻梁上的眼镜，他不近视，戴眼镜也是因久看电脑，要保护眼睛。

谁知，谢砚礼还没来得及抬手，便被秦梵阻止："别摘，戴着好看！"

谢砚礼长指顿了顿，意味深长地颔首："原来谢太太喜欢。"

秦梵没反应过来："是挺喜欢的。"而后伸出手，"所以我的战利品呢？"

谢砚礼垂眸看了眼她的掌心，沉吟片刻，随即幽幽笑了声，慢条斯理地拿出手机，开始对着屏幕念："'怒拒礼物，秦梵仙女不愧是娱乐圈清流楷模。'

"'真是不食人间烟火的仙女，礼物说拒就拒。'

"仙女……"

秦梵乌黑发丝下的耳朵渐渐开始泛红，本来她自己看粉丝们夸的时候还是兴致勃勃，但当这些羞耻的话用谢砚礼清冽低沉的嗓音说出来时，就不是那么回事了！

她伸手去捂谢砚礼的那张薄唇："别说了！"

谢砚礼顺势将手机往沙发上一丢，握住她的手臂，略一用力便轻松把她从茶几对面抱过来。

秦梵猝不及防地收手。

下一刻，耳边便传来男人含笑的嗓音："不拒绝了？"

秦梵仰躺在沙发上，入目便是谢砚礼那张俊美如画的面容，此时难得他唇角含笑，正戏谑地望着自己。

秦梵人都被控制住了，懒得反抗，反应得也极快："我拒绝的是热情粉丝的礼物，你是吗？

"是的话，就用你的微博大号加个粉丝群我看看，粉丝们都喊着让你加群呢。"

谢砚礼漫不经心地将她垂至地毯上的凌乱裙摆捋顺，语调平静："我没有微博账号。"

秦梵漂亮的眉头皱了皱，这年头还有年轻人没微博账号？

"那你刚才念的那些不是微博上的？"

谢砚礼将自己的手机递过去，对她倒也没防备："裴枫发给我的。

"嗯，让我别骚扰你。

"所以谢太太，你有什么要解释的吗？"

本来秦梵对谢砚礼的私人手机还挺感兴趣，在听到他后面的话后，手一抖，直接把手机重新塞了回去："我什么都不知道。"

她就是一个平平无奇的天真小仙女罢了！翻了个身面对沙发背，三秒后，秦梵又翻回来，一双水眸无辜地眨了眨："所以，我的战利品不给我了吗？"

细白秀气的指尖悄悄地杵他杵他垂落在自己腰侧的黑色佛珠，仿若撒娇。

谢砚礼感觉手腕上的佛珠轻晃，不露声色地握住她乱动的小手，随即将佛珠取下，搁置在白色的茶几上。

发出的细微声响，惹得秦梵下意识地看过去，总觉得他这个动作，有些别的意思。

秦梵警惕地拿过旁边的抱枕，抱在怀里，试图挡开谢砚礼。

谢砚礼见她表情警惕，将抱枕撤了下去，嗓音清淡而从容："谢太太大可不必这么……视我如狼。"

什么叫视你如狼？你就是狼！秦梵的眼神表明一切想法。

谢砚礼盖住她那透亮如清泉的眼眸："别看我。"

秦梵下意识地闭眼："……"

啧，这人怎么这么霸道！还没来得及把他那只手推开，下一秒，身体腾空。

这熟悉的姿势，秦梵立刻意识到他不安好心："等等，你这样让我怎么相信你不是狼？"

谢砚礼没答。

直到回了卧室，秦梵被谢砚礼放到落地窗前的贵妃椅上时，才明白他说的是什么意思。

五个盒子敞开着，就那么肆无忌惮地在落地窗前的小几上招摇，而将她放下的谢砚礼，已经转身打开黑色行李箱，从里面找出家居服往浴室走去。

秦梵看看那几个盒子，又看看谢砚礼的动作。

直到他身影消失在浴室门口，淅淅沥沥的水声响起，秦梵才慢半拍地睁大眼睛：原来谢砚礼真的是给她送礼物的！

太震惊了！谢商人，居然这么好心，没趁机再刮她一笔。

秦梵目光落在那几个还没有来得及好好把玩的礼物上，拿起中间那晶莹剔透的翡翠项链和紫罗兰摆件端详，礼物美得毫无瑕疵。

秦梵爱不释手地看看翡翠项链，看看紫罗兰摆件，再看看另外那三个盒子里同样珍贵美丽的首饰，从左到右是粉色钻石戒指、蓝宝石项圈，还有一顶钻石镶嵌的头冠。

全都好喜欢！尤其是那个钻石头冠，简直让人少女心爆棚。

秦梵瞥到不远处的落地镜，想着自己今天穿的这条浅蓝色及踝长裙还挺适合正经场合的，于是便将那顶钻石头冠拿起来。

等谢砚礼从浴室出来时，便看到落地镜前戴着头冠的公主殿下。

大概是听到了开门的声音，秦梵侧眸看过去，随着她的动作，发梢微卷的慵懒长发在半空中撩起醉人的弧度，即便是没有绾成精致的发髻，依旧能把那头冠戴出最璀璨的模样。

"公主的皇冠好看吗？"秦梵愉快地问道。

谢砚礼只动作略一迟疑，便不动声色地移开视线，嗓音依旧平静从容："好看。"

秦梵却觉得他是敷衍，轻哼一声："直男不懂。"

他都没看发冠好不好。

于是秦梵扶着发冠准备去客厅拿手机，拍照片发给审美相同的小姐妹姜漾。这段时间姜漾不知道在忙什么，上次收到她寄来的秀场新品后，就再也不见影子。

然而没等她把门打开，腰肢便传来阵拉力，猝不及防间整个被人从背后抱起来。

她纤细的手臂晃着："你干吗，哎呀，我的发冠掉了！"

下一秒，她的发冠便被人取下来，随手搁在旁边的边柜上。秦梵都能听到发冠磕在柜面上的"喊疼"声："你那么用力干吗！

"像这种发冠，都是有生命的，它会疼，重点是万一坏了怎么办？"

谢砚礼的语调听不出什么反思之意，不紧不慢道："谢太太，钻石古希腊语的含义是坚硬不可侵犯的物质，所以并不会这么轻易摔坏。"

"我读书少不懂行不行，你把我放下来！"秦梵没好气地推着他的胸膛，男人不懂少女心，这是硬不硬的问题吗？珍惜漂亮首饰是女人的本能！

谢砚礼对女人的本能并不感兴趣，把秦梵抱到床上后，顺便给她裹上旁边的薄被，这才抱在怀里："陪我睡会儿。"

本来被抱到床上时，秦梵还以为谢砚礼准备做点儿什么。

然而她万万没想到……秦梵被裹在被子里抱住后，露出来那张白净漂亮小脸蛋满是生无可恋。

听到耳边传来男人均匀的呼吸声，秦梵闭了闭眼睛，开始默默地怀疑自己的魅力是不是不行了，她这么身娇体软的大美人被男人当成抱枕，男人能心无旁骛地入睡？

秦梵回忆今天自己是不是哪里不漂亮，但想到刚才还照过镜子，虽然是素颜，但依旧光彩照人啊，尤其是戴着头冠的时候，更是美得冒泡。

秦梵艰难地在谢砚礼怀里翻了个身，面对着他那张脸，视线顺着脖颈往下移，心里生出了大胆的猜测……

谢砚礼手臂箍在她腰上很紧，秦梵想要偷偷溜去客厅拿手机刷会儿微博都没机会。

最后她只好气喘吁吁地躺回原位，不知不觉也睡着了。从凌晨被喊起来折腾到现在，放弃念想之后，便很快陷入沉睡。

铺着白色床单的大床上，睡着的两人身影半交叠着，一缕阳光从窗帘缝隙中照射进来，平添了几分温暖与契合。

中午十一点时，谢砚礼隐约听到客厅外传来门铃声，眉心轻轻皱了皱，缓缓睁开眼睛，心口也有些呼吸不畅的感觉，垂眸便看到秦梵半趴在自己胸膛上，睡得正香，大概是太困了，竟然没有被门铃声吵醒。

外面门铃声停了几十秒后，又继续响。谢砚礼把秦梵的小脑袋挪开，修长指尖随手帮她整理好脸颊上散乱的发丝，这才下床去开门。

三十秒后——站在门口的裴枫看看出来开门的熟悉男人，又退回去看了看门牌号，是秦梵的房间没错。

那么这人是怎么出现的？把人家小姑娘霸王硬上弓了？

嘶——裴枫倒吸一口凉气，指着谢砚礼："谢砚礼，你，你，你！"

目光震惊地落在谢砚礼脖颈以下被扯开的凌乱家居服以及乱得仿佛那事后的短发上，裴枫话都说不利索了。

谢砚礼漫不经心地看着他："有事？"

裴枫听到他的声音后，终于知道自己不是做梦，第一反应就是把谢砚礼推回房间里，然后啪的一声把门关上。

谢砚礼听到他的关门声后，转身看了眼卧室门。此时空旷安静的客厅内，只能听到裴枫微重的呼吸声。

他捏着谢砚礼的手腕眼神认真严肃地问："你是不是把人家小姑娘……"

"她睡了。"谢砚礼见他惊讶到呼吸困难，难得解释了句。

然而裴枫想象到天荒地老了，不愧是搞艺术的，这脑回路就是妙啊，他在听到谢砚礼的话后，直接脸白了："睡了还是晕了？"

晕了？谢砚礼眼眸微眯，秦梵身体健健康康能跑能跳能欺负人，怎么可能睡着睡着就睡晕了？

"不行，我得亲自去看一眼！"说着，裴枫便要越过谢砚礼去主卧。

谢砚礼嗓音清清淡淡："她只是睡着而已，不用担心。"

"真的？"裴枫难得对谢砚礼的话产生怀疑。

谢砚礼冷扫他一眼，随后在沙发上坐下，摆弄着茶几旁边茶桌上的茶具。他从不屑于说谎，甚至懒得解释。

大概裴枫也逐渐冷静下来，坐在他对面，一口闷了离他最近的茶杯里的茶。

谢砚礼看他喝了洗茶的水，没作声，不多时，将泡好的清茶推给他。

裴枫端起茶杯，就着升腾的热雾，隐约能看清谢砚礼那张发小里面颜值最高的面容，此时依旧淡漠从容，似乎无论发生什么，都不会引起他情绪的丝毫波动。

当年裴枫看他中学时代从某天开始戴着串佛珠时，便怀疑他是不是看破红尘了，还在感慨谢砚礼这样的人大概永远不会对女人起心思，再美的女人在他面前也只是红颜枯骨一堆。

没想到，他不是对女人没心思，而是眼光太高，普通美女根本入不了他的眼，人家要的是仙女！

他深深叹气，确定自己心情彻底平复下来才说："你准备怎么办？打算离婚吗？"

谢砚礼修长手指端着瓷白的茶杯，慢条斯理地抿了口清茶，才淡声说："不离。

"谢家没有离婚的子孙。"

裴枫目瞪口呆地望着谢砚礼："……"

难道他这辈子就让秦梵当情人？秦梵得多委屈？人家多不食人间烟火的小仙女，就这么被满是铜臭的人欺负了？

一时之间不知道该怎么说，裴枫表情错愕，原地思考人生。

而此时房间内，秦梵慢慢转醒，舒服地在床上伸了个懒腰后，才歪头看向另一侧。

不知道什么时候，床上已经空了。嗯，就这么走了？

秦梵眨了眨眼，有些迟疑地伸出指尖扯了扯自己裙子的领口，皮肤雪白如玉，没有丝毫痕迹，浑身上下干干净净。

谢砚礼居然真就这么走了？秦梵脑海中浮现出谢砚礼平时那副禁欲系神圣而不可侵犯的姿态，想到他说的钻石希腊语含义：坚硬而不可侵犯。

这真是对他最好的诠释。

秦梵从床上坐起来，环顾四周，发现谢砚礼的黑色行李箱还在，说明他还没离开酒店。

不行，她得问清楚。秦梵赤着脚推开卧室门，还未进客厅，因为睡久了而略带鼻音的声音率先传遍整个空间："谢砚礼，你家小谢如今还像钻石的希腊语那样吗？是不是……"

入目对上裴枫那张发蒙的俊脸，秦梵后面的话戛然而止。两人隔着沙发面面相觑，彼此都是不可置信的表情。

秦梵满脑子刷屏：妈呀！裴导怎么在这儿？等等，我刚才说什么来着，我是不是当着裴导的面说了什么不该说的？还是当着谢砚礼的面！跪求裴导没文化，千万不要知道这种冷门知识！

裴枫满脑子都是：小谢是谁？钻石的希腊语是什么来着？

对，是坚硬而不可侵犯的物质。所以？

反应过来之后的裴枫差点儿没原地把眼珠子瞪出来：所以，到底是谁欺负谁？

他居然还以为是谢砚礼欺负秦梵，听秦梵这调调，感觉不像是被欺负，倒像是在欺负谢砚礼。

三分钟后，秦梵乖乖地坐在裴枫对面的沙发上，谢砚礼端着杯温水从中岛台过来，递到她手里后，便顺势在她旁边落座。

裴枫双手抱臂，单堂审问依旧气势不减，狐狸眼微微眯起，扫过他们两个：

"你们俩，怎么回事？

"谁来解释解释？"

原来他以为是谢砚礼一厢情愿，现在搞不好这俩是——狼狈为奸啊！

裴枫话音落下，气氛瞬间凝滞。临近秋天，中午的阳光浓烈却不刺眼，穿过厚厚的落地窗玻璃，将偏蓝调的客厅照得亮亮堂堂。

光照在自己脸上，裴枫觉得他现在就是不畏强权、为民申冤的包青天附身，连老天爷都在释放光芒来鼓励他。

裴枫微微仰高了下颌。

谢砚礼落座后，看他这样，缓缓从薄唇溢出一句话："裴枫，你是来'彩衣娱我'的？"

裴枫："……"

劲儿泄了一半，为免自己尿了，他猛地站起身，保持气势："我是来替嫂子教训你的！"

目光移到秦梵身上，裴枫觉得不对劲儿，然后补充了句："再替秦梵教训你这个色狼，隐瞒已婚欺骗纯情小姑娘，你干的好事？

"谢家从小到大的修养教育都喂到狗肚子里去了？"

"秦梵，你跟我说实话，今天是不是谢砚礼勾引你的？"裴枫转而看向秦梵。

秦梵："……"

她认真回忆了一下，确实是他勾引她，更可气的是勾引之后他还欲迎还拒！

看秦梵的表情，裴枫懂了，痛心疾首地继续斥责谢砚礼："前脚会馆跟嫂子亲亲密密相偕离开，后脚高调追求漂亮女明星，人家不收，还仗势欺人到潜入人家房间，勾引没见过世面的小姑娘，这是人干的事？"

一口气说完，他终于坐下，端起茶缓口气。谢砚礼手臂撑在沙发扶手上，神色淡定地等他说完，而后不紧不慢地扫了眼旁边捧着玻璃杯、小脸沉重的秦梵，嗯，欣赏"没见过世面的纯情小姑娘"打算怎么糊弄裴枫这个傻子。

秦梵秀气的眉毛紧皱着，谢砚礼确实挺"狗"，不过裴枫说的大部分他还挺冤枉的。秦梵偷偷从茶几上拿起自己的手机，本来打算打开相册的，先看到了裴导一个小时前给自己发的微信消息：

"中午顺路接你去聚餐，免得不同框还以为咱们心虚。"

秦梵："……"

她完全没看到这条消息，这大概就是命运的安排吧，让人背黑锅迟早要遭报应的。

秦梵调回相册页面，输入隐藏相册的密码打开——

裴枫喝完茶，刚准备指挥谢砚礼再给他泡一杯时，余光瞥到秦梵那一系列动作，气得差点儿心梗，她还有心情刷手机？

"秦……"

裴枫刚说了一个字，便看到秦梵将手机放到茶几上，然后推了过来。纤细雪白的小手抵着香槟色的金属边框，缓缓地推到他面前。

裴枫入目便是满眼的鲜艳大红色，两个红本本上——"结婚证"三个大字映入眼帘。

裴枫："……"

什么意思？

秦梵抿了抿红唇，轻咳一声："裴导，你往下翻……"

裴枫下意识地滑了下亮起的手机屏幕，第二页是结婚证内页，如果他没瞎的话，照片上两个穿着白衬衫的男女，就是此时坐在自己面前的那两个。

持证人：谢砚礼。

持证人：秦梵。

裴枫当然不会愚蠢到以为这是秦梵伪造的，他指尖抖了抖，然后如慢动作回放般抬起头，深吸一口气，足足停了十秒钟，才吐出气势磅礴的三个字："狗男女！！"

脑子里开始回顾刚才发生的一切，原来不是谁欺负谁的问题，是这对狗男女的夫妻情趣！

小丑竟是他自己？

半个小时后，温秘书送来午餐。

秦梵主动用公筷给裴枫夹了一块盘子里卖相最好、最端正的红烧小排骨过去："裴导，抱歉，隐瞒您这么久。"

裴枫闭了闭眼睛，色香味俱全的私房菜已经完全拯救不了他的好心情。

"为什么要瞒着我？"

秦梵瞥了眼靠坐在沙发上正有紧急公事要处理的谢砚礼，关键时候，真是完全派不上用场！

秦梵双唇轻抿了下，有些苦恼道："可能是他觉得我丢人吧，所以才不愿意介绍给你们这些好兄弟。"

裴枫被秦梵的思路带歪，好像还真是，他都回国这么长时间了，谢砚礼也没说要正式把谢太太介绍给他们。

之前跟他们玩得好的兄弟们，也就姜傲舟那几个参加谢砚礼婚礼的见过秦梵，甚至还是远远见的，都没正儿八经介绍过。

裴枫很鄙视谢砚礼，有这么个美貌又灵气逼人的太太，有什么好藏着掖着的，他眼光得多高。

鄙视归鄙视，裴枫瞥到不远处落地窗那敞开的五个眼熟的盒子后，在谢砚礼处理完公事过来时，语气酸溜溜："我跟谢砚礼二十多年的兄弟，别说五件价值不菲的礼物，就连五元钱的礼物都没收过，他如今舍得给你送这些，也是真爱了。

"你们以后要好好过日子，我这个二十多年的好兄弟，一点儿都不重要。

"活该被你们夫妻隐瞒这么久，还连五元钱的礼物都不配！"

这话说得秦梵都觉得他可怜了。

谢砚礼动筷子之前，冷眸凝视着他提醒："你是导演系毕业。"

裴枫没反应过来："……"

秦梵毕竟跟谢砚礼同床共枕那么久，自然明白这个毒舌男人的言外之意："……"

谢砚礼没再多说，便仪态优雅地开始用餐，深深贯彻"食不言、寝不语"的修养方针。

裴枫转头问秦梵："你老公什么意思？"

秦梵动作温柔地给裴枫倒了杯水压惊，怜悯道："他的意思是你不是表演系的。"简言之就是——裴枫，你太戏精了。

当天晚上，秦梵坐在落地窗前的贵妃椅上，开始翻最近的拍卖会，看看有没有适合裴导用的。

谢砚礼开视频会议间歇，漫不经心地看了眼唉声叹气的谢太太，见她正在搜索拍卖会，想起来昨天有客户邀请他参加一个国际拍卖会，如果去不了现场的话，可以线上与中间人沟通代拍。

谢砚礼平静温柔的嗓音响起："我行李箱里有个拍卖手册，你看看有没有喜欢的。"

如果能用钱解决家庭内部矛盾，谢砚礼毫不吝啬。毕竟，从裴枫离开之后，谢太太又单方面宣布夫妻冷战开启。

谢太太给出的原因——作为丈夫，他没在关键时刻挺身而出，把所有黑锅揽在自己身上，保护好仙女老婆。

秦梵凉凉地瞥了他一眼，然后果断起身往卧室走去。

"这是你应该做的，你们兄弟在一起二十多年，连一件礼物都没送过他，你不觉得羞愧吗，还得我这个做妻子的帮你擦屁股！"

谢砚礼指尖顿在了开启麦克风的按键上。

此时，视频中显示的画面是：一群与会人员同时陷入寂静之中，恨不得戳聋彼此的耳朵。兄弟？在一起？他们是不是听到了关于谢总不得了的大秘密！

谢砚礼眼神淡淡扫过屏幕："内子调皮，会议继续。"

还没来得及打开卧室门的秦梵猝然转身："……"

视线触及谢砚礼屏幕上那一个格子一个格子的视频框后，秦梵细腻白皙的小脸顿时绯红一片，仙女想就此晕倒。

因为羞耻叠加过度，刺激了消费，秦梵当天晚上便让代拍中间人为她拍下了一个酒庄，以及送给裴导的迟来二十多年的兄弟情礼物——一辆古董车，之前秦梵听裴枫跟制片人聊天时提过他喜欢收藏各种古董车，价值绝对远超裴导要求的五元钱。

刷谢砚礼的卡。当然，刷卡一时爽，刷完火葬场。当天晚上，秦梵便被谢砚礼欺负得眼泪汪汪。

直到谢砚礼次日离开剧组，秦梵晚上刚躺到床上，黑暗中恍惚还在昨夜。

啊！秦梵将自己埋在被子里，指尖轻轻蜷缩一下，莫名地，虽然谢砚礼刚走，但她好像有点儿想他。

秦梵从被子里探出头呼吸新鲜空气，视线定定地望着天花板好半晌。在安静的环境里，思绪仿佛也跟着清晰多了。

与谢砚礼结婚两年，对他还算是了解，他素来对事业野心勃勃，似乎全身心都投入拓展商业版图之中，很少会给自己放假，每天行程都安排得很紧密。而这次探班，好像真的只是为了看她而已。

难道他有一点点在意她吗？

不可能，秦梵摇头，谢砚礼那样无情无欲，觉得女人是红颜枯骨的男人怎么可能会在意一个女人？即便这个女人是他太太也不可能。

"没错，谢砚礼从学生时代就明显对女人不感兴趣，当年我们得知他早早结婚，都宁可相信天上下刀子了。"

裴枫因为谢砚礼的关系，跟秦梵熟稔了许多，甚至在拍戏空闲还跟她聊谢砚礼。

虽然裴枫不满自己被隐瞒，但秦梵与谢砚礼本来就是夫妻这件事，比秦梵是谢砚礼小情人这件事更让裴枫接受。

一个是他的好兄弟，另一个是他看好的灵气女演员。

秦梵翻着剧本，若有所思："那他有没有前女友？"

裴枫喷着声，狐狸眼染上戏谑弧度，刚准备回答，忽然传来一道清脆的女孩声音："哥！"

声音很大，惹得剧组人齐刷刷地看过去。

穿着身玫瑰花刺绣小短裙、打扮精致的裴烟烟站在不远处，看着那个女妖精与自家哥哥相谈甚欢，气得她小心脏都要炸了。

这个女妖精勾引了谢哥哥也就算了，现在居然还勾引她哥哥！

幸好是剧组中场休息时间，裴枫没发脾气，而且毕竟是亲妹妹："就你嗓门儿大，过来。"

裴烟烟没自己过来，而是拉着前段时间已经杀青的秦予芷一起过来。

秦予芷虽然是女三号，但戏份并不多，作为男主角的白月光，全程活在男主角回忆中。

秦梵真不明白秦予芷掉价来当这个女三号有什么意义，直到她与裴导在酒店走廊发生的事情被爆到网上后，秦梵便明白了。

她就是就近来给自己找麻烦的，大麻烦找不到的话，就时不时地搞点儿小麻烦恶心人！

比如现在网上还有人讨论她跟裴导的 CP 感，但凡谢砚礼是个心胸不怎么宽广的男人，绝对会在心里埋个雷。

毕竟是好兄弟与妻子的香艳绯闻，哪个男人受得了？

秦予芷不知道从哪里得到了高人指点，一片片的雪花虽小，可聚集起来也会变成能摧毁人的雪崩。

秦予芷露出矜持的笑容："裴导、梵梵，你们拍戏辛苦啦。"

裴枫并不知道酒店走廊那件事是秦予芷做的，只找到了拍他们照片的源头，是一家濒临倒闭的工作室，仗着胆子想搏一搏。

"嗯，裴烟烟给你惹麻烦了。"

裴烟烟挤进秦梵和裴枫中间，然后抱着她哥的手臂撒娇："我跟芷姐姐是好朋友，怎么就成惹麻烦的了。"

而后她抬了抬眼皮睨着旁边看剧本的秦梵："不像某些人，对异性热情似火，对同性爱搭不理，一点儿礼貌都没有。"

秦梵抬起乌黑漂亮的眼眸含笑望着她："裴小姐，礼貌是对人品的，而非性别，希望你交朋友擦亮眼睛。

"别学坏了，真给裴导惹麻烦。"

裴烟烟瞪大眼睛："哥，她，她诋毁芷姐姐！"

旁边秦予芷也垂了垂眼睫，情绪看起来很低落。秦梵似笑非笑，本来以为裴导反应够迟钝了，没想到他妹妹除了迟钝，还过分天真。

这真是养在豪门里的一对兄妹吗？

"对号入座，看样子你很明白。"

裴烟烟跺脚："哥！"

裴枫不想掺和女性战争，假装看时间："好了好了，我们休息时间结束，该拍戏了，你先去我休息室等我！"

说完，他便去跟副导演核对等会儿的拍摄流程。秦梵站起身，打算回化妆间换戏服，路过树下安静地方时，身后传来脚步声。

"秦梵！"

秦梵本来不打算停，眼眸淡然，转身睨着她：

"秦予芷，曝光别人的隐私有意思吗？"

秦予芷唇角刚得意地弯起……

没给她机会，秦梵不疾不徐地继续道："独乐乐不如众乐乐，要不也让全国观众欣赏欣赏清流女神秦予芷学生时代早恋堕胎的娱乐新闻？"

秦予芷脸色苍白如纸，想起花房那些秦梵让人破坏的花。不是巧合，秦梵真知道她最大的秘密！

"你怎么知道？"秦予芷不可置信地尖叫出声，但她还残存着理智，知道这里不是能大声吵闹的地方。

树影下，秦梵眉眼冷艳、眼神讽刺："虽然毁了你的名声对我这个姓秦的也没什么好处，但如果你再敢擅自搞这些小动作，我不介意鱼死网破。"

"你敢？！你毁了我就是毁了秦家，你舍得毁了你爸爸一辈子的心血吗？"秦予芷见秦梵转身，惊怒交加。

秦梵随意摆摆手，纤细曼妙的身子如弱柳，却挺得笔直，慵懒中透着坚韧，让人不敢不信："你看我敢不敢。"

秦予芷狠狠咬住下唇，追了两步，咬牙切齿道："秦梵，你最好别做蠢事，不然等谢砚礼不要你，秦家也不要你，看你以后怎么办。"

"谢砚礼迟早会抛弃你，你会有跪着求我的时候！"

她们都没注意到，树影不远处的布景板旁边，鲜艳的玫瑰花刺绣裙摆一闪而过。

秦梵不知道秦予芷总是信誓旦旦地说谢砚礼会抛弃她的概念是从哪儿来的，直到回化妆间打开手机，发现蒋蓉转发给她一个热门帖子，并附带无数个惊叹号的消息：

"你被绿了！！"

她被绿？秦梵嗤笑了声，随即往化妆椅上一坐，纤白指尖点开帖子——

《惊爆！商界佛子背后的谢太太初揭秘！》

这些论坛的热门帖子标题一如既往地哗众取宠，若不是蒋蓉说她被绿了，秦梵还真以为是自己被曝光了呢。

那么可以确定，这位"谢太太"另有其人。

帖子爆料：

"大家还记得上次有人在某乎上爆料过谢大佬亲自迎接白月光回国的事情吧，大佬出于保护女方的考虑，把那个帖子删掉。但删掉没关系，咱们还有其他的料。你们看我拍到了什么？女方回国后几乎隔三岔五地进出谢家老宅，虽然我们拍不到谢家老宅的内景，但拍到了女方与谢砚礼的母亲谢夫人共同出入画展与音乐会现场。而女方回国之后，向来低调的谢砚礼大手笔拍下那么多首饰，还提到太太，这个太太是谁，不言而喻。"

"照片 ×9。"

"大家快点截图，因为搞不好很快就有人要来删帖了！对女方的保护欲真是绝了！"

秦梵往下刷了刷那几张照片，照片一看就是偷拍的，像素很模糊，却能巧妙地让人认出是谁。

被程熹挽着的那个优雅知性的女士，还真是她婆婆，也是谢砚礼他亲妈。就单单看照片，不知道的还以为她们真是亲密的婆媳呢。

秦梵面无表情地刷完照片，然后继续往下看评论——

"身后还有保镖呢，这就是婆媳日常吗？"

"哈哈哈，不说别的，程熹的气质还真可以，内敛不张扬，看着便很贤良淑德，在古代这就是当家主母。"

"提供个冷知识，前段时间有个国际拍卖会程熹也现身了，她什么都没拍，但重点来了，没到场的谢砚礼却拍下了一座酒庄与一辆古董车。众所周知，程熹喜好葡萄酒，车库里还收藏着几十辆豪车，离场时国外记者拍到她唇角带笑的照片，上了外国新闻。你们细品。"

"嚯！这就是有钱人的爱情吗？"

"……"

秦梵看到他们把自己在国际拍卖会上拍的东西安插到谢砚礼拍给程熹身上，原本只是看笑话，此时小脸也忍不住染上几分冷淡。

她指尖一动，敲了几个字回复帖子：别的不说，女方脸是挺大。

然而没想到，刚点击"发布"，却跳出来白屏页面。

"……"

一口气不知道怎么出，不知道的还真以为是谢大佬保护白月光全网删帖呢！

原本秦梵是相信谢砚礼跟程熹没什么关系的，但凡他真的喜欢程熹，就不会在拍卖会上公开说那些是送给谢太太的。

如今那些珠宝在秦梵手里，秦梵当然知道帖子里所写的真实性。

然而让秦梵在意的是，这个帖子删掉之后，首页出现一个新帖子，截图是程熹的微博。

程熹发布了一张照片，照片上露出一只手腕，松松地戴着刻着经文的黑色佛珠，附带一句：幸好这么多年一直有你。

旁人没有仔细端详过谢砚礼的佛珠，秦梵却清清楚楚地放在手里研究过，他的那条几乎与程熹这条一模一样，不过是珠子大小不同罢了。

无论现在谢砚礼和程熹是什么情况，单凭他那么珍惜与所谓"白月光"的同款佛珠，秦梵就不相信他们以前没关系。

而且谢砚礼从未否认过与程熹的关系，秦梵闭了闭眼睛，调出来罪魁祸首的微信页面，敲了"坏蛋""不守男德的老男人"几个词，刚准备点击发送，却又一个字一个字地删掉。最后在化妆师催着她化妆时，直接把人拉入黑名单。

刚出"小黑屋"没多久的谢总，重新回到了熟悉的地方。

谢氏集团的公关部删帖是条件反射，因为上个没删帖的公关部经理已经被调非洲去做分公司的公关部经理，三年后才能回来，跟发配没什么区别。

新上任的公关部经理非常聪明地选择了删帖后第一时间将这件事上报给谢总。奈何谢砚礼正在开重要的会议，没有特急的事情不能打扰，公关部经理只好守在外面等着。

短短时间内，公关部经理接到了无数电话。

因为事态愈演愈烈，已经快到控制不住的程度，似乎有人刻意引导，将谢总当时说的"送给太太"代到程熹身上。

简单地删帖，让这把火越来越旺。人总是对这种资本想要刻意隐藏的东西感兴趣，激起逆反心理后，会更加亢奋地想要去扒得更深入。

"谢砚礼豪掷千金为讨程熹欢心"。

标题爬上了微博热搜，并且热度攀升极快。公关部经理在会议室门口急得满头大汗，不知道这算不算是紧急大事啊。

虽然不影响公司声誉，但上次被撤职那个也没影响……

温秘书无意中透过玻璃窗看到了外面走来走去的公关部经理，略一思索，在谢砚礼耳边低语了两句。

谢砚礼点着文件的长指微顿，随即神色平静地颔首。于是乎，偌大的会议室，开会的所有高层管理人员眼睁睁地看着温秘书离开会议室。

谢总对开会效率要求高，除了必要的中途休息，与会人员不能走神，更不能中途离场，包括他身边的秘书团。

所以大家才会对温秘书的突然离开表示惊讶，谢砚礼没在意他们，手指敲了敲桌面，冷淡清冽的嗓音依旧没什么情绪："继续。"

大家一个激灵清醒过来："是！"

下午三点，蒋蓉出现在剧组，看到了正在专心拍戏的秦梵。

秦梵正在拍被敌人追逐跳上房顶又跳下来的戏份，身上吊着威亚，精致明艳的眉眼锋芒毕露，透着令人心惊的美丽与冷冽。

一改之前旗袍风情万种、军装酷飒的形象，此时秦梵身穿黑色风衣，戴着皮质手套，踩着长筒靴，在巷子口如风般跑过，而后踩着路边摊一把抓住木杆，身轻如燕，好似游走的优雅黑猫，轻轻松松攀上房梁，在房顶跑了几步后，猝然跃下。

这套动作，几乎一气呵成，若非有些镜头没拍稳，甚至可以直接拿来用。

裴枫语调愉快："卡！很好，先把秦梵放下来，等会儿再补拍几个特写镜头，今天就结束了。"

说完，他便迫不及待地再次回看刚才拍摄的画面，越看越满意。

谁知，下一秒，蒋蓉陡然发出惊叫声："秦梵！"

裴枫下意识望过去，也跟着喊道："小心！"

只见秦梵即将落地时，威亚晃了晃，当她落地时，膝盖直接擦着水泥地面滑了过去。秦梵本来就沁着汗珠的脸蛋瞬间变得苍白，此时紧咬着牙关，将呜咽声咽了回去。

疼，膝盖火辣辣地疼。她本来皮就薄，而且养得娇气，别说直接磕在夹杂着细碎石头块的裂纹水泥地上，就是不小心撞到柜子什么的，都会起大片瘀青。

现在光是听那磕下去发出的声音，蒋蓉就心疼得不得了。

秦梵原本嫣红的唇色都泛白了，漂亮潋滟的眼眸，此时因为强忍泪水，眼尾都染上了红晕。

裴枫冲过来查看秦梵的伤口后，二话不说将人直接抱起来，那双惯常含笑的狐狸眼，此时眼神严肃又凌厉："谁都不准动，于制片留下来，给我查，查不出这个威亚到底问题出在谁身上，所有碰过威亚的工作人员全都开除，并且圈子里谁都不准用！"说完，便抱着秦梵匆匆往剧组外走去："蒋经纪，你去开车门。小兔，你去给她准备点儿日常用品。"

这个伤势，就算没有伤到骨头，也得在医院住两天。

秦梵被裴枫抱着，反应迟钝地眨了眨眼睛："裴导，咱们要是被拍到怎么办？"

裴枫见她还有心思想这个，将她放到车厢内后，才开口："那不正好，谢砚礼跟程熹上热搜，你跟我上热搜，夫妻同时喜提热搜，扯平了。"

"嗯，为了对你在我的剧组里受伤表示歉意，我愿意当这个工具人。"

"热搜？"秦梵抬起湿润的睫毛，因为太疼，还带着颤音。

裴枫也很少刷微博，这还是刚才他那个能折腾的妹妹在他耳边嘀咕的，后来被他撵走了。

秦梵一直在拍戏没有碰手机，自然不知道。

蒋蓉已经找出药箱，用剪刀沿着膝盖上方剪掉布料，清楚看到那血肉翻出的伤口，她皱了皱眉，想到酒精碰到伤口的疼痛，便把秦梵的手机塞过去："你刷微博转移注意力。"

秦梵已经疼得麻木了，拒绝刷微博："有什么好刷的。"就跟她很在意谢砚礼似的。

他爱跟哪个女人上热搜，就跟哪个女人上，关她什么事。

裴枫若有所思地拿出自己的手机，对准了秦梵那张脸，然后点击视频录制。

裴枫瞥了眼她的伤口，然后故意问道："真不看？程熹可是谢哥高中时代唯一有过接触的女同学，关系匪浅。"

秦梵红唇抿了抿，关系能不浅吗？情侣佛珠都戴上了，多年不见都眷恋着随身携带，舍不得摘下来。

没等她多想，膝盖突兀地传来一阵剧烈刺痛，秦梵眼泪蓦地从泛红的眼眶汹涌滚出，一串串晶莹泪珠无声地顺着白净漂亮的脸滑了下来。

裴枫看着手机里录制的视频，忍不住感叹，这大概才是真的美人落泪，以前自己拍的电影里的美人落泪都是什么鬼。

有机会一定要给秦梵加场流眼泪的戏！哭得太绝了！

秦梵疼得哭了好一会儿，纤细手指用力攥着车座扶手。

裴枫将视频发送出去后，主动给秦梵念微博热搜，转移她的注意力。

"'程熹是谢太太的证据123。第一，回国被谢砚礼亲自迎接！'"

裴枫念过之后评价："这事我知道，谢哥分明是国外出差回来碰巧跟她同一架飞机，还对她笑，我跟了谢哥二十多年，也没见他对我笑过。嫂子，他对你笑过吗？"

蒋蓉被裴导这声"嫂子"叫得手腕颤抖一下。

"嘶……"秦梵差点儿疼得又流眼泪，下意识地回答裴枫，"他又不是面瘫，怎么可能不笑？"

"最多冷笑或者似笑非笑。"

"……"原来这也算笑，裴枫接着念下一条，"'第二，拍卖会公开表白谢太太，太巧合，前脚白月光回国，后脚公开示爱，要说不是同一个人我可不信。'"

秦梵不等裴枫吐槽便嫌弃道："拍卖会上那些东西是他给自己微信号交的保

释金，从黑名单出来。"

噗……

深深怀疑谢哥的家庭地位！

裴枫突然开始期待，他继续念："'第三，程熹现身国际拍卖会同时，谢总远程拍下酒庄与古董车，皆为女方最爱。'"

秦梵不想说话。

裴枫主动问："嫂子，这事你不知道吗？"

面对裴导的主动示好，秦梵不好无视，索性彻底麻木了："是我用谢砚礼的名义拍的酒庄和古董车，古董车是送你的。"

裴枫："嫂子大气啊。"

现在秦梵对被程熹沾染过的酒庄也不感兴趣了，于是兴致缺缺道："你要是喜欢酒的话，酒庄也送你了。"

"……不跟谢哥说一声？"

秦梵淡淡地说："他管不着，我等会儿让酒庄负责人跟你联系。"

裴枫莫名有种被"养"的感觉，尤其想到"养"他的钱还是用谢砚礼的，就很爽。

殊不知，此时一辆黑色迈巴赫正疾驰在路上。

第六章　璀璨

　　秦梵躺在医院单人病房内，膝盖已经包扎得严严实实，正在输液。瘦白羸弱的手腕垂在床边，透明的药水顺着纤细的青色血管缓慢流淌，安静得几乎听不到她的呼吸声。

　　蒋蓉压低了声音跟裴枫商量秦梵的修养时间，想到秦梵伤在膝盖，虽然没伤到骨头，但这地方的伤不容易好，裴枫大方决定："那就休息半个月吧。"

　　秦梵转醒后，隐约听到他们在沙发那边低语商议的声音，她撑着手臂坐起身来："不用那么长时间，只是皮外伤，三天就行。"

　　自己不能过分娇气，拖了剧组后腿。

　　蒋蓉不赞同地望着她："不行。"

　　"我皮肤薄，看起来严重而已，其实养个三天就没事了。"面对蒋姐的担忧，秦梵讨好般地对她笑了笑，而后看向裴枫："裴导，三天能找到原因吗？"

　　裴枫立刻严肃脸："能！"

　　没有外人，他称呼秦梵时没负担："嫂子放心，我一定给你和谢哥一个交代。"

　　裴枫想到自己给谢砚礼发过去的视频，自从发过去，就没收到回复，也不知道他看到没有。

　　这么漂亮娇弱又惹人怜惜的仙女老婆，他要是还能沉迷工作不来看望，无情无欲石头人实锤了。

　　秦梵垂了垂眼睫，没说不用给谢砚礼交代，只应了声："好，麻烦了。"

　　"不麻烦，毕竟嫂子给得多。"裴枫弯着狐狸眼，"那么你好好休息，我先走了。"

　　蒋蓉看着秦梵和裴枫你一言我一语把假期定下，干瞪眼却没办法。

　　直到送走裴枫，蒋蓉才往她床边一坐："你呀你，真是气死我了。"看着那个被包成馒头的膝盖，"成这样了还逞强。"

　　秦梵朝蒋蓉摊开掌心，理直气壮地要求："蒋姐，可怜病号要玩手机。"

　　蒋蓉将手机递过去时，瞅着她的侧脸说："你受伤的事情不用告诉你老公？"

　　"谢总很忙的，只有时间和老婆打情骂俏，没时间关心老婆死活。"秦梵原本红色的唇瓣因为疼，变成浅浅的樱花粉，不过唇舌之间溢出来的话竟是毫不留情地刺人。

蒋蓉想到谢总平时的行事作风，陷入沉默。看秦梵表情不对，她果断转移话题，指着屏幕上的微博热搜道："根据我的经验，网上这些更像是那个程熹倒贴。

"对方这个段数还挺高，网友们被当枪使了还美滋滋地讨论呢。"

秦梵脑子很清楚，程熹自始至终只发过一张佛珠照片，完全没提谢砚礼的名字，偏偏却坐实了他们关系不一般。

蒋蓉若有所思："现在唯一能澄清谢总与她没关系的办法，就是谢总亲自发微博澄清。"

不然无论是撤掉热搜，还是捂住网友们的嘴，都只会让大家对他们的关系深信不疑。

那么问题来了，谢总可能会亲自发微博澄清吗？

对上蒋蓉那明显的眼神，秦梵几近透明的指尖碰了碰手机边框，然后给了她一道重击："哦，谢总没有微博账号。"

蒋蓉："……"

秦梵继续："况且，搞不好人家真是白月光呢。"

蒋蓉："……"二次暴击。

她竟无言反驳。

突然，病房外传来三下敲门声。

蒋蓉站起身："应该是小兔来了，我去开门。"随口道，"她什么时候这么有礼貌了，还正儿八经地敲门。"

秦梵正刷到程熹那条微博，指尖停顿两秒，而后打算继续往下刷，下一刻，陡然听到外面蒋姐的惊呼声："谢总！

"您，您怎么来了？"

只有时间和老婆打情骂俏的谢总来了！！

秦梵这个小祖宗不是信誓旦旦说她老公没空关心老婆吗，联系都不联系，人家直接到病房门口。

蒋蓉仰着头，入目便是男人俊美清冷的面容，衬衫扣子一丝不苟地系到脖颈最上方，斯文端方，只不过那漆黑如墨的眼眸里却没有半分感情。这种眼神看得蒋蓉有点儿心虚，毕竟没有保护好人家太太。

谢砚礼神色冷静地"嗯"了声，错开蒋蓉往里面走。

蒋蓉连忙准备追过去，她心里有点儿慌，谢大佬这个眼神是什么意思，会不会以后让秦梵退出娱乐圈啊？

虽然谢大佬一句话没说，但蒋蓉越想越觉得这个可能性很大。温秘书见蒋蓉转身，伸出一只手臂拦住，语气很有礼貌："蒋经纪人，我这边有点儿事情想要请教您。

"关于太太的。"

蒋蓉只能眼睁睁地看着两个黑衣保镖关上病房门，并且严严实实地守在门口，将里面的一切阻挡住。

等到她被温秘书带出去的时候，一路上没有在这层看到半个人影，更是满脸问号。

什么意思？一下子从普通世俗生活变成了豪门电视剧，住个院还得有保镖保护安危吗？

这就是梵仙女作为谢太太的待遇吗？平时她是不是对这位出身豪门的祖宗太随意了？要不以后也向公司申请几个保镖给秦梵？

秦梵听到蒋蓉的惊呼声便下意识地抬头，余光瞥到那串佛珠后，她动作停住，随即按灭了手机屏幕，自己躺回床上，掀开被子盖住。

一系列动作虽然缓慢，但足够在谢砚礼走到床边之前完成。

谢砚礼清楚地看到她这无声抗拒，想到提前结束的管理层会议。谢砚礼眼神幽暗地站在床边，垂眸望着她裹着被子的身影。

在得知网上传得沸沸扬扬的绯闻后，谢砚礼第一次在会议中途开小差给她发消息，却发现再次被拉黑。

直到裴枫的那条视频传来，谢砚礼看到屏幕中她对着手机热搜哭得厉害，裴枫说她意外受伤又看到了网上他的桃色新闻，于是他竟像昏君一样，提前结束了会议。

单手扯松禁锢在领口使他呼吸沉闷的领带，谢砚礼眼眸深敛，这是他从未想过的不理智行为。

男人修长白皙的手指拨弄了一下输液管，清冽磁性的嗓音在安静病房内响起："偷着哭？"

"谁偷着哭了！"秦梵掀开被子，一双干干净净的桃花眼冷睨着他。

"眼眶红了。"谢砚礼不动声色地轻抚了下她的眼尾，语调压低了几分，"我看看伤。"

谢砚礼已经从医生那边知道她的伤势，不顾秦梵的反抗，便托起她裹着纱布、脆弱纤细的膝盖。

秦梵感受到了腿弯那里轻柔小心的力道，指尖略顿了一下，红唇紧抿着，没有继续推他，小嘴叭叭叭的却没有放过他的意思："谢总日理万机，还有时间来探望我这个即将下堂的未来前妻，我这心里可真是感动极了。"

见她这么有精神，谢砚礼看过她的膝盖之后，重新将纱布包回去，声音很淡又透着认真："谢太太，谢家没有离婚的子孙。"

"哦，没离婚，就是换个谢太太而已。"秦梵嗤笑一声，红唇微启，幽幽地溢出讽刺的话语，"毕竟有的是想要竞争上岗谢太太这个职位的。"

谢砚礼哪会听不出她的意思，他没有坐蒋蓉之前坐过的凳子，而是坐在秦梵身边，伸手将她从床上半抱起来，一同靠在病床旁，嗓音徐徐："如果你不喜欢我有绯闻，以后网络上便不会出现我的任何新闻。"

这种近乎退让的言辞，完全没有让秦梵高兴起来。

那张雪白漂亮的脸庞越发淡然："哦，随你。"

靠在他怀里的纤细身子依旧僵着，无声地反驳。

秦梵垂眸看着谢砚礼搭在自己腰间的那双手臂，男人冷白修长的手腕上，黑色佛珠依旧安静地垂在他手背位置。

她能清晰看到佛珠上精致又繁复的经文，虽然看不懂，但并不妨碍这串佛珠引起她强烈的不适。

不适并非来自这串佛珠。她虽不向佛，却也尊重任何信仰。

她不适的原因是这串佛珠的来历，以及与那个跟他关系不浅的女人是情侣款。

秦梵蓦地偏过头，不让自己去看谢砚礼身上的任何一个位置。

她紧咬着下唇："我根本不在意你那些新闻。"

她在意的是他的态度而已。

就算网络上再也没有他的任何消息那又如何，还不是所有人都以为谢太太是程熹。甚至连圈子里的人，以后可能都会怀疑自己是不是参加过一个假的婚礼，记错了谢太太姓程而不是姓秦。

这就是谣言的力量。

见她睫毛颤抖，细白的牙齿紧咬着下唇，谢砚礼用未戴佛珠的那只手抬起她的下颌，语调淡淡："别咬。"

秦梵眼眶里瞬间盈满泪珠，瞪着一双桃花眼，忽然委屈道："你凶我！"

看着她突然就哭了，谢砚礼被气笑了："这叫凶你？"

秦梵张了张嘴，还想要说话时，谢砚礼那张俊美面庞忽然贴近，呼吸近在咫尺。随即，薄唇覆上去，吓得秦梵也不咬下唇了，舌尖却被咬住。

秦梵睫毛上那滴晶莹的泪珠摇摇欲坠，而后……滴到谢砚礼的脸颊上。感觉到那一点凉意，谢砚礼身形微顿，没忘记固定住秦梵那只还在输液的手腕，却吻得更深。

不知道被亲了多久，秦梵快要呼吸困难时，谢砚礼才慢条斯理地放开她，用拇指擦了擦她的唇角，原本樱粉的唇色恢复了激滟红色，娇艳欲滴。

秦梵胸口起伏不定，指尖下意识地攥着他的衬衫，好不容易才让自己喘气均匀，却又看到他这动作，若不是手腕一丁点儿力气都没有，她都想甩这男人巴掌。

明明是他的错，还用这种方式来让自己闭嘴。谢砚礼微微有些粗糙的指腹擦过她被咬出齿痕的下唇："这样不凶你，亲你，还哭吗？"

知道他是为了不让自己咬下唇，但这个人就不能好好说话吗？秦梵抬起湿润的睫毛看他，好端端一个俊美男人，偏偏长了张嘴。

秦梵已经不想跟他交流，眼不见心不烦："我困了，你别跟我说话。"然后也不躺下，就那么用一双被眼泪洗过的澄澈眼睛望着他，意思很明显：扶仙女躺下。

谁让谢砚礼强行把她抱起来的？

谢砚礼破天荒地让步，难得耐心问："璨璨，你对我哪里还有不满？"

秦梵乍听到这熟悉的小名，乌黑眼瞳内波光粼粼。

谢砚礼叫她从来都是冷冰冰的"秦小姐""谢太太"，甚至连"秦梵"这个名字，他都极少叫。

忽然之间，她这个自从爸爸去世后，极少有人称呼的叠音乳名被谢砚礼那偏冷音质的嗓音念出来，秦梵竟听出了几分亲昵，就仿佛他们是真正的夫妻一样。

秦梵下意识地想要咬唇，条件反射想到谢砚礼威胁的话，重新把唇瓣松开："我没有不满。"

"你有。"

谢砚礼掌心撑在她身侧，眼神定定地望着她："你想要什么？"

猝不及防地对上谢砚礼幽邃深沉的眼眸，秦梵像是被烫到一样偏头移开视线。面对谢砚礼这样的眼神，她的一切小心思仿佛都无所遁形。

瞥到那近在咫尺的黑色佛珠，秦梵甚至觉得自己那些忌妒、难堪等一切负面想法，都是可耻而卑鄙的。

她想什么呢？她想让谢砚礼把这串与程熹有关、随身携带多年的佛珠丢掉。

谢砚礼嗓音又轻又低："璨璨……"

秦梵迅速捂住自己的耳朵："没有，我说没有！你别叫我小名了！"

她怕谢砚礼这样的亲昵，只是演戏罢了，激出来她的所有黑暗心思，然后漠然讥讽她的那些心思。

"别乱动。"

谢砚礼见她这么毛毛躁躁，差点儿把输液管甩出去，动作熟稔地重新把她的手放回床边。

男人修长白皙的手指托着秦梵掌心时，黑色佛珠不经意滑过秦梵细嫩的手背，她能清晰感受到佛珠冰凉又粗糙的刻纹擦过皮肤。

秦梵身子瑟缩了下，再也受不了这串佛珠在眼皮子底下晃来晃去，仿佛在嘲讽她一般。

秦梵倏地推开谢砚礼，指着他的佛珠一字一句说："如果我说，让你把这串佛珠丢掉呢？

"谢砚礼，你问我想要什么，我说，想要你把这串佛珠丢掉，以后都不许戴。

"你会做吗？"

谢砚礼将她手背上的针头拔掉后，用旁边搁置的棉签按住她冒着血珠的薄薄皮肤。

乍然听到这话，谢砚礼指尖微顿，大概是没想到秦梵会说这样的话。

松开她的手背之后，谢砚礼站在床边，下意识地碰了碰垂落在掌心这串已经戴了十年的佛珠。

病房中空气近乎僵持，谢砚礼安静地抬眸，看向病床上眼神清清冷冷的秦梵。

他语调淡了淡："谢太太，除了这件事。"

谢砚礼离开医院时，正是华灯初上。

医院位于北城的最南边，环境幽静，人烟稀少。寥寥灯火之下，黑色迈巴赫在路上显得有些形单影只。

从医院巨大的窗户往外看，能清晰看到迈巴赫驶远。小兔回首望着病床上面色平静正在看剧本的漂亮女人，迟疑几秒："梵梵姐，谢总真的走了。"

秦梵白皙面容毫无伤心之色，懒洋洋地抬了抬眼皮："嗯。

"窗帘拉上，月亮闪我眼睛了。"

小兔："……"

谢总都被梵梵姐气走了，她还有心情开玩笑。唉声叹气地关上窗帘，小兔走到病床旁边给秦梵倒水。

这时，秦梵的手机忽然响起，是蒋蓉的视频通话。秦梵接起视频，入目便是蒋蓉愉快扬唇的面容，这还是自己受伤之后，蒋姐第一次笑得这么开心呢。

秦梵忍不住挑了挑秀气的眉："什么事情这么开心？"

"哈哈哈哈，裴导发微博了！"

"你今天这两件礼物没白送，真的笑死我了！"蒋蓉在酒店房间里，膝盖上放着笔记本电脑，一边操作一边笑着说，"小兔在旁边吗，让她搜微博给你看。"

小兔连忙去拿平板过来："来了来了！"

秦梵看着屏幕上显示出来的页面，是裴枫的新微博，大概五分钟前发的，此时已有几千条评论。

导演裴枫V：前几天发小上了热搜，作了好兄弟二十多年，我居然连五元的礼物都没收到过。谁知刚跟这对夫妻控诉完毕，当天他太太便亲自给我拍了酒庄和古董车，真的好快乐！还特意考虑过我的喜好，发小上辈子烧高香了，娶到这样贴心漂亮迷人的太太。

还配了秦梵发给裴枫的酒庄赠予合同和古董车的实物照片。
网友们嗅觉一个比一个灵敏，纷纷留评——

"酒庄和古董车？裴导的发小居然是那位不可言说的大佬。"

"又是酒庄又是古董车的，还在热搜上挂着呢，这不是那位大佬拍给程熹的吗？怎么成了谢太太拍给裴导的？"

"所以程熹到底是不是谢太太？如果是同一个人，那国际拍卖会她不是在场吗，她可没拍东西。"

"姐妹们，热搜上那123条你们还记得吗，现在由本人来反向分析一拨。第一，机场接机只是猜测，搞不好只是碰巧同个机场。第二，那位大佬说的是'太太'，也没指名道姓这位太太姓程。第三，裴导都亲自打脸了，还说啥！简言之，这搞不好就是有人故意引导舆论蹭咱们大佬热度！"

"楼上姐妹前面总结得不错，我很认同，但蹭热度这个就有点儿狠了吧！人家程小姐姐从头到尾可一句话都没说过。"

"怎么没说过，不是在INS上发了条跟大佬同款的佛珠？你们都不翻墙的吗？"

"对啊，同款佛珠在CP论坛也被扒疯了。"

"我总觉得这么多巧合就不可能是巧合，就算程熹不是谢太太，也总是白月光吧，白月光破镜重圆也很美啊。"

"楼上什么三观，如果谢总已婚的话，那不叫破镜重圆，那叫小三破坏家庭！"

"……"

小兔看到最后那条消息的时候差点儿没笑出来，直接用小号给她点了个赞："这个小姐姐三观好正，还是姐你的粉丝呢！"
本来小兔看到程熹翻车，还以为秦梵会高兴，却没想到，秦梵只是平平静静地刷完了微博，然后跟蒋蓉说了句晚安便挂断了视频。
小兔张了张嘴："……"
秦梵看她一眼，声音依旧清软好听："里面有家属休息室，你也去休息吧。"
"姐，你没事吧？"
小兔不太放心，凑到秦梵面前："今天谢总来看您，说明他并没有出轨。"
秦梵了解谢砚礼，出轨这种事情绝对不会发生在他身上，他对事业野心勃

138

勃，不允许自己名誉有任何的污点，或对集团有任何负面影响。

秦梵在意的也不是出轨这件事，本来她以为谢砚礼从小生活的家庭环境冰冷淡漠，导致他不会经营家庭，不会经营爱情。

而当她见过婆婆与公公的相处方式后发现，并不是她想象的那样，他家庭幸福，父母恩爱。

所以秦梵以为他是天性凉薄，无情无欲。后来看到那被谢砚礼珍视的佛珠同款戴在另外一个女人手腕上后，秦梵才明白他不是不会经营，而是不愿为她经营罢了。

什么天性凉薄、无情无欲，不过是不够在乎罢了。

也是，他们本来就是商业联姻，她凭什么要求谢砚礼在意她的心思？

在旁人眼中，他肯删掉所有新闻，他不会出轨，大概就是对她这个当花瓶的谢太太最大的尊重。

当冷漠无情的谢太太不好吗？不用付出感情，然后搞自己的事业多好。

秦梵不想让自己去想他，可是闭上眼睛之后，脑海中却莫名地浮现出他温柔地喊自己乳名的声音。

爸爸去世之后，再也没有人那么喊过她了。

爸爸说，她是上天赠予他的最明亮、最宝贵也是最璀璨的礼物，所以叫她璨璨。

秦梵用被子慢慢盖住眼睛：可是爸爸，你走了，我再也不是任何人的璨璨了。

渔歌会馆的夜晚，一如既往地辉煌绚烂。

包厢内，谢砚礼眉眼倦怠地坐在里侧沙发上，面前摆着的玻璃杯内盛满透明的烈酒，他却碰都未碰，素来淡漠冷清的面容上，久违地染上了不解的情绪。

谢砚礼从茶几上拿起手机，给温秘书发了条微信："查查太太为什么不喜欢佛珠。"

温秘书："您不直接问问太太？"这种事情还要查吗？

谢砚礼："她愿意告诉我，我还会问你？"

温秘书："懂了，我立刻去查。"懂了，太太又把谢总拉黑了！

谢砚礼将手机反扣在桌面上，忽然垂至掌心的佛珠晃了晃，他视线略定，脑海中浮现出下午病房中的画面。

秦梵像是浑身带刺的小刺猬："谢总，只有你不喜欢解释吗，我也不喜欢。"

下一刻，谢砚礼缓缓将手腕上的佛珠取下。

裴枫迎面进来时，装修精致优雅的包厢内，已经烟雾缭绕，呛得他差点儿原地去世。

除了烟雾，还有酒气。

谢砚礼不是不喜欢这样的局吗，姜傲舟说他在的时候，裴枫还不信。直到在落地窗前看到谢砚礼的身影之后，他才相信，这人居然真的来了！

"你闲着没事不去医院陪漂亮可怜的小娇妻，来这里抽什么烟喝什么酒？"裴枫从后面拍了他肩膀一下，没好气地说道。

从这个角度，能清晰看到北城的夜景，裴枫看了眼就没什么兴趣。若不是得知谢砚礼在，他才不来呢。工作期间，他拒绝来这种局。

"她不要我陪。"可能是许久没说话的缘故，谢砚礼嗓音微微有点儿喑哑。

虽然语调如往常那般冷淡散漫，裴枫却敏锐地听出其他味儿来了："啧啧啧，被赶出来了？

"小姑娘受伤了使一使小性子怎么了，你作为男人，要包容。

"更何况，今天本来就是你的错，人家在剧组努力拍戏因工受伤，你倒是好，跟什么白月光甜甜蜜蜜上热搜，人家能开心就怪了。

"你还不包容，人家说不用你陪你就不陪，女人有时候说的是反话……"

裴枫想着自己毕竟拿了嫂子那么多好东西，得做人！

谢砚礼拂开他搭在自己肩膀上的爪子，穿着西装裤的大长腿往沙发方向走去，抬手端起了放在茶几上那杯满当当的烈酒，轻轻抿了口。

姜傲舟从牌桌那边过来，恰好听到裴枫给谢砚礼当知心好兄弟，忍不住啧了声："你这到底是拿了谢哥他太太多少好东西，这处处说好话的调调，啧啧啧。"

裴枫白了他一眼："你懂什么，我这叫帮好兄弟挽救重大婚姻危机，免得到时候老婆跑了都不知道怎么跑的。"

"别糊弄我，谢哥不刷微博我还不刷？你公开'示爱'谢太太的话都快要爬上热搜了，行啊，小裴裴，你翅膀硬了。"姜傲舟说着，还把手机拿出来递给谢砚礼："哥，你自己看！"

谢砚礼原本对他说的微博不感兴趣，然而后来裴枫说了句："会不会说话，我那叫'示爱'吗，我那叫替咱们嫂子打那个冒牌'谢太太'的脸。"

谢砚礼眉心微微蹙起，接过姜傲舟的手机。

此时微博上的舆论已经形成两军交战形势，一方坚信程熹是谢砚礼的白月光，另一方则坚持程熹破坏谢砚礼家庭。

谢砚礼有些不耐。

"这些虚假的新闻，删了便是。"

裴枫："那可不行，删了不就等于默认？"

谢砚礼面无表情："谬论。"

"一看谢哥就不刷微博，不懂现在的网络状况网民心思。"虽然姜傲舟也不爱刷微博，但他偶尔对认识的人上热搜还是会好奇地去围观，多多少少了解一点儿。

就在姜傲舟给谢砚礼普及如今网络环境时，裴枫忽然发现谢砚礼喝酒时，举起的右手腕上空荡荡的，他眼睛眯了眯："你那串从不离身的佛珠呢？

"不会被秦梵一怒之下给你丢了吧？

"嘶，难怪你没在医院。

"没想到那小丫头看起来娇娇弱弱的，性子这么烈，干出这种又野又刚的事情！"谢砚礼喉结微微滚动，将半杯烈酒一饮而尽后，狭长淡漠的眼眸看向裴枫："佛珠怎么了？"嗓音像是沁了寒冰。

裴枫被他的反应弄得蒙了一瞬："啊？"

他怎么知道怎么了，又不是他弄丢的。

姜傲舟见事情不对劲，也看到了谢砚礼形影不离的佛珠不见了，还以为他佛珠不见了跟裴枫有关，解释道："小裴裴，你常年在国外不知道，那串佛珠是谢爷爷走的那年亲自跪在慈悲寺为谢求求的，谢哥常年戴着，感情也深了。

"你要是知道那佛珠怎么回事，就赶紧告诉我们！"

裴枫更蒙："……"

老子也不知道佛珠怎么不见了啊！

谢砚礼见他们误会，从西装口袋取出那串黑色佛珠，眼神平静地问裴枫："这串佛珠，你为什么会觉得秦梵想丢了它？"

裴枫不傻，这次算是弄明白了，然后拍开被姜傲舟扯着衣袖的手："你松开，谢哥这是要找我当心灵导师呢！"

姜傲舟："我看你是想死，卖什么关子。"

几分钟后，三个大男人安静地坐在屏风内的沙发上。

裴枫指着中间自己手机屏幕上显示的一张张新闻截图解释完毕："事情就是这样。

"现在网传你对她这个白月光念念不忘，才保存着与她同款的情侣佛珠。"

"无稽之谈。"谢砚礼薄唇扯出一个冷笑，"这种毫无凭据的猜测也会有人信？"

姜傲舟看了眼点赞人数："……"

傻子还挺多的。

"找人把她 INS 删了？这些愚蠢的微博也删了？"

裴枫听到这提议嗤笑："我看你才是傻子，现在这种情况，最好的办法不是删掉这些猜测，而是澄清好不好！

"你把人嘴都捂住了，这不是心虚吗？"

谢砚礼眼睫低垂，清俊眉眼淡淡地看着屏幕上那些关于佛珠越来越荒谬的猜测，忽然起身，拿起西装往外走去。

"哎，谢哥……"姜傲舟打算去追。

被裴枫拦下："叫什么叫，人家谢哥跟老婆赔礼道歉去了，明天咱们再去看戏。"

他决定明天带个榴莲送给秦梵，免得她在医院，工具不好找，自己可真是贴心哦。

于是裴枫兴致勃勃地拉着姜傲舟："走，跟我去趟瓜果市场。"

姜傲舟以为自己听错了："你说的是瓜果市场旁边的酒吧，还是瓜果市场旁边的 KTV ？"

谢砚礼抵达医院时，夜色更加浓郁。守在外面的保镖给谢砚礼打开了病房门，冰冷的病房内，只开了盏昏暗的壁灯，谢砚礼放轻了声音走到床边，幽暗深邃的眼眸看向床上那个纤细又羸弱的身影。

被子都盖在脸上，只露出雪白干净的额尖。谢砚礼将她脸上蒙着的被子缓缓地拉下来。

透过柔黄色的光线，能清晰看到少女紧闭着的眼皮明显红肿，眼尾泛红，精致的眉心也紧蹙着，似乎睡着也不安稳。

谢砚礼坐在床边看了她片刻后，修长手指探进被子，握住里面那只柔若无骨的小手，缓慢地将那串在昏暗中显得愈加神秘的黑色佛珠一圈一圈地松松缠绕到她雪白纤细的手腕上。

小兔听到外面有细微声音，以为是秦梵醒了，刚打开门准备叫人，蓦地便看到这样一个画面。她下意识地捂住自己的嘴，瞳孔地震，条件反射地举起手机拍摄。

手机闪了一下。

缠完佛珠的男人清冷的眼神扫过来，小兔才反应过来，迅速把门关上，捂住小心脏，看着手机上的照片。

妈呀，她没做梦！谢总居然半夜把放在身边多年的佛珠，戴到了仙女梵手腕上，还被她拍下来了这历史的一刻！这照片，能值一百万吗？

谢砚礼对秦梵那个助理的行为漠不关心，反而垂眸看着秦梵手腕上那刻满了经文的黑色佛珠。

一分钟后，谢砚礼托着她这只戴佛珠的手拍了张照片，而后打开微博，临时用手机注册账号，准备发表第一条微博时，修长指尖顿了顿。

谢砚礼调到微信页面，给"老板不睡我不睡"的温秘书发消息："以最快速度把我的微博账号认证。"

谢砚礼："半个小时内。"

温秘书："……"

平平无奇的深夜，一个崭新到连头像都没有，像极了微博小号的账号发布的第一条微博轰炸了整个网络。

> 谢砚礼 V：谢太太生于锦绣，长于荣华，与佛无缘，仅与我有缘。

附图。

照片大概是在黑暗中拍摄的，光线暗淡，却依旧能清晰看到男人修长好看的手托着一只白皙柔嫩属于女孩的手，最显眼的便是女孩手腕上缠绕着一圈圈与她手腕尺寸不匹配的黑色佛珠，佛珠上刻满了繁复的经文，显然并非凡品。

原本大家都以为这是什么小号，但是那账号跟着的微博认证"谢氏集团执行总裁"是实打实的。

确定之后，网友们炸了——

> "我还以为是什么人冒充的，原来真的是大佬的账号？"
>
> "天哪，这才是神仙爱情吧，大佬求生欲爆棚啊，竟特意开微博亲自澄清。"
>
> "大佬这条澄清微博太甜了好吗，与佛无缘，与我有缘，啊啊啊啊，我不行了！"
>
> "看到谢大佬这条微博，我忽然觉得之前的行为对他而言好像真的不算什么，他心里的谢太太生于锦绣，长于荣华，所以他未来也会用锦绣荣华娇养藏之。"
>
> "酸了酸了，这个神秘谢太太到底是何方神圣呀，竟然让佛子将引以为命的佛珠相赠，呜呜。"
>
> "这才是真正的豪门爱情的正确打开方式。"
>
> "正主发博最为致命，之前那些帖子扒的都什么鬼。"
>
> "大家以为这只是条澄清微博吗？不，朋友们，这是条表白微博啊！"

这条微博被裴枫转发，并评论——

> 导演裴枫 V：谢某人只是在向老婆求和。所以作为好兄弟，我准备了工具明天送给嫂子。

在他附的照片上，一个饱满圆润、尖刺根根分明的榴莲占满画面。

差点儿把吃瓜网友们笑喷——

"哈哈哈，还是裴导会玩！"
"这就是真正的好兄弟了吧，笑昏过去。"
"谢总：我可真谢谢你全家。"
"坐等谢总解锁跪榴莲的求和姿势。"
"……"

就在大家把程熹忘到后脑勺开始玩梗时，不一样的声音果然出来了——

"说了半天，就算程熹不是谢太太，那总归也是白月光吧，不得不说，男人变心起来真的太绝情了。"
"对啊，有了谢太太就忘了白月光，还将与白月光的情侣款戴到自己太太手腕上，不得不说，这男人还是挺会玩的。"
"……"

这些言论慢慢爬上热搜时，谢氏集团官方微博转发并评论谢砚礼的微博，瞬间让他们闭嘴了。

谢氏集团官博V：祝谢总和太太百年好合。我们谢总的太太自小活在锦绣堆里，唯有璀璨绚烂的珠宝首饰更配她，所以除了谢总赠送的这条长辈所赐的佛珠外，再无其他任何与佛有缘的饰品，大家吃瓜归吃瓜，不要"吃错了"。

吃瓜网友们快要笑死了——

"哈哈哈，官博牛，就差指着鼻子骂对方碰瓷了！大佬不愧是大佬，打脸都这么有修养！"
"画重点：长辈所赐！"
"今晚幸好没睡觉，不然错过了多少大戏，真是一环扣一环地打脸。"
"就想问程熹这脸疼吗？"
"我跟你们不一样，我现在就想知道谢太太到底是何方神圣，那个程熹碰瓷归碰瓷，倒也算是名门小姐里面数一数二的，这样的人都不配当谢总的太太，那谢太太得什么样？"

"隔壁小秘书，我要谢太太的全部资料！"

"隔壁小秘书也不知道。"

"哈哈哈哈哈哈！"

大家从凌晨到黎明，依旧没有淘到任何关于真正谢太太的消息。

早晨六点，秦梵睁开有些酸涩的眼睛，才发现，昨晚她哭着哭着居然睡着了，一夜都没有做梦。

病房里悄无声息，一个人都没有。她掌心撑在床上，想要坐起身来时，忽然微凉滑溜的触感从手腕往下掉。秦梵下意识地低头，乌黑瞳仁闪过震惊迷茫：这是？

只见神秘黑色佛珠堆积在雪白纤细的手腕上，由于过于松垮，几圈直接散在手背。秦梵举起手腕上的佛珠，然后揉了揉额角，以为自己是在做梦。

谢砚礼的佛珠怎么会在她的手腕上？她失忆了？

秦梵努力回忆，却怎么都想不起来。

下意识地环顾四周，直到看到不远处沙发背上搭着的黑色西装外套，以及谢砚礼那条深色暗纹领带，秦梵才有了怀疑，谢砚礼昨晚在她睡着的时候又回来了？

他把这串佛珠戴在她手腕上干什么？秦梵皱了皱眉，用力把它撸下来，扬手准备丢到不远处的垃圾桶。

她手腕顿了顿，最后抿着唇丢到床尾，黑色的佛珠在白色床单上格外扎眼，秦梵眼不见心不烦，等谢砚礼回来就让他带走。

安静的房间内，秦梵手机铃声响起，格外清晰。她伸手从枕头下面摸索到自己的手机，屏幕显示着蒋蓉的来电。

刚接通，便听到蒋蓉略显激动的声音："你醒了，我忍耐一晚上了，怕打扰你休息，终于等到六点，你快点儿看微博，快快快，谢总发微博了！"

秦梵看了眼外面初升的太阳，凉凉笑了声："大白天你在说什么梦话，谢砚礼没有微博。"

"真的是谢总，你自己看，他开了新账号。

"妈呀，我这一颗老少女心昨晚激动了一宿，话说谢总应该在你那儿吧，他没跟你说？这男人太酷了吧，做了这么大的事居然还不第一时间跟老婆显摆。

"像谢总这样的老公，我跟你讲，你必须抓住，便宜了别的小妖精有你哭的。

"完美男人啊，完美老公。"

蒋蓉觉得自己要是再年轻十几二十岁的话，都想嫁给这种男人了。

秦梵听得差点儿怀疑自己是不是穿越到什么平行空间了，蒋姐说的这个人真是谢砚礼？

谢砚礼是完美老公这种丧心病狂的话都说得出口。

秦梵倒是想看看，谢砚礼昨晚到底是发了什么微博，能让老少女心潮澎湃。

秦梵以为病房没人，所以开了手机免提，准备打开微博页面，没想到率先看到微信那个绿油油图标右上角，显示有几十条红色数字标记的未读信息。

秦梵没来得及看，先切到了微博页面。

入目便是热搜推送：

"商界佛子谢砚礼公开表白太太，疑似打脸前任情人"。

秦梵看到那个"前任情人"觉得格外刺眼，不过没说话，顺着这条微博点开了所谓的谢砚礼的微博。

看到了黄色的认证标识，居然真的是谢砚礼的账号？

"连个头像都没有，真简陋。"秦梵小声吐槽了句。

随即便看到了这个账号下唯一一条微博，秦梵紧抿的红唇陡然松开，眼底闪过迷惑不解，这真是谢砚礼发的吗？

这是谢氏集团公关部代发的吧？完全不像是谢砚礼的行事作风啊。

秦梵虽然这么想着，但细白指尖还是不受控地点了点那一排字，眼睛盯着看了好久才移开。

视线最后落在那张光线暗淡的照片上，黑色的佛珠与两人肤色冷白的手形成强烈对比。

看着这张照片，秦梵脑海中仿佛浮现出昨晚在自己睡着的时候，谢砚礼是如何将这串佛珠一圈一圈地戴到她的手腕上的。

目光渐渐从屏幕移到那串被她丢到床尾的黑色佛珠上。

秦梵当然也看到了谢氏集团官博的转发，所以并不是什么情侣款，而是长辈赠给他的护身佛珠吗？

想到自己昨天任性地要他把佛珠丢掉，今天还差点儿把它扔进垃圾桶，秦梵乌黑的眼眸颤了颤。

蒋蓉的嗓音打断了她的思绪："怎么样？看到了吗，你老公是不是帅爆了，有没有对他亲亲抱抱举高高？"

秦梵："……"

就在这时，秦梵忽然看到对面洗手间门开了。身姿挺拔修长的男人穿着黑色衬衫与西裤走出来，脖颈上没有系领带，并且解了两粒扣子，露出一截修长白皙的脖颈，隐约能看到精致锁骨。

乌黑短发此时透着湿润的凌乱，大概是刚刚洗过澡的缘故，相较于往日的一丝不苟，如今多了点儿不羁与少年感。

秦梵怔怔地望着他。

蒋蓉的声音不断："这三天我跟小兔就不打扰你和你老公了，虽然你伤了膝盖，但也不影响夫妻生活，顶多让谢总多多担待。"

秦梵回过神来，原本还有些苍白的小脸颜色爆红！

"蒋姐！你说什么呢！

"我挂了！"

啊，平时也就算了，现在居然说到了谢砚礼眼皮子底下，她还要不要面子啊！

谢砚礼眼睁睁地看到谢太太那张小脸由白转红，再由红转为深红，那双顾盼生辉的桃花眼里满是震惊与羞耻。

男人淡色的薄唇微微勾起，嗓音不疾不徐："嗯，我会多多担待。"

笑什么笑，谁要你多多担待了！秦梵羞耻心爆棚，搞得就跟她多么急色似的，连腿受伤了还想那事儿！

秦梵看到男人身影越来越近，捂着脸蛋解释道："蒋姐是胡说八道的，我才没有那么想！"

时间像是静止了，秦梵捂着眼睛听到男人脚步声越来越近，最后在她床边停下。

几秒钟过去，秦梵都没有听到任何动静。

她慢慢地把手放下，怔愣地看着男人捡起丢在床尾的佛珠，红唇张了张："我……"却不知道该说什么。

秦梵睫毛低垂着，看着自己干净纤细却空荡荡的手腕，有那么一瞬间，心里涌起点儿后悔情绪，后悔问都不问就把佛珠丢了。

下一刻，男人修长匀称的长指捏着佛珠闯入她眼底。

一圈一圈重新将佛珠套到秦梵手腕上后，男人清冽磁性的嗓音响起："怕了？"

大概是看出了她的不安。

秦梵摸着重新回到手腕上的佛珠，原本悬着的心一下子落地了。

唇角不受控地想要往上翘，却被自己克制住，抬眸望着站在眼前居高临下看她的男人，语调傲娇："我才不怕！"

安静的病房内，空气中流淌着浅浅的薄光，两人静静地在这样无比柔情的气氛中对视。

褪去了往日西装革履的冷漠与无情，穿着黑色衬衫，眉眼慵懒的谢砚礼多了几分人间色。

没有那么高不可攀，仿佛她只要一伸手，便能够到。

被谢太太用潋滟明亮的桃花眼望着，谢砚礼平静的眸底难得浮上隐晦暗色。

谢砚礼望着她那还有些泛红的眼尾，指腹温柔地轻抚了一下："天不怕地不怕的谢太太，以后别藏在被子里哭了。"

秦梵："……"

气氛这么好，能不能不要揭仙女的底？

她深吸一口气："给你的仙女老婆留点儿面子行吗？"

素来不苟言笑的谢总，难得被她这话逗笑，清俊淡然的眉眼一瞬间昳丽至极。

秦梵睫毛轻颤一下，忽然朝他招招手："你低一下头。"

谢砚礼不知道谢太太又想做什么，看着她动弹不得的膝盖，倒也顺从地俯身。

从昨日到现在，他对谢太太的耐心，似乎越来越没有底线，既然佛珠都送她了，再退让一步，似乎也没什么。

下一秒，谢砚礼感觉脸颊被柔软的唇瓣亲了口，耳边传来秦梵得意的笑："奖励谢先生。"

亲吻脸颊，这种毫无欲念的纯粹亲吻，他们之间从未有过。秦梵抓住男人的衬衫领口，满脸正色："但我觉得你……还有进步空间。"

话音未落，病房门被猛地推开："Surprise！"

裴枫与姜傲舟闯了进来，守在门口的两位保镖在他们撞开门后，分别控制住他们的手臂。

他们以像是被控制的犯人那样的姿势，撞入秦梵跟谢砚礼的眼中，个头圆润饱满的榴莲就那么顺着地板骨碌碌滚了进去，最后在病房中央的位置停下。

"……"

空气中流淌着淡淡的尴尬，保镖们也没想到裴枫这么莽撞，招呼都不打，直接便要冲进去。

见谢砚礼没什么表示，便将他们松开。

姜傲舟表情有些窒息，被松开后，他默默地往后退了半步："我们是不是来得不是时候？"

裴枫冲进来后，也后悔了。尤其是看到秦梵双手拽着谢砚礼的衣领，而传说中不近女色的谢砚礼主动俯身撑在病床上，两人仿若接吻期间，被他们惊扰到。

然而只要自己不尴尬，尴尬的就是别人。

裴枫站直了身子，把病房门关上，晃了晃手："早上好，没想到两位一大早这么有兴致。"

秦梵跟谢砚礼没说话。

谢砚礼是不想说。而秦梵纯粹是没反应过来，被这个"surprise"惊吓到了。

见病房安静，裴枫略顿，他试探着推姜傲舟向前，指着他手里另一个榴莲："要不我们俩给你们表演个吃榴莲助助兴？"

"……"

姜傲舟这才发现，这个世界上还有更尴尬的时刻，例如裴枫说疯话之后！

谁要吃榴莲给人家助兴，神经病！有你这么缓解尴尬的吗？

被谢砚礼用冷冷清清的眼神看着，裴枫终于意识到自己说了什么："我开个玩笑，好笑吗？哈哈哈。"

"噗……"秦梵没忍住，当真笑出声。

原本因病色而苍白如通透白玉的小脸，此时染上了浓浓笑意，整个人看起来宛如繁花初盛，艳丽至极。

谢砚礼不疾不徐地直起身子，冷静地整理好被秦梵扯得凌乱的领口，扫了眼裴枫与姜傲舟："进来。"语调一如既往，淡淡的，听不出什么情绪。

两人在门口互相推搡着纠结谁先走，最后还是裴枫硬着头皮："嫂子，这是我们另一个好兄弟姜傲舟，我们来看你。"

"你们好。"秦梵想到自己刚起床还没洗漱，觉得有些失礼，打过招呼后，便准备扶着床去洗手间。

刚动了动，下一刻，整个人陡然腾空，男人修长有力的手臂将她打横抱起，云淡风轻地越过裴枫他们走向洗手间。

病房只留下裴枫跟姜傲舟大眼瞪小眼，瞥了眼紧闭的洗手间门，姜傲舟压低了声音咬牙切齿道："你犯蠢的时候能不能提前吱一声？"

"现在嫂子肯定以为我是个智障。

"不，以为谢哥的兄弟们都是智障！"

裴枫淡定脸，对他神秘一笑："不会的，她还要在我剧组里混呢，她只会把你一个人当成智障。"

姜傲舟看着他那张脸："你真是……"

"医院禁止动手，放心放心，等嫂子知道这榴莲的妙用之后不会当你是智障的，还会感谢我们送来这么有用的礼物。"裴枫赶紧挽救这岌岌可危的兄弟情。

就在他们说话时，病房外面传来脚步声。

洗手间，秦梵单腿站不稳，便理直气壮地把谢砚礼当成拐杖，还是功能最全的机器人拐杖。

看着秦梵刷牙洗脸护肤，仿佛回到了没冷战时的样子，那张漂亮动人的小脸重新染上了张扬娇气，谢砚礼深深觉得，费点儿力气恢复家庭和谐，是很有必要的。

他若无其事地指了指秦梵搁在洗手台上的手机："谢太太，你是不是忘了点儿什么？"

"忘了什么？"秦梵悟错了他的暗示，"仙女是不可能给你什么名分的，你别做梦了。"

秦梵以为谢砚礼还想让她转发微博公开结婚，她才不要顶着谢太太的名头行走娱乐圈，当初进娱乐圈时说要靠自己的实力就要靠自己的实力，绝不自己打脸。

这次被秦予芷打压，谢砚礼投资帮她，那她也不会让谢砚礼吃亏，以后她会回报给谢砚礼更多的钱！

听到秦梵义正词严的话，谢砚礼这个拐杖很想罢工，不过最终没说话，拿起手机，对着她那张还在叭叭叭说话的小脸面部解锁，点开首页那个绿色 App。

"人形 ATM？"谢砚礼似笑非笑地看着秦梵？

秦梵这才看到谢砚礼把他自己的账号从黑名单拉出来，总算明白他的意思。

她摸了摸鼻尖，然后眨着无辜的桃花眼："这是我对你的爱称，别人都没有的！"

爱称？谢砚礼就那么静静地看着，看她能编出什么鬼话。

秦梵指着那个备注："世界上有人不爱钱吗？人形 ATM 等于什么？等于随时随地都能吐钱的宝贝啊，我给你取这个备注的意思跟'我的宝贝老公'没什么区别。"

谬论，谢砚礼倒也没跟她争论。

"只不过'我的宝贝老公'太土了，不符合我们年轻人对备注特殊的审美。"秦梵随口又道，"我知道你不喜欢这么又土又俗的备注。"

谢砚礼若无其事地笑了笑："我喜欢。"

秦梵："……"

谢砚礼线条流畅的下颌抬了抬："改吧，我喜欢这个又土又俗的备注。"

秦梵桃花眼震惊地瞪圆了，像是一只被吓到的小猫，瞳仁漆黑澄澈，让人忍不住想逗逗她。

秦梵改备注的时候，脑子有点儿蒙，万万没想到，谢砚礼的喜好土甜土甜的。可改完之后，对上谢砚礼透着零星笑意的眼眸，秦梵才意识到，他是故意的！

仙女怎么可能这么认输！

"你手机呢，既然我改了，你也改，你不是喜欢这种类型的备注吗？"

几分钟后，秦梵将谢砚礼手机上关于自己的备注也全部修改掉。

谢砚礼看到通讯录上那排在第一位的——我的宝贝心肝仙女老婆，向来平静无波的眼神浮现异样：搬起石头砸自己的脚。

秦梵改完之后，纤指放在门把手上准备出门时，忽然扭头对谢砚礼一笑："谢总，你知道裴导送那榴莲是什么意思吗？"

谢砚礼挑眉看她，一看他这表情，秦梵就知道谢砚礼昨晚发完微博之后绝对没刷后续。

旁人肯定也不敢跟他说，秦梵笑得像只意味深长的小狐狸，下一秒便要用力拉开门，谁知外面传来裴导的声音："秦梵，池故渊和方逾泽来看你了。"

听裴导的称呼，秦梵就知道他们进来了，立刻用背抵住洗手间门，小脸一改刚才那故意气人的表情，对谢砚礼笑得眼眸弯弯，格外真诚："老公，你看这医院高级 VIP 病房的洗手间也挺干净舒服的，要不你在这里坐半个小时享受享受？"

"再说一遍。"

谢砚礼俊美的面庞上毫无变化，就那么漫不经心地望着她。

秦梵："……"

她一蹦一跳地扑向谢砚礼："老公，你最好了。"毫不吝啬地在谢砚礼脸上留下好几个香吻。

谢砚礼接住她不稳当的娇软身子，然后将人抱到洗手台，薄唇覆了上去，却没亲吻，反而转到她耳边："你的那个小鲜肉呢？"

秦梵都把这事忘了，没想到谢砚礼居然还记得。谢砚礼见她黑白分明的眼眸里盛满心虚，从喉咙里发出低沉笑意。

偏偏秦梵听出了几分危险，连忙撑着他的胸口："老公，你冷静！"

谢砚礼慢条斯理地继续："嗯，年轻的弟弟？"

"不不不！"秦梵此时求生欲爆棚，"我对外面的男性完全不感兴趣的，我只爱我老公……"

秦梵说着，那双纤细柔嫩的小手隔着男人身上薄薄的衬衫一路摸下去，单纯地想要表现自己对老公的喜欢，却忘了，早晨的男人不能摸。

尤其外面突然传来敲门声，伴随着年轻男孩清朗的嗓音："姐姐，你没事吧，要我抱你出来吗？"

裴枫的声音紧追而来："你敲什么门，女孩子在洗手间催什么，她有手机，有事会喊我们的。"

池故渊："哦，这样啊，我担心姐姐。"

裴枫："不用你担心。"人家老公还在里面，傻孩子！

隔着薄薄的门板，谢砚礼如墨的眼眸像是吸引着人坠入深渊。

他握住秦梵抵在自己胸口的手。

穿着病号服的纤细身子瑟缩着，想要躲开，却怎么都挣脱不开男人那仿佛着火一样的掌心。

…………

结束后，谢太太臭着一张小脸："我现在可以出去了吧？"

谢砚礼眉目舒展，矜持地"嗯"了声："五分钟。"

秦梵："……"

她要在外面聊五十分钟，让这个男人自己留在这里，爱干吗干吗！

秦梵离开洗手间时没力气，手腕一软，不小心松手，门被关得震天响，砰的一声，吓得病房内四个男人齐刷刷地看过来。

秦梵对他们露出得体的微笑："今天麻烦大家来看我了。"

很快，病房内只剩下池故渊热情地对秦梵嘘寒问暖的声音。裴枫跟姜傲舟心有余悸地望着洗手间紧闭的房门，然后对视一眼，从彼此眼中看到了同样的震惊。

两人眼神对话如下——

姜傲舟：谢哥是被嫂子绑在洗手间了吧？

裴枫：用美色为绳？

姜傲舟：你们文化人都这么说话的？

裴枫：不然呢，娇弱仙女强迫一米八八猛男？

姜傲舟：……

好像哪里不对劲。

无论哪里不对劲，总之，自从那天之后，姜傲舟心里对秦梵的印象已经无限拔高，导致他在兄弟群里提到秦梵，都用"刚勇"这种词。

惹得群里的兄弟们都怀疑谢太太是能拳打钢铁侠、脚踢绿巨人的肌肉女超人。

秦梵回到剧组后，拍摄重新进入正轨。后来裴枫调查过，她那次威亚事故确实是意外，涉事的工作人员也全部开除了，秦梵也没有再抓着不放。

这天，秦梵拍完了最后一场与男二号的对手戏。

池故渊今天杀青，拍完这场拥抱戏后，池故渊抱着她道："姐姐，真不想杀青啊，跟你一起拍戏好开心。"

秦梵拍了拍他的后背，又帅又会撒娇的男孩谁会不喜欢。当然，这喜欢就跟妈妈看儿子差不多。

池故渊很绅士，抱了几秒便松开："希望以后能有机会跟姐姐继续合作。"

坐在导演椅上的裴枫，慢悠悠地拍了张照片发给某个工作机器人，秦梵并不知道，因为蒋蓉来了："你也快杀青了，我想着既然你主演了裴导的电影，再去接什么女配角，就有些给自己降咖位了，所以想等这部戏上映之后，等更多女主角剧本找过来，再作打算。

"当然，这段时间如果有好的角色，也可以接。"

秦梵对蒋蓉这个专业经纪人的话是赞同的："那这段时间我休息？"

蒋蓉没答，反而露出微笑："所以我给你接了个综艺，是那种生活方向的慢综艺，观察女明星的独居生活。

"又能赚钱，你又能休息，多好。"

秦梵想到平时谢砚礼出差几个月，自己的独居生活："……"

谢砚礼接到裴枫那张照片时，北城已经入夜。

秦梵这部戏从夏末拍摄到了入冬，此时昼短夜长，刚刚六点，天色便彻底暗下来。

谢氏集团顶楼总裁办公室，依旧亮若白昼。谢砚礼结束最后一场会议，靠坐在真皮椅背上，拿起手机时，冷峻面容依稀带着几分慵懒。

然而在看到那张照片后，他如墨眼眸淡了淡，片刻后，薄唇溢出一抹冷笑。

温秘书端着咖啡递过来，差点儿被这笑吓得手滑，幸好及时稳住咖啡杯，当然，也稳住了自己首席秘书的位置，余光不小心瞥到了谢总手机上的画面。

"……"

温秘书想到他半个小时前刚为太太打过去本月零花钱，陷入了沉默。

谢砚礼情绪略有起伏时，都会想要碰手腕上惯常戴的黑色佛珠，这次却碰了个空。他才想起，连佛珠都给了秦梵那个没良心的东西。

温秘书适时地送上咖啡："谢总，太太下周末杀青，一定很希望您亲自接她回家。"

谢砚礼漫不经心地将手机反扣在桌上，往后靠了靠椅背，神态自若问："几点的飞机？"

《风华》后半段拍摄场地转移到南城的影视基地，回北城有三个多小时飞机距离。

"上午十点。"

略一顿，温秘书翻了翻谢砚礼的行程表："您那天中午有约。"

谢砚礼随口应了句，倒是没说推不推，手指敲了敲桌面，几秒钟后淡声吩咐："那天准备一束花。"

温秘书："什么花？"

谢砚礼冷淡地扫他一眼："你说呢？"

温秘书头皮都紧了，立刻恭恭敬敬站直了身子："懂了，花店最美的花才配得上太太！"

谢砚礼休息片刻，气定神闲地站起身，捡起搁置在旁边的西装外套穿上，长指扣着袖扣，清俊眉眼眼神淡淡。

想着谢太太的闹脾气期也该结束了，于是，出门之前，他略一顿："除了花，再准备几样其他礼物。"

温秘书："是！"

为了欢迎谢太太回家，为了和谐的家庭生活，谢砚礼觉得自己作为男人，作为丈夫，可以对太太多点儿耐心。

嗯……哄回家再慢慢收拾。

然而，谢总没想到，迎接他的并不是谢太太感动深情的亲亲抱抱。

时间过得极快，眨眼间，便到了秦梵杀青回家那天。秦梵跟大家吃完杀青宴后，气氛到了，也多喝了两杯，此时懒洋洋地趴在小兔肩膀上，正拿着小镜子照来照去。

"魔镜告诉我，谁是世界上最美的仙女？

"是不是璨璨小仙女呀？"

蒋蓉听到秦梵这自言自语，忍不住将她这个样子拍下来，等到明天拿给她看，看她还敢不敢喝酒。

蒋蓉没好气地把她的镜子夺过来，倒了杯温水准备喂过去，示意小兔控制住她，顺手点了点她的额头："你就是又菜瘾还大！"

"我不美吗？"秦梵委屈了，漂亮的桃花眼含着水雾，像是要把人吸进去共沉沦。

毕竟算是稍显正式的场合，还要拍照，所以秦梵穿了件黑色抹胸小礼裙，抹胸上是一簇簇刺绣的蝴蝶，逼真极了，恍若振翅欲飞。

乌黑发丝上也绑了同款蝴蝶发夹，两缕细细的珍珠链条穿插进浓密蓬松的鬓发之间，慵懒不失精致，确实是最美的仙女。

小兔跟蒋蓉都说不出她不美的话。

蒋蓉满脸真诚地敷衍着按住她喂水："美美美，你最美！"

秦梵觉得她敷衍自己，即便是醉了，逻辑也很清晰："那你现场写三千字的小文章夸夸我的美貌。"

蒋蓉："……"

小兔默默缩小自己的存在感，生怕秦梵让她也写小作文，她又不是文学系毕业的，没看到文科生蒋姐都被问住了吗？

车厢内气氛有些沉重，充满了被老师提问答不出来的紧张。

直到秦梵手机铃声响起，打破了此时车厢内诡异的氛围。

蒋蓉看到视频来电显示，顿时将手机打开塞给她："快，让你的高才生老公给你当场写一万字的小作文！"

视频刚接通，谢砚礼便看到谢太太那张白嫩脸蛋撑在镜头上。

乌黑水润的眼眸眨啊眨："老公？"声音微微拉长了语调，本就清甜的声音此时透着缠绵意味。

别说是男人了，就连旁边围观的小兔跟蒋蓉都感觉自己身子骨麻了，并默默开始同情只能看不能碰的谢总，甚至更同情的是，谢总非但不能碰，还得写小作文。

谢砚礼嗓音清冽，从容不迫地应了声，言简意赅："明天我接你。"

然而秦梵听不到谢砚礼的话，举着手机，全脸终于露出来了，她无辜地歪着头问："魔镜，你的仙女老婆好看吗？"

谢砚礼被她问得猝不及防，不过魔镜是什么东西？

倒也认真地多看了她两眼，他没说谎："嗯，好看。"

谢太太的美貌，就连他母亲那样挑剔的性子都挑不出任何毛病。

"那你写一万字的小作文夸夸我有多美。"秦梵捧脸，朝着谢砚礼笑得眼眸弯弯，娇艳欲滴的红唇逼近了手机，"夸得好，我就亲亲你。"

嚯！这小妖精！蒋蓉跟小兔看热闹看得快快乐乐。

小兔跟蒋蓉咬耳朵："蒋姐，你觉得梵梵明天回家得几天出不了门？"

蒋蓉脸色沉重地翻着秦梵的行程表："最多三天，第四天她还有个杂志封面要拍摄。"

小兔脸红红："有这样的小妖精老婆，我要是男人，就不把她放出来！"

蒋蓉扭头看小兔："小兔，真没看出来你清秀的外表下面心这么野啊。"

小兔大惊失色："蒋姐，不是我野，是仙女梵太勾人了好不好！"

这边，谢总不愧是谢总，面对这样一个小妖精，还能保持冷静沉着，不疾不徐地还价："一万字换个亲吻，成本高利润低，就我的时间而言，不划算。"

秦梵被他算蒙了，湿润的红唇张了张："啊？"

"谢太太，你想空手套白狼，让我白干活。"谢砚礼知道她又喝醉了，想到她刚才说的亲亲，目光看向对面那巨幅的人体油画，薄唇微微抿起极淡弧度，不动声色引导，"除了亲吻，你还能带给我什么利益？"

秦梵皱了皱秀气精致的小眉头，她不想空手套白狼啊，她也知道不能白让人家干活，然后苦恼地揉了揉脑袋，想不到自己能给他什么。

"你要什么呀？"最后秦梵被他带歪了，下意识地问。

蒋蓉跟小兔都恨不得竖起耳朵听，谢砚礼自然知道她身边有经纪人，只说："我考虑考虑。"

秦梵很乖："哦，那好吧……"

直到挂断视频，她都再也没有闹着让谢砚礼给她当场写篇关于她美貌的小作文。

一旁的蒋蓉跟小兔一愣一愣的。这就结束了？没闹？

蒋蓉给睡着的秦梵盖上毯子，感叹道："谢总不愧是谢总，三言两语就把人哄沟里去了。"

小兔深以为然，此时慈爱的眼神赠送给梵梵姐，摊上谢总这样的老公，真是被吃得骨头都不剩。

蒋蓉看得明白："谢总顶多也就合法同房，秦梵可是个小吞金兽，你算算谁吃亏。"

小兔："……"

她再也慈爱不起来了。

第二天秦梵戴着眼罩，打算直接睡回北城。她穿了件宽松版的黑色卫衣，大大的帽子将脸挡得严严实实，路上一句话都没说。

蒋蓉坐在她旁边整理行程，收起电脑后发现她还一副生无可恋的样子，动也不动。

蒋蓉没忍住，掀开这个装死的人的帽子："乐观点儿，最起码你老公昨晚没真给你来个万字美貌演讲。"

秦梵露出那副带着青蛙眼睛图案的眼罩，此时转了转头，青蛙眼睛死亡凝视蒋蓉，下方那张红润漂亮的唇瓣吐出丧气的话："哦，更乐观的是我没疯到脱光了衣服让他万字夸奖我身材多迷人。"

蒋蓉被她呛得咳嗽了好几声："喀喀……"

秦梵见她不说话，重新将卫衣帽子扣回去："别打扰我反思人生。"

"好了，别反思了。"蒋蓉抿了口保温杯里的水，"你先想想怎么跟你老公说下周拍摄独居观察综艺的事情吧。"

蒋蓉："你现在重新弄个假家是来不及了。"

秦梵默默地把眼罩摘了，然后面无表情地看向蒋蓉："所以，你的意思是……"两人对视几秒。

蒋蓉摸摸她的狗头："没错，就是你想的那样。"

秦梵："……"

百忙之中抽空出来接谢太太的谢总，接收到了谢太太异常热情的投怀送抱。

机场外，黑色迈巴赫很低调地停在路边，秦梵一眼就看到那不低调的车牌。拉了拉挡住大半张脸的帽子，秦梵快步走过去。

"太太，欢迎回来。"

只有温秘书站在车旁，亲自为她拉开后车门："谢总为您准备了……"花和礼物。

然而话音未落，下一秒，秦梵就直接扑进后座那个端坐的男人怀里，好听的嗓音刻意拉长，又甜又软地喊："老公，我好想你呀，想得小心脏都疼了！"

噗——温秘书没敢看谢总的表情。

谢砚礼大概也没想到会是这样一幕，刚准备探身将悬在前方椅背上的平板电脑语音模式关闭，这个小妖精已经手脚并用爬上他的膝盖，并且黏黏糊糊地在他脸颊上狠狠地亲了好几下："你想不想你的宝贝心肝仙女老婆？"

谢砚礼那张清俊冷白的面庞顿时沾上了浅淡的唇蜜颜色，秦梵还非常贴心地

156

到处找湿巾给他擦脸。

"温秘书，湿巾呢？"

温秘书震惊地看着这一幕没反应过来，听到太太的话后，连忙应道："在这儿。"

谢砚礼被秦梵两只小手抵着肩膀按在椅背上，手臂仅能圈住小妖精纤细的腰，根本拦不住她后面那一连串的行为跟动作。

贴心的温首席秘书递湿巾时，顺便眼疾手快地将平板电脑拿走，并且关闭了麦克风。

秦梵纤指捏着湿巾，将唇蜜细细地擦干净，邀功道："擦好了。"

"嗯。"

谢砚礼对上秦梵仿佛含情脉脉的桃花眼，想到昨晚她那醉酒的模样，薄唇忍不住扬了扬，放松般往后面靠了靠，掌心扣在她腰侧没松开。

男人偏冷的声音此时含着淡笑："想我？"

"想想想。"秦梵准备在他擦干净的脸颊上再亲一口，想到刚擦干净，便将位置换到了他的薄唇上，"感受到我热情似火的想念了吗？"

"感受到了。"谢砚礼唇间弥漫开橙花甜味，他伸出修长的食指，指尖抵着女人的额头推离自己，"想要什么？"

"老公，你怎么能这么践踏我对你毫无杂质的想念！"秦梵路上准备了很多台词，刚准备开始演，便听到男人温凉的嗓音："看在谢太太对为夫思之如狂的分上，今天无论你提出什么要求，即便有点儿过分的，我都可以考虑答应。"

秦梵："……"

她立刻欢快地扑进谢砚礼怀里："一点儿都不过分，只要你搬去公司住……

"几天而已。"

搬去公司住几天？谢砚礼薄唇弧度缓缓顿住，幽暗深邃的眼眸没什么感情，望着说这话的女人。

秦梵心虚地伸出一只小手："就，就五天？"

谢砚礼神色自若，动也未动。

秦梵还跪坐在他膝盖上，然后默默地把两根手指放下："三天！你答应了，不能骗人。"

第七章　玩火自焚

上午十点半，谢氏集团高层群炸了：

"是我幻听了吗？"

"实不相瞒，我也幻听了。"

众人纷纷怀疑自己出现幻听。

既然全都"幻听"，那么——

明白人总结："也就是说，大家没有幻听！刚才真的是神龙见首不见尾的老板娘本人！"

"没想到谢总平时喜好这种……"

"本以为老板娘是大家闺秀，这是什么会撒娇的小妖精？"

"那声音真的太娇了，感觉像年龄不大的小姑娘啊，什么豪门太太这么会撒娇？"

"温秘书、周秘书以及其他秘书，你们秘书团不是都见过谢太太吗，这位真是老板娘吗？"可别是被他们撞上了什么小情人跟金主撒娇的画面。

温秘书百忙之中抽空回复："是老板娘，平时喜欢跟谢总闹着玩。"

嚯！谢总喜欢的居然真是这种爱撒娇的小嗲精类型！还为了小嗲精老婆中断会议。

一排省略号的群里，忽然有个高层发的问句格外显眼："温秘书，上次我看到谢总脖子上那个牙印一直不敢问，那也是太太干的吗？"

众人："……"

还有这回事！

温秘书："……"

他能说什么，他还能说什么，他还敢说什么！

最后他只能默默留下句："谢总与太太感情甚笃。"

群里顿时被惊叹号刷屏——他们老板娘到底是什么神仙，竟然能把高不可攀的谢总拉下凡间，还咬了几口！

车子发动后，秦梵老老实实地系上安全带，坐在谢砚礼旁边的座椅上，眼巴巴地望着他："老公。"

谢砚礼把玩着手机，眸光清冽："谢太太，好好说话。"

秦梵心中暗骂他不解风情，小嘴却很甜："谢总。"

她拉长的语调，像是棉花糖拉出的糖丝儿，又甜又酥。前排副驾驶座位上的温秘书都恨不得把耳朵捂住，然而又怕后面那两位有什么吩咐，不敢"闭耳朵"。

谢砚礼不看她，反而从置物箱内取出常用的蓝牙耳机，递给秦梵："戴上。"

秦梵莫名其妙，不过毕竟还有求于人，倒是没反驳，把那只白生生的小耳朵凑过去，朝着他笑得眉眼弯弯："你给我戴。"

"……"谢砚礼捏着蓝牙耳机的指尖微微一顿，目光意味深长地从她那张无辜漂亮的脸蛋移到她瓷白可爱的耳朵上。

指腹不经意擦过那小小耳垂，谢砚礼气定神闲地将耳机稳稳地给她戴上。秦梵耳朵敏感，纤细肩膀缩了缩，刚准备仰着脸对谢砚礼继续调侃两句。

忽然，耳机里传来熟悉的声音，秦梵小脸上的笑意蓦地僵住，然后表情转变为不可置信，最后变成了崩塌。

"你你你……"秦梵声音终于恢复正常，气急败坏地瞪着谢砚礼，"臭男人，你居然录音，你还是人吗！"

谢砚礼听到她这句脱口而出的"臭男人"，感觉倒是与之前在医院看到的"人形 ATM"有异曲同工之妙。

见谢砚礼似笑非笑地看着自己，秦梵才意识到自己把心里话说出来了，假装咳嗽两声："你真是太过分了，把我气得口不择言了。"

口不择言？这是她的肺腑之言吧。

秦梵听的录音内容是昨晚她闹着要万字小作文，谢砚礼说要她用东西来换。

她稳了稳心神："你怎么能背地里录音呢，这样多影响我们夫妻之间的信任。"

谢砚礼云淡风轻地点了点音频后半部分："你答应了。"

于是，秦梵听到了后半段她挂断电话之前与谢砚礼的对话——

她："你明天要是忘了怎么办？"

谢砚礼："录音当证据？"

她："还是你聪明，对，就要证据！"

谢砚礼："听你的。"

啊！秦梵觉得自己真的被谢砚礼牵着鼻子走，她深吸一口气："所以你让我听这个录音干吗，你真写出来什么夸我美貌的万字小作文了？"

秦梵看着谢砚礼那张禁欲清冷的面容，完全不相信他能顶着这张脸写出夸奖女人美貌的小作文，还一万字，一夜之间。

"晚上念给你听。"谢砚礼语调从容。

秦梵："……"

这意思是……真写出来了一万字？这男人是不是有什么大病？一个醉鬼的话都相信。

秦梵心里开始打鼓，谢砚礼必定有所图谋。凭借他们两个同床共枕两年多的塑料夫妻关系，秦梵知道他绝对不会浪费一分一秒的时间，除非浪费的这个时间，能给他带来成倍的回报！

秦梵觉得自己肯定要栽在谢砚礼手里了，既然要栽，那……

她把握机会："那你下周别在家里住，我要拍摄独居综艺！

"你想要什么我都可以答应你，只要不过分！"

她想了想，自己也没什么能让谢砚礼瞧上的宝贝，但是为了以防万一，她还是跟了句"不过分"。

谢砚礼微微一笑："谢太太，用这个来交换的话，那一万字夸你美貌的小作文就取消了。不然，我亏了。"

谢砚礼真是半点儿亏都不吃。

秦梵只能答应。不过刚点头，她才发现有什么不对劲的地方："……"

等等？她是不是被空手套白狼了？谢砚礼什么都没做就套了她一个要求。

所以他手里根本没有什么万字小作文吧？

很快，秦梵看到外面熟悉的街道，再也没有心思去想这些小事，因为——

"这是要去老宅？

"停车停车，我没带礼物！

"没换衣服，没做造型。"

跟谢砚礼在车里闹腾了这么长时间，她都没有注意看外面的景色，眼看着再过一条街就抵达谢家老宅的大门口，秦梵急了，连忙伸手去拽谢砚礼的衣袖。

谢砚礼看她一身卫衣加黑色破洞牛仔裤，淡淡道："礼物带了，就一起吃个午餐。"

他根本不懂！

秦梵动之以情，晓之以理："谢总，你不觉得你这样带我回家，不像是带着太太回婆家，更像是接高中闺女放学回家？"

谢砚礼揉了揉被谢太太闹得发涨的眉心。

秦梵："要是被隔壁林伯父家的二婚老婆看到了，该说咱妈儿媳妇年纪可以给她当孙女了，咱妈受得了吗？"

这都是什么乱七八糟的关系？

谢砚礼把手机丢给秦梵："定了十二点，你自己解释。"

秦梵手忙脚乱地接了手机："……"

就没见过这样的男人，就不能无条件站在老婆身边，给老婆背黑锅吗？

秦梵瞥了他一眼，然后面无表情地拨通了婆婆大人的电话，声音清甜好听："妈，砚礼说他今天想吃粤菜，对，现在时间还早，不如我们一家人约 UV 商厦的粤菜馆，我记得您也爱吃呢……

"那就这么定了。

"妈妈，等会儿见。"

说完，秦梵把手机丢回给谢砚礼，对司机道："抄近路去 UV 商厦！"

谢砚礼徐徐开口："我今天想吃粤菜？"

"对，你想！"不想也得想。

秦梵抬了抬下巴，反正她在婆婆面前绝对不能是现在这副形象，谢砚礼根本不懂女人！

十一点五十五分，秦梵从商厦洗手间出来时，已经换了身打扮，妆容精致明艳，一身黑色蝴蝶抹胸小礼服，外搭花色披肩，端的是优雅矜持。

一改之前随意甚至有些嘻哈的打扮，从少女完美变身优雅小姐姐。谢砚礼看着秦梵身上这件抹胸小礼服，有点儿眼熟。

"昨晚穿过了？"

秦梵以为他嫌弃自己："事出紧急，行李箱里只有这件勉强可以穿，总不能去现买吧。

"昨晚酒店给洗过了。"

谢砚礼意味深长地收回了目光："刚好。"

刚好什么？秦梵拧起秀气的眉，没听懂他话中的意思。

有保镖开路，即便没有遮挡，秦梵也不怕被人看到。

毕竟谢砚礼身边这些保镖都是训练有素的，说是要路上一个生物都没有，那绝对连只蚊子都看不见。

中午十二点整，秦梵与谢砚礼准时出现在粤菜馆。

粤菜馆大厅内的沙发组，秦梵看到婆婆正在和一个年轻女人闲聊，对方穿着浅蓝色小 V 领衬衫配黑色褶皱包臀裙，端庄大方，面对谢夫人，谈吐自如，一颦一笑都像是设计过，生动诠释了什么叫作真正的名门闺秀。

秦梵脚步停住时，顺便也把谢砚礼带得停了。

谢砚礼侧眸看她："不走？"

秦梵没搭理他，目光直直地落在那个女人身上，女人对女人，都是敏锐的。

尤其是秦梵看到了对方手腕上那串细细的黑色佛珠，更是确定了她的身份。

程熹。

程熹也循着目光望过来，淡雅的面容上带着浅笑，朝着他们礼貌颔首，随后跟谢夫人说了几句话，便转身上楼去了。

秦梵扯着谢砚礼的袖口，幽幽地问了句："我跟她，谁好看？"

"……"谢砚礼垂眸看着自己被弄皱的衬衫袖口，再看谢太太那充满了危险的眼眸，"你说谁？"

"你没看到？"你的白月光啊朋友！

偏偏秦梵还真的没有从谢砚礼那深沉如墨的眼眸中看到半分糊弄，他是真没看到。

啧。

秦梵突然就开心了，哼笑着亲手给他抚平被自己抓皱的袖口："算你识相。"

谢总神色自若地感受着谢太太飞快转变的情绪。

十分钟后，包厢内。秦梵看着坐在对面严肃的公公以及知性优雅的婆婆，忍不住在桌子底下攥紧了谢砚礼的衣袖——示意他说句话啊，不知道冷场了吗？

谢砚礼没开口，倒是谢夫人温和道："刚才碰到了程熹，她下个月就要跟裴家大儿子订婚了，你们之间是不是有点儿误会？"

订婚？秦梵下意识地看向谢砚礼。谢砚礼坐得四平八稳，还有兴致给谢父泡茶。

秦梵很快反应过来，谢砚礼是指望不上了，她无辜地望着婆婆："妈，我跟程小姐没有交集。"

"要不您问问砚礼？"

她把锅甩给谢砚礼，谢砚礼扫了她一眼，语调很淡："今天是家庭聚餐。"

意思明显：不要聊无关紧要的人。

谢夫人被自家儿子噎了一下。

"那好，我们聊聊家庭问题，你们两个结婚也快要三年了，我孙子孙女呢？"

秦梵刚喝了一口水，多年的礼仪修养让她克制住没喷出来："……"

谢砚礼依旧面色平静："没时间。"

"你忙到跟妻子同房的时间都没有？"谢夫人脸上的温和消失，看向秦梵，语气认真道："梵梵，妈是律师，你知道吗，如果男方长时间不履行身为丈夫的义务与责任，你是可以起诉他的。"

离开 UV 商厦，才将将下午两点，是阳光最耀眼的时刻。

秦梵想到刚才母子对峙的画面，忍不住侧眸看向坐在旁边的男人，他若无其事地回望过来。

透过车窗的光线微暗，奈何谢砚礼骨相过分清秀俊逸，眼神一如既往冷冷淡淡，让人看不出情绪。

"谢太太，我好看？"

秦梵回过神来，无言以对。果然，长相再清丽俊美，一张嘴本性暴露。

"你哪里是我不能看的？"秦梵双手抱臂，傲娇地哼了声，"再惹我不高兴，小心起诉你。"

谢砚礼抓重点的能力强，顿时了然："原来谢太太看我是……"

男人清冽磁性的嗓音在她耳边缓缓响起："在求欢。"

"我求你个……"秦梵耳畔麻酥酥了一瞬，直到她听清楚男人话中意思，乌黑眼眸顿时转为不可置信，望着谢砚礼差点骂出来。

她幸好及时克制住了，让自己保持淑女微笑："你这个结论到底是怎么得出的？"

她这张清纯仙女脸上到底哪里表现出了这种倾向，让他产生这种误解？

谢砚礼重新靠回椅背，不笑时，眉眼疏疏冷冷，宛如神佛睥睨众生，完全看不出他能说出"求欢"这种话。

他就顶着这张无情无欲的面容不疾不徐道："难道不是这段时间我没履行身为丈夫让妻子身心愉悦的义务，才会让谢太太不满，因此起诉我？"

"嗯，是我的过失。"

秦梵心累地倒向车窗方向，脸颊贴着玻璃，面无表情道："不，是我的过失。"

仙女就不该下凡。

秦梵坐不住，没几分钟，便主动跟前排肩膀紧绷的温秘书聊天："你上司在公司也这样？"

温秘书："啊？太太，我听不懂，求放过啊！"

"啊什么啊，谢总在公司话也这么多？"秦梵故意瞥了眼谢砚礼。

温秘书战战兢兢，犹豫了好久，才蹦出来一句："大概谢总喜欢跟您说话。"

大概是第一句说出来了，后面的也不那么艰难了，为免太太总盯着他，温秘书快速岔开话题："太太，为了迎接您回家，谢总给您准备了鲜花和很多礼物，就在后座，您要不过去看看？"

"礼物？

"花？"

秦梵趁着红灯，扭头往最后排看了眼，没想到还真看到了角落里橙色的纸袋和鲜花。

她之前都没注意到，收回视线看向旁边一言不发闭目养神的男人，伸出食指杵了杵他的钻石袖扣："真是你送我的？"

谢太太声音虽然好听，但叽叽叽说个不停，谢砚礼忍不住揉了揉眉心，嗯了声："给你的。"

嚯，竟然真是给她的，还有花，谢砚礼什么时候这么浪漫啦！

秦梵让司机靠边停一会儿，她换到了后排去坐，谢砚礼终于安静了。

纸袋里放着五六个巴掌大小的礼盒，秦梵一个个打开，全都是最新款，之前她在杂志上看到过，不过因为在剧组，没来得及买。

因为小礼物和鲜花，当迈巴赫直接往北城金融中心的谢氏集团驶去时，秦梵都没使小脾气，反而乖乖地戴上口罩，跟着谢砚礼从地下停车场直接上了顶楼他办公室。

这还是秦梵第一次来他办公室，身上依旧穿着露出一双纤细长腿的小礼服裙，踩着高跟鞋，在装修清冷简约的办公室走来走去。

原本极简的性冷淡风办公室，顿时多了抹旖旎风光。

谢砚礼坐在黑色办公椅上，听着她高跟鞋的声音，微微抬眸："右边休息室，去睡会儿。"

秦梵往沙发上一坐，双腿交叠，桃花眼扬起好看的弧度，故意拉长了语调："谢总，你是不是不安好心呀？"

"不想睡？"谢砚礼没答，反问她。

"就不睡！"秦梵跟他对着干。

"那今天就别睡了。"谢砚礼没逼她，点头赞同。

见他拧开钢笔，似乎是准备开始工作，秦梵明亮的眸子里带着不满："这么漂亮性感的老婆在眼皮子底下，你居然还有心思办公？"

这不是对她魅力的侮辱吗？

秦梵无聊的时候，就想要作妖，也不坐在沙发上了，抬起谢砚礼搁在桌子上的手臂，然后往他怀里一坐，娇软馥郁的身躯顿时落了满怀。

谢砚礼另一只握着笔的长指顿住，垂眸睨着赖在他怀里的女人。

"办公啊你。"秦梵笑意盈盈，一点儿都不怕他。

秦梵身上的布料绸滑，且是小礼裙，裙摆极短，偏偏她又不老实，故意搓磨着他。

谢砚礼闭了闭眼睛，薄唇微微扯起个弧度："谢太太，小心，玩火自焚。"

秦梵才不怕他呢，她就不信谢砚礼这个假正经还能在办公室里做出什么不正经的事情，顿时有恃无恐地朝着他眨眼睛："我好怕谢总的威胁哦。"却又在他怀里慢慢挪动了两下，隔着薄薄的布料，仿佛能感受到男人腿部修长有力的肌肉，热度自然也非同小可。

166

谢砚礼没动，对上她挑衅扬起的红唇，眼神莫测。

秦梵玩够了，有点儿昏昏欲睡时，忽然听到外面传来敲门声。

"砚礼。"裴景卿素来习惯敲门后直接进。

温秘书拦了一下："谢总，裴总来了！"

裴景卿意外地看了眼温秘书："我不能进？"

温秘书哪敢说不能："您请进。"

想着这么长时间，就算谢总跟太太卿卿我我也该结束了，再说，谢总那样的脾性，应该也不会在公司做什么，于是温秘书放心给裴景卿开门。

裴景卿清俊斯文的面庞染上几分狐疑，不过在看到依旧神色淡漠坐在办公桌前的谢砚礼时，便恢复正常。

"你那个首席秘书，今天是不是不舒服？没事给人放个假。

"你是机器人，人家还是正常人。"

裴景卿说着，便抬步走向办公桌。

谢砚礼表面依旧镇定自若，只要一垂眸，就能看到钻到他办公桌下那白皙曼妙的女性身躯。

两分钟前，原本秦梵坐在他膝盖上，听到外面的声音后，手腕撑着桌沿便准备站起身来。

谁知，刚走了两步，尖细的鞋跟陡然陷进地毯，秦梵猝不及防，低低地惊呼一声，整个人扑倒在男人膝盖上侧。

若是被人看到，就跳进黄河也洗不清了。

房门声响起，对上男人那似笑非笑的眼眸，秦梵一个狠心，直接踢掉高跟鞋，身姿灵巧地弯腰钻进办公桌下那宽敞的地方。

此时整理了一下裙摆，秦梵仰头无辜地望着坐在办公椅上的男人，指了指他腿旁卡住的高跟鞋，红唇微张，用口型说：鞋子没藏好。

精致纤细的银色鞋跟在黑色办公桌旁显得格外扎眼，只要一低头就能看到。

谢砚礼慢条斯理地收回目光，并没有按照秦梵示意的那样去拿高跟鞋，反而看向跟在裴景卿身后进来的温秘书："倒两杯咖啡进来。"

秦梵一脸蒙地拽了拽他的裤腿：她在这里藏着呢，谢砚礼居然打算跟人长谈，还喝咖啡，怎么不来两杯小酒呢！

谢砚礼不经意地扫了她一眼，薄唇勾着漫不经心的笑。

倒是让裴景卿多看他两眼："你笑什么？"

谢砚礼没答："有事？"

裴景卿是裴枫的亲大哥，与其说谢砚礼跟裴枫关系好，不如说裴枫从小是跟在他和裴景卿身后。

谢砚礼与裴景卿才是真的从幼儿园到大学一路同窗多年的铁哥们儿，这两年裴景卿一直在国外出差，开拓国外市场，原本打算过几天约个局给他接风洗尘，倒是没想到他居然主动来了。

裴景卿知道他的性子，懒得跟他寒暄："我回来之后才知道我爸妈给我安排了一桩婚事。

"下个月跟程熹订婚。"

"恭喜。"谢砚礼感觉西装裤又被扯了下，一心两用敷衍道。

"恭喜？你怎么不说节哀？"裴景卿皱了皱眉，"程熹冲着你来的，我就是给你挡枪。"

他虽然在国外，但国内的事情一清二楚，他往椅背上靠了靠："我不管，这事你必须帮我。

"人家暗恋你十年，现在嫁给你的好兄弟，这就是明晃晃的报复啊。"

偏偏他两年没在家，不知道程熹到底是怎么说服他那对好父母的。

暗恋十年？秦梵乌黑漂亮的眼睛瞪成圆溜溜的猫眼，震惊地用力拽谢砚礼的西裤。难怪他没解释白月光的事情，合着半天，这真是白月光啊！还是十年！

谢砚礼终于给了秦梵一个眼神，当然是警告的眼神。他清俊的眉心轻折，眼神带着淡淡的警告。

这可把秦梵气坏了，他还敢瞪她。

秦梵气得胸口起伏不定，抹胸上侧靠近锁骨边缘上的刺绣蝴蝶随着她的呼吸起伏，像是欲振翅而飞，灵动迷人，美人生气更美。

秦梵两颊绯红，眼尾也泛着浅浅的红晕，眼眸水波潋滟，那颗红色小泪痣也越来越明显，浑身上下都像是带着小钩子。

偏偏她对自己的美貌毫无察觉，只想掐谢砚礼一把，然而在他西裤上摸索了许久，都没有找到能掐的地方，就好气啊。

谢砚礼眼底轻轻浮现出浅淡笑意，目光在她那抹胸边缘的刺绣蝴蝶上掠过。

秦梵不服气，她藏得严严实实到底是为了什么，还不是为了谢砚礼的面子？后悔。

早知道就该让他的好兄弟看看，在外面装得一本正经的谢砚礼到底是怎么个内里禽兽的斯文败类。

秦梵清晰听到谢砚礼清冽到没有丝毫波动的声线："跟我有关系？"

冷血无情。

秦梵小声吐槽一句，仰头望着男人那线条优美的下颌。男人姿态平静又淡定，完全不被她影响，眉眼清冷，仿佛不会为任何人所勾动心思。

莫名地，秦梵现在就想看到谢砚礼失控的样子，想要毁掉他无时无刻不在的冷静从容。

慢慢地——一双柔软无骨的小手顺着男人的小腿，如灵巧的小蛇，蜿蜒着爬上他的膝盖。

谢砚礼原本平稳的声线猝然顿住。下一秒，他身子往桌前一滑，彻底将秦梵堵在了膝盖与桌下那个狭窄的空间之中。

裴景卿原本将手背搭在眼睛上，靠在椅背上，表情倦怠，此时听到动静，他下意识地放开手，入目便是谢砚礼整个人几乎都贴在桌沿上："你干吗？"

谢砚礼略往后退："你要没事，我还有文件处理。"

"你处理你的，我说我的。"裴景卿没把自己当外人，"我去沙发那边躺一会儿。"

谢砚礼："……"

此时，他正单手握着那只纤细雪白的手腕，桌下那个女妖精朝着他笑得无辜又挑衅。

见裴景卿当真要去睡觉，谢砚礼微微吐息："你回去，我帮你。"

裴景卿还未走到沙发组那边，蓦地顿住。恰好谢砚礼声音响起，他立刻转身，头也不回地往外走，摆摆手："记住你的话。"没再看办公桌方向，砰的一声，房门关上。

秦梵被男人修长有力的手臂直接从桌下捞了出来。

秦梵先倒打一耙，理直气壮道："你把我手腕都捏肿了！"

她伸出那只干坏事的小手，雪白幼嫩的手腕上，确实浮现出一层薄薄的淡粉。谢砚礼对上她那潋滟入骨的眼眸，忽然笑了。

男人笑起来时，原本疏冷清俊的眉眼，乍然如春水初生，春林初盛，昳丽生辉，让人移不开眼睛。

秦梵艰难地移开眼睛："你别勾引我，仙女不接受勾引！"

谢砚礼从善如流地移开视线，也没有惩罚她，还让秘书给她准备解闷的杂志、吃食。

不知道为什么，秦梵看着满满一桌子零食甜品，有种吃断头饭的感觉。

谢砚礼见她终于老实，看了眼手机上的微信消息，是裴景卿发的。

裴景卿："谢砚礼，我就离开两年，你变化比我们认识二十五年还要大。"

要不是他看到了那只与黑色办公桌格格不入的高跟鞋，还真没往那里想。难怪谢砚礼没心思跟他聊天呢，还那么痛快答应帮他解决事情。

谢砚礼指尖轻敲下几个字："裴、程联姻不错。"

裴景卿回复："我今天什么都没看到。"

谢砚礼："嗯。"

裴景卿："改天让我见见？"

169

谢砚礼瞥了眼不远处趴在沙发上的女人，秦梵正翘着两条纤细匀称的小腿玩手机，白生生的小脚上涂了鲜艳的勃艮第红指甲油，平添了几分摇曳旖旎。

他很快收回视线，漫不经心敲了两个字过去："可以。"

本来秦梵以为今天就那么平平静静过去，直到晚上十点，她披着丝绸质地的淡金色睡袍从浴室出来时，正好撞到从书房回来的男人身上。

男人鼻梁上还架着那副金丝边的眼镜，隔着薄薄镜片，能望见他深邃如海的眼眸。

"谢……"

秦梵话还没有说出来一句，纤细的腰肢便被两只大掌提了起来。下一刻，整个人悬空，倒挂在了男人坚硬的肩膀上。

秦梵："……"

身上布料丝滑，秦梵差点儿就顺着他的手臂脑袋着地滑下去，这种不安全感，以及大脑充血的危险感，吓得她破音："啊！"

小嗓子带着颤音，谢砚礼从容地将半挂在自己肩膀上的曼妙玲珑身躯提起来，跟作弄洋娃娃似的，从倒挂的姿势把她横抱在怀里。

秦梵心有余悸地抱住他的脖颈，怒道："你要吓死我吗！

"你是不是想要弄死我，然后娶白月光回家！

"啊，一定是。"

谢砚礼淡定："放心，'弄'不死。"

说话间，他单手推开书房的大门，让秦梵正对着那张人体油画，然后顺手将她已经滑到手臂上的丝绸睡袍丢在地毯上，长指仿若随意般，将书房的门反锁。

书房没开灯，光线昏暗，视觉消失，嗅觉却格外灵敏。

秦梵觉得自己是昏了头了，居然嗅到了油画颜料的味道。

秦梵转过身，背靠在油画上，睫毛颤抖着："你干吗？"

"啪。"

书房灯光倏地亮起，光线不亮，却将一切照得清清楚楚，入目便是偌大的画架与画架旁边调好的颜料。

而画架正前方，一张大红色玫瑰花铺成的花瓣床艳丽绽放着，旁边还有炽白的灯光洒下，照亮了半边花瓣床，营造出光影效果。

秦梵揉了揉眼睛，以为自己眼花了，要么就是出现幻觉："……"

这种带有靡艳色调的东西，居然出现在谢砚礼严肃无比的书房中。

指着那堆玩意儿，秦梵张了张唇瓣："这是什么？"

谢砚礼松开她之后，慢条斯理地在画架旁边落座："谢太太，躺下吧。"

秦梵看了看谢砚礼，再看看那靡丽的红色花瓣床，没动弹："……"

谢砚礼解开衬衫的两粒袖扣，往上折了折衣袖，露出一双修长白皙的手臂，随即姿势悠然地拿起画笔，看向秦梵道："不是答应我一个不过分的交换条件吗？"

"让我画一幅画，不过分吧？"

过分吗？恒温的书房内，秦梵看向被抛在灰色地毯上的淡金色睡袍，漂亮小脸上表情收敛。

满脑子都是——

"过不过分你自己心里没点儿数？"

秦梵才不要做这么羞耻的事情，转身就要开门走人。

现在还挂在书房的人体油画，也不是她真躺在沙发上让画家画的，而是画家对着照片画的。

谁知却怎么都开不了门，密码加指纹锁，完全开不了，秦梵终于明白谢砚礼抱着她还反锁门的原因。

蓦然转过身，秦梵气鼓鼓地望着他："我不干！"

谢砚礼已经准备落笔了，眼神幽幽地落在她身上："没关系，你如果准备这个姿势，也可以。"

秦梵："……"

见他竟然真的准备落笔，秦梵捡起旁边的睡袍挡在胸前便三两步走向画架那边，小脸有些崩溃："谢砚礼，不准画，你不准画！"

谢砚礼单手将她困在自己膝盖上，薄唇擦过近在咫尺那细白幼软的小耳垂，动作很慢地落下一个微凉的吻："不想看看我的画技？

"想不想？"

微微粗糙的指腹滑过薄而透白的皮肤，秦梵那本就勾魂般的桃花眼越发潋滟，她咬了咬下唇："不、想。"

她坚持不被这男人蛊惑。

谢砚礼也不着急，见她白皙面庞上布满了让人动心的霞色，这样的她若是落在画布之上，岂不比那幅没有灵魂的人体油画更加动人。

他淡淡扫了眼书房里那幅颜色浓烈艳丽的人体油画，早就想要换掉了。

"书房这幅画，不够美，你不想挂更美的？"谢砚礼在她耳边慢慢说，"每次我办公时，都会看着你。"

见秦梵略怔然，谢砚礼薄唇覆在她耳边，一字一句溢出最后三个字："想着你。"

秦梵的心陡然一动，下意识地望着高挺鼻梁上架着金丝边眼镜的男人，无情禁欲，薄唇此时啜着冷静的弧度。

一想到他办公时，一走神就能看到自己的人体油画，秦梵原本就不怎么安分的小心脏便逐渐快速跳动起来。

　　五分钟后，秦梵懒洋洋地躺在花瓣床上，浓艳鲜红的玫瑰与她白皙如雪的皮肤形成色彩浓烈的对比，不是那种油画刻意突出的浓烈明暗，而是从骨子里渗透出来的冷艳放肆，肆无忌惮地舒展着本就美丽的身姿。

　　秦梵手指碰了碰柔软的花瓣，没想到这花瓣床还挺舒服的，没忘记跟谢砚礼讨价还价："我付出这么大的牺牲，拍戏都没这么大尺度，你得补偿我。

　　"我让你做什么，你就要做什么。下周就搬去公司，不能反驳。"

　　其实一些夫妻之间的小情趣，秦梵并不抵触。而且本来她就想看谢砚礼失控的样子，此时见他清俊面庞上满是气定神闲，落笔很稳，似乎完全没有被自己迷到。

　　啧——秦梵很怀疑，自己现在在谢砚礼面前，到底是个绝世大美人，还是一个毫无感情的雕塑工具？

　　谢砚礼没回答她的话，只专心画画，而且画画的速度越来越快，看得秦梵眼皮子都重了，不知不觉，伏在花瓣上，呼吸均匀，竟是睡了过去。

　　厚重双层窗帘外，墨色越发深沉，明月星辰亦藏在重重的云层之中。

　　谢砚礼酸涩的手腕不知何时已经停住，与外面墨色夜空同样幽暗深邃的眸子落在那纤白羸弱的脖颈处，逐渐往下。

　　伏在花瓣上的少女微微侧着身，美得娇艳欲滴，微卷的发丝擦过雪白的皮肤，仿若料峭风雪中，被风吹得枝头轻颤的雪花，颤巍巍的，欲落不落，撩人心弦。

　　直到被人捧住那枝头颤抖的雪花，嫩滑如玉的暖意落入掌心，是与冰凉雪花完全不同的触感。

　　秦梵迷蒙着一双眼醒来时，才发现自己膝盖上沾满了玫瑰花的汁液，汁液漫延至干净皮肤的其他位置，染得呼吸之间都溢满了玫瑰花香。

　　"嗯？"

　　酥软无骨的身子仿佛没了力气，所有重心都压在了箍在自己腰间那只修长有力的手臂上，秦梵刚睁开眼睛，神情懵懂，反应不过来现在是什么情况。

　　直到身后传来一阵侵略性极强的气息，男人在黑暗中与她沾满了玫瑰花汁的手掌十指相扣："抬腰。"

　　秦梵睡得迷迷糊糊，反应不过来是梦境还是现实。

　　花香越发浓郁，玫瑰花被碾磨过后，花汁将高级灰的地毯染成一片一片的玫瑰色。

　　当窗外第一缕阳光照进别墅时，秦梵依旧没能再次睡着。

　　"天啦，梵梵小仙女，你这膝盖，被家暴了？"

172

北城新开的温泉公馆，极难预约的高级 VIP 私人汤泉内，一个冰肌玉骨、明眸皓齿的大美人靠在看似杂乱却别有风格的石头上，此时一双大杏眼震惊地看着秦梵的膝盖。

秦梵正披着雾霾粉浴巾慢慢步下台阶入温泉，听到姜漾震惊的声音，她入水后将浴巾放岸边，语调慵懒散漫："是啊，被家暴了。"

浴巾下，不单单雪白膝盖上满是淡红色的痕迹，就连脖颈往下，也都是细碎的痕迹。

姜漾捂着自己纯洁的小心脏缓了好一会儿："啧啧啧，真没想到谢砚礼平时看着不声不响，无情无欲的，没想到……啧啧啧啧。"

想到昨晚那一幕幕，秦梵蓦地从温泉里冒出来，湿发散在隐约带着红痕的白皙肩膀上，像是美丽的水妖，说出来的话却无情至极："姜漾，你是小流氓吗？"

"什么小流氓，我这是殷切关怀我们家小仙女的夫妻生活！"

姜漾看着秦梵那不盈一握的小腰和性感的腰窝，忍不住伸手往上桿了她一下："你好像二次发育了。"

秦梵："……"

还说不是小流氓，秦梵攥着她的狼爪："你这段时间在忙什么，怎么刚回国？

"去参加个时装周参加了快半年时间？"

姜漾有些心虚地缩回了手指，若无其事："我当然也有事业要忙。"

"忙着买买买？"秦梵才不信，"你是不是背着我交男朋友了？"

姜漾赶紧游走："什么男朋友，我才不会在一根绳子上吊死，那么多帅气小哥哥小弟弟等着本小姐宠幸。"

"心虚！"秦梵见她跟小鱼似的，逃得飞快，浑身酸疼也懒得去追，直接征用了姜漾刚才靠的位置，眉眼怠懒地摊平了身子。

升腾的雾气中，一切格外安静。

直到姜漾的声音远远传来："瞧你累的，你们家谢总真行。"

秦梵想到谢砚礼昨晚准备的那玫瑰花瓣床，抬起湿漉漉的睫毛："我们家谢总多会玩你想象不到。"

可惜，没看到谢砚礼画的那幅画。今天早晨醒来时，秦梵发现自己已经躺在卧室干净的大床上，至于某个男人，早就上班去了，而书房门被他锁得严严实实，这是防着谁呢！

姜漾却觉得自己被塞了一嘴狗粮：

"我才不羡慕。我最近新欢'小奶狗'也很好！"

"你果然是有男朋友了。"秦梵套出她的话来，轻哼了声，"还不跟我说。"

"是男伴，并不是男朋友好不好？"姜漾非常不服气，"我有男朋友肯定会告诉你的。"

秦梵怀疑是又有人被这个大小姐欺骗纯纯的少男心了，然而万万没想到，这个被欺骗少男心的男人，会是他。

一个小时后，秦梵与姜漾穿好了浴袍，双双没骨头似的挽着彼此离开温泉池，往休息区走去。

这家温泉会馆以设计出众短时间闻名整个上流圈，沿着走廊到尽头便是休息区域，两侧挂着精致又古色古香的木质灯笼，里面淡淡的熏香弥漫开来，非常舒服干净的香气。

二楼入口处是登记点，此时，相偕上来一对长相格外出色的男女。

秦梵脚步微微顿住，目光落在女方身上，最近怎么回事，拍戏结束回家才二天，碰到了两次。

这难道就是情敌之间的孽缘？等等，什么情敌？

秦梵皱了皱眉头，觉得自己这个词用得一点儿都不严谨。

说着，便要挽着姜漾转身离开，却没想到，姜漾脚步就跟定在原地了似的，秦梵没拉动她，顺着她的目光看过去，也是程熹那个方向。

"你认识？"

想到姜漾也是一个圈子的，认识程熹好像也不奇怪。

姜漾忽然冷笑一声："认识啊。"

秦梵觉得这笑声多多少少有点儿古怪——

下一刻，秦梵看到姜漾拢了拢肩膀上那快要散落下来的雾霾粉浴袍，踩着拖鞋像是踩出了高跟鞋的气势凛然。

那边，程熹还在温声细语地跟裴景卿说话："刚才裴阿姨问我下个月订婚是办中式的还是西式的，你呢，喜欢什么？"

裴景卿皮相端的是温和儒雅，并不会为难女性，此时却没什么耐心："随你。"总归订婚也不会真的办下去。

裴景卿薄唇勾起嗤然弧度，垂眼看程熹："如果你想用订婚让砚礼后悔，那是不可能的。"

程熹很平静，余光不经意瞥向走廊时，忽然踮脚，在裴景卿耳边含笑低语："那又怎样呢，只要我不解除婚约，只要你们没反目成仇，他也永远摆脱不了我。

"当不了谢太太，当裴太太也不错，这样偶尔也能与他见面。"

裴景卿被她恶心到，眉心刚皱起，忽然一阵掌风朝他袭来："坏蛋！"

裴景卿听到熟悉的声音，刚准备抬起的手停住。

任由那巴掌甩在自己脸上，随后裴景卿当着未婚妻的面把姜漾打横抱起，抬步往三楼包厢走去。

秦梵："……"

看着裴景卿那英俊深邃的面容，这是姜漾口中的"小奶狗"？刚准备拦人，裴景卿低沉的声音响起："嫂子，我是裴景卿。"

这声音——昨天在谢砚礼办公室碰到的就是他！

秦梵脚步陡然顿住，裴景卿继续道："我跟姜漾有些误会，昨天你应该也听到一些。"

秦梵眼皮子一抽，裴景卿果然知道她也在谢砚礼办公室。

"梵梵小宝贝，救我……"姜漾在裴景卿怀里挣扎着："裴景卿，快点儿放开本小姐。"

秦梵深呼吸，还是选择保护我方姜小漾："你未婚妻还在。"

裴景卿眼神冷淡地看向程熹："也可能是别人的未婚妻，说不准。"

即便被裴景卿这么说，程熹却还能若无其事地跟秦梵打招呼："秦小姐，我是程熹。"

"对了，砚礼也在这里，你知道吗？"

本来打算带姜漾离开的裴景卿脚步停住，嗤笑一声："程小姐，她是谢太太。"随即看向秦梵："砚礼说你今天身体不舒服，嫂子好些了吗？"

姜漾也不是傻子，明白过来了——这女人好像不是她的情敌，而是梵梵小仙女的情敌啊。

她也不挣扎了，就那么把裴景卿当人肉抱抱机，睨着程熹。

她深谙女人怎么气女人之道："什么身体不舒服，还不是昨晚你兄弟太不懂怜香惜玉，把我们家梵梵小仙女欺负成啥样了！"

裴景卿："……"

这说的是他好兄弟吗？

姜漾持续输出："说什么薄情寡欲，你们男人都一个样子，见到仙女就迈不动腿。"最后还茶里茶气地反问："程小姐，你这么美，一定也有很多人追，也深有感触吧？"

程熹没说话，倒是裴景卿不动声色地配合怀里这位戏精大小姐："不一定。"

言外之意非常明显，如果有人追的话，她就不会巴着他们不放了。

旁边秦梵正拿着手机给某个男人发去质问信息，没想到就这短短时间，两位"队友"已经把程熹那张美人脸气得说不出话。

好像没有她用武之地了？

看到谢砚礼的回复，虽然依旧不是人话，但秦梵已经了解他的意思。

她慢条斯理收起手机，将散落在肩膀上的湿润发梢往后撩了撩，很有礼貌地做最后补充："程小姐，就算你暂时没人追，也不要随意窥探良家男哦。"

噗——姜漾才不管，直接扶着裴景卿的手臂大笑出声。

不愧是她们家梵梵小仙女，暴击！谢砚礼等于良家男，哈哈哈哈。

程熹笑容僵硬，看了眼裴景卿："我不会解除婚约的。"说完，还能假装什么都没发生般跟秦梵他们告别。

姜漾看着她优雅离开的背影："这女人心理素质真是太绝了吧！"

被这么讽刺都没翻脸？她还以为等会儿要扯头发了呢。

温泉会馆顶层，老板特意开辟出来的包厢内。

谢砚礼没有跟他们玩牌，难得在外面换上纯白T恤与黑色休闲裤，眉眼怠懒地靠在贵妃椅上，修长手指把玩着薄薄的手机。

老板徐从淙是谢砚礼他们这个圈子里的好友之一，恰逢他新开了家温泉会馆，便在这里顺便给裴景卿接风洗尘。

徐从淙端着一杯酒走过来："在干什么呢？"

他余光瞥到谢砚礼的手机屏幕，恰好看到了那亮起屏幕上的对话框，被那个备注惊得酒洒了一半。

宝贝心肝仙女老婆："老谢，你挺会玩啊。"

"什么宝贝老婆，我看看！"裴枫不知道什么时候从后面现身，一把抽出谢砚礼的手机——

"谢砚礼，你竟然背着我在外面玩！"

谢砚礼回："正常社交活动。"

"呵，白月光前女友是哪门子正常活动？"

谢砚礼回："你睡迷糊了，还是又做了什么奇怪的梦？"

裴枫看完之后，一言难尽地对上谢砚礼那冷漠无情的眼眸。

谢砚礼面无表情："拿过来。"

裴枫将手机交过去之后："你这是什么年代的男人了？你说一句'没有白月光没有前女友没有谈过恋爱'能死吗？"

谢砚礼揉了揉眉心，昨晚一夜没睡处理那张油画，对于那些没有根据的猜疑毫无解释的必要。

裴枫哼笑一声："你这次的回答要是不让小仙女满意，你等着回家睡客房吧。"

"她休息时间也没几天，你要是喜欢一个人睡觉那就说她做梦吧。"

看戏的徐从淙莫名其妙："老谢这哪里不细心？就那备注，没点儿情商的可取不出来。"

差点儿把他都腻歪到了，还宝贝心肝仙女老婆。

看着谢砚礼这张清清淡淡的面容，真想象不出来他平时这么称呼他老婆。谢砚礼想到书房那幅油画半成品，若有所思地敲了敲手机屏幕，最后耐着性子多加了句："没有前女友白月光。"

下一秒，屏幕出现鲜红色的惊叹号。

"哈哈哈哈，被拉黑了吧！"裴枫笑得不能自已，"我就说你要睡客房。所以说，平时少装假正经。"笑到半途被谢砚礼一个眼神吓得收住，做了个拉拉链的手势，"好好好，我不说。"

等空气安静下来，谢砚礼这才看着手机屏幕，眼眸微微眯起。昨晚是他心软留情了，谢太太还这么有精神。

裴枫跟徐从淙坐在对面，压低了声音吐槽："他一定要欺负小仙女了。"

"什么小仙女？他太太吗？你认识？"徐从淙很少关注娱乐圈，自然不知道裴枫刚跟谢太太拍完戏，仅仅在谢砚礼婚礼上远远看过，后来便再也没接触，也没见谢砚礼多喜欢他那位太太。

裴枫拿出手机准备发消息，"嗯"了声："他太太是演员，是我上一部戏的女主角。"

他偷偷瞟了眼谢砚礼，爆料道："谢哥为了让他太太拿到这个女主角，把另外一个准备零片酬出演女主角的一线女演员活活挤成女三号。"

徐从淙暗暗咂舌："这得什么祸国殃民的大美人才能让咱们陛下'徇私枉法'？"

裴枫深以为然："谢太太确实长得美。"

裴枫消息还没发出去，包厢门忽然开了。

徐从淙先看向门口，入目便是身着黑色露肩长裙的明艳大美人，他推了推裴枫："比那个还祸水吗？"

裴枫随意看了眼，而后目光定住，迅速起身扬声喊道："谢哥，嫂子来查房！！"

顿时，偌大包厢内的人齐刷刷地看过去，查房？

秦梵刚迈入包厢的腿正想收回去。谢砚礼没想到秦梵会过来，本来低垂着的眼睑微微抬起，朝着她招手："过来。"

秦梵才不理他，懒洋洋地瞥了他一眼，直接走向裴枫。

裴枫受宠若惊："嫂子坐。"

秦梵这段时间拍戏跟裴枫已经很熟了，他虽然是天才导演，实际上骨子里并不骄傲，所以相处得很不错。

"裴总有点儿事，就不过来了。"

"哦哦哦，我哥过不过来不重要，嫂子，您来了最重要。"裴枫将这次接风洗尘的主角抛之脑后。

大家万万没想到，秦梵居然敢无视谢砚礼，真不愧是姜傲舟在群里说的"刚勇"女勇士！

确定了秦梵的家庭地位，原本安静的包厢，一下子热闹起来。喝酒的、打牌的都不玩了，七八个人直接围在秦梵身边，你一言我一语地开始跟秦梵聊天。

热热闹闹，显得谢砚礼贵妃椅那边格外冷清。谢砚礼没生气，也没拦着那些人跟自家太太认识。

秦梵把自己来这里泡温泉偶遇裴景卿的事情说了，徐从淙立刻拿出VIP卡送给秦梵："嫂子以后来这里泡温泉，不必预约，给您预留私汤。"

其他人见状，也纷纷开始掏见面礼。徐从淙看得清楚，大家都知道谢砚礼没把这个太太当成花瓶摆设，不然怎么会谁都能打入他们之间。

谢砚礼的不作声，就是放任，秦梵也清楚。所以当秦梵满载而归时，倒也没有再生谢砚礼的气。

算了，跟男人置气，以后气出皱纹的还是自己，这是再昂贵的护肤品都拯救不了的，要保持愉快的心情，数数礼物不快乐吗？

忽然，她眼皮子底下出现一只修长白净的手，捏着个薄薄的银灰色手机。

秦梵一顿，仰头看向谢砚礼："什么意思？"

谢砚礼点开微信页面，拿起秦梵的手，将手机放到她掌心。秦梵下意识地垂眸看着亮起的屏幕，右边未发送出去的那条微信消息映入眼帘，甚至比红色的被拒收的惊叹号还要显眼。

秦梵漂亮湿润的红唇上弯起浅浅弧度，意识到自己笑了，又迅速抿平了唇角，然后从包里拿出自己的手机，把谢砚礼从黑名单里拉出来，并且给他发了条消息："以后跟你的仙女老婆，好好说话。"

顺便把谢砚礼的手机塞给他，示意他看消息。谢砚礼没想到他们距离不到一个手臂，谢太太居然给他发消息。

谢砚礼慢条斯理敲了四个字过去，"资源浪费"。

秦梵唇角笑意一僵，想把这个不解风情的男人原地扔出去。

很快，他简短的第二条消息发过来："偶尔可以合理浪费。"

秦梵眼眸顿时染上笑意，哼，补救也没用，该睡书房就得睡书房。

谢砚礼被秦梵连被子、枕头一起推出来时，站在卧室门口，薄唇忍不住溢出淡淡笑意。

他没敲门，反而当真顺从地去了书房，油画还没画完。

凌晨两点，秦梵按了闹钟，困顿地打了个哈欠，然后赤着一双小脚悄悄往书房走去。此时书房灯亮着，透过细细的门缝，隐约能看清楚里面的人没有睡。秦梵手轻轻扶上门把手，慢慢用力。

"……"

没打开？这个男人半夜三更还防着她，居然锁门！秦梵气呼呼地踹了一下门，然后转身回房间。一定是谢砚礼把她画得很丑，所以才不敢给她看，还严防死守！她一定要看到！

书房内，谢砚礼刚刚处理完公司的事情。听到外面那气呼呼的踹门声，然后是故意加重的脚步声，忍不住勾了勾薄唇。

视线落在那掀开白布后巨大的油画上，此时油画已经彻底完工，柔和灯光下，画风写实恍若真人出现在书房中一般，就连皮肤上漫延的玫瑰汁液都清晰可见。

画的并不是一开始秦梵倚靠在花瓣床上的场景，而是夜半时分，她半跪在玫瑰花瓣上，浑身沾满了玫瑰花汁……

谢砚礼修长白皙的指尖慢条斯理地碰了碰那纯到极致又勾人到极致的眼眸，最后缓缓地用宽大的白布将巨幅画架盖上，并不打算给谢太太看，更不打算给任何人看。

很快到了秦梵拍摄杂志封面那天，要拍沙漠落日题材，所以秦梵早早地便坐飞机前往沙漠地带。

黄昏将至，秦梵穿了身露背的深V红色长裙，勾勒出纤细曼妙的身姿，在夕阳余晖下，一颦一笑都是极致大片。

摄像师捧着摄像设备的手都在颤抖："太好了，太完美了！

"天哪，太适合这种硬片了！

"我敢保证，这组照片放出去，绝对秒杀同期其他女明星的封面。"

秦梵满脑子都是要晒黑了要晒黑了要晒黑了，沙漠的太阳很毒的，堪比沙滩烈日。

即便是太阳快要落山，那余晖的紫外线也很残酷。

最后换了条白色羽毛鱼尾裙，这样的裙子若是身材有一点点缺陷，都会被放大，但是穿在秦梵那纤秾合度的身上，相得益彰。

长长的裙摆优雅铺在漫天黄沙之上，纯粹的天地间仿佛只有她一抹白，仙气飘飘。

秦梵看到这张侧影照，然后找摄像师要了这张照片，卸妆时，闲来无事发给谢砚礼：

"你的小仙女突然出现。"并附上照片。

等卸完妆，秦梵掌心手机才振动。

她垂眸——

我的宝贝老公："嗯，出现在会议室大屏幕上。"

秦梵：……

她猛地站起来："完了！"

惊得旁边处理工作的蒋蓉差点儿把平板电脑丢出去："怎么了？

"一脸天塌地陷的。"

秦梵反应了好一会儿，小脸僵硬道："比天塌地陷还可怕。"

"你老公出轨了？"

秦梵摇头。

半个小时前，谢氏集团顶楼会议室。周秘书将谢砚礼的平板电脑接上会议大屏幕，点开临时要用的文件内容，忽然空旷的会议室内响起一阵微信音。

会议室内讨论声陡然停住，众人环顾四周，想看看谁这么大狗胆，敢开会时玩手机。

连续两声后，众人像是意识到什么，齐刷刷地抬头看向占据了几乎整面墙壁的放映屏幕。

微信那张显眼的照片，遮住了密密麻麻的数据字迹。

照片上，身着白色鱼尾长裙的漂亮少女，乌黑发丝仅仅戴着个藤蔓形状的花环，提着裙摆站在一望无际的黄沙之中，侧颜精致，在夕阳沙漠之下，如不谙世事的仙女，象征着希望与朝阳。

"嘶……"

周秘书手忙脚乱地将不小心弹出来的微信消息关上，但是已经迟了。

大家清晰看到那句："你的小仙女突然出现。"

当然，更没有忽略那备注上的——宝贝心肝仙女老婆。

"谢，谢总……"周秘书脸色苍白，这可是特大失误，情况严重到她可能要被开除。

谢砚礼眉眼淡漠地接过平板电脑，将微信退出。昨晚谢太太用他工作的平板电脑登录微信，推送裴景卿的微信账号给她自己，显然，她忘退出了。

温秘书作为首席秘书，面对这一情况，快速反应挽救道："谢总，既然太太喜欢秦梵小姐，那么这次咱们游戏代言人就定秦梵小姐吧，她的形象也很合适。"

之前秦梵一直没有时间，这个游戏代言便推迟下来。

原本呆滞的众人立刻跟着附和：

"老板娘喜欢，那就定秦梵吧。"

"我也觉得秦梵很不错，老板娘慧眼识珠！"

"哈哈哈，越看越觉得合适，不愧是谢总您的太太。"

谢砚礼看了眼温秘书，温秘书心下大定，知道自己这次救场救到了谢总心里。于是，秦梵被选为新游戏代言人，就这么定下来了。

等到谢砚礼离开后，原本还笑着附和的游戏部门员工们差点儿就此死过去：

"刚才吓死我了，万万没想到，谢总跟太太平时是这样相处的！"

"啊，宝贝心肝仙女老婆，妈呀，这个称呼比我老公还腻歪！"

"听说谢总跟太太结婚已经几年，还这么恩爱。"

"说好的清冷禁欲呢，谢总私下这么甜的吗？"

"这是什么反差萌？"

"对太太是小甜甜，对我们就是如疾风扫落叶般无情，谢总不愧是谢总。"

"谁说商业联姻不甜的，下次再有人这么说，我甩他一脸'宝贝心肝仙女老婆'。"

"……"

大家注意力完全被谢总那个腻歪备注吸引了，倒是没有多少人在意秦梵那张照片。毕竟，温秘书那个解释也很合理，豪门太太追星，很正常。

于是乎，当日谢氏集团员工内部头条新闻——

"谢总私下给谢太太的备注：宝贝心肝仙女老婆"。

引爆了平平无奇的工作日。

这下，大家每次偶遇眉眼清冷淡漠的谢总时，脑海中都浮现出这个称呼。有些人表面上薄情寡欲，私下里却是会哄老婆的情话小天才。

秦梵拍摄完毕，坐在回程的车上，举着手机跟谢砚礼视频，听旁边温秘书解释完来龙去脉后，眉尖微微蹙起，原来罪魁祸首是她自己。

这几天她找姜漾找不到人，才想要跟谢砚礼要裴景卿的联系方式询问，毕竟那天他们俩一起走的。

秦梵听到温秘书完美收拾烂摊子，满意地夸他一句："让谢总给你加奖金。"

温秘书谦虚拒绝："都是我应该做的，那周秘书？"

"虽然周秘书手滑，也不至于把人辞退了。"秦梵看向屏幕里正拿着钢笔心无旁骛办公的男人，"你别辞退周秘书啊，年轻人找个工作不容易。"

温秘书差点儿被自家太太直白的话吓到，谁敢这么直接跟谢总说工作上的调动啊，谢总会生气吧？

没等温秘书想完，却听到他们在工作上专制容不得沙子的谢总简单"嗯"了声："罚半年奖金，给温秘书当奖励。"

秦梵听到谢砚礼这左边倒给右边的话，没忍住笑着说了句："谢商人！"

谢砚礼不疾不徐地在最后一个文件上落下自己的名字，而后看着屏幕道："钱不都给你花了？"

夫妻两个聊天时，温秘书默默退下，将这个好消息告诉了还在偷着哭以为自己要被辞退的周秘书。

对于他们而言，罚奖金，真的只是轻微处罚了，最怕的就是被辞退。

等秦梵挂断视频后，白皙脸蛋上的天塌地陷已经消失了，取而代之的是自己都没有意识到的愉快微笑。

蒋蓉忽然幽幽开口："过两天节目组就提前去你家做准备了，谢总答应搬出去没有？"蒋蓉操碎了心，"千万要嘱咐你家保姆，别泄露出去。"

"哎，要不是怕以后你和谢总关系曝出来，网友们觉得你这次上综艺欺骗他们单身，就该给你准备个单身公寓。"

蒋蓉不让秦梵去外面换地方拍摄的原因，便是防止以后被曝光，扒出来秦梵欺骗粉丝。

这样，就算以后曝光也不怕，他们只是没有公开罢了，并未假装单身骗人。

"知道了知道了，我回去就把他赶走。"秦梵掀开小被子，准备睡会儿，怕等会儿飞机上睡不着。

蒋蓉没好气地用行程本敲了敲她的小脑袋："你呀，真是一点儿都不走心。

"也不知道什么人能让你放在心上。"

旁边小兔默默举手："谢总？"

闭上眼睛的秦梵抬起睫毛，哼了声："说什么呢，男人不配被本仙女放在心上。"

蒋蓉点头："就是这种气势，咱们仙女得被佛子放在心上！

"不能被男人影响到事业。"

小兔："蒋姐，你之前还说让梵梵姐哄骗谢总给当靠山呢……"

蒋蓉理所当然："现在不是不需要了吗，咱们事业已经上了正轨，不是谁随随便便就能欺负的。

"男人只会影响仙女使魔法棒的速度。"

谢砚礼素来说话算话，油画换他住办公室几天，很划算。于是初冬难得晴空万里的上午，秦梵初次参加的真人秀综艺《我的独居生活》开拍了。

节目采用的是观察室聊天加明星独居生活拍摄的模式，一共五位嘉宾，三男两女。

先拍摄独居生活的部分，原本约定的时间是上午八点，然而秦梵没想到，节目组居然突然袭击，直接扛着摄像机提前两个小时到达。

谢砚礼昨晚还是睡在家里的。千防万防，没防到这个节目组居然还搞偷袭。

秦梵接到蒋蓉打来的电话时，还睡得迷迷糊糊。

她猛地睁开眼睛："什么？"

还有十五分钟节目组就抵达了？秦梵一听，转头看到依旧闭着眼睛的睡美男，连忙动手去推："快点儿起床，人要来了！

"谢砚礼，你快点儿起来！"

将近凌晨才睡下的谢砚礼半闭着眼睛，伸手把秦梵按回怀里："别乱动。"语调低哑，带着警告意味。

"你还睡？"秦梵早就彻底清醒了，使劲儿掐了掐谢砚礼放在她腰间的手背，"再不起来就要被——捉奸在床了！"

最后的"捉奸在床"四个字可谓气吞山河，守在外面的管家都听得清清楚楚，忍不住往后退了几步，假装什么都没听到。

谢砚礼终于松开钳制着她的手臂，清俊眉眼带着几分倦怠，揉了揉眉心，他说："谢太太，需要我给你再看看结婚证吗？"

什么捉奸在床？

秦梵见他坐起身来，手脚并用地从他怀里爬下床，然后把人往浴室拉："快点儿洗漱换衣服，给你三分钟时间。

"要是跟节目组撞个正着，我我我就……"

秦梵想了半天都没想出什么威胁的话："反正你会失去你的仙女老婆，真的会失去！"

格外严肃地强调，谢砚礼虽然没有被这个威胁到，但看到秦梵腿软，路都走不稳当却还要催促自己，倒也没有为难她，大发慈悲地顺手把她抱起来，一同进了浴室。

秦梵看着镜子里映照出来的自己那面带红晕、眼眸含水的样子，忍不住踹了谢砚礼一脚："啊，我这脸怎么见人啊？"

谢砚礼侧眸看她，嗓音平静："好看。"

"是太好看了！"秦梵惆怅地捧着自己这面泛桃花的小脸蛋，又深深叹了口气。

明眼人一下就能看出来她昨晚没干好事，这就不是独居女明星应该有的脸色。

太好看了还要发愁？谢砚礼顿了顿，继续洗漱。

"你快点儿！"秦梵用冷水泡毛巾冷敷了一下粉面含春的脸蛋，感觉脸颊上的温度渐渐降下去，又努力催促他。

谢砚礼卡在最后五分钟收拾完毕离开别墅，而此时，节目组已经扛着拍摄设备进入京郊别墅的区域。京郊别墅区是北城有名的新兴富人区，当时别墅初建，有市无价，让人想买都买不到。能拿到名额的，基本都是豪富圈子里有名有姓的人物。

迈入京郊别墅区域后，随处可见的豪车，他们已经看到麻木了。

副导演亲自带队，他觉得自己也算是见多识广了，但这么大的世面还是头一次见。

有工作人员小声问："咱们是不是来错地方了，这真是个刚火的新人演员的居所吗？"

"对啊，网上不是还传过秦梵是穷苦舞蹈演员转行进娱乐圈捞钱，这是在娱乐圈捞到的钱买得起的？"

副导演顿了顿，然后慢慢地吐出来一句："或许，可能是……租来撑场面的？"

众人："……"

是这样吗？说话间，他们已经到了约定的别墅入口。

谁知还没来得及按响门铃，却看到门口一辆黑色的车旁边，站着个西装革履、清冷俊美的男人，正微微弯腰准备上车。

摄像头不经意扫了过去，却见原本准备上车的男人，蓦然抬头，往他们这边看了过来。

第八章

谢先生，请自重

朝阳柔和的光线下，男人眼瞳漆黑如墨，视线清清淡淡，让人不由得从心底升腾起不安。

即便如此晴空万里，却恍若不小心迈入万丈寒冰之中。原本还热闹聊天的众人，下意识地站直了身子，目送那清冷矜贵的男人上车离开。

车型低调，车牌号却高调嚣张至极。直到车影消失，副导演有些恍惚地开口："那人有点儿眼熟。"

"现在有钱人的质量都这么高吗？不但有钱，还有颜值。"旁边一个年纪略大的摄像师感叹道，"都可以直接出道了。"

忽然，旁边年轻女工作人员尖叫一声："啊，那是、那是谢砚礼啊！

"天哪，我刚才居然没有拍照。

"不对，我竟然看到了他本人！

"本人真的好帅啊，而且好高！"

副导演已经缓过神来，提醒道："好了，在这种地方遇到什么大佬很正常，大家要提高警惕，不要得罪不该得罪的人。"

"不对啊，谢大佬怎么会在秦老师家门口上车？"

蒋蓉出去打了个电话的工夫，就看到导演组已经到门口了，刚走近，便听到有人狐疑的声音，立刻反应过来，他们这是看到谢总了？

想到秦梵刚才提前跟她说的那扇门，蒋蓉按捺住剧烈的心跳，冷静道："秦梵已经准备好了，我们进去吧。"

其实大家都没有看到谢总是从秦梵家里走出来的，只是有些疑惑。并未凭借这么不靠谱的偶遇，联想到秦梵跟谢砚礼有什么不可告人的关系。

大家很快就被别墅内部的景象吸引住，没有心思想七想八。副导演问蒋蓉："这真是秦老师家吗？不是租来的？"

蒋蓉开玩笑道："要给节目组看看房产证上的名字吗？"

副导演开口："可以吗？"

"如果可以的话，倒是不错的点，以免播出去之后，有人误会秦老师。"

蒋蓉没想到副导演真顺势答应了，幸好房产证上真的是秦梵的名字。秦梵还真不怕被看，毕竟这是谢家送她的婚房，确实是在她一个人名下。

这片京郊别墅区也是分区管理的，中心位置四周环绕着一片湖，别墅就像是屹立在湖中央一般，四面都能看到极好的风景，远离市中心，安静宜居。

当正门一开，节目组才懂得，什么是小巫见大巫。外面独占最好的地理位置也就算了，内部装修才是真的低调奢华。

玄关旁看似随意摆放的花瓶，是真品，就那么拿出来当摆设，这是古董啊朋友！对古董很熟悉的主摄像师拍摄时，手都跟着发抖。

而后往里，走廊悬挂着的画作，都是大师真品，据说失传已久，现在却在一个小演员的家里看到了。

除此之外，去年国际某大型拍卖会上，压轴的青花瓷盘被搁在架子上，上面搁了好几串车钥匙。

即便是豪车，也不能把古董当放车钥匙的托盘吧！其他人倒是不懂这些，就觉得秦梵家里装修得很高级，就是偶尔出现一些古朴的东西，与这个家格格不入。

主摄像师表示：你们这些愚蠢的人类，那些格格不入的东西才是大宝贝好不好！

管家带着八个身高一致的保姆分两排站在门口迎接："客人们请进，我们太……太辛苦的小姐还未起床。"

"请坐。"

大家都在观察四周，坐在看起来就很贵的真皮沙发上，皆是应道："是我们来早了，不急不急。"

看到态度恭谨的管家，工作人员们小声嘀咕：

"秦老师这是什么家庭，居然还有管家？"

"不会也是找人演的吧？"

"这年头还有管家？"

他们也不是没有拍过豪门，但是现在的豪门，也没见几个像秦梵家里这么浮夸的啊。又是管家又是保姆的，还有厨师出来问大小姐今天早餐用什么！

这真不是拍戏吗？扛着摄像机等待拍摄的节目组深深怀疑自己是不是进入什么平行时空了。

只有主摄像师脸上很是玄妙，颇有种众人皆醉他独醒的优越感。能把这些真正的古董拿出来当日常用品的房主，怎么可能把这房子租给一个小演员？

直到二楼响起脚步声，才唤醒了大家的理智，换成了另外的冲击。

秦梵换下往日精致光鲜的妆容与打扮，素颜出镜，未施粉黛，五官精致极了，皮肤白得拉了特写都看不出任何瑕疵。

秦梵穿着身简单的蓝色渐变家居裙，露出一截纤细白嫩的脚踝，踩着柔软的毛绒兔子拖鞋，直到走路时，她脚踝上细细的铃铛叮当作响，大家才逐渐回过神来。

见大家将视线移到自己脚踝上，秦梵垂眸，看到那浅金色的铃铛，脑海中浮现出昨晚的画面，起得太急，她都忘了铃铛没解下来。

谢砚礼这个变态，非要她戴上那次送的铃铛，也不知道是什么喜好。

本就潋滟的桃花眼，再次抬起时，浮上薄薄水雾，眼眸流转间，让人心肝都化了。

偌大的客厅内，气氛一瞬间凝滞，秦梵轻软好听的声音传来："大家请坐吧，准备了点儿茶点。

"现在是开始拍摄了吗？"

秦梵下楼时，看着主摄像师面前的摄像机，若无其事地问道。

"开始了开始了。"

副导演率先反应过来，开始指挥大家安装拍摄设备："有什么地方不能去吗？"

这别墅太大了，他们的摄像机可能不太够。

秦梵想到书房，谢砚礼根本没收拾书房，也不知道那两幅油画怎么样了："也没什么不能进的地方。"

书房双重密码锁，她这个女主人都进不去，更何况其他人，所以丝毫不怕。

然而秦梵坐在沙发上等着跟拍导演采访时，余光瞥到工作人员在管家的指引下，抵达了二楼，正将手放到门把手上。

缓缓一拧，门开了——

等等？门开了？秦梵脸色微微一变，蓦地站起身："别进！"

二楼的摄像师已经将镜头扫了过去，被各种书籍占据、具有满满书香气息的书房，就这么闯进了镜头中。

看到摄像师呆滞地站在原地，秦梵脑子都炸开了，不会是拍到什么需要打马赛克的画面了吧？

想到那两幅油画，其中一幅也不知道被谢砚礼画成了什么样子，但是另外一幅，绝对是不能暴露于人前的！

秦梵上楼后，甚至不敢看里面到底拍到了什么，小声道："书房这段能删掉吗？"

"删掉？"摄像师从书山书海中回过神来，"您确定？"

这不是塑造有学问、书香气、知性气质女演员的好机会吗？

秦梵顺着他的目光看过去，才发现，干净整齐的书房内，依旧是高级灰的装修，除了那占据了整面墙壁的书柜书籍，再无其他，甚至连桌面上都干干净净。

秦梵记得自己上次进书房，还是被谢砚礼哄骗画人体油画那天晚上。那天晚上，书房桌面上还摆满了各种文件，正面墙壁上悬挂着巨幅人体油画，浓艳靡丽与性冷淡风格强烈碰撞，而现在，只残留性冷淡的装修痕迹。

秦梵笑了笑，反应很快地说："其实这里装修之后，我很少来，书都是装饰品。"

"像秦老师这么率真的女明星真的不多了，哈哈哈。"摄像师夸赞道，却也听从主人的话，退出了书房。

秦梵的心刚才差点儿都要跳出来了。啊，谢砚礼这个人，书房被他清出来了也不早说。

昨晚她还问过他，有没有把书房收拾好，油画有没有藏起来。谢砚礼直接没答，用嘴封住了她后面的话。想想就觉得很气。

秦梵现在有证据证明谢砚礼是故意的！毕竟是女明星的独居生活，秦梵后来也不管镜头了，慵懒地靠在沙发上度过了一个颓废又无聊的上午。

主要是昨晚太困，而且节目组还特意提醒过她，就是不要刻意，平时在家里怎么样就怎么样。

平时她在家里，就是要睡一整天。节目组虽然觉得秦梵就算躺在沙发上一动不动也能看她整整一天，但……这是拍节目啊。

总不能天天除了吃喝睡觉，啥也不干吧。他们是说了不要刻意，但这位女明星，也太不把他们当外人了吧！

蒋蓉察觉到了副导演表情复杂，轻咳一声，提醒道："梵梵，下午你不是还要去谈个游戏代言吗？"

节目组松口气，终于不是一整天拍她瘫在沙发上或者贵妃椅上睡觉了。

秦梵懒洋洋地靠在抱枕上，睁着漂亮无辜的眼睛，如果不是镜头在，她真的很想提醒蒋姐，你忘了游戏代言的甲方是谢氏集团吗？

也就是说，他们得去谢氏集团拍摄，她就不怕跟谢砚礼的关系曝光？

蒋蓉还挺怕的，但是她觉得秦梵的演技没什么问题，更重要的是，秦梵确实不能再继续瘫下去了，不然节目怎么剪辑，她还要不要镜头了？

去谢氏集团签约游戏代言，倒是一个很好的点。反正是秦梵自家老公的公司，用用怎么了，还能给这个新游戏做宣传，何乐而不为。

蒋蓉跟秦梵使眼色，示意她提前通知她老公。

秦梵终于从茶几上拿出手机，指尖停在谢砚礼微信页面许久，然后换成了温秘书的微信：

"通知那位谢姓罪人，仙女下午要去贵公司谈游戏代言，让他夹好尾巴藏在办公室不要出门。"

温秘书："是。"

得到了肯定的答案，秦梵放心了。

然而——万万没想到，下午两点半，秦梵和身后跟着的跟拍导演与摄像师等工作人员一同进入谢氏集团大厅时，刚好与被精英团簇拥在中间的男人狭路相逢。

摄像师准确地将镜头投向谢砚礼一行人，心里感叹：这是什么缘分，谢总这等大人物，他们一天之内，竟然看到了两次，说出去能吹十年。

领着秦梵进公司的游戏负责人连忙站直了身子，恭恭敬敬道："谢总。"

其他路过的员工也跟着问好，谢砚礼俊美面庞上没什么情绪，平淡地应了声，从容优雅地整理着灰蓝色的贝母袖扣，即将与他们擦肩而过时，忽然侧眸看了眼秦梵，停下脚步，淡色薄唇微启，语气意味深长："这是我太太喜欢的那位新代言人？"

我太太？猝不及防听到谢总提到他太太，谢氏集团的员工们震惊了。说好的谢总平时将谢太太保护得很好，很少提及呢，怎么今天会当着节目组提起，不怕被播出去吗？

旁人不知道，秦梵却看到了谢砚礼眼底那似笑非笑的痕迹——谢砚礼果然是故意的！

大厅璀璨的灯光下，秦梵红艳艳的唇瓣紧抿着，透着一股子冷艳动人的气场。

见气氛不对劲，游戏负责人立刻道："没错，当初谢太太在会议室发给您的那张沙漠照片，就是秦梵小姐本人。"

谢砚礼似漫不经心地看向秦梵，用偏冷的声线道："既然是太太选中的代言人，由我亲自面试。

"两个小时后，去办公室等着。"

说完，谢砚礼带着精英团，不疾不徐地离开了集团大厦。看着男人在精英团里依旧鹤立鸡群的挺拔背影，秦梵只想把手里的果茶摔他脸上。

秦梵坐在熟悉的办公室里，满脑子都是——怎么会有这么记仇的男人？

别以为她不知道，谢砚礼就是记仇让他睡公司。

谢砚礼的办公室分会客区域与办公区域，因为摄像机要跟着，所以他们一起在右侧的会客区域等待。

秦梵想到谢砚礼那似笑非笑的眼神，心情便不怎么愉快，不过在镜头面前并没有表现出来。

唇角依旧带着若有若无的弧度，手却习惯性地打开茶几下面的小抽屉，她记得里面有她上次放的小零食。

等捏住浅粉色的零食包装袋时，秦梵指尖陡然顿住，然后对着镜头若无其事地晃了晃零食袋："没想到谢总办公室也有小零食。

"本来还以为看错了。"

周秘书是认识秦梵的，而且因为上次差点儿被辞退的事情，对秦梵格外感激，端着咖啡杯过来时，聪明地配合道："秦小姐眼睛真好使，这是我们谢总特意为太太准备的。"

镜头外，蒋蓉一颗吊着的心，终于放下了，吓死她了！

秦梵白皙脸蛋上的表情变都没有变，非常淡定："原来如此，谢总表面冷漠，实际上有颗少女心嘛。"

周秘书真心佩服太太，也就太太敢这么光明正大地笑话谢总了，看秦梵的眼神越发恭敬："您请自便，谢总大概一个半小时后会到。"

秦梵"哦"了声，节目组更是佩服秦梵这大将之风。瞧瞧这口吻，不知道的还以为"谢总"是路人甲呢。

副导演低声提醒秦梵："秦老师，你要不带着节目组到处参观一下？"随即看向周秘书："可以吗？"

谢氏集团还从来没有媒体进来过，更没有对外开放过，如果他们拿到了第一手的资料，还愁没有热度吗？

副导演心里简直激动极了，似乎已经看到了光明绚烂的未来。

周秘书犹豫地看了眼秦梵，其实是可以的，因为首席秘书临走前交代过他们，一切任太太自便。

不过她还是给温秘书打了个电话，最后得到了肯定的答案，当然，是对外开放区。

副导演立刻让人收拾录制设备："快快快。"

秦梵觉得自己像是被无视了，谢砚礼的地盘有什么好拍的，冷冰冰的，一点儿都不像是什么温暖的大家庭，更像是机械的办公点。

也不知道为什么现在喜好自由的年轻人却抢破头地想要进入谢氏集团。

秦梵在副导演期待的眼神下，只好站起身，刚准备往外走时，忽然，办公室外推门进来一个人，裴枫没想到会在这里看到秦梵，条件反射地喊了句："嫂子，你……"话音未落，入目就是她身后的摄像机。

秦梵表情陡然顿住，摄像师也刹那僵住。

嫂子？工作人员们满是惊悚地望着这两个面面相觑的人。

秦梵差点儿小心脏被他惊出来，睫毛轻轻颤抖了下，随即微微笑道："裴导，我是秦梵。"

裴枫立刻往后退了几步："不好意思，认错了。

"没想到谢哥办公室还能出现除了我嫂子之外其他的女性。"

当着镜头的面，裴枫笑着道："你拍什么节目呢，拍到谢氏集团了？"

秦梵跟着他一起岔开话题："一个综艺，刚好今天要来谢氏集团签约游戏代言人，谢总亲自面试我。"

裴枫内心：老公面试老婆？你们夫妻俩真会玩。

面上却还要给这对夫妻打掩护："谢哥对工作就是这么有责任心，上次投资那点儿小事也是亲自过问的。"

秦梵："那谢总好像有点儿闲哦。"

摄像师也跟着深以为然地点点头，其他人虽然也这么想，但不敢说话。裴枫见谢砚礼不在，便也跟在秦梵身边，一同去参观谢氏集团。于是乎，谢氏集团常年安静工作的地方，今天格外热闹。

拍着拍着，副导演竟然觉得这两位真的很有 CP 感，现在网上还有他们的 CP 粉呢，这段要是放出去，观众绝对要炸。

意外之喜，真是意外之喜。

副导演觉得今天意外之喜实在是太多了，感觉一集可能剪辑不完，高潮点太多。

光裴导对秦梵叫的那句"嫂子"，就足够他们拿来剪辑预告！

直到谢砚礼回来后，副导演才收回了对裴枫依依不舍的眼神，小声与蒋蓉道："秦老师跟裴导真的没有其他关系？

"感觉他们很熟啊？

"也挺般配的。"

蒋蓉见过更般配的，意味深长地摇摇头："不怎么般配。"

副导演："裴导都不般配，你家艺人要求太高了。

"难道得谢总才般配？

"你不会是想要我剪辑成秦老师跟谢总的 CP 吧？"

他可不敢胡乱给谢总拉郎配。

蒋蓉见副导演一个人设想出完整套戏，有些无语："巴不得您别给剪辑任何 CP，我们家仙女走的是不食人间烟火，任何男人都配不上的人设。"

副导演第一次遇见这种人设——这位经纪人为了不让她的艺人谈恋爱真是操碎了心。

谢砚礼回来时，秦梵已经乖乖在办公室坐好了。

他看向温秘书，温秘书接收指令，走向节目组："不好意思，我们谢总面试时，不允许有人拍摄。

"这算是公司机密，毕竟游戏还未面世，望谅解。"

节目组迷迷瞪瞪地就被请了出去，摄像机镜头对着紧闭的办公室门——刚准备从玻璃墙那边看看能不能拍摄，却发现，原本透明的玻璃墙瞬间换成磨砂质地，完全看不到里面的任何场景。

众人："……"

什么面试这么神秘，需要两个人单独谈？

办公室内，谢砚礼走到秦梵面前时，修长手指顺便钩了钩脖颈上紧绷的领带："生气了？"

秦梵抬起桃花眼幽幽地望着他："你还知道我会生气？"

深吸一口气，看着偌大办公室内只剩下他们两个人，秦梵紧抿着的红唇微松开，咬牙切齿道："你是生怕旁人不知道咱们俩有什么奸情吧。"

光明正大地赶走其他人，可真有他的。谢砚礼朝秦梵伸出一只手，男人掌心朝上，白皙干净，指尖修长，让人很想握上去。

秦梵却瞥他一眼，没动弹："美男计对我没用，不是要面试吗，你倒是来面试我啊。"

谢砚礼见她坐着不动弹，转而直接将她从沙发上抱起来，稳稳地走向休息室。

秦梵猝不及防，惊呼一声："谢砚礼！你干吗？"眼神下意识地看向紧闭的房门，生怕裴枫之流又冲进来，到时候真是跳进黄河都洗不清了。

谢砚礼轻松地单手将房门打开。

秦梵第一次进休息室，大概二十平方米的面积，最显眼的不是中间那张酒店式的白色大床，而是大床上方挂着的那熟悉的人体油画，正是她亲自挂在家里书房的那幅。

之前在书房消失了，没想到被谢砚礼挂到了这个地方。

秦梵："……"

她乌黑的瞳仁陡然放大，不可置信地望着休息室墙壁，然后又看向门口，也不等谢砚礼关门了，直接伸出一双手臂，越过谢砚礼脖颈，猛地将门合上，气得胸脯起伏不定："你你你，你居然，你还有没有羞耻心？万一有人进来怎么办？"

这样靡丽的人体油画他竟然挂到办公室休息室里！

"你画的那张呢，是不是也藏在这里？"秦梵要不是看着谢砚礼那张清冷寡欲的脸不敢碰，都想掐着他的两颊审问了。

秦梵不知道哪里来的力气，挣脱了他的怀抱，连忙扑到床上去够那幅画。

谢砚礼看着她纤细的腰肢背对着自己，眼眸微暗，俯身勾着她的腰肢重新揽了回来："放心，不会有人进来。"

隔着薄薄的针织布料，秦梵能清晰感受到男人身上的热度，肩膀陡然一僵，原本轻软的嗓音也带着不稳的警惕："谢砚礼，我警告你，你要是敢在这里乱来的话，我不会放过你。"

谢砚礼薄唇弯起，知道她误会自己的意思了，转而将她肩膀扶正，正对那湿润的桃花眼，指尖轻轻触碰了一下她眼尾的绯色痕迹，眼底闪过一抹笑痕，嗓音悠悠："是啊，家里不能住，只好藏在办公室。

"本来不想做什么，可一想到好几天都不能回家，便觉得谢太太今日过分美丽。"

说着，男人温热的指尖微微下移，从眼尾抚摩到娇艳欲滴的红唇。

她张嘴咬上那根手指。

"谢先生，'光天化灯'之下，你请自重。"

秦梵本来想说"光天化日"，然而抬眸便看到炽白色的灯光闪耀，下意识地造了个词。

谢砚礼从善如流地抽出手指，看着上面那清晰的齿痕，漫不经心地竖起在她面前："谁不自重，嗯？"

秦梵："……"

这也能倒打一耙？

秦梵平复下心情，坐在床边，水眸瞪着他："你把油画拆下来，我要走了！"

她差点儿中了美男计。

"不拆。"

秦梵："……"

这话是从谢砚礼嘴里说出来的？怕不是被什么鬼附身了吧！

"不什么，你侵犯我的肖像权！"秦梵冷哼道，"还有你手里藏着的那幅油画，是不是瞒着我有什么小秘密？"

"你到底画了什么？"

秦梵倒不觉得他画得差所以才不给自己看，因为今天她旁敲侧击问了下裴枫，谢砚礼画技非常好，尤其是油画，当时上大学，还差点儿办画展。后来是因为他不感兴趣，才不了了之。

秦梵眼眸眯起："你不会是画了什么奇怪的东西吧？"

当时她虽然躺在花瓣床上，但身上也不是不着寸缕的。

谢砚礼拍了拍她的脑袋："想什么呢？"哪有那么简单。

听他这么说，秦梵才松了口气。那他藏着掖着干吗？秦梵更好奇了。

不过现在最重要的是，让他先把以前那幅挂在书房的人体油画收起来，大咧咧地挂在这里像什么。

秦梵故意双手抱臂，激他："你不会是晚上打算看着我的画像睡觉吧？"

谢砚礼若有所思："好主意。"

男人微微弯腰，唇瓣贴着她的耳朵，用清冽的嗓音在她耳边落下一句话。

下一刻，秦梵蓦地推开他往外走！

"不要脸！"

秦梵漂亮小脸绯红，眼眸含着水色，就那么跑出了办公室，活像是背后有人追。

节目组立刻追上去拍摄，有人喊着："秦老师好像被吓哭了！"

天哪，谢总也太不懂怜香惜玉了吧，秦梵这样的大美人在面前，都能给人家吓哭。就算是不满意这个代言人，也没必要这样吧。

节目组还留下第二摄像师拍摄办公室门口，却见谢砚礼看都没看敞开的办公室大门，气定神闲地走向办公椅的位置，对着守在门口的秘书道："清理无关紧要的人员。"

嚯！留下的工作人员，亲眼见证了传说中毫无慈悲之心的谢先生是如何翻脸无情。

所以秦老师这个代言面试，不合格？温秘书想到刚才太太离开时的表情，哪里是被谢总吓哭了，明明是被气坏了。

他大胆猜测，谢总又要被拉入黑名单了！

谢砚礼手指敲了敲桌面："温秘书。"

温秘书连忙清人："几位请吧，我们这边不能拍摄。"

高清摄像机镜头在谢砚礼手指处扫了一下，快快收回。

当天晚上，所有摄像机都不再运转之后，秦梵脸蒙在被子里，耳边仿佛传来男人白天附在她耳边说的话，隐隐带着低喘般的磁性嗓音。

怎么都睡不着，啊！

世界上为什么会有谢砚礼这样表里不一的男人，明明就是斯文败类。

想到斯文败类，秦梵不由得想起他戴着金丝边眼镜，清俊眉眼认真在书房画油画的场景——却又那么蛊惑人心。

什么无情无欲，其实谢砚礼是男狐狸精吧。

夜色越发浓郁，秦梵眼睛却越来越明亮，完全没有任何睡意。一想到撩拨了自己的那个衣冠禽兽现在睡得正香，秦梵就很不爽。

几秒钟后，秦梵猛地将被子掀开，露出那张被闷得泛红的小脸蛋。昏暗的壁灯下，女孩精致的面容毫无遮掩。

不过此时，那张小脸上，两腮微微鼓起，像是小金鱼般。秦梵赤着脚走下床，并未穿日常绸滑舒服的吊带睡裙，而是长袖宫廷蕾丝风格，薄荷绿的颜色，幼嫩纯粹，如初生的嫩枝，肆意舒展着属于她的摇曳美丽。

毕竟摄像机还在，万一突然开机，猝不及防。秦梵确定所有摄像机与麦克风全部关闭后，才捡起茶几上的手机，点开微信那个空白头像，指尖顿了顿，最后还是按了下去。

余光看到手机上的时间，零点三十分。平时这个点儿，要是没事的话，她早就睡了，现在却因为白天谢砚礼那话睡不着。

罪魁祸首也别想睡！秦梵并拢双膝，靠坐在柔软的沙发上，目光紧盯着手机屏幕。

"……"

手机响了一会儿后，居然被挂断了？

秦梵："……"

谢砚礼居然挂断她的语音要求！秦梵以为他正睡着被自己吵醒才挂断，所以直接又给他去了一个电话。

嘟嘟嘟，这次电话接通了。

"谢砚礼……"

秦梵刚吐出一个名字，便听到那边传来淅淅沥沥的水声，她嘴边的话戛然而止。

谢砚礼嗓音在黑暗中格外磁性好听，偏冷的音质此时像是带着电流："谢太太，有事吗？"

半夜一连打了两个电话，秦梵顿住几秒，才从唇中溢出几个字："你在干吗？半夜三更洗澡？"

"谢太太，你也知道是半夜三更。"谢砚礼压低了声音，像是在笑，又像是从喉咙中缓慢磨出来的，"洗澡不正常吗？"

秦梵被他的话堵住："那等你洗完澡再说！"

说完，秦梵便要挂断电话。

"璨璨。"谢砚礼忽然换了个称呼。

挂断键上，细白指尖停住，秦梵抿着红唇，对于谢砚礼叫她这个名字，她毫无抵抗力，却不想让他得意："干吗？"

"别以为叫句好听的，我就能原谅你，今天差点儿就暴露了！"

谢砚礼没说话，那边水流声已经停止了，陷入安静之中。不知道他此时在做什么，只有男人略快的呼吸声，在安静的气氛中，分外撩人。

不知道过了多久，谢砚礼嗓音终于响起，不复清冽，反倒像极了秦梵深夜惯常听的那般。

他说："璨璨，叫我。"

秦梵虽然跟谢砚礼夫妻快要三年，但本质上还是很纯洁的少女。在谢砚礼说让自己叫他之前，秦梵并没有猜到他在干吗。

但是现在——她瞬间回想起白日里，谢砚礼把她气跑，让她辗转反侧的那

196

句话。

怎么叫？一目了然。

秦梵紧咬着下唇，蓦地像是被烫到一样，将手机丢到了沙发另一侧，清软的嗓音暴躁中带着不加掩饰的羞涩："谢砚礼，你居然，你居然……"

"……"

这声音透过手机，传到男人耳边时，更像是娇嗔。远离了手机，秦梵便听不太清楚那边的动静。

几分钟时间，谁都没有再说话。不知道过了多久，秦梵重新听到了花洒水声。

自从那天深夜夜聊后，秦梵重新把这个斯文败类、衣冠禽兽、无良男人拉入黑名单，黑名单才是他的归宿。

连续两期独居生活录制结束，因为是采用边录制边播放的方式，所以下次录制就是五个嘉宾在观察室见面录制，并且观看他们每个人的独居生活，然后互相讨论独居生活的方式。

三男两女的嘉宾阵容，秦梵等到去观察室录制当天才知道，其中一个男嘉宾居然是池故渊。

见面时，池故渊便惊喜地上前给了秦梵一个拥抱："姐姐，真没想到其中一个嘉宾是你！我们真有缘分。"

被个子高高、掩不住形状优美的肌肉的小奶狗热情拥抱，秦梵顿时把黑名单里的某个男人抛之脑后。还是小奶狗更香，妈妈粉的春天。

池故渊拿出手机："姐姐，我们拍个照片发微博吧，刚好节目也该宣传了。"

"你可真有职业道德。"秦梵夸奖道。

现在都不忘记工作。

池故渊露齿笑，秦梵发现他居然还有小酒窝，真是太得天独厚的观众缘了，这位弟弟不火才是天理难容。

很快，秦梵跟池故渊的自拍便上了微博热搜，因为节目组官博也转发了他们的自拍。

"秦梵池故渊合体录制真人秀"词条很快便爬上微博热搜前三。

毕竟秦梵是初次录制真人秀节目，还是这种可以看到小仙女私下生活的节目，粉丝们当然兴奋极了——

"啊，仙女粉们的春天到了，还以为这辈子都等不到仙女梵上真人秀。"
"工作的姐姐最美了。"
"秦仙女这颜值绝了，第一次看到自拍啊！"

197

"以后姐姐多多发自拍吧，这样的美貌，就该多多拍照记录！"

"跟池弟弟也好有 CP 感，仙女姐姐其实是个万能 CP 体质吧。"

"楼上瞎说什么，应该是没有男人能和仙女有 CP 感，这明显就是姐姐弟弟，一点儿都不般配。"

"池弟弟太嫩了，配不上大仙女。"

"哎，就秦梵这张脸，真不知道哪个男人配得上。"

当秦梵看到热搜时，忍不住笑了。要不是某人已经被拉黑，真的很想截图给他好好看看。

然而——虽然秦梵没有截图给他，但有人截图给他了。

裴枫将热搜上那些粉丝留言一条条地发送给谢砚礼，并附言："你家仙女也是很受欢迎的，劝你平时不要那么假正经。

"听说又进黑名单了，啧啧啧，女人要哄的。"

上次秦梵送给裴枫的酒庄和古董车没有白送，裴枫一有时间就来找谢砚礼，给他上课。

例如，他现在躺在欧洲酒庄中，一边品着美酒，一边欣赏着那辆古董车，一边给谢砚礼发消息，远程教他如何哄老婆，即便谢砚礼一句话都没回复，依旧乐此不疲。

谢氏集团，总裁办。

温秘书为难地看着手里那不断振动的手机："谢总，裴导给您发了 88 条消息。"

谢砚礼揉了揉眉心："什么事？"

"好像是关于太太的。"温秘书快速地将裴导发来的消息看完，然后总结汇报，"太太跟圈里一个合作的男演员上热搜了，裴导让您哄哄太太。"

谢砚礼抵着眉心的长指微微顿住，而后抬起眼眸。温秘书适时地打开平板，将太太的新闻找出来，递到谢砚礼眼皮子底下。

谢砚礼看到那张几乎贴着脸的自拍照片，眉心深深皱起，而后拿起被温秘书同时递过来的私人手机，准备给秦梵打电话时，才想起来自己被拉黑了。

男人俊美的面庞染上几分冷漠："最近行程。"

温秘书立刻捧着行程表开始念，最后说到三天后的裴景卿与程熹的订婚宴时，谢砚礼忽然抬了抬手，示意他停下。

谢砚礼沉吟几秒，若有所思道："你告诉太太，三天后，我带她参加裴景卿和程熹的订婚宴，问她想不想去。"

若是他没记错的话，谢太太与裴景卿的小女朋友关系不错。

温秘书发完消息，偷偷看向自家上司，小心翼翼提醒："您真的不哄哄太太？

"例如买点儿礼物？

"太太最近都没时间逛街，要不把 G 家下个季度的新款当作礼物送给太太？"

见谢砚礼不说话，温秘书继续说："太太好像还没有一辆专属于她的跑车，听说 B 家最近出了款粉色跑车，给太太订一辆？太太肯定喜欢。"

谢砚礼看着自己的秘书，神色自若："温秘书。"

温秘书："啊？"

谢砚礼："你收了太太多少贿赂？"

温秘书赶紧表忠心："谢总，我不敢的！"

谢砚礼点着屏幕中那还没有关闭的照片，薄唇含着沁凉的弧度："让她开我送的车，去带年轻男生兜风？"

温秘书忍不住咽了咽口水，瞄了眼屏幕中太太那张漂亮脸蛋，总觉得太太这次危矣。

录制现场位于距离北城需要两个小时飞行时间的禹州城，录制为期两天。

最后一天，节目录制现场。秦梵与几位嘉宾坐在沙发上闲聊，面对镜头，经过两天相处，大家已经熟络起来。

除了秦梵，另外一个二线女演员织瑶是有个模特男友的，所以在她的那段独居生活片段中，男友偶尔会出现给她投喂。

作为唯二女嘉宾，秦梵便引起了大家注意。

节目组提问环节时说："秦老师第一次参加真人秀节目，观众对你热情很高啊，有观众提问，希望秦老师可以解答一下。"

秦梵没想到还有这种环节，观众提问？节目还没播出就有观众提问了？

大概是看出秦梵眼底的狐疑，导演轻咳一声，解释："之前节目官宣，观众在微博下的留言选出的问题。"

也不等秦梵答应，导演就提出第一个问题："看到织瑶老师有男朋友投喂，秦老师你自己一个人生活会不会觉得无聊？"

"我不是自己一个人啊。"恰好此时大屏幕上暂停的画面是她家中客厅的画面，秦梵睫毛轻轻眨了眨，纤细指尖悬空点了点屏幕，"那不是有很多人吗？"

大家齐刷刷地看向屏幕——低调华丽的客厅，四周角落处恭敬立着如同装饰品的保姆们。

节目组："……"

这话他们没法接，好像说得没错，但好像又哪里不太对。

织瑶的笑声打破了此时的安静："没想到秦老师家还是豪门呢，平时真的好低调。"

"不是豪门，就是平平无奇的有钱人罢了。"秦梵非常认真地纠正她的措辞，"现在没有豪门这一说。"

织瑶本是想酸两句，突然被她这话噎住，这人能不能抓一下重点！

措辞是重点吗，重点难道不是她一个十八线还没什么作品的演员，为什么住这样的豪宅，家里有钱怎么不给她砸钱拍戏买奖杯！

见织瑶闭嘴了，秦梵眼眸微微流转，懒洋洋地往沙发后一靠。果然，有女人的地方就有争奇斗艳。瞧瞧，只有她们两个女嘉宾，都得分出个胜负。

节目组看情况不对劲，连忙岔开话题："第二个问题，秦老师喜欢什么样子的男人？"

织瑶插话抢镜头："听说秦老师的粉丝都觉得全天下没有男人配得上他们家小仙女，秦老师，你也觉得自己不食人间烟火，没有男人配得上吗？

"还是有喜欢的男人，并不是粉丝说的那样？"

作为一个没有话题度没有流量的女演员，织瑶知道，如果自己不靠抢镜头搞话题，那么这个节目她将毫无存在感。

毕竟——单单是美貌与话题度，秦梵就远远胜过她，坐在秦梵身边，任谁都不会往自己这边看一眼。

秦梵抬了抬眼皮子，漂亮清澈的桃花眼望向镜头："喜欢好看的男人。"

她恍若思考："最起码得比我好看，不然会拉低未来孩子颜值的。"

噗！几个男嘉宾先笑出声来，就连节目组工作人员都被秦梵这话逗笑。唯独织瑶，脸色不太好看地跟着尬笑。

池故渊还故意叹口气："那我岂不是没希望了，姐姐这样的美貌，我是不配了。"

"哈哈哈！"

顿时，整个观察室气氛就那么上来了。

蒋蓉站在镜头外，低声挽尊："导演，我们家梵梵有点儿直，第一次参加这种节目，这段能不能删掉？"

到时候怕不是要黑她不给前辈女演员面子。

导演喜滋滋："这段很有梗啊，不删，而且要重点搞一搞。"

搞个锤子啊！蒋蓉忍不住对着沙发上那个快要歪进软枕里的女明星口型提示："注意仪态！

"注意说话分寸！别撩头发，妈呀，奇奇怪怪的痕迹差点儿暴露出来！"

一场室内录制有惊无险地结束。

节目录制结束已经是晚上十一点，保姆车内，秦梵降下车窗跟池故渊道别，答应他下次一起玩密室。

等车子启动后，秦梵对上蒋姐那张晚娘脸吓一跳："蒋姐，你怎么了？来大姨妈了？"

蒋蓉对上她那张吹弹可破的小脸蛋，忍住掐上去的冲动："今天差点儿吓死我！"掀开秦梵脖子上那披散的长发，"你这脖子上的痕迹怎么回事，谢总最近不是住公司吗？"而且他们来这里都两天了，还没消掉。

"什么痕迹？"秦梵拿出手机，对着摄像头看了看，精致的眉头皱起："还真有。"

"有没有你自己不知道？"蒋蓉被她气死了。

秦梵莫名其妙，她跟谢砚礼都好久没见面，这怎么冒出来吻痕了？见鬼了？

就在这时，秦梵举着的手机响起铃声。

秦梵指腹不小心扫到了接听键，里面传来温秘书恭敬的声音："太太，晚上好。"

秦梵眼眸微微眯起，示意蒋蓉先别说话，而后才漫不经心地应了声："有事？"

温秘书继续道："明天中午是程熹女士与裴总的订婚宴，您有兴趣出席吗？"

"没……""兴趣"两个字还没说出口，秦梵才反应过来，"等等，程熹和裴景卿订婚？不是取消了吗！"

上次她听到谢砚礼说要帮裴景卿的，秦梵知道小姐妹姜漾对裴景卿肯定不是什么玩玩的关系，她还不了解姜漾吗，看起来很能浪，实际上就是嘴上厉害，骨子里比谁都纯，在裴景卿之前，连跟男孩子牵牵手都觉得嫌弃，看男人的眼光很高。

裴景卿要是订婚了，小姐妹岂不是成小三了？

心高气傲如姜漾，哪里受得了这种事？秦梵越想气压越低。而且明天举办订婚宴，谢砚礼居然今天才告诉她。

"冷静冷静。"蒋蓉看到秦梵快要把手机捏碎了，也顾不得教训她，反而安抚道。

秦梵冷静不下来，完全没注意到自己脖颈后那个红痕颜色不太对劲。

她对温秘书问道："怎么现在才说？"

温秘书看了眼还在加班的上司，灯光下，男人眉眼冷峻淡漠，背后落地窗外，半个北城的夜景尽收眼底。

绚烂辉煌，却显得灯光下独自办公的男人格外寂寥。

他捂着话筒小声道："太太，您跟池故渊自拍，谢总吃醋了。"

他一边小声提醒秦梵，一边偷看正面无表情办公的上司，然后悄悄调了静音拍张照片发给秦梵，并微信附言："谢总加班两天了！"

原本秦梵是气谢砚礼，把他拉进黑名单是因为那天晚上被戏弄了，谁知他居然用姜漾和裴景卿的事情威胁她！

秦梵跟谢砚礼同床共枕两年多，自然明白他的意思。此时看到这张夜景下面无表情办公的男人照片，发现自己原本波动的情绪逐渐平复下来。

吃醋了？吃醋好，免得谢砚礼张嘴就说她想得美。

秦梵气消了，便跟温秘书说："告诉你们谢总，要是他熬夜熬得人老珠黄，我就真换别人了。"

温秘书："……太太，这话我敢说吗？"

秦梵喷了声，也不为难他："我语音发给你。"

毕竟都是打工人，秦梵还是很理解他的。

于是乎，在谢砚礼回复完最后一封邮件，感觉眼眸酸涩，微微仰靠在办公椅上，打算闭目小憩的时候，温秘书慢吞吞地打开手机："谢总，明天订婚宴的事情已经告诉太太了。"

谢砚礼淡淡地嗯了声，嗓音略微有点儿哑，却见温秘书站着不动，他抬起挡着眼睛的手背，目光落在对方身上："还有事？"

温秘书轻咳一声："太太给您发了条语音。"而后便当着谢砚礼的面打开了语音。

安静的办公室内，秦梵清软的嗓音传遍整个空间——

"谢砚礼，你要是加班熬夜熬得人老珠黄，我就不要你了，外面遍地都是年轻力壮的男人，我劝你好好保养！免得年龄输给人家，连颜值也跟不上。"

"对了，家里浴室右边架子第三排是熬夜急救面膜，今晚记得敷，明天出席订婚宴时，我不想被人当成干爹跟干女儿。"

温秘书不敢动，他也没想到太太这两段话比让他带的那句还扎心，完全不敢看此时谢总的表情。

然而万万没想到，气氛凝滞几秒后，谢总居然低低笑出声，微带暗哑的声线在清冷寂寥的办公室内格外清晰。

温秘书心情紧绷，谢总这是被太太气疯了吧？居然怒极而笑。

他忖度几秒，慎重道："谢总，您正值年轻，一点儿都不老，太太这是关心您的身体呢。"

"我太太关心我的身体，需要你说？"谢砚礼转而从办公椅上起身，捞起旁边的西装外套穿上，便准备往外走。

温秘书还没理解这话的意思，连忙跟上去："谢总，今晚您不加班了？"

"嗯。"谢砚礼没多言，长指扣上西装扣子，云淡风轻地离开公司。

温秘书突然下班，总觉得有些玄幻，所以——谢总没生气？

是真的在笑，并非怒极而笑？

回到京郊别墅后，谢砚礼洗完澡，擦干短发站在洗手台准备吹头发时，余光瞥到秦梵那一架子面膜，略略停顿几秒。

想到谢太太让他敷面膜的话，抬眸看了眼镜子里的自己。

秦梵飞机延误，等抵达北城时，已经上午九点多。本来以为来不及做造型，然而万万没想到，机场出口处，周秘书已经等在外面。

周秘书恭恭敬敬地拉开那辆熟悉的车："太太，请上车。

"造型团队已经在酒店等候，谢总特意邀请国内顶尖的造型团队为您量身打造。"

秦梵身上穿着在机场洗手间换好的渐变蓝色连衣裙，既日常也适合出席活动，她本来想的是如果来不及，就直接这样去订婚现场。

不过不能盛装出现在情敌面前，心里还是不怎么愉快。谁知，谢砚礼给她这么大一个惊喜，居然让造型团队早早等候在机场附近的酒店了。

蒋蓉和小兔看到这个大阵仗，也有些蒙了："谢总不会是打算公开吧？"

秦梵上车之前，睫毛轻抬，扫了眼蒋姐："什么公开，我们是去……砸场子！"

三个字说得掷地有声！绝对不能让小姐妹受委屈。

她也不知道裴景卿跟谢砚礼私下怎么谈的，居然真让订婚宴如期举办。

蒋蓉："你可千万要……"

"蒋姐，你们先回去吧，明天见。"秦梵将车窗关闭。

蒋蓉眼睁睁看着车影消失，直到隐约听到不远处传来年轻女生激动的声音：

"啊，刚才那个是不是秦梵？"

"好像是，侧脸绝美！"

"她上的那辆车，车牌号好牛，那是几个 6……"

蒋蓉忍不住扶额，这都什么事儿啊。

小兔提着秦梵的行李箱拍了拍蒋姐的肩膀："蒋姐，看开点儿，幸好不是谢总亲自来接被看到。"

蒋蓉："……"

顿悟了。

订婚宴办在裴家名下的私人别墅，并未对外开放，邀请的人物全都来自顶级圈层。宴会厅前方是蔚蓝色的泳池，池水在阳光下波光粼粼。

秦梵抵达时，已经快十一点，基本上该到的人已经到齐了。

谢砚礼漫不经心地站在宴会厅的落地窗前，看着外面人来人往、行色匆匆。

直到一辆车直接穿过别墅大门，嚣张地停在宴会厅外。

车门打开，一只纤细雪白的脚踝率先映入眼帘，谢砚礼瞳色加深，想的却是少了那淡金色的铃铛，不够完美。

秦梵踩着高跟鞋缓缓下车，一袭墨绿色绸缎长裙曳地，衬得皮肤白皙如玉，在微凉的冬日阳光下，透着清冷又耀眼的美丽。

沁凉的风像是瞬间能贯穿进骨缝之中，秦梵没有打哆嗦，慢条斯理地伸出一只素白的小手，轻松提起拖曳的裙摆，款款入场。

不过是大冬天穿单薄礼服而已，小场面，这是女明星的必修课程，基本素养罢了。

因为时间紧急，所以头发并没有做太复杂的造型，只是简单卷了一下，蓬松乌黑的卷长发丝垂落至纤细不盈一握的腰间，随着她走动，发梢微微晃动，像是摇曳生姿的玫瑰，肆意释放着它的魅力。

秦梵刚踏进宴会厅，被炽亮的灯光闪到眼睛，微微眯了眯，桃花眼顿时荡漾起细微波澜。

美人过分美丽，一进来便吸引了无数目光。

秦梵表面上优雅高贵，明艳动人，心里却已经把谢砚礼骂了个狗血喷头。

人呢？周秘书不是说他早来了吗？不知道他的仙女老婆到了吗，不能迎接一下？

这人怕是在小黑屋里待得太快乐，乐不思蜀不想出来。

谢砚礼站在落地窗前，并没有动，修长身姿慵懒散漫地倚靠在栏杆上，长指漫不经心弹了弹指尖那银色的金属打火机。

"咔……"

他并未点燃香烟，反而看着幽蓝色的火苗，眼神晦暗不明，直到秦梵进入宴会厅后，谢砚礼才抬起眼眸望过去，见她明明已经没有耐心，却还要含着笑意，正到处转悠着找他。

男人薄唇莫名勾起浅淡弧度，见她走到不远处的窗边，拿出手机。果然，几秒钟后，谢砚礼手机振动声响起。

他不疾不徐地接通了电话："谢太太。"

听到男人有些低哑磁性的嗓音，秦梵揉了揉耳朵，故作冷静地问："你人呢？"

谢砚礼嗓音徐徐："回头。"

说完，他站直了身子，落地窗旁边高大的绿植再也遮挡不住他的身影。

秦梵一边用手提着裙摆，一边回眸，漂亮眼眸在看到谢砚礼就在距离自己不到十步远的距离时，差点儿没忍住翻白眼，这人故意的吧！

秦梵桃花眼顿时染上灼灼的怒火，踩着纤细的高跟鞋直奔谢砚礼。这里不少人都不知道谢砚礼跟秦梵的关系，此时见秦梵居然直奔旁人都不敢去打扰的谢砚礼，有人怜香惜玉地拦住秦梵："秦小姐，你是打算去找谢总搭讪吗？

"劝你不要，谢总不会理你的。"

秦梵看着拦着她的年轻男人，微微挑眉，确定自己不认识他。

年轻男人热情地自我介绍："我叫林缘知，是裴枫的朋友，在裴枫微博里见过你，并且微博也关注你了。"

裴枫的朋友，却不知道她跟谢砚礼的关系，秦梵确定他们只是一般朋友。

然后她随意指了指谢砚礼："你怎么知道他不理我？"

见秦梵居然还敢指着谢总，林缘知差点儿都想直接把她的手按下去了，她知道自己指的是谁吗？

商界大佬谢砚礼啊，对女人无情无欲。

秦梵用仅存的耐心微笑道："所以，请让让。"

林缘知拦着她不让走："谢总在我们圈子里有个称呼，叫'佛子'。"

"意思是高不可攀，无情无欲，无悲无喜，你不如……"来跟我搭讪。

看到林缘知把毛遂自荐都写在脸上了，秦梵忽然退后两步，娇艳欲滴的红唇勾勒出一个弧度："若是他理我，你打算怎么办？"

见秦梵桃花眼微微扬起，端的是冷艳动人，林缘知心里更痒痒了，用调戏的语调说："如果谢总理了你，我跟你道歉怎么样，嗯？"

秦梵被这个故作刻意的"嗯"油到，平时谢砚礼说的时候，她只觉得撩人又浑身酥麻。这个仅能算是五官端正，眼神却有些混浊的年轻男人说起来，原本还算清秀的五官，瞬间油腻起来。

秦梵不打算搭理他，正准备绕过，毕竟今天的目标又不是这个路人甲。

忽然不远处那个云淡风轻站着的男人，把玩着金属质地的打火机走来。

精致白皙的长指搭在银白色金属体上，发出清晰的"咔咔"声，幽蓝色的火苗像极了催命之火。

随之而来的是谢砚礼薄凉幽远的声线："你不如跪下来道歉。"

……

宴会厅空气一瞬间凝滞。

"谢，谢总……"林缘知脸上笑意顿时消失得无影无踪，苍白如纸，仿佛看到了什么恶鬼。

秦梵看到姗姗来迟的人，轻轻哼了声，还别说，自己有被他的维护爽到，尤其这句"跪下来道歉"很解气。

林缘知见谢砚礼平静地站在秦梵身侧，无意识地保护般的姿势，心中惊悚又惶惶不安。这个秦小姐到底跟谢总是什么关系，居然能被谢总这么维护？

秦梵见这个林缘知面对谢砚礼，吓得仿佛下一秒就要尿裤子，眉心皱了皱："道不道歉？不道歉我走了。"

她忙着呢。

她细白指尖随手攥着谢砚礼的袖扣，把他整齐的西装袖子拉得微微发皱。

林缘知见重度洁癖的谢总居然没生气，心里更不安了，他居然调戏了谢总的女人。

"秦小姐，抱歉，我不知道你跟谢总……"林缘知赶紧发誓，"我绝对不会说出去的。"

见他认错非常诚恳，秦梵应了声。

林缘知继续："为表歉意，我这边刚好有个美妆代言，秦小姐非常合适，不知道秦小姐有没有兴趣？"

谢砚礼倒是开口了，语调不疾不徐："全球代言人？"

林缘知："……"

您可真敢狮子大开口，得，更确定这位跟秦梵关系不浅了。

林缘知愿意用一个全球代言人换取谢总的原谅，顺便结个善缘，谁知道这位美貌至极的秦小姐会不会上位谢太太。

谢砚礼侧眸看向秦梵："这个歉礼，你满意吗？"仿佛只要她不满意，便立刻让人家当众跪下道歉。

秦梵不是那种得理不饶人的人，况且众目睽睽之下，能接到裴家邀请来参加订婚宴的，基本上都是上流中的上流，秦梵自然不会傻得为了点儿小事真跟他结仇。

虽然不知道林家的美妆线是什么，但既然能有全球代言人这个项目，说明最起码是国际知名的。

于是秦梵矜持地点点头："还可以。"

随即谢砚礼便带着秦梵当众离开，林缘知看着他们相偕离开的背影，忍不住擦了擦额角冒出来的冷汗。

谢总果然如他爸说的那样，气势太可怕了。这要是真的当众跪下了，他们林家不必做人了，但若是不跪下，可能没几天，林家就要被上流家族除名。

幸好他及时挽救了，也幸好秦梵不是那种恃宠而骄的小情人。

莫名地，林缘知看秦梵还更顺眼了。当然，这次的顺眼是不敢再觊觎她的美色。

秦梵侧眸看向陪着她去安静休息区的男人："谢砚礼，你平时为人到底多可怕，你看看把人吓得，我好担心他原地吓尿。"

看着谢太太穿着华丽又惊艳的礼裙，却跟他说这样丝毫不遮掩的话，谢砚礼竖起手指抵在她唇边："谢太太，慎言。"

因为银白色的打火机还在他掌心，所以这个姿势，秦梵下巴不小心碰到了那冰凉的金属，她微微后仰："说话就说话，干吗对仙女动手动脚的。"

秦梵眼看着时间快要指向十一点，攥着谢砚礼的衣袖用力扯了扯："裴景卿跟程熹真要订婚？这真是他们的订婚典礼？啊，我快要急死了，漾漾电话也打不通。"

谢砚礼垂眸看着谢太太艳光四射，却跟小女孩似的，着急地牵着他的袖子仰头望着自己，眼眸湿漉漉的，仿佛下一秒便要浸出晶莹泪珠。

谢砚礼清冽的嗓音染上淡淡笑意，忽然意味深长道："你哭两声，我就告诉你。"

秦梵："……"

眼泪一瞬间收了回去，对上男人似笑非笑的暗眸，秦梵顺着他袖口，纤细指尖狠狠掐上他手腕上的那层薄皮，漂亮红唇紧抿着，咬牙切齿般从唇缝中溢出来几个字："谢砚礼，你哪天不恶劣能死吗！"

见她恢复张扬夺目，谢砚礼手指屈起，轻弹了秦梵白净的额头一下："来了。"

秦梵没好好感受男人手指的温度，便听到旋转楼梯那边传来高跟鞋的声音。

裴景卿旁边那个穿着精致白色刺绣鱼尾裙、满脸不情不愿、高贵冷艳的未婚妻，不是姜漾又是谁。

乌黑瞳仁陡然放大，秦梵心都跟着蹦出来："门口贴着的分明是裴景卿与程熹的名字，怎么裴景卿牵着漾漾出来？你们把宾客们都当作瞎子吗？"

谢砚礼见秦梵提着裙摆要上前，掌心不动声色地按在她肩膀上："别急，戏才刚刚开始。"

又不是他的小姐妹，他当然不着急。秦梵全部心神都放在姜漾身上，但凡看出她是被胁迫的，就算暴露自己也要把她救走。

璀璨夺目的灯光下，姜漾的手被裴景卿牵得紧紧的，仿佛怕她随时随地都要跑路。

姜漾站在台阶上将下方所有人的目光收入眼底，唇角扯出嘲讽的弧度："你看，他们都在庆祝你和程熹的订婚宴。"

裴景卿丝毫不在意她的讽刺，嗓音一如既往地温沉润泽："漾漾，这是我们的订婚宴。"

姜漾冷笑："你提亲了吗？我爸才舍不得我就这么订婚呢。"

裴景卿兵来将挡，水来土掩："一会儿我会亲自去跟岳父大人负荆请罪。"

"请个锤子！我爸在国外！"姜漾想挣开他的手，他牵得她手都要麻了。

"来了。"裴景卿的话打断了姜漾的动作。

另一侧入口，程熹穿着樱粉色的订婚礼裙，身边跟着两家父母，正娉娉婷婷而来。

相较于裴景卿与姜漾单打独斗，程熹那边才是真正气势压倒众人。

然而没多久，同样穿着正式礼服而来的裴枫与裴烟烟，默默地站到了他们大哥身后。

双方对峙的气氛，一触即发。宴会厅众人万万没想到，他们今日只是参加个订婚宴而已，开场遇到不近女色的谢总强势英雄救美也就算了，这都专场了，还能遇到这种出现两个未婚妻的画面。

很显然，一个是裴家大公子自己选择的，没看手牵得那么紧吗？另一个是裴家父母选的，站在他们选择的大儿媳身后。

秦梵不知道是不是谢砚礼刻意选择的地方，他们这边才是最佳观戏地点。秦梵本来是打算来砸场子的，但谢砚礼按着她，她完全动不了。

这时，寂静的宴会厅内，程熹仿佛没看到裴景卿还牵着另外一个女人的手，言笑晏晏："景卿，吉时到了，别惹长辈们不高兴。"

第九章　美人香

程熹声线温柔，但吐字清晰，在安静到有些可怕的宴会厅内，所有人都听得清清楚楚。

秦梵气得掐谢砚礼的虎口："这顶不孝的大帽子扣下来，好看的女人果然都蛇蝎心肠！"

垂眸看向被谢太太蹂躏过的手，谢砚礼薄唇微启："也有例外。"

秦梵满腔怒火，没及时反应过来谢砚礼的话，不可置信地瞪大闪烁着怒火的桃花眼："你还帮她说话？"

谢砚礼按着她肩膀的掌心微微用力："仙女不好看？"

秦梵被噎了一下："仙女不能用好看来形容，别把仙女跟这些凡夫俗子比较。"她不甘示弱，却被谢砚礼这话取悦了，没再揪着不放，还倒打一耙，"别跟我说话，好好看。"

谢砚礼顺势将她的手牵住，按住那做得纤细精致的指甲。光线下，男人肤色白皙的虎口位置，月牙形状指甲印若隐若现。

裴景卿没急着开口反驳，淡色的唇瓣勾起温柔的弧度，正捏着姜漾的小手，在她耳边低语："别怕。"

事到临头，姜漾怕什么，丢脸的又不是她，冷哼了声："随你。"

这件事结束，她也不会承认什么乱七八糟的订婚，姜大小姐的订婚仪式怎么可能这么简陋？

扫了眼对她而言完全不够豪华的宴会厅，姜漾眼底的嫌弃毫不掩饰。裴景卿跟姜漾在一起将近半年时间，自然明白她的小脾气，不满全都摆在面上。

他嗓音不高不低，却也足够其他人听清楚："这样的订婚仪式怎么配得上你？我的漾漾值得更好的，别生气了。"

众人哗然："……"

得，人家男主角面对正儿八经未婚妻的质问，丝毫不顾及也就算了，还有心思哄小女朋友。

裴枫都觉得他哥不愧是他哥，瞧瞧这泰山崩于前还能跟女朋友调情的本事。

裴烟烟原本是很喜欢程熹这种类型的小姐姐的，但上次秦予芷给她留下的阴影太大了，对于这种看起来温柔似水、端庄优雅的女人，实在是喜欢不来。

宁可大嫂是姜漾这种脾气摆在明面上的，最起码不用担心被利用，因为人家根本不屑。

程父见自家女儿与程家的脸面几乎被裴景卿踩在脚底下，顿时脸色不好地看向裴父："我程任致女儿再嫁不出去，也绝不允许你们这么侮辱。

"你们裴家必须给程家一个交代。"

裴父裴母没料到素来孝顺的大儿子居然给他们在订婚宴上闹这么一出，程熹哪里不好？比谢砚礼的太太都优秀好几分，裴景卿到底哪里不满意？

说什么不喜欢，豪门联姻能有什么喜欢不喜欢的，不都是父母之命？

裴家父母连忙安抚程家人："你们放心，程熹就是我裴家认定的大儿媳。裴景卿，还不过来给熹熹道歉！"

程任致依旧不满，却不愿意放手裴景卿这个女婿。放眼整个北城，年轻一辈除了谢砚礼便是裴景卿，其他未婚的还真没有配得上熹熹的，所以程家自然也愿意息事宁人。

见裴景卿不动弹，裴家父母快要被这个儿子气死了。

裴母捂着胸口："你是不是要把我气死才甘心？"

她有心脏病，裴景卿是不愿意真气坏她的。

除了第一句话，程熹再也没有开口，温柔端庄地站在那里，看着长辈们为她赢得这场闹剧的胜利，眼眸却不经意瞥向谢砚礼与秦梵的方向，带着淡笑。

"她这是在挑衅我们吗？"秦梵已经在裴景卿那话落音后，冷静下来了，此时察觉到程熹的目光，秀气的眉毛紧紧皱着。

纤细小手主动挽住谢砚礼的手臂，抬了抬漂亮下颌，她朝程熹冷冷地望过去，气势绝对不能输。

几秒后，秦梵对谢砚礼说："把你西装外套脱下来给我穿。"

她最知道怎么扎心，所有人都觉得谢砚礼无情无欲，是谁都得不到的男人，才敢这么肆无忌惮地挑衅她这个名正言顺的谢太太。

谢砚礼感觉到手臂那突然出现的柔软，垂眸看她，宴会厅温度调的恒温，穿着礼裙也不会冷。

秦梵红唇翕动，面对程熹的目光，依旧不甘示弱，用略带撒娇的鼻音道："看什么看，还不快点儿给我披上，要冻死你的仙女老婆？"

谢砚礼从善如流地松开手，而后将高级暗纹西装脱下，平平静静地披到了秦梵纤薄的肩膀上，修长手指还扫开她卷长的发丝，不让西装压在上面。

忽然看到她被鬓发挡住的雪白颈子上那抹红痕，男人指尖陡然顿住，俯身准备细看。

谢砚礼温热的呼吸喷洒在脖颈后，秦梵先是僵了一瞬，而后忍不住小声嘟囔："谁让你自己加戏的！"

不过这"加戏"加得不错，秦梵看到程熹原本冷静温柔的脸色沉了下来。

嚯，还以为程熹冷静可怕到真的能将一切隐藏在心里呢。就在秦梵感叹时，突然感觉到脖颈后薄薄的皮肤被冰凉指尖碰了碰。

秦梵警惕地缩了缩脖子，偏头望着他："你干吗？"

大庭广众之下，加点儿戏可以，动手动脚也忍了，动到脖子以下就过分了啊！

谢砚礼长指抚过她后背上系着的那个绸缎蝴蝶结，找到隐藏在蝴蝶结下面另外的红点。

"痒吗？"

"我摸摸你，你试试痒不痒？"秦梵没好气地要拍开他的手，但是想到程熹或许还在看着他们，便只好用力攥着男人的手腕，不准他继续乱动了。

"谢太太，你没意识到自己……"谢砚礼清俊眉心跟着蹙起，在她耳边说道。

然而后续的话还未落音，那边便传来杯子碎裂的声音，姜漾差点儿被程熹的母亲一巴掌打到，幸而裴景卿及时护住了她。

秦梵这次忍不下去了，连忙提着裙摆冲过去，根本没听清楚谢砚礼的话。谢砚礼想到她后背上的红点，揉了揉眉心——裴景卿效率太慢。

见秦梵无事，他先给等在外面的温秘书去了个电话，才不疾不徐地往"战场"中心走去。

程母睨着姜漾："姜小姐，不要仗着漂亮勾引男人，尤其是有未婚妻的男人。也对，毕竟你从小没有母亲教养，不懂这些也正常，现在知错也来得及。"

秦梵挡在姜漾面前，嗤笑道："上梁不正下梁歪，像程夫人这样诋毁一个已经故去的人，估计也养不出什么有教养的女儿。她硬要嫁给不想娶她的男人，这真是程家的好教养。"

程母是参加过谢砚礼的婚礼的，所以认出她来，眼神陡然一变，压低了声音道："谢太太，这是我们裴、程两家的事情。"

"我管你们是程家还是裴家，跟我家漾漾没有半毛钱的关系。"秦梵握住姜漾的手，站在高一层的台阶上，居高临下地望着那几个所谓的长辈，以及裴景卿，"你们爱怎么闹怎么闹，想订婚就订婚，不想订婚就不要订婚，都与姜漾无关。"

"所以，我们这就走。"

而后秦梵冷声对裴景卿道："如果喜欢漾漾，就拿出你的诚意，别让她置身于这种地方，这里不配。"

穿着墨绿色绸缎礼服的少女眉眼清冷，明艳动人的面容上满是淡漠，让人不由得心头一震，甚至忽略了订婚当事人。

姜漾觉得她家小姐妹实在是太酷了，尤其是把她从裴景卿手里"救"出来的时候，想嫁！！

不单单是姜漾，众人都愣住了，完全没料到事情居然是这么个走向。

直到林缘知开始鼓掌，并且开口道："秦小姐说得太好了！我支持你！"

她说什么了，就被支持了？秦梵有点儿无语。

不过因为林缘知这一打岔，秦梵刚好趁机牵着姜漾迈下台阶，准备离开这个鬼地方。

如果裴景卿挨不住父母的要求，答应了订婚，那他就配不上漾漾；如果订婚取消，那他也得名正言顺、光明正大地去姜家求亲。

不得不说，秦梵跟姜漾从小一起长大，想法也是出奇地一致。

谢太太的威风耍得非常不错，谢砚礼被擦肩而过的秦梵瞪了一眼。

谢砚礼拉住她的手腕，轻轻一按，当众开口："去车里等我。"

大家奇怪于他们的关系，却没人敢吱声。即便都是上流阶层，也得分个高低贵贱，例如第一阶层是谢家；第二阶层才是裴家、程家、秦家；至于林家，已经处于第三阶层。

而来参加订婚宴的，基本都是各家派出的小辈，长辈们几乎都没来。他们大概早就听到了风声，自然不会来掺和。

这些小辈从小被谢砚礼支配着长大，大部分都如林缘知那般，在他面前根本不敢说话，免得影响到长辈们之间的交情。

秦梵在外人面前没有不给谢砚礼面子，随口敷衍地应了声，便与姜漾离开宴会厅。

裴景卿也没阻拦她们，只是在她们踏出宴会厅之前，用清润的嗓音清晰道："漾漾，等姜伯父回来，我会正式去求亲。"

姜漾没答，与秦梵手牵手离开这灯光绚烂的宴会厅。

谢砚礼成为焦点，他的西装披在秦梵肩头，此时一身白色衬衫、黑色西裤，不显唐突，反而自带矜贵优雅的气质，修长指尖把玩着金属质地的打火机时，莫名平添了高不可攀的禁欲感，仿佛刚才抓女明星手腕的不是他本人。

"订婚取消，都散了吧。"

谢砚礼清清淡淡的嗓音响起后，原本围观的众人立刻跟裴家提出告辞。裴家父母还没反应过来时，偌大的宴会厅已经只留下他们几人。

"谢世侄，这不妥吧？"裴父眉头紧皱，压抑着怒气。

今日他们裴家真是也跟着成了笑话，裴家向来清高，既然答应了程家的婚事，便不可能随意取消，所以程熹根本不怕。谢砚礼阻挡得了这一次，阻挡不了她下一次。

谢砚礼看向裴景卿，裴景卿想到谢砚礼给他出的那个馊主意，薄唇微微上扬，云淡风轻地把他亲弟弟推了出去："爸，我不娶程小姐是有原因的，若是程家非要与我们裴家联姻，换成裴枫吧，我愿意将继承人的位置让给裴枫。"

裴枫："……"

什么鬼？跟他有什么关系："我也不……"

话音未落，便被裴景卿轻飘飘地扫了眼，裴枫到嘴边的话咽下去，委委屈屈地看向程熹："我娶还不行吗？"

裴景卿神色平静，然后看向程家人："程总、程夫人，你们的意思呢，一定要程小姐嫁到我们裴家吗？"连伯父伯母都没喊。

"你，你，你……你们把我们程家当成什么？把程家女儿当成什么？"程任致怒气冲冲地指着裴景卿，"好，真好，你们裴家……"

话音未落，却听到程熹温温柔柔的声音响起："我嫁。"

程任致跟程夫人不可置信地望着自家女儿："你疯了？"

"我绝不同意！"

程任致能坐到今天这个位置，是绝对不可能任由女儿被裴家这么推来推去的。更何况，他根本看不上裴枫这个女婿，一个在娱乐圈当导演的，能有什么未来？

程任致狠狠说道："你们裴家欺人太甚！"转身挥袖离开。

"老程！"程夫人连忙拉着女儿追出去。

倒是裴家父母反应过来，也打算跟着追出去，总不能因为孩子的事情，让两家这么反目成仇吧。而且他们看明白了，裴景卿这是宁可不继承裴家家业，也不娶程熹。

裴枫拉着裴烟烟，很有眼力见儿："爸妈，我们去送程伯父他们，我哥应该还有话要跟你们说。"

裴景卿扶着裴母在空荡荡的宴会厅沙发上坐下，脚边还有没有清理干净的杯子残渣。

他想到姜漾差点儿摔到这堆残渣里，眼神便忍不住黯淡了下来。闭了闭眼睛，裴景卿当着谢砚礼的面对父母道："我娶不了程熹，只能娶姜漾。

"因为……我对除了姜漾之外的女人都亲近不了。"

"什么？"裴父裴母齐声道。

尤其是裴母，心疼儿子："怎么回事，这是不是为了不娶程熹编出来的谎话？"

"心理障碍是真的。"裴景卿沉下俊脸，"不然我怎么会这么多年从来没有交过女朋友。"

"在国外遇到姜漾之后，我才发现只能对她有感觉。"

裴家父母神情恍惚，这种大事，他们相信儿子不会欺骗他们。老两口互相搀扶着上楼，他们需要缓缓。

谢砚礼看事情解决了，转身便往外走。裴景卿跟着他一同去找姜漾："我爸妈真能信这种话？"明显就是瞎话。

谢砚礼看似不慌不忙，实则走得不慢："除非他们找女人试你。"

裴家也曾是书香门第，到了他爷爷这一代才开始经商，但是骨子里还是继承着书香世家的传统，他爸妈自然做不出找女人试他的行为。

想通之后，裴景卿侧眸看向面色冷淡的谢砚礼，啧了声："这还都在你的意料之中啊。"

包括提出换裴枫联姻，程任致会拒绝。

"你说，这个世界上还有什么是你预料不到的？"

谢砚礼看着车窗降下来，秦梵露出那张精致冷艳的小脸，略略一顿："有。"

这世界也是有他预料不到的事情的。

裴景卿没听懂他的话："嗯？"

却见谢砚礼已经头也不回地走向那辆低调的黑色迈巴赫，此时车厢内，姜漾看着裴景卿与谢砚礼一同出来，便要下车："梵梵，你跟谢总先回去吧，我有话要跟裴景卿说。"

秦梵凝眉，不太放心地紧握住姜漾的手："有什么好说的，等他解决了家里人再说。"

谢砚礼打开车门，恰好听到了秦梵这话，目光落在她们交握的手指上，嗓音冷淡："他解决了。"

"啊？"

秦梵错愕地望着站在车旁没进来的男人。

姜漾接触到谢总的眼神后，轻咳一声："好了，我不当电灯泡。"

"让裴景卿送我回去，本来就是他把我骗来的。"

说完，姜漾挣开自家小姐妹软软的小手，生怕迟了一步，要被谢总的眼神凌迟，好像要把她的手剁下来。

临走之前，她还有点儿舍不得地摸了把秦梵的手背："拜拜。"

秦梵见姜漾踩着高跟鞋，气势十足地走向裴景卿，而裴景卿朝她笑得温润又隐约带着几分宠溺的意思，放心了。

总归小姐妹不会吃亏就行，反正那些会让她吃亏的人早就走了。

谢砚礼上车后，第一句话便是："温秘书还没来？"

司机立即回道："温秘书还有五分钟便到。"

谢砚礼应了声。

倒是秦梵，双手抱臂看他："面对你这么美丽动人的太太，先问你的秘书，谢砚礼，你知道'单身狗'三个字怎么写吗？"

谢砚礼没答，反而从前面拿过来一盒湿巾，抽出来两张，而后握住秦梵的手腕。

秦梵小声嘟囔了句："洁癖。"

润泽微凉的湿巾抚过幼嫩柔软的皮肤，动作再轻，还是会在她薄薄皮肤上留下浅浅的红色痕迹。

他离得近，秦梵甚至能闻到男人身上淡到几乎趋近于无的木质沉香味，恍然想起来，他那串形影不离的佛珠已经送给她了。

秦梵也没戴，毕竟他那串佛珠实在是过分显眼，万一被拍到，岂不是不打自招。

她用还没有完全干的指尖杵了杵谢砚礼的手腕："那串佛珠，回头再还给你吧。"

这次好像没看到程熹再戴那串同款佛珠了。

谢砚礼抬眸看她一眼："佛珠沾了你的气息，还回来也不是之前的那串。"

"……"秦梵轻哼了声，"嫌弃我？"

"你明知不是。"谢砚礼从半开的车窗看到温秘书朝这边跑来。

五秒钟后，温秘书将一个小小的白色塑料袋沿着车窗递过来，这才上了副驾驶座。

"过敏药膏？"

秦梵见谢砚礼从袋子里取出一管药膏，表情诧异："你过敏了？"

看她这表情，谢砚礼确定她不知道自己过敏了。

他将车窗全部关闭，又升起前后挡板，原本光线明亮的车厢内，瞬间形成密闭的空间，只有男女之间恍若交缠在一块的轻浅呼吸声。

原本宽敞的后排车厢，因为密闭，竟然显得有些逼仄，秦梵下意识地往后仰了仰身子，想退出男人的范围。

她却没想到，刚动了一下，肩膀上的西装外套便被拿了下来，露出里面墨绿色的薄绸长裙，谢砚礼修长灵活的指尖搭在她脊背位置，慢条斯理地挑开了她后背细细的蝴蝶结。

秦梵顿时感觉到丝滑的绸缎布料往下滑。

"嗯？"秦梵低呼，连忙捧住几乎掉到腰腹间的绸缎，"谢砚礼！"

他有毛病吗！干吗解开她的裙子？

谢砚礼已经扳过她的肩膀，白皙纤薄的后背闯入男人视线之中。秦梵骨相完美，包括这一抹背部风光，此时在昏暗光线中，那线条流畅美丽的后背，依旧掩不住莹润透白，仿佛在昏暗中静静散发着清幽淡香。就连后颈至背脊那灵性的几个小红点，都变得生动极了。

秦梵手忙脚乱地捞着身上绸滑的布料，谁知，谢砚礼根本没往她春光大露的

216

地方看，反而将药膏挤到指腹，往她后背上轻轻涂抹，偏冷的嗓音有些漫不经心："你过敏了。"

"啊？"

秦梵原本乱动的身子突然顿住："我什么时候过敏了？

"你不会是想占我便宜吧？"

感觉到那微凉的药膏在自己后背被男人指尖揉化，秦梵雪白柔软的皮肤忍不住瑟缩，整个上半身几乎缩成一团。

后背弯成动人的弧度，美不胜收。小巧的腰窝在那堆积的墨绿色绸缎之间隐现，引得人想去试试触感如何。

谢砚礼的指腹从后背缓缓落到她敏感的后颈皮肤处，这个位置，秦梵乌黑眼眸陡然一闪，脱口而出："这不是吻痕？"

"吻痕？"

原本未曾说话的谢砚礼，终于从薄唇中一字一顿地重复这两个字。

秦梵："……"

说漏嘴了，谢砚礼也不着急，笑声像是沁透着凉意："谢太太，如果我没记错的话，我们已经一周未曾亲密，所以这里为什么会是吻痕？"

男人沾着药膏的指腹在那个位置来回搓磨着，明明暧昧横生，秦梵却只觉毛骨悚然，仿佛下一秒他的手会掐断她纤细的小脖子。

"我瞎说的，你怎么什么都信。"秦梵眼神躲避，坐直了身子背对着谢砚礼，"涂药就涂药，话那么多干吗？"

这个姿势，那对深陷的腰窝更加清晰了，滑动的墨绿色绸缎衬得肤色越发雪白通透。

下午两点，日头依旧很高，光线均匀地洒在线条流畅的车身上，迈巴赫低调从容，宛如在阳光下慵懒休憩的猛兽。

一窗之隔的车厢后排，密闭空间内，秦梵单手拿着手机，另一只手捞着丝滑的布料挡在胸前，对上谢砚礼那双幽暗平静的眼眸，纤薄肩膀却微僵。

空气仿佛都被点燃了，秦梵感觉到滚烫的热度从贴在腰窝的掌心燃烧至心脏，心开始不听话地胡乱跳动着。

这种感觉，还是在半公共场所，那种刺激感直击大脑皮层。谢砚礼眼眸含着淡笑，若无其事地望着手忙脚乱不知道先干什么的她。

秦梵懒得搭理他，只要谢砚礼别趁机占仙女的便宜就行。

她小声嘟囔了句："臭男人。"

求他的时候便是"老公"，生气的时候就是"臭男人"，秦梵翻脸比翻书快多了。

217

谢砚礼轻碰了一下秦梵微凉的耳朵："谢太太，想不想公开已婚？"

男人微冷的音质在逼仄的车厢内格外清晰，秦梵想着拨开他的指尖，随便应了句："不想，说好进演艺圈要靠我自己，才不要在你的阴影下搞事业呢。"

到时候所有人都知道她是谢太太，那她所有的成绩，都会与谢砚礼这个丈夫联系在一起。

秦梵不会抵触在遇到困难的时候让谢砚礼伸出援手，毕竟这是她名正言顺可以依靠的丈夫，她不依靠难道要给程熹靠吗？

想到程熹，她嗤笑了声："不可能！"

但，这个前提是她已经凭借自己的实力拿到了属于自己的机会，但是中途被人抢走了，她依靠谢砚礼重新抢回来，并不代表她要一直依赖谢砚礼。

谢砚礼看着她提到演艺事业时，那乌黑水润的桃花眼中瞬间绽放出来的光华，头一次感受到她的梦想与野心。

秦梵当花瓶谢太太时很美，但提到她的事业时，更美。

"怎么，你想公开？"秦梵才不觉得谢砚礼会在意公开不公开她是谢太太的事情呢。

反正对他这样的人而言，有没有太太没什么区别。

"随你。"

果然，谢砚礼语气平静地从薄唇溢出这两个意料之中的字。

秦梵觉得无趣，开始自顾自地将滑落在纤细腰肢间的绸缎长裙重新穿上，西装随手丢给了谢砚礼。

谢砚礼气定神闲地接过来，似乎并未因为秦梵的变脸而不高兴，反而还慢悠悠地开始审问："谢太太不是要解释'吻痕'的事情吗？"

秦梵被谢砚礼之前那句"随你"的语气弄得很不开心，没什么好声气儿："有什么好解释的，你就当是被年轻小鲜肉吻的。"

明知道是过敏了，有什么好解释的？秦梵又没出轨，她理直气壮。

秦梵双手抱膝，蜷缩在座椅后面，因为谢砚礼的漫不经心，她突然来了一些情绪。

明明知道不公开对自己是好事，但是偏偏听谢砚礼不在意的语气，她就是矫情，不高兴，甚至连后背上过敏的小红点都开始痒了。

秦梵闭上眼睛，仰靠在后座上，拒绝交流。墨绿色裙摆拖曳至车座下，随着车子开动，荡漾起轻轻的弧度。

后座原本暧昧旖旎的气息，瞬间僵下来。谢砚礼看着她这副自我唾弃的小模样，眼底却闪过若有若无的笑意。

直到车子停下。

218

"下车。"

男人清冽低沉的嗓音缓缓在耳边响起，秦梵蓦然睁开眼睛，才发现自己居然迷迷糊糊睡着了，下意识地看向谢砚礼——却见他已经站在了车门外，正弯腰给她解开安全带。

系着安全带，却将腿蜷缩在座椅上这种"高难度"动作，导致秦梵下车时，腿有些发麻。

即便再不想面对谢砚礼，还是撑着他的手臂站稳了。

下车后发现，他们已经抵达京郊别墅。只不过……车子直接停在了京郊别墅的私人停车场。

中间那辆崭新的浅粉色小跑车在一众车辆中，陡然闯入眼中，格外特殊。

甚至比秦梵之前喜欢开的蓝色的那辆车更漂亮，她已经能想象到这辆车在阳光下，是多么流光溢彩了。

谢砚礼修长手指捏着同样粉色系的车钥匙在秦梵眼前晃了晃："生日礼物，秦小姐。"

秦梵不知道自己该在意他前半句好还是后半句好，总之，全都让她惊讶。

谢砚礼将车钥匙放进她掌心，嗓音在她耳边响起："不公开已婚，可以公开恋情。"

秦梵指尖触到冰凉的车钥匙才缓过神来，眼瞳怔然："我们有恋情可公开？"

秦梵仰头看他，视线在沁凉的空气中撞上。

只披了条宽大羊绒披肩的秦梵，忍不住裹紧了身上的披肩，想要汲取点儿温度。几秒后，就在秦梵快要等不及他的答案时，谢砚礼终于动了——

他抬起手腕，将秦梵掌心捏着的那串车钥匙重新抽回来："这是给恋爱对象的生日礼物。"意思明显，既然你不是恋爱对象，那这辆车跟你无关。

秦梵没想到谢砚礼说要回去就要回去，送出去的东西，还能要回去？

秦梵用食指钩住钥匙圈："好好好，恋爱对象就恋爱对象。

"请问恋爱对象，我能试车了吗？"

谢砚礼没有用力，任由她重新将车钥匙钩了回去，目光落在女孩纤细柔软的指尖上，从喉间压出低沉磁性的一声"嗯"。

秦梵顿时眉开眼笑，原本就明艳旖旎的面容，在光线暗淡的地下停车场内，都像是覆上了层层薄光，莹润透白。

往柔软舒服的真皮座椅上一靠，秦梵喟叹了声："粉红色果然跟仙女最配！"

谢砚礼没上副驾驶，就站在车旁望着她。秦梵拿出手机，先是在车内自拍，然后又下车自拍，最后觉得不太够，将手机递给谢砚礼："你帮我拍，多拍几张，一定要好看！

219

"你会拍照吗，蹲下来，哎呀，这个角度显得我腿长。"

见谢砚礼镜头对着自己，秦梵抬了抬手："等会儿！"而后撩起裙摆一侧，露出一条纤白如玉的大长腿，这才凹了个造型，"这样拍，一定要把我腿拍长一点儿，腰细一点儿！"

谢砚礼看到秦梵侧靠在淡粉色的跑车上，墨绿色的绸缎长裙衬着曼妙婀娜的身材，已经足够惊艳，偏偏她还把裙摆撩起来，露出那条白到发光、骨肉匀称的纤细长腿。

他手腕略顿几秒，而后按下了拍照键。

"我看看。"

这是谢砚礼给她拍的第一张照片，秦梵不太放心他的技术，等拍完之后，连忙提着裙摆走过来。

秦梵探身看着屏幕上那张照片，构图完美，光线完美，就连长腿细腰都完美。

秦梵眼眸亮了亮："没想到你摄影技术这么好。"

她仰脸看向谢砚礼，红唇带着挥不散的上扬弧度："在为恋爱对象拍照这方面，谢总表现不错。

"但是，还有进步空间。"

谢砚礼抽出她的手机，然后下颌轻抬："过去，裙摆放下来，再拍一张。"

秦梵睫毛轻眨了几下，本来让他多拍几张是怕找不到好看的，但他这张拍得足够完美，秦梵本来还想着结束拍摄了呢。

没想到——

"你还拍上瘾了。"

秦梵嘟囔了句，也乖乖提着裙摆过去，站在迈巴赫旁边的温秘书，默默拿出手机，拍下这一幕堪称日月颠覆的离奇画面。

无情无欲、无悲无喜的商界佛子给美艳动人、身段旖旎的女明星拍照，你敢信？

反正他是不敢信。

温秘书认真想，好像从谢总手腕上那串佛珠摘下来后，就跟打开了什么奇怪的机关似的。

只是在外人面前，依旧是那个没有感情的商界佛子，这个开关，只在太太面前，才会偶尔触发。

今天，无疑是触发得最厉害的一次。

温秘书将手机收起来，看着外面天边晚霞渐深，今晚升起的不会是太阳吧？

…………

当天晚上，秦梵足足在浴室折腾了两个小时。

后背上的过敏不知道是什么引起的，但秦梵从镜子里看，只能隐约看到两三个小红点，而且不怎么严重。

家庭医生说她这是到一个陌生城市，水土不服，引起的轻微过敏，让她继续涂抹之前涂过的药膏即可。

秦梵卸妆、洗澡、护肤，一身轻松出来后，已经晚上十点。

脱掉了白日里的盛装华服，秦梵换了条雾霾粉的真丝吊带睡裙，想着跟她今天才得到的小粉很般配。

她很少穿粉色，但因为皮肤透白，衬得这雾霾粉极为高级，又平添几分日常的纯情。

偏偏她鬓发蓬松，发梢微微翘起好看的弧度，像是一只假装纯情的小狐狸，一颦一笑中无意透出勾人心弦的风情。

谢砚礼多看几秒，才放下手中的平板电脑，拿起药膏："过来上药。"

完全没有被他的仙女老婆迷住，秦梵心里"啧"了声，老老实实地爬上床，背对着谢砚礼。谢砚礼目不斜视，专心给她上药，秦梵有些兴致缺缺地拿起手机。

之前参加的综艺节目，节目组提前把预告片放出来，全网都在讨论她低调奢华的别墅。

当然，并没有人扒出来别墅位于京郊别墅区。毕竟能进入京郊别墅区的，都不是什么普通人，而这些人，大部分都知道秦梵的身份，甚至参加过谢砚礼和秦梵的婚礼。

此时她的那个词条已经冲上热搜第一，点进词条，置顶微博的就是节目官博发的预告片中她的单人剪辑视频。

秦梵打开评论，果然如她所料——

"不愧是娱乐圈第一仙女，就算是被养着也要用最好的笼子。"

"长得这么美，果然逃脱不了被养的命。"

"我还奇怪这种对女性恶意这么重的酸话是谁说的，没想到点进楼上那几条微博，发现都是男的。这年头男人不好好工作，天天在微博酸人家美女吗？"

"美女的事情你们这群普信男能不能闭嘴，你们确实是养不起，毕竟你们连只真正的金丝雀都养不起。"

"张嘴闭嘴就是养，实锤呢？就不能是仙女自己家吗？"

"房产证都亮出来了你们还当睁眼瞎，就算是男人送的，能送出这么珍贵的礼物，也一定是真爱了。"

"那就让她出来澄清啊，这都几个小时了还没澄清，不是默认？"

"不澄清等于默认，等到澄清之后，你们又说澄清等于狡辩。"

"……"

秦梵看到她粉丝战斗力那么强，忍不住笑了笑，也是万万没想到。

谢砚礼已经将药膏涂好，等着干掉，然后不疾不徐地说："再给你三分钟时间。"

三分钟时间后要干吗？不言而喻。

这还倒计时呢？秦梵眼睁睁地看着谢砚礼说完这话后，打开平板电脑上的倒计时功能。

还能这样！计时器还带声音，非常具有紧迫感，秦梵知道谢砚礼说一不二，连忙找出照片，好不容易挑选出几张，已经来不及想文案了。

直接敲了四个字，附带两张照片发微博——

　　　　秦梵 V：生日礼物。

刚一发布，就立刻涌来无数条评论，秦梵虽然粉丝不多，但现在也有两千万，且全都是活粉。

尤其还在热搜上，大家都等着她的澄清呢。谁知等来了秀恩爱。

一张照片是她坐在粉色的车内，明眸皓齿，美得不可方物；还有一张是她坐在车头上，墨绿色的裙摆垂坠着，透着几分慵懒又随意的感觉。

重要的是这辆车！B 家浅粉色的跑车，之前还上过热搜。因为太梦幻太少女，后来还被网友们戏称是只有公主才能开的车。

现在这辆车就光明正大地出现在秦梵的照片上，并且赋予了"生日礼物"这四个字。

网友们顿时炸了——

　　　　"天哪，我不是瞎了吧，这是 P 图吗？"
　　　　"这不是公主的车，这是仙女的车！仙女跟粉色绝配！"
　　　　"啊，谁谁谁，这么浪漫的礼物，太绝了，姐姐嫁他啊！"
　　　　"秦梵，谁谁谁，谁送的？是不是男人？是谁的男人？"

秦梵瞥了眼银灰色床单上还剩三十秒的计时器，立刻马上回复最热门那条评论——

　　　　秦梵 V：是男人，我男人。别人家的男人凭什么送我跑车？钱太多吗？

// 路人甲：秦梵，谁谁谁，谁送的？是不是男人？是谁的男人？

发完之后，恰好计时器走到了 0。

谢砚礼俯身过来，握住了她的手，将手机丢到床头柜上。

"谢太太，时间到。"

"什么谢太太，不是恋爱对象吗？我们现在应该先牵手、约会，相处一段时间后才能……嗯。"

秦梵话音未落，便被吻住了红唇。她很快便觉得呼吸困难，好不容易从紧贴的唇缝之间溢出声音来。

"停，先停一下。"

等她呼吸这段时间，他嗓音悠悠道："在这里，先是谢太太。"

这里是哪里？秦梵水眸雾气朦胧，顺着他的视线望过去，什么都没看到。

直到男人另外覆在她腰间的掌心，慢条斯理蔓延至绸滑的丝质布料边缘时，秦梵才恍然大悟。

…………

其实距离秦梵生日还有半个月，生日礼物提前收了，但生日还没过。

没等到秦梵过生日，便是年底各种颁奖典礼。而在这之前，秦梵拍摄的时尚杂志也开始预售。

翌日，公司休息室，蒋蓉坐在沙发上，紧张地捧着平板电脑，等待着预售开启。这是秦梵首次拍摄一线杂志封面，预售成绩将宣告她未来的时尚资源。

秦梵正在看微博，昨晚她发的那条微博直到现在还在热搜上。

"秦梵公开恋情，深度揭秘其神秘男友"。

休息室的自然光照到秦梵认真刷手机的侧脸上，越发显得她侧颜精致如瓷娃娃。

秦梵指尖轻触词条，看里面的评论——

"仙女骨子里这么酷吗，直接自曝。"

"这届媒体、营销号都干什么吃的，人家都自曝有男朋友了，你们连点儿消息都没有！"

"这么出名的'公主专用车'都没发觉动静？"

"竟然还有营销号一本正经地转发虚假新闻，现在都心虚删掉。笑死，原来你们这些大 V 爆料也全靠网友猜测。"

"仙女：呸，什么垃圾媒体，连这么明显的新闻都跟不到，还得本仙女自己曝！"

"哈哈哈，楼上笑死我了，有那画面感了。"

"啊，仙女说得对，别人家的男人凭什么给她买那些东西，凭什么，那些说仙女被养的，国内有这个财力又大方的大佬们的太太可个个都不是吃素的。仙女这么直白地晒出来，要真是金丝雀，早就被撕成渣渣了！"

"太真实了，不过好想知道这个神秘男人到底是谁啊，各大媒体营销号，现在轮到你们出手了，赶紧去跟啊。"

"这要是再跟不到，你们都不用混了。"

秦梵自曝有男人之后，最苦涩的便是各大媒体记者和营销号了，微博账号被涌进来的网友路人们喷得狗血淋头。

眼看着大家将视线转移到媒体身上，秦梵唇角一侧上扬起弧度。

下一刻，蒋蓉惊呼道："啊，秒空！预售秒空啊朋友！"

她刚点进去就被弹了出来，等到好不容易进去后，已经显示灰色没货状态。

蒋蓉即便是见过大世面，此时也忍不住有些激动了。如果说担任装导的那部《风华》女主角是迈出事业的第一步，那么首次一线杂志封面预售秒空，就是预示着即将进入事业巅峰期。

女明星的时尚资源与影视资源，都是同样重要的，不过主要看艺人更偏向哪方面。很明显，秦梵可以两者兼得，成为超一线女演员，真正地站在娱乐圈的顶峰。

秦梵被她晃得手机都差点儿掉了，指尖夹住薄薄的手机，将它丢到沙发上，才看向蒋蓉，心态依旧很稳："蒋姐，淡定，你是见过大世面的。"

蒋蓉摇摇头，就差喜极而泣："你不懂，我本来以为你都没戏了，没想到最后给了我这么大惊喜。

"不得不说，你运气也太好了，因祸得福。"

这场热搜没有白上，刚好赶在了杂志预售的时间，也算是给她增加曝光度了。

"而且你澄清得也非常及时。"蒋蓉捧着秦梵那张小脸，左看看右看看，怎么看怎么满意，"你这小脑袋瓜是怎么长的，竟然能想出这种公关方式。"

直接吸引了所有的注意力，有那辆"公主座驾"的浅粉色车，谁还会在意之前那辆黑不溜秋的低调迈巴赫。

秦梵好不容易挣脱了蒋姐的手，揉了揉有些酸的腮帮子："是谢砚礼提醒我的。"

蒋蓉倒吸一口凉气："原来你的贵人是谢总，啧啧啧，你家谢总旺妻吧，之前《风华》完美解决，现在送的生日礼物又帮你解决了绯闻缠身，还增加曝光让杂志预售秒空。"

全都在推动秦梵事业进展。

旺妻？秦梵脑海中浮现出谢砚礼那张没什么感情的俊美面庞，忍不住打了个寒战，难以想象。

蒋蓉手机振动不停，也顾不得秦梵。电话是公司副总打来的，要给秦梵准备庆功宴，还让她优先挑选公司的资源。

蒋蓉挂断电话后感叹："看看，这就是公司的嘴脸，只要你有价值，资源自动就跑进你碗里来。如果我没猜错的话，公司应该是打算把正在接触的国际一线口红广告给你。"

秦梵有些漫不经心地随着蒋蓉一块去副总办公室，脑子里想的是，上次谢砚礼生日时，她许了愿望，谢砚礼还私下帮她完成了心愿。

这次她过生日，谢砚礼送她车又无意中帮忙，要不要趁着自己生日，帮谢砚礼完成一个愿望呢？

可是——谢砚礼这个没有爱好与感情的机器人，哪里会有什么心愿。

秦梵睫毛轻轻眨着，眼底闪过抹几不可察的迷茫。

今日随意搭配的奶白色毛衣和小脚裤，被秦梵穿出了青春感。乌黑发丝随意用了钻石抓夹抓起来，钻石组成了可爱的兔子形状，两颗红钻眼睛尤为闪耀，用蒋蓉的话来说，就是又贵又随便。

还未抵达办公室，便看到同公司小花花瑶红着眼睛从门内出来，路过秦梵时，还狠狠瞪她一眼："我不会这么算了的！"

秦梵若无其事地抬眸，淡淡地与她擦肩而过，一句话都没说，直接将她当成了路人。

"花瑶，这里是公司。"花瑶的经纪人追了出来，提醒道，而后跟秦梵与蒋蓉点头，这才拉着花瑶离开。

进副总办公室之前，蒋蓉若有所思，压低声音说："公司今年主捧的是花瑶，这个代言想必原本也准备给她，倒是没想到你突然杀出来，不但拿到了裴导的女主角，初次拍摄杂志，还秒空，公司估计看到了你的商业价值，才果断换人。"

不得不说，这位副总倒是个抉择果断的人，说舍弃就舍弃，说捧就捧。

秦梵了然，难怪花瑶那副被自己抢了宝贝的样子。也难怪，毕竟是国际一线化妆品牌，即便只是代言旗下某新色号口红，也是天降的好资源。

副总果然提的是这件事，蒋蓉直接帮秦梵应下："这是好资源，谢谢林总看重。"

现在林副总看秦梵的眼神都柔和了许多，像是看摇钱树，同时在心中感慨：果然没有白长了这张脸。

林副总出言提醒道："虽然公司对你们艺人谈恋爱的事情管得不严格，但还是要注意点儿影响。毕竟你是女明星，也有很多男粉丝。"

秦梵才不会为了取悦男粉来回避自己非单身的事情，随意应了句："会低调。"她没跟他反驳，只是在离开办公室后，看向蒋蓉："我记得跟公司的合同明年就到期了？"

蒋蓉刚拿到这个好资源，有些诧异："现在公司明显要捧你，难道你准备不续约？我隐约听林副总的意思，是给你续一线女星的待遇，你知道这意味着什么吗？"

　　"知道。"秦梵云淡风轻地扬了扬手机，朝着蒋蓉勾唇笑，"蒋姐，在公司当经纪人还不如给我的工作室当负责人香？工资奖金翻倍。"

　　"不续了。"蒋蓉立刻改变语气，认真理智地分析，"我想了想，按照你现在的发展趋势，一年之后，成立工作室绰绰有余。"

　　小富婆不差钱，现在自身起来了，更不会差资源。本来蒋蓉是为金钱折腰，但越想越觉得可行，于是提前开始准备起来，要带走谁，组建团队的人选。

　　很快便到了广告拍摄那天，秦梵坐在保姆车内，正接过小兔递过来的毯子，准备略微休息一会儿。

　　因为刚才工作人员过来说，拍摄出了点儿问题，要延迟两个小时。

　　秦梵妆容已经化好，用的是代言的口红主推色号，颜色是极致浓郁的斯嘉丽红，妆后的秦梵五官更加出众，极其冷艳美丽的浓颜系长相，越发衬得这个口红颜色惊艳夺目。

　　看过秦梵涂这个口红后，就连小兔都被种草了。她甚至想到，这条广告一推出，绝对要卖到断货。

　　小兔默默地拿出手机拍了张秦梵盖着毯子闭目养神的照片传到微博上：

　　助理小兔：今日份仙女。

　　照片上，秦梵睫毛卷长，红唇雪肤，即便是闭着眼睛，依旧能看出那过分浓丽耀眼的美貌。

　　粉丝们顿时被惊艳到了——

　　"啊，这是谁家的仙女姐姐下凡了！"

　　"姐姐的大红唇太美了。"

　　"小兔，快来张睁开眼睛的照片，我已经想象到姐姐的桃花眼是多么勾人了！"

　　"以前不懂烈焰红唇的美，但看到这张照片我明白了，烈焰红唇得极致美貌才能营造出来！"

　　"……"

因为小兔只是助理，所以她发的照片仅仅被粉丝们小范围传播，暂时并没有引起什么轰动。

不过有不少粉丝将这张照片设为了头像，小兔看着睡着的秦梵，又看了看手机上夸奖秦梵美貌的粉丝们，喜滋滋地笑了。

哎呀，她们家仙女这样的美貌，只有她一个人能亲眼欣赏到，快乐！

没快乐太长时间，忽然保姆车门被蒋蓉猛地打开。听到车门发出的声音，秦梵皱眉睁开眼睛，嗓子有点儿哑："嗯？"

小兔也被吓了一跳："是蒋姐。"

蒋蓉已经弯腰上了副驾驶位，暂时没说话。秦梵大概意识到什么，慢条斯理地调回车座，白皙纤细的手指掀开身上盖着的薄毯："谁惹你生气了？"语调变都未变，依旧懒洋洋的。

蒋蓉脸色很差，独自坐在副驾驶位平静了几分钟后才开口："口红广告换成花瑶了。"

秦梵凉凉笑了声："她倒是有本事。"

临到拍摄了，还能让广告商那边换人。秦梵降下车窗，看着不远处的拍摄地，一行人簇拥着花瑶从黑色保姆车上下来到拍摄点。

大概是察觉到了秦梵的眼神，花瑶隔着人群，朝着秦梵扬了扬唇。

蒋蓉火气更大了："她搭上了公司老总，这个资源才被截走的，林副总也没办法。"

副总和老总，一字之差，权力差之千里。

秦梵浑不在意，重新准备闭眼小憩："不过是个口红广告罢了，他们没眼光。"

至于花瑶那张脸，撑不起来这个口红色号，硬接这个饼，对她而言，可能是个馊的。

蒋蓉扭头看着秦梵那张漂亮脸蛋，这气消不下去，语调烦躁地让司机开车。

忽然，车外传来一道急促的声音："秦小姐，秦小姐，请等等！"

秦梵再次被吵醒，有点儿不耐烦地睁眼，入目便是林缘知那张恭敬的笑脸。他正扒着车窗，浑不在意自己的身份。

见秦梵朝他看过来，林缘知才压低嗓音，笑道："秦小姐真巧，本来还打算去谢总公司要您的联系方式呢。"

想到那天宴会上发生的事情，林缘知对秦梵笑得更谄媚了几分。秦梵这才想起来，之前谢砚礼给她接了个全球代言人的道歉礼物。

秦梵坐直了身子，原本仅露出半张脸，此时正脸完全映入林缘知眼帘。林缘知是做化妆品的，对口红非常敏感，此时看到秦梵那张脸，眼底闪过惊艳。

秦梵见他没露出什么猥琐的表情，只是单纯地惊艳，倒也没生气："林少，有事吗？"

倒是蒋蓉满脸震惊，她是认识林缘知的，国际一线品牌的后起之秀"缘起"创始人林缘知，天哪，秦梵是怎么认识他的！

秦梵察觉到她的表情，简单解释："之前跟谢砚礼在宴会上遇见的。"

林缘知将名片递给蒋蓉："这位是秦小姐的经纪人吧，我是'缘起'总裁林缘知，我们公司盛情邀请秦小姐做美妆、成衣双线全球代言人。"

蒋蓉僵硬地接过名片。

这个拍摄地有许多广告拍摄点，不单单是口红在此拍摄，许多大牌化妆品也喜欢来这里取景。

等林缘知也拿到蒋蓉名片离开后，蒋蓉缓慢地溢出一句话："其实，谢总是真的旺妻吧……"

刚刚失去了口红代言，下一刻就得到同级别大牌公司的美妆与成衣双线全球代言人，蒋蓉这心情起伏堪比坐过山车。

"这可是'缘起'啊，你知道多少女明星以借到他们家的礼服走红毯为荣吗？这么多年，他们一直没有过全球代言人。"蒋蓉看到秦梵重新瘫回车座，一副懒懒散散的模样，给她普及知识。

"这么厉害啊。"秦梵拉长了语调夸奖道。

但是她觉得谢砚礼更厉害，这么厉害的创始人，在谢大佬面前还不是乖乖的，当时若谢砚礼坚持，林缘知还真给她道歉。

昏暗车厢内，秦梵红艳艳的唇角轻轻勾起，很快便抿平了，她才没有崇拜谢砚礼呢。

蒋蓉没看到秦梵的笑，只认真地点头："像他们这种已经走向高奢的品牌，选择全球代言人都很慎重，因为代表了他们的品牌形象与理念，这也是为什么国际上许多高奢顶奢品牌，大多不会选定全球代言人，而是品牌挚友、品牌大使这种。"

现在秦梵在时尚圈还算是小新人，却一跃无数阶，直接拿到了算是时尚圈的顶级资源。

到时候"缘起"官宣的话，定然会引起轩然大波。

秦梵其实是知道这个品牌的，却没想到这个品牌的创始人居然会是林缘知。想到之前订婚宴上遇到他的情形，秦梵表情一言难尽。

她怎么能想到，那么轻佻的一个人，会是自创品牌总裁，并且短短十年时间，便打造了国际一线品牌"缘起"。

也难怪，谢砚礼会让她答应林缘知这个道歉礼物。不过当时林缘知说的是美妆线，大概是后来知道她了谢太太的身份，才决定将成衣线一起给她，结个善缘。

秦梵如何不懂这里面的道道，想到自己又是借着谢砚礼的面子拿到这个代言，唇角笑意平静了几分。

秦梵揉了揉眉心，欠他的越来越多了。明天便是她生日，秦梵闭着眼睛思考，应该如何趁着生日的机会感谢他。

刚闭上眼睛，她忽然嗅到了清淡的香烛燃烧的味道。

"什么味道？"

小兔立刻回道："这儿附近有座香火旺盛的寺庙，据说求姻缘很灵，很多情侣慕名而来，后来这边香火越来越旺盛了。"

她之前跟前男友来过，求签得到"天作之合"的解签，没多久他们就分手了。所以，小兔对"姻缘很灵"持怀疑态度。

寺庙？秦梵从随身携带的包里拿出那串黑色护身佛珠，柔软指腹轻轻摩挲着佛珠上的刻纹，想起来自己该送谢砚礼什么东西了。

秦梵想了想，随意将佛珠挂在自己手腕上，然后给裴枫发了条微信：

"裴导，我老公的黑色佛珠，是爷爷在哪座庙里为他求的？我记得你说过是慈悲寺？"

裴枫过了好久才给她回复：

"没错，是慈悲寺，怎么突然问这个？"

秦梵想到裴枫那个大嘴巴八卦的性子，假装没看到他后面那句话，确定自己没听错名字，果断给他发了个谢谢的表情包，然后装死。她告诉裴枫，跟告诉全天下有什么区别。

"慈悲寺。"秦梵对这些寺庙还真的不太了解，因为她本不信佛，不过为了谢砚礼，愿意信一遭。

"小兔，你知道慈悲寺吗？"

小兔还没说话，那边正在跟"缘起"负责人聊天的蒋蓉抬头答："你连慈悲寺都不知道，你是不是北城人啊。

"慈悲寺是座千年古寺，里面的大师是有真才实学的，与外面那些骗香火钱的寺庙不一样。

"不过呢，据说慈悲寺如今已经避世，只接待有缘人，你问这个干吗？"

避世？只接待有缘人？秦梵红唇抿了抿，然后一本正经地望着蒋蓉和小兔："你们看，我长得像有缘人吗？"

她乖乖巧巧的坐姿，与明艳旖旎的妆容形成鲜明对比，然而——这人一看就与佛无缘。

两人齐齐摇头，异口同声："不像！"

秦梵："……"

她轻哼了声，将原本垂落在掌心的黑色佛珠一圈一圈地套在手腕上："我觉得很像。"

蒋蓉生怕秦梵想不开要去当尼姑，最后得到了否定的回答，这才放心，只要她没有看破红尘，一切都好说。

京郊别墅门口，蒋蓉认真叮嘱："有谢总这样旺妻的先生，你可千万别想不开。红尘滚滚，值得留恋。"

秦梵慢悠悠地走进家门，把玩着佛珠回想蒋蓉最后那句话，思忖这世间还有什么值得她留恋的东西……

她的第一反应是谢砚礼那张俊美清冷的面容。指腹顿在佛珠上，直到刻纹硌得她的皮肤有些生疼，秦梵才渐渐回过神。

怎么会想到他呢？秦梵不愿意去想这个原因。

她知道，一旦自己承认了这个原因，便置身于被动，一切便要被牵动她心的那个人牵着鼻子走。

秦梵攥紧了佛珠，走向停车场。

姜傲舟新开的集吃喝玩乐住于一体的会馆内，谢砚礼格格不入地坐在包厢沙发上，并没有上牌桌，面前坐着同样没有上牌桌的裴景卿。

裴景卿给谢砚礼倒了杯烈酒，谢砚礼手掌抬起，微微一挡："不喝。"

"为什么不喝，备孕？"裴景卿想到谢砚礼已婚身份，清俊面容染上淡淡的羡慕，"我什么时候才能把姜漾娶回家。"

"什么，谢哥要备孕了？"旁边拿着手机过来的裴枫听到这话，震惊感叹，"难怪啊。"

他就说秦梵怎么突然问他慈悲寺的事情，这是打算去求子？当年慈悲寺以求子闻名，后来避世多年，亦有不少人知道这个事情。

"难怪什么？"裴景卿扫了自家弟弟一眼，"我开玩笑的。"

裴枫却神秘一笑："或许被你说中了呢。"

谢砚礼根本懒得理会这种愚蠢问题，直到裴枫很有气势地往沙发上一坐："我有个消息，谢哥，你打算出多少钱买？关于你老婆的。"

见他这副欠揍模样，裴景卿淡色的唇瓣一抽："你是不是想挨打了？"

"说。"

裴枫被自家哥哥训了一顿，委委屈屈道："刚才他老婆问我慈悲寺的事情。"

在他心里，女性提到慈悲寺，定然是为了求子啊，而且秦梵还不好意思说，这不是默认了吗？

裴枫觉得自己猜得没错，然后看向谢砚礼："你老婆要去求子，我估计她进不去，你要不陪她一起？"

话落，像是想到什么，裴枫反应过来，义正词严道："不行不行，你们还不能生孩子，最起码等我电影上映之后！"

不然秦梵肯定不能跟他跑活动，到时候没了女主角，他电影还能宣传？

"绝对不能怀孕，她可是女演员，未来演艺界冉冉升起的新星，不能退圈给你生孩子，我不同意！"

谢砚礼长指握着被裴景卿倒了酒的玻璃杯，将杯中酒一饮而尽，喉结微微滚动。

裴景卿沉默几秒："你不是不喝吗？"就算要证明没备孕，也不至于用这种法子。

谢砚礼喝过之后，握着杯子的指尖一顿，薄唇勾起沁凉的弧度，似笑非笑道："想多了，她不会求子。"

"不求子打听慈悲寺干吗？"

裴枫狐疑地问。

这边，谢砚礼已经拿起旁边的西装外套，抬步离开了会馆。兄弟两个面面相觑，不知道他为什么突然就走人。

姜傲舟叫了声："谢哥，你刚来不到半个小时就走啊？"

车内，温秘书小心翼翼给谢砚礼递了杯水："谢总，明天是太太生日。"

下午两点，车窗打开后，丝丝缕缕的寒意浸透骨髓。谢砚礼平静地重新将车窗关上，轻轻地应了声。

"生日礼物虽然提前送了，但礼不嫌多，要不给太太发个红包？现在女孩子都喜欢1314、520、521这样的数字。"温秘书觉得自己为了上司的婚姻生活真是绞尽了脑汁。

"可以。"谢砚礼手指轻敲着膝盖上的平板电脑，并未驳回。

待温秘书给她转去生日红包后，谢砚礼打开微信，给她发了条消息过去。

几分钟后，看着跳出来的回复，谢砚礼眼睫垂下，指腹下意识地想要捻动佛珠，却碰了个空。

最后神色默然地拿出金属质地的打火机，掌心触到冰凉的金属体，他冷静许多："转道，去东边。"

秦梵正独自开车前往慈悲寺，接到那一连串的转账消息，她蒙了一瞬。秦梵眨了眨眼睛，看着转账备注——祝仙女老婆生日快乐，以为是自己出现幻觉了。

直到谢砚礼微信消息弹出来："在家？"

秦梵才恍惚，好像真是谢砚礼发的，并不是幻觉。

她停车给他回了条："在外面，晚点儿回家。"

过了许久才捏了捏自己脸颊，保持清醒，仙女怎么能被这简单粗暴的转账蒙蔽了双眼呢，这备注的调调，还有这些转账数字，根本不是谢砚礼这个一心沉迷工作的机器人会了解的，一定是多管闲事的温秘书。

不过——秦梵还是多看了几眼那几条消息。

下午四点，浅粉色的车停在山下。秦梵想着，既然是要去求护身佛珠，自然要虔诚一点儿，她仰头远远看着山中央屹立着的古朴庙宇，决定走上去。

有香客修了路，所以上山的路虽然不近，却也并不崎岖。上山时，她没注意到后面跟着一辆低调朴素的面包车。

面包车停在了秦梵的车后面，此时贴了防窥膜的面包车内，除了司机，另外三个男人挤在后排，里面还有各种摄影装备，其中一人正悄悄地从车窗探出头，对着秦梵的背影拍摄。

跟拍的媒体记者互相对视，很是迷茫："一个风华正茂有男朋友的女明星，半个下午没工作不约会，独身前来拜佛是什么情况？"

这群记者都是外地的，不知慈悲寺大名，以为只是普通寺庙。

"哎，这位仙女就不能发发善心，打电话让神秘男人过来约会，给咱们送点儿新闻？"

"再拍不到什么东西，咱们要被网友们的唾沫星子淹死了！"

"跪求她是跟男友去寺庙约会，咱们在这里等，或许能等到她的神秘男友！"

"正常人不会去寺庙约会吧？"

"万一呢？"

"来了来了！"

邹雄扛起拍摄设备，对着疾驰而来如黑色闪电的车按着快门。

他们所在的位置很隐秘，而且灰色面包车不起眼。

他们不敢离得太近，只能将镜头拉近看。

这时，后排车门打开。落日余晖下，男人身高腿长，面容俊美淡漠，残光洒下，像是给他的侧脸镀上一层淡金色的光，仿佛凛然不可侵犯的神祇降临凡间。

即便镜头太远导致像素模糊，依旧能隐约看清大体轮廓。邹雄看着镜头夸了句："别说，又高又帅的，有钱还大方，跟秦仙女还挺般配。"

他助理惊呼一声："他也要上山了，果然是寺庙约会，好家伙！"

"要跟吗？"

记者小周慎重点头："必须跟，得拍到同框画面，不然单凭这辆车不够锤。

"这山上就一座寺庙，他们约会地点定然是寺庙，咱们等会儿直接去寺庙门口蹲守，免得被发现。"

"有道理！"

等谢砚礼的身影消失在山上后，他们才悄悄地拿起轻便的摄影设备，走另外那条没有台阶的小路上山。

这边，秦梵走了还没有一半，便有些体力不支，气喘吁吁地坐在旁边平坦的巨石之上。

越往山上，花木越繁茂。秦梵仰头望着看起来很近，又恍若远在天边的寺庙，寺庙古朴庄严，深山万物尤为静谧，再往前走，能听到钟磬余音源源不绝。

迎着微凉的风，她感觉灵魂都被洗涤了。拿出手机，看了眼时间，发现自己已经走了将近一个小时，算算距离，她还要再走一个小时才能到。

许久没有爬山，她即便穿着平底鞋，脚后跟还是被磨破了，火辣辣地疼。

秦梵指尖缠绕着的黑色佛珠，经过她的体温，也染上了温暖之意。

她此刻想到，当年谢砚礼的爷爷临终之前，亲自来求取这串护身佛珠时，恐怕也是虔诚地一步一步从山下走上来的。

所以，她年纪轻轻，身体健康，这点儿疲倦与磨难又算得了什么。小白鞋踩在坚硬的台阶上，一级台阶一级台阶，走得比方才还要快。

一个小时的路程，硬是被缩短到四十分钟。看着紧闭的寺庙大门，秦梵深吸一口气，擦了擦脸颊上晶莹的汗珠，这才上前叩门。

"吱呀"声响，庙门开启了个缝隙。

年轻僧人站在门内："施主，慈悲寺不接待客人。"

秦梵对着他突然冒出来的光头，愣了几秒，还没反应过来呢，那门便要关闭。

"等等！"她连忙伸出手，抵住了庙门，"你好，我想来求慈悲寺的护身符。"

因为太过急促，她忘了自己手腕上还戴着那串黑色经文佛珠，佛珠在雪白的手腕上晃了晃，格外显眼。

僧人视线顿住，就在秦梵以为他们规矩森严，想着要不要添点儿香火钱时，僧人松了手："施主请稍等，我去禀报懿慈长老。"

秦梵眸带惊讶："……"

这么好说话吗？上来就带她去见懿慈长老。

懿慈长老她听蒋蓉说过，是位传说中活了一百多岁的得道高僧，佛法高深。

难道她是有缘人？

秦梵被迎进了庙内。

慈悲寺很大，秦梵随着年轻僧人绕过位于中央的主殿，却没看到几个和尚。

进来后，梵音阵阵，越发清晰，让她因爬山而有些躁郁跳动的心都渐渐平静下来。后殿禅房幽深，修建得别致秀美，树影成群，景观极好，淡淡暗香沁人心脾。

"女施主，请留步。"年轻僧人领着秦梵到达最里侧一扇木质镂空窗户的禅房外，双手合十，微微行礼，而后敲门进去。

不多会儿，年轻僧人出来："长老请您进去。"

秦梵："……"

这么简单？总觉得过分玄妙了。

"多谢。"

秦梵稳住心神，学着他的样子，双手合十，回礼。

进入禅房后，秦梵发现里面并没有想象中的别有洞天，而是简单到连张床都没有，地板上只有金色的蒲团，靠近窗户的位置，有两张会客的蒲团，此时深色的矮桌上摆着一盘黑白残棋。

"阿弥陀佛，贫僧早起便算至有故交前来，原是忘年小友。"

就在秦梵打量空荡荡的禅房时，从里侧供奉的佛祖旁边走出来一位慈眉善目的年迈僧人，身着寺庙常服，普通得如同扫地僧人，却是传说中慈悲寺得道高僧懿慈大师。

懿慈大师目光落在她手腕上那串佛珠上，含笑而言。

什么故交？什么忘年小友？没等她开口，外面传来僧人的声音："长老，谢施主来了。"

懿慈大师眼神温和，对上秦梵那清澈明亮的眼眸，白须慈目："你为他求佛，他为你而来。"

禅房门开，秦梵下意识地扭头。入目便是站在门口那修长挺拔的身影，一袭高定西装，清贵雅致，恍若刚从商业会谈中走出来，与这古朴梵音的寺庙没有半分契合，但那淡漠出尘的气质，又并非格格不入。

脑海中回荡着懿慈大师这句话，等到谢砚礼在她旁边站定，谢砚礼对着懿慈大师道："大师多年不见，可安好？"

"多谢小友惦念。"懿慈大师挥了挥手，"早知小友今日到访，摆好未尽棋局，请小友指教。"

秦梵恍然回神，原来懿慈大师说的忘年故交是谢砚礼。

谢砚礼先是看她一眼，目光掠过她上下，而后略略停顿，应下了："请大师指教。"随后对外面的僧人道："云安，麻烦带我太太去我那间禅房。"

之前带秦梵过来的年轻僧人忙应下，秦梵虽然心里满是问号，也乖乖听谢砚礼的安排，毕竟他都找到这里了。

莫名地，秦梵对于谢砚礼找到这里，心里有点儿高兴，甚至比收到他发的生日红包还高兴。

谢砚礼住过的禅房跟懿慈大师的禅房没什么区别，只不过多了张木板床罢

234

了，还有抄写经书的桌子。

秦梵走近桌子，打开上面放置的书页，是有些泛黄的经书——字迹干净如行云流水，很是赏心悦目。

这是谢砚礼的禅房，所以这些都是他写的？

坐在蒲团上，秦梵原本是看经书的，大概是今日太累，她忍不住靠在桌上睡着了。呼吸间有淡淡的木质沉香味道，萦绕四周，熟悉的气息让秦梵睡意更浓。

谢砚礼进来时，便看到这样的画面。秦梵趴在纤细的手臂上，大概是时间久了，手臂上白嫩的皮肤都被压得泛红，湿润的唇瓣微微嘟起，掌心下垫着他当年写过的经文。

片刻后，谢砚礼才缓缓上前，嗓音微微沉哑："回家再睡。"

这里床太硬，她今晚肯定睡不好。

外面天色已经彻底暗了下来，幸而今日月明星稀，下山的路也修过，倒也不会危险。

秦梵迷迷糊糊地睁开眼睛，睡过后放松下来才发现，浑身酸疼僵硬，脑袋倒在谢砚礼肩膀，赖在他身上："身上好难受，不想动弹。"

见秦梵趴在他怀里，动都不愿意动，谢砚礼知道她并非娇气发作。

他扶着她软软的腰肢站起身来："不动，睡这张床？"

秦梵看了眼只有一床薄薄被子的硬板床，抿了抿唇瓣："……现在僧人都这么艰难吗，连床厚被子都没有，要不我们捐点儿香火钱？"

"慈悲寺僧人不多，皆是苦修。"谢砚礼让她把重量压在自己身上，几乎半抱着她往禅房外走去。

眼看谢砚礼直接带她出庙门，秦梵终于急了："我还没求……"语调顿住，终于想到自己今天来意没完成，本来还打算给谢砚礼个惊喜的。

看着垂落在掌心松松垮垮的黑色佛珠，秦梵表情苦恼。

"求什么？"谢砚礼还真不知道她的来意，想到裴枫之前说的那话，薄唇覆在她耳边低声问，"求子，嗯？"

"……"

求什么子？秦梵瞪着圆溜溜的桃花眼，恰好他们站在一棵桃花树下，不知是否受佛祖庇护，即便已至深冬，这里的桃花依旧盛开。

"佛祖在上，你竟然在这么庄严的地方说这种话！不敬佛祖！"秦梵掩住攀上耳根的红晕，故作面无表情地教训他。

谢砚礼掌心覆在她肩膀上，帮她掉转了身子："观音殿。"

秦梵："……"

这是观音殿？送子观音？

235

谢砚礼嗓音徐徐："谢太太，来慈悲寺都是求子的，你求什么？"

她哑口无言，求什么？求护身佛珠。

秦梵原本只在耳根的红晕蔓延到了白皙脸颊，甚至连脖颈都红透了。

秦梵也不靠着谢砚礼了，双手捂住脸颊，一副不愿意见人的模样："你别说了，我才不是要求子呢。"

因为害羞，轻软的语调带着点儿颤音，像是软乎乎的小奶猫，扬起肉垫没有攻击性地挠你一下。

"两位施主留步！"那个叫云安的年轻僧人匆匆走来。

秦梵终于放下了手，夜色昏暗，倒也看不清她脸上的红晕。

云安双手递过来一样东西，金色绸布中间是一串刻了经文的佛珠。并非秦梵那串沉香木的黑色佛珠，而是淡青色看不透材质的佛珠，在月光下，恍若闪烁着淡光，里面仿佛蕴藏着无边佛法，光是看一眼，便让人不由得神清气爽。

"这是懿慈长老随身携带多年的佛珠，因与女施主有缘，赠您护身。"云安捧着佛珠姿势十分小心，可见这串佛珠尊贵价值。

并非材质的价值；而是它本身蕴含的佛法，被得道高僧佩戴多年的佛珠啊，这跟天天开光有什么区别。

秦梵檀口微张，有些不可置信："送我的？这太贵重了，我不能收。"

"女施主不能拒绝。"云安将佛珠放到秦梵手里，"若您不想要，也可随意处置，祝两位百年好合，阿弥陀佛。"

看着云安消失在黑暗中的身影，秦梵隔着绸布都能感受到佛珠温润通透，就如同懿慈大师给她的印象那般。

本以为自己这次白走一遭，没想到峰回路转。忍不住想到懿慈大师跟她说的那句话，好像一切都在他的意料之中。

"走吧。"谢砚礼一如既往清淡的嗓音在耳边响起，没有再提"求子"之事，让秦梵松了口气。

快要走出寺庙时，秦梵忽然勾住谢砚礼的手臂："等一下。"

谢砚礼侧眸看她："走不动了？"说着，便脱下西装外套披到她肩膀上，解开衬衫袖扣，往上折了几层，而后走到她面前微微蹲下，"上来。"

隔着薄薄的白色衬衫，秦梵依稀能看到男人轮廓完美的背部线条与劲瘦有力的窄腰。她知道，衬衫下，他的肌肉匀称有型，充满了男性魅力。

不过她没爬上去，而是跟着蹲在他身边，握住了男人的手腕，有些不怎么熟练地将那串淡青色的佛珠，一圈圈地缠到他白皙精致、骨相绝佳的手腕上。

秦梵戴好之后举起谢砚礼的手腕在月光下端详，最后伸出食指，满意地点了点垂下来的黑色流苏结："这下顺眼多了。"

谢砚礼看着她黑暗中依旧澄澈的眼眸："为什么送我？"

略顿一秒，他偏冷的音质有点儿哑，提醒道："今天是你生日。"

恰好已经凌晨，秦梵的生日到了。秦梵被他看得有些害羞，傲娇地哼了声："我生日送你礼物有什么毛病吗？"

"你生日不也把愿望送给我了。"还帮她完成了愿望。

而后她自顾自地站起身，往谢砚礼后背上一趴："谢小和尚起驾吧，今晚允许你成为仙女的座驾。"

谢砚礼猝不及防被她压了下，及时托住了她的大腿，稳稳站起身来："毛毛躁躁。"

秦梵从背后捏了捏他的耳骨，威胁道："今天我是寿星我最大，你给我放礼貌点儿，快夸我是又美又善良的仙女。"

谢砚礼没答，有力的手臂忽然一松，吓得秦梵惊呼，连忙紧紧抱住他的脖颈："你就不能哄哄我吗！"

就知道吓唬她。

谢砚礼不疾不徐："哄等于欺骗，谢太太不是最讨厌欺骗？"

秦梵："才不一样！"

就着月光，谢砚礼背着披着他西装外套的纤细少女，稳稳地下山。月下影子交融，拉得很长很长，长到仿佛可以一直走到时间的尽头。

远处那棵巨大的梧桐树后，三个大男人挤成一团，瑟瑟发抖中又很有职业道德地举起摄像机拍摄。

"这月下背着散步，有点儿美好，感觉我的摄影技术都变好了。"

他是不是不当狗仔，转行当专业的摄影师也能吃上饭。

"在寺庙这是做了什么好事，秦仙女都走不了路了，嘿嘿嘿。"小周趴在邹雄身后看他拍的照片和视频，笑得激动，"这次热搜得上个三天才够本。"

不然他们白白在林子里待了大半晚上！幸好真被他们拍到了同框画面。

小周继续道："热搜标题我都想好了。

"就叫《秦仙女与神秘男友寺庙恩爱共度 7 小时》。"

"哈哈哈。"三个人对视，熬了这么长时间，眼神明亮。

"三位拍摄愉快。"

忽然，夜色中响起幽幽的声音。

"啊，有鬼啊！"三个人被这突如其来的声音吓得差点儿尿裤子。

"小心，别摔了。"温秘书伸出一只冰凉的手，握住了邹雄捧着摄像机的手。

感受到那冰凉，邹雄一个身高一米八、体重一百八的壮汉尖叫出声。

"捂住他们的嘴，佛门圣地，别吵。"温秘书皱眉，几个黑衣保镖迅速控制住这三个人。

佛门圣地？鬼还这么讲道理吗？邹雄三人渐渐冷静下来，知道他们不是鬼，恐怕是踢到铁板了。

温秘书翻了翻拍摄的那些照片和视频，还很赞赏地点点头："拍得都不错，这种月下背影照还挺唯美。"都能当壁纸了，到时候发给谢总，问谢总要不要换张壁纸。

小周脸色惨白，但作为三人的小组长，他看出点儿眉目了，以为是秦梵的人："兄弟有话好好说，我们也是吃口饭。"

"确实。"温秘书没让保镖松手，反而拿着摄像机晃了晃，"想发吗？"

几个人不知道温秘书的意思，不敢说话。

温秘书如机器人一般开始报他们三个人的生平，甚至连他们最私密的过去都毫无遗漏。

黑暗幽林中，温秘书的话语落到他们耳中，简直堪比活见鬼。

打一棍子给个甜枣，温秘书用得很熟练："其实，也可以发。"

三个人猝然看向这个看似温和，实则像是恶鬼的男人，眼底还有未尽的恐惧："你想怎么样？"

温秘书微微一笑："很简单。"

当天晚上，一条剪辑过后的视频横空出世，热度节节攀升，短时间内便霸占了各个娱乐版块的头条——

劲爆！秦梵生日当天与男友佛寺求子，疑似婚期将近！

第十章　眼角的猫

　　"累不累？冷不冷？"

　　秦梵下山路上问了很多遍，但谢砚礼只有一个回答："不累，不冷。"

　　谢砚礼背着她的身形依旧很稳，步伐从容，连手腕都没有颤抖一下，倒不像是逞强。

　　秦梵每次都得到同样的答案，有些困了，忍不住趴在谢砚礼后背闭上眼睛，脸颊朝着他的脖颈，说话时，温热的呼吸喷洒在男人耳侧与脖颈薄薄的皮肤上。

　　她说："我就眯一会儿，你如果累了，要喊我起来。"

　　"嗯，睡吧。"谢砚礼嗓音平静，在黑暗的小路上，却给了秦梵极大的安全感。

　　秦梵捏着西装两侧，将谢砚礼的上半身包了进来，而自己夹在男人后背与西装之间，亲密无间。

　　少女纤细手臂艰难地环住他的肩膀，像是给他取暖。谢砚礼肩膀忽然被人从后面环住，略顿半秒，随即薄唇轻抿出弧度，似是在笑，而后保持原本的速度，继续下山。

　　谢砚礼经常锻炼，爬山不在话下，更何况是下山。即便背着一个人也很轻松，仅仅用了一个小时便抵达山下。

　　迈巴赫旁守着司机与保镖，见谢砚礼背着太太走来，保镖立刻将车门打开，压低了声音道："温秘书带着几个人去找那些跟拍的记者了。"

　　谢砚礼先将秦梵放进已经按下去的车座，轻轻给她系上安全带，漫不经心地应了声："让温秘书开太太的车回去。"而后弯腰上车，坐在秦梵身旁，将那依旧温热的西装外套搭在她身上。

　　车子启动后，谢砚礼揉了揉眉心，想起禅房内，懿慈大师同他说的那句话——

　　"你爷爷看到你现在这样，定会欣慰。"

　　谢砚礼从小被教导要成为优秀的继承人，各种学习之下，他并没有闲余时间像普通孩子那样玩耍、交际，与父母的感情也很淡薄，后来养成了对任何事情都无悲无喜的性子，没有喜好，没有情绪，只有理智，像是执掌谢氏集团的工具人。

　　当谢砚礼出生时，老爷子身体不好在国外休养，等回国之后，发现宝贝孙子已经被养成了这副冷漠寡淡的性子，即便尽力想要扭转，偶尔带他去慈悲寺住几天，也没能激起他任何的波澜。

临终前，便是希望有朝一日孙子能变回正常人那样，有七情六欲，活得潇洒豁达，甚至不惜求懿慈大师为他起了一卦。

卦象显示：上上卦。

慈悲寺内，想到三年前给谢砚礼算的那"天作之合"的八字，懿慈大师眼底隐隐流露出淡笑。

此次见面，他看到谢砚礼的面相已经发生改变。

"嗯……"

不知道过了多久，秦梵伸了个懒腰，慢慢转醒。

刚醒来脑子还很混沌，她坐在床上缓了好一会儿，才僵硬地眨了眨眼睛，看向四周。

是京郊别墅的主卧，秦梵原本迷茫的瞳仁陡然放大：天哪，她竟然睡到了回家！

谢砚礼就这么把她背下山的？有没有累死过去？

环顾四周，却没有发现男人的踪迹，直到耳边听到浴室传来细微的水声，她这才轻轻吐息：原来洗澡去了。

等等，他还有力气洗澡吗？秦梵思考几秒，噔噔噔跑下床，站在浴室门口敲了敲门，轻咳两声："谢总需要帮忙吗？"

很快，浴室内水声变轻，传来男人越发有磁性的嗓音："你可以帮什么忙？"

秦梵很不服气，在门口扬声道："我能帮很多忙，例如帮你搓背，撑着你免得摔倒，毕竟走了那么多路，你现在腿都得软了吧，别逞强。"

"洗完了，不劳烦谢太太。"

随着谢砚礼声音传来，浴室内水声彻底消失。秦梵怕他腿软摔倒，所以在门口守着，跟门神似的。

谢砚礼："还有事？"

秦梵觉得无聊，就问他："你在干吗，擦身体吗，能弯下腰吗？要帮助吗？免费的哦！"

瞧瞧，她可真是史上最贴心贤惠的太太呢，有时候真羡慕谢砚礼，拥有她这样的太太。

秦梵一而再，再而三地怀疑他的体力，谢砚礼忽然漫不经心道："我准备小解，你要帮忙来扶一下？"

秦梵："……"

反应过来之后，秦梵小脸一下子羞得通红，以后他那张嘴还是不要用来说话了，当装饰物就挺好。

　　"刻薄鬼！"

　　秦梵转身跑路，再也不打算进浴室帮忙了："摔死你算了，等你腿摔断了，反正我是不会伺候你的！"

　　白担心了。

　　浴室内，谢砚礼不紧不慢地穿上睡袍，发丝潮湿地搭在白皙额头，凌乱中略带慵懒不羁，没了白日那精致商业西装打扮，却更加自然俊美。

　　热气还未散去，他垂眸看手机时，侧脸清俊如画。几滴水珠顺着发梢滴落，滑过下颔，隐没进黑色的真丝睡袍边缘。

　　秦梵坐在沙发上，不经意瞥到茶几上，她的手机安静地反扣着，无聊地捡起来，入目便是一堆未接来电，大部分是蒋姐的，还有朋友的，甚至连婆婆的都有。

　　秦梵才想起来自己上山时，将手机关了静音，免得惊扰了佛门圣地。

　　不过——发生了什么事情，怎么突然这么多人给她打电话？微信也是如此，被塞满了。

　　秦梵手比脑子还要快地解锁旁边谢砚礼的平板电脑，打开微博，顺便给蒋姐回电话。

　　微博还没加载出来，蒋蓉已经秒接，而且语速极快："你终于接电话了，秦小梵，你可真行，就给你半天休息时间，你还能闹出个大新闻！

　　"你跟谢总今天去寺庙被拍了！

　　"天哪，你们居然真的去慈悲寺求子了，能不能行啊，年纪轻轻的，你们晚上多配合几次，孩子不就怀上了，去求什么子！"

　　这时，秦梵面前的微博也加载出来了。看着顶着后面一个"爆"字的热搜，秦梵点开词条，率先映入眼帘的便是媒体置顶的小视频。

　　点开视频，视频中，夜色下，她趴在谢砚礼后背上，被谢砚礼从寺庙背出来。

　　碍于她披着谢砚礼的西装，谢砚礼的脸被挡住了，但她的脸倒是清清楚楚，一路披着月光，男人步伐从容，愣是背着人走出了秀场男模的高级感。

　　秦梵怔怔地望着放大的视频，原来在旁人眼里，今晚谢砚礼背着她是这样的画面。

　　仿佛即便那山路无穷无尽，他都会背着她，永远走下去。

　　她睫毛轻轻颤动两下，缓缓地打开下面的评论看——

　　　　"这说是拍电影我都信，太有感觉了吧！氛围感绝了！"
　　　　"秦梵的男朋友身材太正点，啊，那腰，那腿，绝了！"

"可惜，又没看到正脸，但是听媒体说，男方超级帅超级帅，比娱乐圈顶级颜的男明星还要帅，光看颜值，可以进娱乐圈当顶流的。"

"感情太好了，还没结婚就准备求子，这是打算一结婚就退圈吗？"

"不要啊，我还想看仙女姐姐的盛世美颜，想看姐姐拍的戏，想看姐姐再跳一场古典舞，有好多好多心愿没有完成。"

"很般配，彻底信了不是情人关系，谁跟小情人去求子？"

"哈哈哈哈，这是真爱吧，本年度最大的笑话出炉了，上次爆料仙女被当金丝雀养的营销号，脸疼吗？"

"替他们尴尬哈哈。"

"别管他们了，来看盛世美颜的组合不香吗？"

"这次狗仔还行，最起码拍到了同框亲密画面，其他媒体也要加油啊，争取拍到男方的盛世美颜。"

"秦梵，把你男朋友的盛世美颜晒出来呗，让狗仔、记者们无路可走，想想是不是就觉得很快乐？"

"哈哈哈哈哈！秦梵，快来快乐快乐！"

秦梵刷着评论，难怪蒋姐虽然着急却没生气，原来大家的关注点都在澄清了秦梵并非金丝雀小三的正面舆论上。

"咱们公关这次下场非常及时，加鸡腿。"

蒋蓉在那边回道："加什么鸡腿，也不知道你最近什么运气，这是媒体那边自己下场引导的舆论。"

"咱们家公关还没来得及下场，你现在的魅力已经可以无声无息征服媒体？不知道的还以为咱花钱买的呢！"

秦梵望着那些评论，眼神狐疑，她最近运气好像是真的不错。本来以为佛珠没戏了，谁知道峰回路转，懿慈大师赠她那么珍贵的佛珠。

难道是她生日的缘故？

趁着生日还没结束，秦梵丢下手机、平板电脑，走向落地窗，跪坐在旁边地毯上，双手紧握闭着眼睛对着夜幕中高悬的月亮念念有词："保佑我事业成功，明年开新工作室顺顺利利，以后签约一大批高质量的艺人。"

就在秦梵念念有词好几遍时，谢砚礼不动声色地从浴室走出来，软底的拖鞋踩在厚实的地毯上，并未发出半点儿声响，走到她身后，垂眸看她。

秦梵一睁开眼睛，便看到落地窗玻璃上映照出男人那极具压迫力的身影。

她忍不住惊呼一声："啊！"没好气地捏拳捶了他腿一下，"你要谋杀亲妻吗，走路不出声吓死人了！"

谢砚礼动都没动，薄唇微启："出声就见识不到谢太太这么精彩的许愿过程。"

秦梵被噎住，仰头望他："怎么，你吃醋？"

卧室灯光柔和，从她这个角度，看穿着睡袍的谢砚礼，怎么看怎么觉得自己像小流氓。

尤其是他腰间睡袍系得松垮，隐约还能看到线条优美的人鱼线，这谁不馋。

秦梵顺手拉住他的手腕："坐下，把我的生日愿望让给你了。"

然后她对着月亮一本正经说："刚才我许的不算，让他许，他许的才算。"

谢砚礼偏头看她，半响，从薄唇溢出言简意赅的两个字："幼稚。"

"没情趣。"秦梵白他一眼，从地毯上站起来拍拍屁股走人，路过沙发时，发现蒋姐的通话还开着。

"蒋姐，你还在呢？"

几秒钟后，蒋蓉幽幽的声音传来："广播剧版的豪门爱情故事，我听得很起劲儿，你们继续。"

秦梵顿了顿，哼笑道："交钱，后面是付费内容。"

给秦梵转了 11.11 元的红包，蒋蓉说道："给钱了，下次再看，你记得微博回复一下。"

现在舆论偏向他们，只要秦梵给个态度就行。

"知道啦。"

秦梵登录微博，挑了条微博转发——

　　秦梵 V：看他们想拍却拍不到更快乐 // 柠檬水不加糖：哈哈哈哈！秦梵，快来快乐快乐！

秦梵转发完毕后便将手机随意搁在床头，踩着毛绒拖鞋去衣帽间找睡衣洗澡。

"你记得把床单换了，都沾上我的口红了！"

秦梵拿着惯常穿的睡裙前往浴室时，打算提醒他一声，没想到，刚从衣帽间拐出来，便看到男人手中拿着月白色的真丝床单，正在更换。

挺拔修长的背影，即便是做这种家常琐事，都被他做出了极致优雅的感觉。她微启的唇瓣顿住，目光大大方方地在他穿着睡袍的身上端详。

嗯，谢总身材保持得不错。确实跟网友们说的那样，宽肩窄腰大长腿，难怪他们说谢砚礼身材很绝，即便看不到脸，也能感受到绝对有张盛世美颜，不然配不上这身材。

谢砚礼将换下来的床单、被子随意扔到沙发上，而后看向站在不远处的秦梵："还不洗澡？"

秦梵没答，谢砚礼意有所指地点了点垂在沙发扶手上那绸滑布料上的浅淡红晕。

秦梵："……洁癖。"转而径自去浴室洗澡卸妆。

既然这么重度洁癖，干吗还把没洗澡一身汗的她放到主卧床上？放次卧，放沙发上不都可以。

谢砚礼看着她身影消失在浴室磨砂玻璃门内，眼眸闪过淡淡笑痕。

这时，床头银灰色的手机振动了几下。谢砚礼放下床单，云淡风轻地拿起手机坐在大床上，背靠着秦梵惯常喜欢靠的那个软枕。

那是温秘书发来的照片，照片高清，构图完美，背景是如明镜般高悬的月亮，幽深狭窄的山路上，身高腿长的男人背着个披着宽大西装的女孩，女孩露出半边精致雪白的侧脸，双手攥着西装两侧，想要努力将男人只穿了单薄衬衫的身体一同拢进来。纤细手腕上那黑色佛珠不小心垂到了男人肩膀上，在巨大的月亮下，平添浓烈的神秘感。

这照片说是专业摄影师拍摄的都信，谁能想到这只是一个狗仔摄影师拍的。

温秘书后面又找公司的专业人士，将这张照片的清晰度与光线略微处理了一下，变成了现在这样。

谢砚礼放大了那张照片，静静地望着秦梵的侧脸。

下一刻，温秘书的微信消息又发了一条："谢总，您的手机屏保可以换成这张。"

"上次太太不是还提过您屏保用的是系统自带，像是，像是……"小土狗。

当然，"小土狗"三个字，温秘书是决计不敢说出口的。

这张照片氛围感极强，不仔细看，不会显得过分高调，很适合谢总。温秘书一看到这张照片，就想好了去处。

但真的跟谢总说的时候，他依旧紧张，就怕自己猜错了上司的心思。幸好，温秘书没收到什么扣奖金的消息，这才放心睡了。

耳边是浴室淅沥的水声，隐约还能听到谢太太哼着自创的仙女歌，谢砚礼指尖摩挲着手腕上那串换了材质的淡青色佛珠，触感温润如玉，上面的经文是懿慈大师亲自刻上去的。

不知过了多久，浴室水声消失，谢砚礼重新按开手机，点击收藏照片，并顺势换为屏保与桌面墙纸。

俊美面庞上若有所思，他给温秘书回了条消息："明天将这张照片打印出来，挂办公室。"

刚准备入睡的温秘书："……"顿时没了睡意。

谢总真不愧是谢总，瞧瞧这举一反三的能力，太强了！

秦梵洗完澡披散着吹干的长发出来时，谢砚礼还没睡。

"看什么看，没看过仙女出浴？"

说着，提起几乎拖到地面的睡裙裙摆，扑向柔软的大床，连带着谢砚礼都被她这个力道弄得看过去。

秦梵滚了滚："还是家里舒服！"

幸好没在寺庙硬板床上睡觉，不然明天早晨她身上都要青紫一片。

谢砚礼按灭了灯："睡吧。"

秦梵磨磨蹭蹭地钻进绸滑的被子里，还想玩会儿手机，她摸索到自己的手机。

时间显示：11 月 26 日凌晨 3 点。

啊，天都快亮了，对熬通宵容易长皱纹这件事很有危机感，秦梵没刷两下，就把手机放回去。

缩回被子时，她指尖不小心碰到了谢砚礼手腕上那串佛珠："这个生日礼物，你喜欢吗？"

室内安静，只有男人均匀的呼吸声，就当秦梵以为他睡着了，想回到自己那边的位置时，谢砚礼用戴着佛珠的那只手忽然扣住了秦梵的指尖，似是不经意地与她十指相扣，扣在床单上："喜欢。"

秦梵紧抿着红唇，想要控制住自己的心跳声，不要在这么安静黑暗的环境里过分清晰，不知不觉，也陷入了睡眠。

谢砚礼感觉到她即便睡着了，依旧下意识地握紧自己的手指。

男人缓缓侧过身，面对着她的睡颜。落地窗外，月光冰凉，薄被下指尖的温度却越发上升，蔓延至四肢百骸。

因为秦梵在生日那天转发微博的行为近乎挑衅了媒体记者，还真的刺激到了这群媒体的"血性"，他们誓要跟到秦梵家那个神秘男友到底是谁为止。

对此，拍摄寺庙狗仔三人组默默地看着同行们。他们当初距离成功只有一步之遥，都没成，最后还不得不接受威胁，被迫帮秦梵洗白并非金丝雀小三的谣言。

他们不信其他人能成！搞不好又要为秦梵作嫁衣了。

秦梵那个神秘男友来头到底得多大，他们回去之后，居然什么都没调查到！

"这段时间，媒体估计得死跟着你了。"蒋蓉视线从后车窗移过来，后面跟着不少媒体。

"在微博嘴硬一时爽，现在被跟，还快乐吗？"

秦梵抿了口保温杯的水，凉凉笑道："快乐啊。"

最近谢砚礼出差去了，她根本不怕被跟。

谢砚礼一出差最低十天半个月起步，多的话，半年都有可能。她就不信媒体这么闲，连续跟这么长时间拍不到东西，还会继续跟下去。

蒋蓉白她一眼："有恃无恐。"

隔着保温杯里升起的白色水雾，秦梵的桃花眼依旧顾盼生辉："放心，我心里有数。"

这几天原本就该拍摄独居综艺，身边本来就正大光明跟着摄像机，也不差那些偷偷跟着的了。

听秦梵解释，蒋蓉竟然觉得很对。于是乎，这段时间，媒体跟拍的内容就是——秦梵搞事业，秦梵正在搞事业，秦梵没时间搞男人，一直在搞事业！

几个媒体人聚集在秦梵广告拍摄现场外，一人端着一个盒饭讨论：

"毁灭吧，跟了半个月了，咱们拍的素材还不如人家综艺节目拍的私密！"

"秦仙女怎么回事，不做好准备嫁豪门哄未来老公、未来公公婆婆，天天在外面搞事业，这合适吗？"

"身为未来豪门太太，拜托她有点儿还没嫁入豪门的危机感吧。"

"求秦仙女给口饭吃吃吧！"

小兔戴着毛线帽路过这群闲聊的媒体人时，差点儿没笑晕过去，一进化妆间就把话说给秦梵听。

秦梵忍俊不禁，她最近在拍摄"缘起"的代言人广告。因为是全球代言人，所以不单单是简单的棚内拍摄，还要去各个取景点拍摄广告大片，到时候她的广告会遍布全球各地。

如今暂时在国内拍摄，那些媒体人都受不了了，要是知道她很快要出国拍摄，岂不是更惨。

秦梵看着化妆镜里映照出来的精致眉眼，白皙指尖把玩着格外通透的浅蓝色钻石链条耳环，在小巧漂亮的耳垂上比画了一下。

戴上后，秦梵轻晃了晃耳环，这才满意，随后朝着小兔招招手："你去把他们拉个群，多发点儿红包，请他们吃顿好的。

"顺便告诉他们咱们明天要出国，他们可以放假几天。"

小兔觉得他们家仙女恶趣味绝了，那些媒体人估计收红包都收得心滴血。

但——想想也觉得挺好玩。

秦梵今天拍摄的也是"缘起"的新款口红系列，主打色号与上次被花瑶劫走的那个国际品牌的色号斯佳丽红有点儿相似，但比那个红色又多了点儿若隐若现的浅金色亮闪，涂在唇上，走到哪儿都能艳压全场，有种空灵的冷艳，身上那系列的珠宝也是"缘起"的珠宝。

当林缘知看到这条广告片的时候，非常后悔没有把珠宝线的全球代言人也签给秦梵。

如果一开始他愿意用秦梵来当全球代言人是冲着谢太太这个名头，当秦梵的广告片出来时，才知道真不是秦梵占了他的便宜，而是他占了秦梵的便宜。

这样的代言人，但凡给她个机会被看到，多少国际大牌会抢着要。

自然，这是后话。

秦梵前去拍摄口红广告时，小兔已经去外面将各个媒体朋友拉到同一个群里，并且连发几十个红包，足足发到微信单日额度到限才停下。

接到秦梵这么大方的红包，他们也懂秦梵的意思。想着明天是元旦，给人家女明星一点点喘息的时间。

有媒体人紧张地问："明天确定不是去约会吧？"

小兔答："绝对不是，明天要出国拍摄广告。"

媒体人："秦仙女没分手？"

小兔："……没，好着呢。"

媒体人："这我们就放心了。"

要是分手了，他们还怎么揭秘秦梵这位神秘男友。

于是乎——一众媒体记者在微信群里发送：

"祝秦仙女元旦快乐，跟神秘男友恩恩爱爱！"

"……"

"……"

只有秦仙女跟男友恩恩爱爱，他们才有机会揭开这个最近娱乐圈、媒体圈最大的秘密。

没错，秦梵的神秘男友，已经成了媒体圈公开的特大号需要扒开的秘密。

秦梵看到小兔手机上的微信消息时，已经临近黄昏，保姆车即将抵达京郊别墅。她在车上小憩了一下，现在精神许多。

她红唇勾起玩味的弧度，指尖捏了捏自个儿下巴："以后跟谢砚礼约会，是不是都得悄悄地来？"

小兔以为秦梵对这种天天被媒体盯着很烦，忖度了几秒后安慰："在娱乐圈，越红，就越会被媒体一直跟着报道……"

然而没等她安慰两句，就听到秦梵好听的笑声在车厢内响起："想想就觉得很刺激。"

小兔："……"

是她低估了自家艺人的恶趣味，但是很快，秦梵就笑不出来了。推开客厅大门，入目便是沙发上坐姿优雅的婆婆大人。

"梵梵，回来了。"谢夫人朝着她招招手，"过来看看妈这段时间出国给你买的礼物，还有补的生日礼物。"

秦梵从惊讶中缓过神来，这才看到旁边沙发上放置着几个精致的纸袋。

"谢谢妈，您最近出去玩得开心吗？"

看到婆婆招手的那个姿势，秦梵顿了顿，脑海中浮现出谢砚礼的身影。

他平时也总是这么喊她，没想到这还是遗传？就在秦梵发散思维时，谢夫人已经牵着她的手坐下，还不忘指挥着两个保姆打开礼物。

谢夫人看着秦梵不盈一握的纤细腰肢，嗓音略轻："你们女明星追求瘦就是美，但瘦也要瘦得健康。"

秦梵张了张嘴："我，还挺健康的……三餐都是营养师搭配好的。"

秦梵笑意盈盈地望着她家婆婆，内心：来了来了来了！

下一刻，谢夫人亲自从保姆捧着的礼盒中拿出一身青黛色的重工刺绣旗袍。旗袍配色高级，并没有过多流行元素叠加，却展现出了旗袍真正的风韵之美。

秦梵一看便知是自己的尺寸，谢夫人将旗袍递到她手里："这是我早先请专门做旗袍的大师亲手设计缝制，手工一针一线制作出来的，工期小半年，给你的生日礼物，记得要穿。"

确实是很用心了，秦梵有点儿感动，从小到大，就连她亲妈都没对她这么用心过。

所以即便知道婆婆的目的并非来给她送礼物，秦梵还是从心里感激的。

很快，秦梵感激不到三秒，谢夫人继续道："毕竟你们年轻人几个月就怀上了，从显怀到孩子生产后都不能穿了，即便产后恢复再好，曲线也会发生改变，旗袍毕竟要贴合身段才行。"

她轻叹一声："也只能这段时间穿穿了。"

秦梵红唇一抽，果然如自己所料："您可能误会了。"

"你们求子都求上热搜了，最近妈可是经常在国外听到你们的消息。"谢夫人意思很明显——你别想蒙骗我这个老年人，而后拍了拍秦梵的手背，"我知道你们想给我们一个惊喜，那妈就当作不知道？"

秦梵解释道："妈，不是，其实我们暂时还没打算要孩子……"

谢夫人点头："妈明白，妈就等着明年你们一家三口出现给我们惊喜。"

秦梵："……"

有时候会说话都解释不清楚一件事吗？而且她深深怀疑婆婆是假装听不懂！

她才不信睿智如婆婆大人，会看不出网上新闻的真假。有时候，别试图叫醒一个装睡的人，尤其是这个人是你婆婆，因为你叫了也没用。

谢夫人优雅地提起她的包包："那么下次见面，希望你已经穿不上妈妈送你的旗袍了。"

言外之意——希望下次见面你已经怀上他们谢家下一代。

不，再过十年，她也能穿上这条旗袍。秦梵看着怀里触感极为柔软的旗袍，别说是明年了，仙女身材永远都不会变！

　　她现在的身材已经足够完美，秦梵不想发生一丝一毫的改变。

　　而这一切的罪魁祸首就是之前在网上发布她去慈悲寺"求子"视频的"媒体"。

　　别让她知道这群人都是谁，不然——秦梵深呼吸，然后给谢砚礼发去一条微信消息：

　　"啊，上次诽谤我去寺庙求子的视频你能不能查查是谁干的，都怪爆料这人，现在爸妈他们都以为咱们要备孕了，还说明年一家三口见他们。"

　　"什么一家三口，从哪里给他们弄个孙子！"

　　之前她太天真了，只看到舆论为她证明了不是小三的清白，谁知却被很少上网的婆婆知道，趁火打劫地催生。

　　秦梵觉得谢砚礼应该也是不想要孩子的，毕竟男人更不希望被家庭、孩子束缚。

　　结婚三年，他都是主动避孕，没有计生用品，他宁可忍着。哪个想要孩子的男人，会做到这种程度。

　　秦梵知道跟谢砚礼有时差，所以没指望他能秒回，让管家将婆婆送来的这些礼物全都整理好，顺势拍了张照片，这才回房间发照片给姜漾。

　　附消息："我婆婆送我的。"

　　姜漾不愧是好闺密，立刻一个视频回过来："你婆婆又催生啦？"

　　秦梵看着姜漾背景是酒店套房，倒也没觉得奇怪："是啊，买了这么多礼物，要是不回赠一个小孙子给她，像极了我在占便宜。

　　"倒是你，你又去哪里玩了？"

　　姜漾含糊地"嗯"了声，没说在哪里。

　　就在这时，秦梵听到她那边传来一道清润的男人嗓音："漾漾，你换下来的内衣我帮你洗了。"

　　秦梵："……"

　　"姜漾！居然跟男人一起去酒店！"

　　姜漾也是万万没想到，裴景卿洗澡就洗澡，居然还在浴室跟她说话，说话也就算了，还说这么羞耻的话！她不要面子吗？

　　"裴景卿！你闭嘴！梵梵，你听我解释。"姜漾手机差点儿砸到脸蛋上，手忙脚乱地捡起手机，吼完裴景卿之后，便看向手机屏幕。

　　秦梵面无表情地看着她脖颈上的痕迹："你是打算跟我说，你们虽然一起去酒店了，但还是轻轻盖着棉被纯洁聊天？"

　　姜漾顿了顿，小心翼翼："不可以吗？"

250

秦梵被她气笑了："把你身上的痕迹盖上再说。"

姜漾戾了，迅速甩锅："……都怪裴景卿勾引我！

"你想想，如果谢砚礼勾引你，你忍得住？"

秦梵思考了一下这个画面，当即差点儿没脸红，幸好及时克制住自己的表情："你别岔开话题，你们还没结婚呢，别闹出人命。"

现在狗男人太多了，谁知道裴景卿为了娶她，会不会故意让她怀孕？她可是知道，裴景卿上次去姜家求亲，是被姜伯父打出来的。

姜漾虽然嘴上嫌弃裴景卿，但还是护着他的："知道啦，他不会做这种事情的。

"要是真故意让我怀孕，我就跟他分手！当一个单身辣妈。"

志向远大，然而秦梵已经看到她背后出现的男人身影。

姜漾还在继续说："裴景卿的基因还不错，我就当是用了他的优质基因，嚯，妈耶，我可真是又美丽又聪明。"

秦梵："回头看看。"

姜漾意识到什么般，身子陡然僵硬，默默转身："啊……"

裴景卿抽过她的手机，对秦梵道："嫂子，我们还有点儿事，下次见面聊。你放心，我会对姜漾负责的。"

秦梵听到裴景卿慎重认真的话语，"嗯"了声，主动挂断了视频。

挂断之前，隐约还能听到姜漾的惊呼声："裴景卿，你松手，衣服都洗完了吗？赶紧去洗，别忘了你现在的身份，你还在观察期呢！小心不给你转正！"

秦梵忍不住勾唇笑了笑，姜漾这段时间还挺开心，观察期、转正期都想得出来，把裴景卿这个号称"商界狐狸"的大佬拿捏得死死的。

姜漾这么一打岔，秦梵倒是将被婆婆催生的烦恼暂时抛之脑后，大不了就让谢砚礼去跟他妈解释，反正他也不愿意要孩子。

F国此时已是下午两点，谢砚礼刚处理完分公司的事情，准备回酒店休息，截至现在，他已经两天一夜没正常休息过。

车厢内，谢砚礼揉了揉倦怠的眉心，旁边温秘书将他的私人手机呈上："谢总，太太给您发消息了，好像是因为夫人又催生了。"

谢砚礼接过手机，打开屏幕，入目便是那张月下照，视线在她侧脸上停顿了两秒，才不疾不徐地进入微信页面。

看到谢太太的消息后，谢砚礼手指轻敲了一下膝盖，若有所思。

温秘书轻咳了声："谢总，要告诉太太这件事是咱们做的吗？"

太太都让谢总调查了，那……

谢砚礼抬了抬眼皮子，漫不经心地看他一眼："这不是你自作主张？"

温秘书："……"

谢砚礼嗓音徐徐："所以，跟我能有什么关系？"

温秘书："……"

啊，谢总这是要卸磨杀驴！

坐在前排的周秘书忍笑提醒："温秘书记得回国后要找太太好好赔礼认错，太太原谅你，老板才会原谅你。"

谢砚礼轻敲了几个字回复过去："好，会查清楚。"而后便将手机随意搁在置物箱，微微闭了眼睛养神，留下温秘书心情复杂。

谁让他是首席秘书呢，只能卑微地为老板背锅，希望以后老板对他好一点儿！

周秘书安慰地递给他一张抽纸："擦擦眼泪吧。"

谢砚礼清幽的嗓音慢悠悠响起："委屈？"

"绝不委屈！"温秘书皮都绷紧了，"这件事本来就跟谢总无关，是我自作主张，想要为您和太太分忧，没想到会酿成大错，让太太被夫人催生，都是我的错。等回国后，我立刻向太太负荆请罪。"

谢砚礼没答，清俊的眉心略微皱起，片刻后，忽然开口："生孩子是大错？"

温秘书心肝都颤抖了："……"

难道谢总这是想和太太要孩子了？然而谢砚礼对温秘书的答案并不感兴趣，说完便重新合上眼睛。

国内，京郊别墅。秦梵在浴室洗澡护肤吹头发，足足折腾了两个小时才出来，此时墙上的钟表已经指向半夜十一点零五分。

身上穿了条平时极少穿的后背镂空设计的黑色真丝睡裙，裙摆仅到大腿上侧，黑色布料与雪白皮肤、浴后嫣红的唇瓣，形成极致夺目的颜色对比。随着她走动，丝滑的布料贴合在曼妙婀娜的身躯上，及腰的长发在半空中荡起勾人的弧度。

可惜，没有人有资格欣赏这样的天生美貌，秦梵路过落地镜时，扫了眼自己此时的模样，发出一声轻软的鼻音："哼。"

穿得漂亮，果然心情愉快，尤其漂亮时还不用担心晚上会受累。哎呀，老公不在家的时间越长越好。

秦梵刻意忽略床上只有自己一个人的孤独感，拿起手机准备睡前刷微博催眠，却看到谢砚礼给她回的那条消息，秀气精致的眉头瞬间蹙起来："你就用五个字敷衍我？

"你是不是在外面有了什么小妖精，所以才这么敷衍你的黄脸婆正室太太？

"我真是好惨，让老公连多回复几个字都做不到。"

秦梵觉得空气过分寂静，忍不住侧躺着敲下好几条消息质问他。尤其想到裴

252

景卿还给姜漾洗那么私密的衣服，谢砚礼就会指着被她口红蹭脏的被子嘲笑她！越想越觉得好气啊！

对啊，他们只是没有感情的商业联姻，她到底在期待什么？秦梵原本光彩照人的脸渐渐平静下来，娇艳欲滴的红唇抿平成一条直线，在柔黄色壁灯照耀下，略显清冷。

手机安静几秒，秦梵甚至能感觉到手机背面隐隐发热，视频铃声突兀地响起，秦梵下意识地看向手机屏幕，显示——我的宝贝老公。

自从那次在医院被谢砚礼盯着改了备注后，秦梵一直没有改回来，现在觉得这个称呼像是在嘲讽她，冷着一张小脸接通视频："干吗？"

屏幕上，男人大概是刚洗过澡的缘故，身上还穿着白色家居服，乌黑碎发凌乱潮湿地搭在额头。

从镜头里看，秦梵竟看出了几分少年感。她连忙收敛情绪，觉得自己肯定是眼瞎心盲，一个快要三十岁的老男人，哪里会有什么少年感！

谢砚礼没回话，反而将手机调成了后置摄像模式，然后绕着酒店房间转了一圈，连浴室都没放过。大概是刚洗过澡的缘故，浴室热气将摄像头蒙上一层雾气。

秦梵狐疑地看着他的行为，这什么意思？

谢砚礼坐回沙发上，将摄像头调回前置，嗓音冷静："看到了？没人。"

秦梵："……"

果然，她跟谢砚礼就不在同一个脑回路上，谁在意他身边有没有人了。

刚准备说不在意，秦梵忽然瞥到落地窗外那明亮的光线透过玻璃洒到他身上，乌黑瞳仁放大："谢砚礼，你半下午洗什么澡？

"难怪你突然给我看什么房间，小妖精肯定是躲在你身后了！"

谢砚礼也是没想到自家太太会分析得有条有理，他揉了揉眉心，目光落在秦梵那张黑暗中依旧明艳动人的脸蛋上。美人在骨，所以秦梵即便生气也是美的。

谢砚礼沉默几秒："你不照镜子吗？"

"你管我照不照镜子干吗？岔开话题谢总做得可真是行。"

秦梵看着他那张倦怠的俊美面庞，深深怀疑他在外面可能是玩累了。都说 F 国是浪漫邂逅的国度，金发碧眼的妞儿都超级美身材超级好性格超级开放，在路上看对眼了就能去约会。

谢砚礼语调终于有了点儿起伏，清淡中透着无奈："谢太太，我洁癖。"

秦梵怒火上头，第一反应就是掀开被子："我洗澡了！怎么着，现在开视频我都得把自己洗得干干净净才有资格面见陛下您？"

"这日子过不下去了。"还敢嫌弃她！

下一秒，谢砚礼偏淡的声音回荡在耳边，他说："还挑食。"

"洁癖还挑食"。

秦梵脑子里浮现出这几个字，反应了几秒钟，怒火戛然而止。

"所以，还能过吗？"

一时之间，秦梵有些尴尬，微微坐直了身子，乌黑的眸子心虚地躲闪。

谢砚礼目光落在秦梵身上，长指拨弄了一下手腕上的淡青色佛珠。

秦梵想到刚才的话，微微坐直了身子，红唇微启，刚准备结束这个话题。

却听谢砚礼不疾不徐继续道："如果过不下去的话，明天拍卖会上你想要的蓝宝石之星也只好拱手让人，刚好它起拍价过高，评估过后价值与价格不成正比，风险极大。

"毕竟，我只给我太太花钱。"

啊，蓝宝石之星她刷过很多次了，没想到居然就在 F 国拍卖会上，好想要。

冷静几秒，秦梵懒懒地靠回枕头，歪头朝他笑得无辜："巧了不是，我就是你太太。"

反正都结婚这么长时间，谢砚礼不出轨、不花心，对太太大方，长得帅身材好，这么想想，好像后半辈子凑合凑合也不错。

看着秦梵那火焰尽散、恢复明亮澄澈的眼眸，谢砚礼莫名扬起淡淡笑痕。

秦梵对上谢砚礼幽邃又深沉的眼眸，眼睫低垂，像是被烫到一样。

直到临挂断视频，听到男人磁性的嗓音道："今晚睡裙不错。"

秦梵看着息屏的手机，桃花眼瞪得圆溜溜的，完全是不可置信。

她居然能从谢砚礼那张刻薄的嘴里听到一句诚心诚意夸奖她的话。

果然，小别胜新婚，古人诚不欺我，就连谢砚礼那张嘴都变正常了。

机场外，秦梵与来拍她的媒体记者们狭路相逢。

秦梵："……"

偷偷跟来的记者们："……"

记者："喀喀喀，我们送送秦仙女，绝对不拍照，摄像机都关了！"

身后扛着摄像机的人们齐刷刷地放下机器，秦梵今日穿了件驼色大衣，妆容也没有往常那般明艳旖旎，反而配蜜桃奶茶色的口红，低调温柔，背着某大牌经典款的白棕相间的腋下包，端的是另外一种风格，却同样让人移不开眼睛，就连记者们都忍不住心中夸秦梵的可塑性太强。

秦梵朝着他们微微一笑，嗓音温柔好听：

"等会儿让助理给各位送杯奶茶暖暖身子，这么冷的天辛苦了。"

"秦老师太客气，不用不用，我们这就要走了。"做狗仔的虽然网传的是没什么下限，但他们也是人，被这么体贴对待，也不好意思撑着人家拍摄。

等秦梵进机场时，还能听到记者们的声音："祝秦老师拍摄顺利，大红大紫啊！"

"秦仙女拍摄顺利。"

"我们会来接机的！"

"虽然今天不拍了，但是我们不会放弃揭秘您男朋友身份的，您可千万让他捂严实了。"

"没错，就没有我们扒不到的新闻，您让他藏好！"

噗——秦梵忍不住笑了。

这一幕全被来给秦梵送机的粉丝们录下来，并发布到微博上：刷新我对女明星与媒体关系的认知。

吃瓜群众"闻瓜而来"——

> "哈哈哈，第一次看到媒体提醒女明星把隐私藏好了别让他们扒的。"
> "笑晕过去，所以这么多天过去，秦仙女的男朋友还没有半点儿消息？"
> "这届媒体不行！"
> "记者，这样你们都拍不到，还让人家藏严实了，藏严实了你们能拍到？"

此时，有送机的记者回复网友这条评论：

> ——我们这是让秦仙女放松戒心，你们不懂。
> 网友们：秦梵，冲浪的女明星快来！
> 发言记者：……

万万没料到，还能这样！十多个小时的飞行后，秦梵在 F 国首都落地。

蒋蓉和小兔陪着她一起来的，同行的还有"缘起"的不少工作人员，落地后，也有"缘起"在 F 国的负责人来接。

蒋蓉跟在秦梵身边，在她耳边低声道："谢总不是在 F 国出差吗，你真不打算告诉他？"

"告诉他了还有什么惊喜。"秦梵忽然扬唇笑了声。

见她笑得像只小狐狸，蒋蓉眼睛眯了眯："你又打什么坏主意呢？"

秦梵无辜地朝她眨眨眼睛："像我这样善良貌美的仙女，能做什么坏事？蒋姐，你想多了。"

说完，她率先往机场外走去。即便在国外，全都是偏爱金发碧眼的审美，秦梵那张脸依旧是能引起围观的。

她甚至还听到有路过的外国人用惊奇的语气说：

"瞧，她好像是来自东方的瓷娃娃。"

"非常非常漂亮。"

"是演员吗？"

蒋蓉追上来提醒道："不管你要做什么，一定要注意不能被拍到，注意拉窗帘，不要低估那些媒体的嗅觉。"

秦梵听到那句拉窗帘，忍不住拉长了语调："知道啦，我一定记得拉窗帘。"

"聊天我都把他按在被窝里，关好被子悄悄说行吗？"

蒋蓉被她噎住了，沉默几秒，没好气地点了一下她的脑袋："你以为我不敢答应吗，有本事你就这么干。"

秦梵理直气壮："你看我有这个本事吗？"

蒋蓉："……"

没本事还能把没本事说得这么理直气壮的，你也是厉害。算了，她不管了，就让谢总头疼去吧。反正只要不被媒体拍到，随便他们夫妻两个怎么折腾。

看到秦梵那张精致漂亮的侧脸，蒋蓉觉得秦梵关键时候还是挺靠谱的，应该不会出什么问题。

这边，"缘起"在 F 国的接待人员已经迎了过来，他也是本国人，很客气道："秦小姐，久仰大名，我是'缘起'负责人丘添，您果然如我们林总说的那样，美丽漂亮。"

"多谢。"秦梵看了眼这位在 F 国依旧摆脱不了秃顶烦恼的老乡，思索片刻，实在睁眼说不出瞎话，这位能坐上"缘起"负责人的位置，靠的一定是实力。

这么想着，顿时肃然起敬。

"您好，未来几天，请多多指教。"

本来丘添以为这样的大美人一定是骄傲的，却没想到这位特意被林总叮嘱过背景不一般的女明星居然如此低调。

"您客气了。"

很快，几个人便坐上了前往酒店的车，看着两侧迅速掠过的梧桐树，秦梵靠在椅背上，她是一路睡着飞过来的，所以现在根本不困，还饶有兴致："听说今晚有拍卖会？"

丘添能走上这个位置，察言观色的能力绝对是突出的，趁势道："秦小姐有兴趣去看看热闹吗？据说有不少有意思的拍卖品。"

"巧的是，我们'缘起'也有邀请函。"

秦梵侧眸看他，红唇含笑："那便劳烦丘总了。"

"不麻烦，拍摄后天才开始，您这两天可随意游览参观，如果有需要的话，我愿意为您当导游。"丘添继续道，"我在 F 国也有八年了，对这里还算熟悉。"

秦梵当然不会让不熟悉的人跟着她，这样她还怎么去找谢砚礼，给他个惊喜。原本她是打算联系温秘书的，但现在丘添有拍卖会邀请函，她决定直接去找谢砚礼。

昨晚视频时知道，谢砚礼今晚会去拍卖会，他一般决定的行程，轻易不会发生改变。没想到自己随口问了句拍卖会的事情，丘添就给她这么大一个惊喜。

秦梵婉拒了丘添后，回到酒店。

抵达酒店时，才下午三点钟。

蒋蓉坐在沙发上一边看这段时间不少剧组递过来的剧本，一边跟秦梵道："等年后，你就选个剧进组吧。

"没什么好的电影角色，倒是有不少电视剧角色。

"这个都市剧很不错，职场高情商女律师，剧本好，导演好，也能充分发挥你的演技。"

秦梵接过蒋蓉递来的笔记本电脑，看了几眼，还真被吸引到了。

"不过我答应裴导年后要在他首次拍摄的电视剧中扮演个角色的，不知道会不会撞。"

"应该不会，裴导就算再拍新戏，也得等《风华》上映后，上映也得明年，刚好你拍摄完这部都市剧，便可以进入《风华》宣传期。"蒋蓉点了点这部戏的时间，"拍摄时间不到三个月，到时候咱们跟导演商量一下，看能不能把你的戏安排在前面。"

见秦梵点头，蒋蓉在这个剧本旁边做了个标记后，才笑眯眯道："男主角应该会选个小奶狗，是你喜欢的类型。"

说到小奶狗，秦梵脑海中却浮现出谢砚礼昨晚视频时，那张少年感的面容，"啧"了声，忽然觉得其他小奶狗没什么味道了。

要是他们谢总略一打扮，在少年氛围感上绝对秒杀娱乐圈大片大片的小明星！

见秦梵眼神飘忽，蒋蓉话锋顿住："你想什么呢，没听到我的话？"

"啊？"

秦梵回过神来，随口答道："想谢砚礼啊。"

蒋蓉唇角一抽："我跟你说对手戏男演员呢，你想什么老公？

"想老公你还故意戏弄人家？直接一个电话，让谢总来接你不行？"

秦梵用那种"你过分俗气"的眼神瞥向蒋蓉："什么戏弄？这叫情趣。

"而且我不是你想象的那种想，是另外一种！"

她突然升起倾诉欲："你敢想吗，我竟然觉得谢砚礼很有少年感。"

蒋蓉用看智障的眼神看着她："你疯了？"

别当她没见过谢总好不好，脑海中浮现出当初惊鸿一现的谢大佬那张清冷禁欲的面容，俨然就是高高在上的神佛睥睨世人，让人觉得想一下他都像是亵渎了佛子。

这样的人，还少年感？

"你怎么不说谢总有酷男孩的感觉呢……"

嚯！酷男孩？

秦梵眼睛顿时亮了——

蒋蓉见她还真敢想："快别做梦了，你家谢总这辈子都变不成那样，老老实实地守着你家禁欲系的佛子过日子吧。"

想想今晚谢砚礼参加拍卖会是为了秦梵，蒋蓉便觉得这人真的懒人有懒福，秦梵整天一副懒洋洋对什么都不感兴趣的样子，偏偏人家就有这个福分。

"小兔，帮她把今晚参加拍卖会的衣服找出来，万一有国外媒体不小心拍到了呢，那咱们也要美美的，不能给咱们国家丢脸。"蒋蓉必须让秦梵在这种公共场合艳压全场！

"今晚是非公开的，不会有媒体进去。"虽然这么说，但秦梵还是老老实实去选造型衣服。

不是怕被拍到，而是要给谢砚礼惊喜。总不能一副小土狗的样子出现吧，到时候被那些金发碧眼的小妖精艳压？

那边小兔忽然从行李箱里拿出一条青黛色的旗袍，眼神兴奋："天哪，这条旗袍太美了吧，姐，要不今晚穿这个吧！"

秦梵看到婆婆送她的生日礼物，原本是打算拿到这里穿着和谢砚礼一同开视频给婆婆解释求子那茬儿。毕竟穿婆婆精心准备的旗袍，她也会高兴点儿。

没想到被小兔翻了出来。

秦梵没答，倒是旁边蒋蓉一拍桌子："就穿这件，让他们外国人见识见识咱们国家的服饰有多美。"

恰好这身旗袍并未做任何改良，就是传统的旗袍样式，颜色清幽动人，细看更精致，美得雅致惊艳。

"我现在已经能想象出来，梵梵姐穿上之后得多么美了。"小兔眼睛亮亮地望着秦梵。

秦梵没拒绝，总归衣服就是用来穿的。她把柔顺的乌发编进去两根细细的钻石链条，而后松松绾在脑后，钻石若隐若现，低调又不掩高级感，红唇雪肤。旗袍贴合在曼妙身躯上，端的是纤秾合度，一寸不差。

本来蒋蓉还觉得这种钻石链条跟旗袍不搭，应该换成珍珠更好一点儿，却没想到，这世间的配饰就没有搭配不搭配一说，只有是不是配在秦梵身上。

只要是配在秦梵身上，那就是无比契合。

小兔还找了个长长的真丝披肩搭在秦梵肩膀上，真丝顺滑，不经意滑落手臂时，才是真的风情万种，活色生香。

"啊，太美了太美了，梵梵姐笑一个！

"对对对，就是回眸笑。

"绝了绝了，怎么拍怎么美！"

小兔趁着拍卖会还没开始，给秦梵拍了无数张照片，而且越拍越兴奋。就连秦梵坐在椅子上休息，她都能自娱自乐地拍摄几十张。

前往拍卖会的车上，秦梵听着自己手机不断振动，都是小兔给她传过来的照片。

秦梵原本照镜子时，没觉得有多大冲击力。但当她看到一张她斜倚在沙发椅上的照片，给小姐妹姜漾发过去后，目光落在昨晚聊了将近半个小时视频的白色头像上，指尖顿了顿，给谢砚礼也发了张过去。

秦梵："妈提前半年为我准备的生日礼物，是不是比你走心多了？"

她发完消息后，不经意地看向车窗外。隔着透明玻璃，能清晰看到这座浪漫之都的夜生活，也极其丰富多彩。

途经河畔，两侧多是如童话般那种尖顶白墙的建筑物，充满着浓郁的欧式风情。玻璃中映照出来她一身东方旗袍，在这个浪漫都市中，显得神秘而独特。

谢砚礼已经抵达拍卖会包厢内，主办方给他准备了最好的位置，从窗口处，能将拍卖会现场一切动静收入眼底。

温秘书将冒着热气的现磨咖啡递过来时，低声道："谢总，您手机响了。"

谢砚礼这才从闭目养神中抬起眼眸，神色一如既往地冷冽淡漠，直到他打开手机，视线蓦然顿住。

照片中，女人柔若无骨的身躯慵懒地靠在落地窗前的沙发椅上，将旗袍的曲线风情演绎得淋漓尽致，几乎挑不出任何错处。

谢砚礼漫不经心地扯了扯领带，原本一丝不苟的领带略略染上几分不羁。

仅仅一张照片，谢砚礼看了足足三十秒。就连旁边温秘书都好奇了，不过他不敢看，想想也知道一定是太太发来的。

不然谁还能让时间比金钱还要宝贵的谢总，花这么长时间来欣赏一张照片呢？

直到抿了口微烫的咖啡，谢砚礼清俊眉心微折，而后修长指尖轻点屏幕——
"嗯。"

言辞之简单，态度之敷衍。

车厢内，秦梵看到之后差点儿气得让司机掉头回酒店！

直到几秒钟后，谢砚礼另一条消息紧跟而来——

"等我回家，再穿一次。"

秦梵顿时明白谢砚礼的闷骚劲儿了，说得这么平静，心里还不知道有什么坏心思。

秦梵："被仙女勾到了？"

谢砚礼大方承认："嗯。"

秦梵再次看到这个字，没生气，乌黑眼瞳中闪过一抹坏笑："我才不会等你回家再穿一次呢，做梦吧！"而后按灭了屏幕。

下一刻，司机声音传来："秦小姐，拍卖会场到了。"

夜晚的拍卖会场灯火辉煌，尖顶彩绘玻璃的拍卖厅极有哥特式的富丽神秘感。

当与这儿格格不入，穿着旗袍的东方美人出现时，她完全夺走了所有人的注意力。

灯光下，秦梵肤白貌美，红唇微微勾着笑，优雅中掩不住眉眼之间的明艳旖旎，举手投足，一颦一笑皆是让人忍不住驻足。

不得不说，婆婆的审美还是很在线的，秦梵敏锐察觉到众人惊艳的目光后，云淡风轻地面对他们的好奇打量，丝毫没有半分的窘迫紧张，即便周围除了她，基本上没见到亚洲面孔。

越发显得她像是误入狼群的小绵羊。

此时楼上守在窗口的周秘书忽然惊呼一声："Boss，我好像看到了太太！"

太太？温秘书连忙掀开挡住视线的窗帘，往大厅内看去。人群中，谢太太那身黛青色的旗袍美得风情万种，还对着一个年轻外国人勾唇一笑，那外国人都愣住了。

嘶——温秘书确定周秘书没有眼花，他连忙扭头看向谢砚礼："谢总，真的是太太来了。"

谢砚礼修长白皙的指尖把玩着手机，而此时手机显示的依旧是秦梵与他的聊天页面。他神态平静地站起身来，缓缓走向窗口。

大概是察觉到了他的目光，原本正在大厅内被人拦着要联系方式的秦梵蓦然仰头，那张美艳绝伦的漂亮面容瞬间撞入男人瞳仁。

只见她嫣然一笑，原本只是淡淡的弧度，此时宛如万花绽放，连眼尾都带着愉悦。笑过之后，秦梵便收回了目光，又跟那个年轻金发男人说了几句话，才款款往楼上走去。

谢砚礼眼眸微微眯起，嗓音淡了淡："迎她上来。"

"是。"

周秘书连忙离开包厢，一分钟后，包厢门被重新推开，周秘书很识趣地没有进去，而温秘书也跟着出来："太太，晚上好。"

秦梵抬眸看向温秘书，嗓音悠悠："我能进去？没打扰谢总雅致吧？"

温秘书被这话惊得头盖骨都要麻了，尤其是想到刚才谢总看到太太在大厅跟外国男人谈笑的表情："您说的哪里话，您能来谢总才有雅致。"

吓死人了！说着，他连忙从外面把房门关上。

秦梵想到自己刚才要上楼，差点儿被人拦下，人家的意思是二楼是贵客区，不能进。她忍不住轻哼了声："谢总面子真大。"

谢砚礼坐在窗边沙发椅上，长指慢条斯理地拨弄着淡青色的佛珠，嗓音清淡幽凉："秦梵。"

他很少叫她的名字，每次叫的时候，秦梵都觉得他像是要不高兴了。

"干吗，仙女老婆千里迢迢来给你送惊喜，你就这表情？"秦梵秀气精致的眉心跟着皱起。

见她站在原地不动，小脸蛋上盛满了不高兴的情绪，谢砚礼坐姿端正挺拔，眉眼清俊，不动声色地朝她招手："过来。"

"你让我过去我就过去，那我太没面子了。"秦梵嘴上这么说着，还是往前挪动了两步，进了包厢内间。

视线落在谢砚礼旁边那扇开启的窗户上，那里视野极好，等到开拍时，能清楚看到坐在大厅里所有人的动向。

秦梵很好奇，又走了两步，探身想要往外看，真不愧是贵宾区。

旁边就只有谢砚礼坐着的那个沙发椅，秦梵看了看，最后直接坐在他膝盖上，还理直气壮道："是你让我过来的。"

她丝毫不觉得自己把人当坐垫有什么不妥。

软玉温香突然入怀，谢砚礼身形稍顿，而后往后仰了仰，对上秦梵那双看谁都含情脉脉的桃花眼。

她眼尾处那颗小小的红色泪痣，今日格外娇艳欲滴，衬着她本就明艳的容貌越发惊心动魄，眼波流动时，她像是一只引人堕入欲念深渊的女妖精，即便神佛也无法逃脱她的勾引。

谢砚礼缓缓地用那只戴着淡青色佛珠的手覆上她的腰肢。

隔着绸薄如皮肤的布料，恍若贴在少女原本的皮肤上，明明温度微凉，却从掌心燃起燎原大火。

感觉到垂落在自己腰肢后面的佛珠，秦梵伸手扒拉了一下："什么，这么硬？"

谢砚礼顺势握住了她的手腕，她垂眸看过去，是那串淡青色佛珠。

谢砚礼把玩着她白嫩纤细的小手，若无其事道："刚才在下面跟那人聊什么？"

秦梵脑子里的羞耻感还没有散去，谢砚礼问什么她就答什么。

"他邀请我去他的包厢。"

"哦？"谢砚礼语调漫不经心，"你怎么答的？"

秦梵很理所当然的语气："我说我来找我老公啊。"

要不是谢砚礼看到她的话，她就联系温秘书了。不得不说，这话取悦了谢总，把玩着她纤指的力道都松了几分。

秦梵慢半拍地反应过来："你又吃醋了？"

这个"又"字用得非常灵性。

谢砚礼微烫的指尖点了点她的眼尾："这里，怎么变明显了？"

"别动！你别把我泪痣蹭没了！"秦梵猝然睁大眼睛，两只手抱住谢砚礼的手臂，顾不得调侃他是不是吃醋的事情了，手忙脚乱地从随身携带的手包里拿出小镜子，认真地看着镜子里映照出来的精致妆容。

见眼尾那颗被加深的泪痣没被谢砚礼的指腹晕染开，秦梵这才略略松口气。

"吓死我了，要是妆花了，我跟你没完！"

"画上去的？"谢砚礼倒是饶有兴致，目光在她眼尾那颗殷红泪痣上停顿了几秒，"用什么笔？"

"当然是红色的眼线笔，不然呢，用圆珠笔吗？"秦梵条件反射地毒舌。

谢砚礼视线从她的眼尾落到她放镜子的包里："带了？"

"谁会带眼线笔出门？"

秦梵摇了摇头，趁机岔开话题："谁知道谢砚礼手贱兮兮的，差点儿给我蹭下去呀。"

没等谢砚礼开口，大厅内传来一道清脆的声响，随后是拍卖会开始。秦梵也将注意力集中在拍卖会上，探身从旁边茶几上够拍卖册子。

图文并茂，流程清晰。谢砚礼往椅背上靠了靠，看谢太太探身够册子的身姿曼妙，因为不怎么端庄的坐姿，一双长腿在旗袍中若隐若现，肤色莹白，细腻如玉。

他眼神淡淡扫过，薄唇抿起极浅的笑，随手端起旁边那杯温秘书倒的已经微微有点儿凉的咖啡，难得地没有嫌弃。

秦梵没注意他，正在仔细看拍卖册子。

谢砚礼喝完咖啡后，还拿出手机气定神闲地给温秘书发了条消息。

门外，温秘书看到谢总让他买的东西，表情很是诡异："周秘书，你们女人用眼线笔除了画眼线，还能干吗？"

周秘书用看傻子的眼神看他："眼线笔眼线笔，除了画眼线你说还能干吗？

"用来吃吗？"

温秘书一言难尽："我也不知道。"

…………

262

说话间，拍卖会正式开始。前面都是秦梵不怎么感兴趣的，她翻了翻册子，发现这次拍卖会，除了一颗蓝宝石之星，好像没有什么其他自己喜欢的东西。

难怪谢砚礼之前只提了这个，还挺了解她的喜好嘛，秦梵看谢砚礼越来越顺眼。

谢砚礼却伸手盖住她的眼睛，微凉圆润的佛珠在她脸颊上晃动："别看我。"

"怎么，我是美杜莎，看了你，你会变成石头？"秦梵不满，她眼睛那么好看，为什么不看。

谢砚礼忽然松开捂着她眼睛的手，轻轻松松把她从自己膝盖上抱起来，然后放到了被他坐过的沙发椅上，转而去了旁边桌前坐下。

秦梵一脸迷茫："……"

谢砚礼什么意思？不给她当坐垫了？就这么点儿耐心？

谢砚礼看似云淡风轻地弹了一下被秦梵坐皱的西裤："你重。"

秦梵面无表情："是你虚！"说完，便扭过头去。

她169cm还不到45kg，哪里重了！

睁眼说瞎话！男人不值得，蓝宝石不香吗？

整本册子，难怪这颗蓝宝石之星能当作压轴的，因为其他的都不算特别，秦梵怀疑今晚冲着这颗蓝宝石之星来的人应该不少。

因为好多都是偕着女伴同往，拍卖手册的封面都是用蓝宝石之星的照片。

就在秦梵无聊得快要睡着时，终于到了压轴环节——蓝宝石之星的拍卖。

秦梵看着那在红丝绒上的蓝宝石，恍若深海般的蓝色，幽暗莫测，单单是一颗椭圆形的宝石，并未制作成任何饰品摆件，便让人心动不已，秦梵已经想象到自己要怎么把玩了。

果然如她所料，这件拍卖品报价的人很多。

她不着急报价，随着外面的喊价持续上涨，报价的人越来越少。

秦梵摩拳擦掌，觉得自己可以上了，在报价器上缓缓敲下一个数字。

外面竞价一顿，没想到中途还杀出来一个程咬金，很快，没等价格敲定，外面只剩下两个人报价。又是一轮报价结束后，只剩下秦梵和同在二楼贵宾包厢的那位继续竞价。

大概到了那个人的价格底线时，那人突然直接报了很高的价格。秦梵按报价器的手一顿，无辜地望着她老公，好像再继续报价有点儿亏了。

这个蓝宝石虽然很珍稀，但现在的价格已经超过它本身的价值了，再高的话，就像是冤大头了。

谢砚礼没有管秦梵报价，见她忽然停下，抬眸看了她一眼："怎么？"

"超过预算了。"秦梵再看了眼那颗拍卖台上的蓝宝石，觉得有点儿可惜。

"谢太太，谁给你有预算的错觉？"

谢砚礼话毕，不疾不徐地朝她走来，他站定时，外面已经开始倒计时了。

谢砚礼站在秦梵身后，微微弯腰，修长手指捏起秦梵那只柔若无骨的手指，慢条斯理地输入一串数字，而后轻点确认。

听到新的报价后，大厅内一片哗然。万万没想到，6号包厢的客人居然这么大气。秦梵也没想到，谢砚礼这么简单粗暴。

她仰头看着已经站直了身子的男人，柔和的光线下，男人俊美深邃的面容格外充满蛊惑力。

谢砚礼察觉到她的视线，平平静静地垂眸回视。

拍卖官在进行最后的定价，忽然，从9号包厢窗口传出一道男人的声音，用英文说："暂停一下。

"我想跟6号包厢的朋友说两句话。嗨，兄弟，我拍这个蓝宝石是给我未婚妻求婚用的，能否别再竞价了？这个蓝宝石不值更高的价格。"

秦梵深以为然，确实不值，但她喜欢啊！谢砚礼点开拍卖器上的话筒模式，用优雅的英文回："送我太太当生日礼物，她喜欢，所以不让。"

那边包厢果然不再说话。

秦梵："……"

她现在特别欣赏他们家谢总睁眼说瞎话的本事，真的好酷！对方没想到谢砚礼这么坚持，知道跟他再杠下去也没好处，便停止了报价，于是秦梵拿到了蓝宝石之星。

秦梵想过拍卖厅可能会议论他们，但没想到，大家的议论点放在了来自东方的神秘夫妇的深情之上，宁肯多花一些钱，也要拍下太太喜欢的生日礼物。

谢砚礼默认秦梵跟他回酒店，房间内，秦梵没着急换下身上的旗袍去洗澡，反而端着这颗蓝宝石之星欣赏，脑海中浮现的却是谢砚礼在包厢内清淡的声音：她喜欢，所以不让。

她很想知道，谢砚礼说这话时，脑子里想的是什么。

秦梵思考的时候，表情苦恼。不知不觉，先去浴室洗澡的男人已经出来，身上松松地披了件黑色睡袍。

遥遥望着灯光下皱着眉头的女人，明明身姿摇曳，美貌旖旎，偏偏那张活色生香的小脸上露出纯真清澈的表情。

极致的对比，带着不自知的勾人。谢砚礼遵从心理与生理的反应，从她身后将她抱到旁边沙发上。

秦梵猝不及防，一双桃花眼瞪得圆溜溜的，倒是显得眼尾的泪痣越发娇艳。

谢砚礼指腹犹带潮湿，顺着那颗泪痣用力蹭了蹭。顿时，那点红色晕染至眼尾，露出里面那颗可爱的原本的泪痣。

秦梵和他同床共枕多年，自然明白他眼神代表了什么。

"……你干吗？我妆脏了，你还吃得下口？"

秦梵两只纤细的手腕用力，掌心抵着他的胸口。那颗圆润的蓝宝石被她按在了谢砚礼胸口位置，抵得他的心隐隐乱了一拍。

谢砚礼眼神收敛，随意将其丢到秦梵头顶沙发的边缘位置。秦梵紧张地翻身要去找她的新欢小宝贝，刚转了个身，忽然，耳边响起一阵裂帛声。

"啊！"

秦梵身子陡然僵住，婆婆大人送她的旗袍啊！谢砚礼膝盖恰好半压在她旗袍开衩的位置，听到这道声音后，神色平静地伸手。

下一秒，令秦梵"毛骨悚然"的裂帛声再次响起，伴随着的是皮肤突然暴露于空气中的危险感。

秦梵心态崩了："完了！"

谢砚礼微凉的薄唇贴着她，偏冷的音质染上喑哑："赔你十条。"

秦梵的身子轻轻颤抖，轻软的声调也带着几分小颤音："你不懂。"

这不是赔不赔的问题，她还得穿着旗袍跟婆婆视频呢！

谢砚礼看着破碎的布料尤挂在秦梵雪白的肩膀上，慢条斯理地将修长手指覆在她脖颈处的纽扣位置。

秦梵眼睫轻颤，手臂提不起力气推开他假模假样的动作，旗袍都毁了，他还装着解什么扣子啊！

谢砚礼解完后，起身抱着她去浴室，从善如流地应道："好，那不赔了。"

秦梵："……"扭头看着卡在沙发缝隙中的那颗蓝宝石——旁边那堆撕碎的绸缎布料充斥着凌虐的美感，让人忍不住脸红心跳。

秦梵心神恍惚，直到被人放了放满水的浴缸内时，看到男人也迈了进来，才发现，事情可能并不在于她要不要忍，而是谢砚礼根本没给她选择的余地！

翌日清晨，晨光透过旁边落地窗玻璃照射进来。

秦梵感觉到脸颊上方痒痒的，下意识地握住了在她脸上作乱的那只手，缓缓睁眼。

入目便是谢砚礼那张俊美面容，以及他手中捏着的眼线笔。

秦梵眨了眨眼睛和他对视："……"

下一刻，余光瞥到旁边窗户时，秦梵乌黑瞳仁陡然放大："谢砚礼！没拉窗帘！"

谢砚礼被她握着的手一顿，神态自若地收了笔，顺着她惊恐的目光看过去，入目便是敞开着窗帘的落地窗，阳光灿烂明亮，坐在床上，便能俯瞰几乎整个市中心景观以及外面河畔风光。人群悠闲，建筑古典，很适合度假游玩，重点是外面并未有任何能拍摄到这里的等高建筑物！

他明白秦梵的意思，嗓音徐徐安抚道："这个角度，拍不到。"

"或许无人机？"秦梵心里慌极了，没有心思去看谢砚礼，转身去翻自己的手机，想看看有没有她打马赛克的照片上社会新闻。

想想以这种方式火遍全球，就瑟瑟发抖。

谢砚礼："这家酒店会屏蔽那种侵犯隐私的设备。"

秦梵已经刷完了国内新闻传播最快的平台，关于她的消息，还是上次寺庙求子的。经过一大早的紧张，她现在对于"寺庙求子"这样的新闻都觉得顺眼许多。

危机解除，秦梵终于有心思管谢砚礼了，想到一睁眼看到的画面："倒是你，刚才在干吗？"

秦梵坐在床上，仰头看谢砚礼。明亮光线下，男人穿着黑色衬衫、西裤，加上乌黑短发，一身黑色被他穿出了映丽诡谲的神秘感，难得没有将衬衫扣子系到顶端，解开两粒，露出一截修长脖颈，让人想探究衬衫之下的灵魂。

秦梵连忙闭了闭眼睛，发现自己又想歪了，立刻正色，表情带着审问。

只是，由于秦梵刚刚醒来的缘故，蓬松卷长的发丝随意披散在肩膀，雪白皮肤上的吻痕若隐若现，没有什么杀伤力，更像是娇嗔。

谢砚礼目光在她眼尾略略一顿："没什么。"

说着，他若无其事地随手将眼线笔收到西装裤袋内，面色平静地扣着袖扣，转而往外走："你可以再睡会儿。"

秦梵看他背影从容，秀气精致的眉头轻皱了一下，总觉得哪里不对劲。如果刚才她没看错的话，他手里拿的是眼线笔吧？

秦梵也没了睡意，赤着一双幼嫩漂亮的小脚迅速往浴室走去。

酒店的房间色调都是浅蓝色的，像是蔚蓝色的海域，进入浴室，整整一面墙壁都是镜子，另外，面向房间的墙壁是纯玻璃面的，就连浴缸都是深海般的深蓝色。

秦梵没去看浴缸，一看脑子里就忍不住浮现出昨晚谢砚礼把她抱进浴缸之后的画面，太太太过分了！

赤脚踩在冰凉的地面上，秦梵都散不掉浑身热气。

"谢砚礼！！"

看到明亮的镜子里，映照出自己的脸蛋后，秦梵发出一道惊叫声。

她就说这个人一大早干吗拿着眼线笔，原来是在她脸上作妖，这是什么鬼东西？谢砚礼怎么这么恶趣味。

秦梵定定地看着镜子里那张靡丽慵懒的面容，像是脸上长出了一朵花。不

266

对，不是一朵花，是长了只猫。

雪白细腻的眼尾皮肤下，原本应该是秦梵那颗艳丽小泪痣的位置，此时被谢砚礼用红色眼线笔画了只格外惟妙惟肖的小猫，很可爱。

如果只是一只可爱小猫也就算了，问题是这只猫在懒洋洋地打滚！！

重点是秦梵从这只猫的表情中莫名感觉到熟悉，尤其是那双圆润的猫眼，就是迷之神似！秦梵感觉羞心爆棚。

跟镜子里那只懒洋洋打滚的猫对视了一分多钟后，秦梵用酒店自带的卸妆水擦了擦眼尾，如她所料，擦不掉。

她就知道，谢砚礼费力画的这只猫，绝对不会轻易让她洗掉的。

啊！秦梵丢下卸妆巾，面无表情地洗漱。原本精致的小脸此时冷着面容，加上雪白皮肤上那只殷红色的小猫，自带傲娇感。

十分钟后，秦梵洗漱完毕，换上旁边架子上早就准备好的红色薄绸长裙，明艳旖旎，与脸上那红色的小猫莫名契合。

推开门，秦梵便看到谢砚礼坐在客厅内，似乎正在办公。旁边站着温秘书，手里捧着一堆文件。

温秘书下意识地看向秦梵："太……太？"目光触及秦梵眼尾下那只猫儿时，声音陡然顿住。

温秘书恍然大悟，昨晚 Boss 让他找的眼线笔要求——红色，一天内洗不掉，对皮肤零伤害。

于是他找了没有特定卸妆水辅助，普通卸妆水卸不掉的眼线笔品牌，迅速去购置了这款，所以这是用在太太脸上的？

见温秘书盯着她的眼尾，秦梵冷笑了声："好看吗，你们谢总画技优秀吧。"

面对太太的冷笑，温秘书默默闭上嘴，不敢多言。

再看心无旁骛继续办公的谢总，温秘书满脑子只有一句：老板多才多艺，老板不愧是老板，牛！

谢砚礼下颌轻抬："去用早餐。"

秦梵也看到了客厅落地窗前的餐车，但她没急着去吃饭，走到谢砚礼身边，朝他伸手："作案工具呢？"

谢砚礼顿了顿，目光依旧看着电脑屏幕，没说话。气氛一瞬间僵持下来，就连温暖的阳光从窗外照进来，都温暖不了此时这瞬间寒冷的气氛。

温秘书恨不得缩成一团降低自己的存在感。

见谢砚礼不拿出来，秦梵没什么耐心，直接蹲在沙发旁边，手伸进谢砚礼西裤裤袋里。

她之前看到了这个臭男人把那支笔放进去，除非他提前毁尸灭迹。

果然，摸了半天没有摸到。

秦梵把谢砚礼从沙发上拉起来："假模假样，站直了身子，我要搜身！"

温秘书："……"

这是他能看的吗？

"谢总，要不我先走？"

谢砚礼还没答，秦梵冷扫他一眼："你是同犯，想跑？"

温秘书心想：完了。

谢砚礼即将被秦梵从上到下地摸一遍，秦梵那只搜证的小手刚准备往他腰下行进——

忽然，谢砚礼用那只戴着淡青色佛珠的手攥住了她的手腕，目光落在秦梵眼尾那只懒洋洋打滚的猫儿身上："好看。"

秦梵："……"

睁眼说瞎话，她冷漠微笑："这么好看的画，不能我一个人拥有，你那特制的眼线笔交出来，不交出来，你今天就别办公了！"

秦梵被他禁锢住手腕也不慌，身子直接挡住他的笔记本电脑。她刚才看了眼，谢砚礼半个小时后有会议，看谁撑得过谁。

谢砚礼对上秦梵那双不服输的眼睛，片刻后，终于缓缓松开她的手，嗓音温淡："给她。"

下一刻，温秘书对上太太那双似笑非笑的眼睛，打开手里的牛皮行程本，将夹在里面的白色细管眼线笔双手呈给秦梵，用眼神暗示：太太，与我无关啊！我只是可怜的奉命行事的卑微打工仔罢了。

秦梵懒得搭理他，见谢砚礼重新若无其事地坐下了，忍不住笑出了声，这人真是一点儿做了坏事的自觉都没有。

秦梵直接拉过他那只没有戴佛珠的手，拧开眼线笔，在他冷白色的手腕至手背位置画了一只歪歪扭扭的狗……

秦梵的绘画技术当然比不过谢砚礼，那只歪脸的狗形不似，但是那冷着脸的样子，微妙神似。

以上想法皆来自唯一的围观群众——温秘书。

秦梵欣赏完毕后还拿出手机拍了好几张照片，这才觉得心里那口气消散了，娇润的红唇勾起一边弧度。

"高兴了？"谢砚礼看到自己手腕上的那只狗后，冷峻的眉微微挑起，倒也没生气。

"高兴了一点点。"秦梵用小拇指比画一点点。

"我明天还要去拍广告，你让我怎么解释？

"今天本来还打算去逛街呢！"

现在这只猫把她的计划全都打乱了。

"今晚能洗掉。"谢砚礼不慌不忙。

他昨晚便让温秘书去要了秦梵这段时间在 F 国的行程计划，知道秦梵今日无事，原来他什么都算好了。

秦梵双手抱臂，垂眸睥睨着坐在沙发上神态自若的男人，故意气他："所以你今天就是为了不让我出去逛街？我真的好惨哦，大老远来给老公送惊喜，还要被关在酒店。温秘书，你觉得你们谢总小气吗？"

温秘书轻咳了声："太太，等会儿各家品牌的管理会带着新款来酒店，您可以挑选喜欢的。"

秦梵讽刺的话到嘴边戛然而止，还能这样？

第十一章　一万年的对视

半个小时后，秦梵回到主卧，跟姜漾开视频："你说谢砚礼是不是故意的，显得我格外小心眼，他倒是大方有风度的好男人！"

姜漾看着秦梵眼尾那个跟她迷之神似的"打滚猫"忍不住笑得发出鹅叫："哈哈哈，你别说，这猫跟你真的很般配，你家谢总画技跟审美绝了！不信你自拍一张发微博，绝对一群人求着你要这位画师的联系方式，想要求同款。"

秦梵看着视频中自己的那张脸，习惯了好像也没有那么羞耻？

她抬抬下巴："分明是我过分美貌，才衬得那只猫不傻。"

姜漾终于忍住笑："我得问问裴景卿会不会画画，他们俩是同校多年的好友，谢砚礼会的他搞不好也会。"又感叹，"你们家谢砚礼看着禁欲清冷，实际上真是会玩。"

秦梵想起谢砚礼更会玩的那幅油画，最近忙得把这茬儿忘了。

等这次回家后，她一定要找机会看看他到底画了什么玩意儿，竟然不敢给她看。

跟姜漾挂断视频后，秦梵自拍两张，想着也该发微博了。

刚打开，微博给她推送了程熹的访谈。

访谈标题——《程、裴两家联姻破裂原因竟是如此？不敢想象！》

不得不说，这些媒体取标题的能力真的很强，最起码秦梵那只手是条件反射地点进去了。

视频不长，大概十几分钟，秦梵从迷茫，到震惊，最后到惊悚！她刚准备给姜漾打电话，指尖陡然顿在屏幕上，迅速跳下床开门去找谢砚礼。

"老公老公！"

见谢砚礼端端正正地坐在沙发上，温秘书已经不见踪影，秦梵直接从他身后扑过去，整个人挂在他后背上，因为太急促，导致她说话有点儿模糊不清："老公，裴总，是不是真的……

"和女人亲近不了？"

最后这四个字格外清晰，甚至在空旷的客厅内还有回音。

"谁和女人亲近不了？砚礼吗？"

秦梵听到这声音，身子陡然僵住。

从谢砚礼肩膀探身一看——入目便是平板电脑上婆婆大人那张熟悉的面容。

隔着屏幕，秦梵震惊的眼神与谢夫人比她还震惊的眼神碰上，仿佛要比一比谁更震惊。

谢砚礼表情变都未变，清洌的嗓音从容不迫："妈，您听错了。"

"谢砚礼，我是年纪大了，但也没大到耳背的程度。"谢夫人不愧是当年纵横律师界的女强人，脸上虽然是一副喘不过气来的样子，心里却下意识地开始将这个骇人听闻大消息的前后逻辑。

秦梵条件反射般地躲在谢砚礼背后，往沙发旁边一蹲，蹭到了他腿边，纤细手指紧攥着他的衬衫衣角，在婆婆看不见的地方快要抓狂了。

啊！这是什么大型社会死亡现场。

绝望、脆弱、可怜……

谢砚礼一低头就看到谢太太那可怜巴巴满脸写着"我闯祸了"的表情，薄唇忽然染上淡淡笑痕，掌心在她头顶轻按了下，面上却不动声色地重新看向屏幕："没骗您，她都吓坏了。"

秦梵指尖用力扯了扯谢砚礼垂下来的佛珠绳结，示意他好好解释。

谢夫人现在脑子嗡嗡的，天知道她多努力才让自己表情没有崩塌地跟儿子儿媳说话，她深呼吸："所以你刚才理直气壮地说不要孩子，是有特殊原因，特殊原因就是这个吗……"然后话锋一转，"所以你之前不交女朋友，不近女色，也是因为这个？"

"所以你们俩结婚这么多年，我连个孙子影子都没见到，也是因为你们这是在——形婚？根本没有夫妻之实！"

这误会就大了，秦梵见婆婆快要昏过去，也顾不得藏着了，连忙往谢砚礼身边一坐，捧着平板电脑解释道："妈，您真的误会了，我说的不是砚礼，是……"

"裴景卿"三个字刚到唇边，便被她咽了下去。背后跟婆婆议论别的男人能不能行这个话题，好像还不如议论谢砚礼。

没等秦梵想好怎么措辞才能既不像是背后说别的男人这个问题，又能解释她说的并不是谢砚礼，婆婆已经靠在沙发软枕上，一副受到打击的模样："梵梵，你不用给他说话了，妈都懂，这些年委屈你了。"

秦梵："不委屈。"

她亲眼看到谢砚礼放在旁边的手机亮了亮，是温秘书的微信消息——

温秘书："Boss，各家品牌的负责人都在酒店大厅等候，您看看什么时间让他们上来。"

看着这条近在咫尺的消息，她的良心不允许她说出什么"委屈"的话。秦梵默默捂住自己的小心脏，都怪仙女太善良。

要是这时候默认谢砚礼"不行"的话，大概也就不用再担心婆婆催生了。可她做不到为了自己，诋毁谢砚礼。

即便冒着被婆婆误会她打听别的男人生理状态的风险，秦梵也正色道："妈，其实我说的是裴景卿。"

"我刚才问砚礼，是裴总是不是真的，喀……是因为我看到裴总的新闻……"

秦梵倒是没提程熹，毕竟婆婆跟程熹关系好像不错，她提程熹有点儿像是上眼药。然后她亲眼看到婆婆拿出手机，面无表情地开始搜新闻。

这么大的事情，肯定是要上各大财经新闻头条的，但是没有。

谢夫人放下手机，叹了口气："梵梵，你是好孩子，是谢砚礼让你拿景卿当挡箭牌的吧，他们两个从小就互相帮对方掩盖。"

秦梵反应过来，立刻低头点开被自己紧握着的手机，此时手机边框被冷汗浸透，屏幕上原本显示的那条视频跟微博，此时已经消失不见。

她乌黑瞳仁陡然放大——仰头望着谢砚礼："我真看到了，没骗人……"

谢砚礼长指滑下，捏了捏她冰凉的手指："是他让人删了。"

秦梵陡然松了口气，还以为是自己出现错觉，到时候被误会故意演这一出，只是为了不想生孩子。

幸好谢砚礼愿意相信她，秦梵下意识地反握住谢砚礼的手掌，大概这样才能给她安全感。

谢夫人看着他们夫妻两个"演戏"，已经开始绝望了，她现在再生个二胎还来得及吗？

大号养废了，再来个小号抢救一下岌岌可危的谢氏全族吧。

谢夫人："你还有救吗？"

谢砚礼清俊眉眼依旧淡定如斯："大概，您可以期待，过两年万一有惊喜呢？"

谢夫人："……"

不，她还是期待小号能不能生出来吧。

随即，谢夫人生无可恋地挂断视频，她需要冷静冷静。

直到挂断电话后，秦梵软软地倒在谢砚礼肩膀上，双手捂住脸：

完了完了完了——满脑子都是大写的这两个字。

谢砚礼依旧气定神闲，还给温秘书回了条消息。

不多会儿，还没等谢太太懊恼完毕，外面便传来温秘书刷门卡进来的声音。

"嘀……"

秦梵蓦地从谢砚礼肩膀上抬头："谁？"

她差点儿以为是婆婆亲自来了！等看到温秘书后，她没什么精神地重新倒回沙发，双手抱着膝盖，漂亮的眼睛没有神采。

温秘书困惑："……"

太太看到他这么失望吗？见谢太太对这些平时喜好的东西都没兴致，谢砚礼随意摆摆手："都留下。"

也不必选了。

温秘书：还能这样？

等到客房内又只剩下他们两个人后，谢砚礼看到秦梵没什么精神，于是冷静道："妈误会不了太长时间。"

秦梵终于抬了抬眼皮子。

谢砚礼："那段访谈不会消失。"

程家也不会就此罢休。

刚才羞耻感太重，让她暂时忘记了自己出来找谢砚礼的目的，这才想起来。

她慢慢挪到谢砚礼旁边，纤细的手臂碰了碰坐姿端正的男人："程熹这个恶毒女人是不是故意胡说八道的？"

但她总觉得程熹不是会莫名其妙胡说八道的人，这样太容易被拆穿了吧，她搞不好是得到了确切的消息，才敢在访谈中说出来。

谢砚礼感觉到手臂那柔软触感，瞥了眼腕表时间，还有十分钟视频会议开始。

他言简意赅地将之前订婚宴后续说给秦梵听，包括裴景卿为了拒绝与程熹订婚，向父母编造了自己只能亲近姜漾的谎言。

而程熹那个女人，心机深沉，恐怕是愧疚的裴母无意中与她透露出来的，不然她怎么会确信裴景卿有这个毛病。

秦梵还想跟谢砚礼八卦："那你们早就知道她会出手，准备怎么对付她？"

谢砚礼揉了揉眉心："谢太太，你先去处理那些东西，过几个小时再去看微博，就知道裴景卿能做到什么地步。我该开会了。"

秦梵到嘴的话咽回去："……好吧。"

她现在要当个善解人意、贤良淑德的小娇妻。

"老公辛苦了，需要我给你按按肩膀吗？"

刚才在婆婆面前不小心污蔑了谢砚礼的清白，秦梵心虚愧疚，此时看谢砚礼的眼神，充满了母性的关怀。

对上她亮晶晶的桃花眼，谢砚礼顿了顿，随即打开了笔记本电脑，无意般道："谢太太，你的这个眼神或许可以留给我们未来的孩子。"

话落，电脑启动，谢砚礼已经开启了会议视频模式。秦梵站在他身后，红唇张了张，才转身去看温秘书方才让人送来的那些礼盒。

谢砚礼刚才提到孩子，是随口无意，还是真想要属于他们的结晶？坐在地毯上，秦梵眼睫低垂，似乎连眼尾那小猫也染上同款情绪。

北城半夜十二点，蹲在市中心某高级大平层楼下的狗仔们，举着摄像机，不放过任何一个进出的人。

"真的会有裴总的料吗？"

"谁拿到的消息来着，会有裴总的大料？"

"我们老板，他有个朋友是裴总圈子里的，知道最近裴总都住在这套大平层里，而且养了个小情人！"

"网上不是前未婚妻爆出裴总不能亲近女人吗，怎么还有小情人？烟幕弹？"

"是不是烟幕弹，这不就得靠咱们来深扒，要不然咱们是干吗的。秦仙女最近出国，其他明星也没什么可拍的，现在好不容易来个热辣题材——知名商界钻石男神裴景卿实则是个外强中干的假男人，咱们要是能深扒到什么秘密……嘿嘿嘿。"

"嘿嘿嘿。"一群中年男人对视笑，仿佛看到了光辉的未来。

"来了来了，那是裴总吗？"

"是！快拍，他去哪儿走得这么快？跟上。"

"人别太多，两个跟去，用手机偷偷拍。"

五分钟后，两个乔装后的狗仔眼睁睁地透过便利店玻璃窗看到了裴景卿在收银台货架旁拿了两盒计生用品。

"……"

不是说不能亲近女人吗？走这么急，急着回去干吗？身为成年人他们怎么可能不清楚。

狗仔们确定裴景卿并没有发现他们，因为裴景卿眼睛都没往他们这边看一眼，而且作为专业狗仔，他们乔装过后，若非经过特殊训练的人，绝对不可能第一时间发现。

所以——

狗仔1眼神问：这拍了能发吗？

狗仔2眼神答：发！事后找裴总要感谢金！

等秦梵看到新闻时，F国已经是晚上八点。

程熹那个访谈视频又出现了，秦梵重新看了遍视频。

视频中，程熹坐在杏仁色的沙发椅上，温和端庄，一身黑白交领国风连衣裙，宽大的腰带勾勒出纤细腰肢，俨然就是古代的大家闺秀走出来。

起初聊的只是程熹的职业生涯，后来快问快答环节，主持人问她："听说您前段时间差点儿订婚，是什么原因导致意外呢？"

程熹快速答："男方身体有问题。"

最后两个字快要脱口而出时，她仿佛才反应过来般："我的意思是男方觉得缘分不到，怕耽误彼此，和平解除婚约。"

说完之后，她唇角弧度弯了弯："差点儿被你拐到沟里去。"

主持人连忙帮忙解释："哈哈哈，本想试试您会不会上当，那我们进行下一个环节。"

视频到这里就结束了，像素模糊，并非官方放出来的，而是被人刻意拿来做文章。秦梵越看越觉得生气，这女人真的好恶毒啊！就是故意的。

谢砚礼进浴室洗澡时，便看到红色长裙铺在黑色床单上，格外艳丽勾人。小脸气鼓鼓的小姑娘，连带着那只没有洗完的猫儿都染上几分生气。

秦梵没注意到谢砚礼从客厅回来，因为她看到了新推送。

嚯！秦梵立刻反应过来，这大概就是谢砚礼白天跟她说的裴景卿出手了！

看到狗仔跟在裴景卿身后拍摄他深夜急匆匆购买两盒计生用品时，秦梵终于忍不住笑出声，而后笑声越来越大。

"哈哈哈。"

裴景卿这个澄清方式真的绝了！真没看出来，裴景卿长得清俊温和，竟然还能想出这种招数。

秦梵实在是没忍住，一边笑着一边给姜漾截图发去贺电："你男人想法别具一格。"

北城如今是凌晨，但姜漾还没睡，并且秒回："不，这主意是你男人出的。我男人乖着呢，想不出这么坏心眼的主意。"

秦梵："……"

谢砚礼洗完澡出来时，便见秦梵对着他笑，灯光下，女人雪肤红裙，端的是颠倒众生的美貌，偏偏她还笑得这么肆意，更为这深夜平添了靡丽之色。

谢砚礼随手将擦过头发的毛巾抛到沙发上，而后走近大床，望着秦梵："笑什么？"

秦梵情绪多变，他洗澡的短短时间，便阴转晴。

秦梵勾住谢砚礼的脖颈，把他往床上用力一拉："笑你呗。"

眼眸弯弯时，女孩眼尾那殷红色的小猫儿也跟着动了动。谢砚礼眼眸陡然眯起，冰凉指腹轻轻触碰她眼尾，秦梵眼神无辜得如同猫咪。

直到谢砚礼手臂箍住那不盈一握的细腰，用力将她翻了个身，秦梵急促地惊呼了声。

随即便感觉到小腿一凉，眼前像是被蒙上了一层红纱，谢砚礼居然将长长的薄绸裙摆从背后盖到了她的眼前。

男人修长结实的胸口贴上来时，秦梵混沌的脑子终于明白，这条早就被谢砚礼放在浴室的薄绸长裙，为何裙摆拖曳至地，又为何开衩到那么高的位置了。

F国的夜晚，星星布满夜幕，仿佛在与河畔层层璀璨的灯光比谁更亮更闪，谁都不向谁认输。

次日一早，蒋蓉带着造型师来酒店时，看到秦梵脸上那还没有卸掉的懒洋洋的打滚猫，一脸蒙。

"你这脸？"

秦梵身上只披了件霜白色的真丝睡袍，精致的眉眼也是如出一辙的懒洋洋："夫妻情趣，有问题？"

被这理直气壮的话噎到，蒋蓉顿了顿："小祖宗，你今天要拍广告啊！

"你这身吻痕，这脸上的猫？你确定可以！！"

秦梵刚说："可以卸掉。"

忽然"缘起"的造型师走来，望着秦梵喜出望外："太自然了吧！"

秦梵眨了眨眼睛："什么？"

造型师："秦老师，您脸上的这只猫，太合适咱们今日的造型方案了。"

秦梵："什么方案？"

造型师："又纯又欲！

"这只猫有点儿掉色了，请问画师是谁，我们'缘起'愿意出十倍价格，请他再为您画几只不同造型！"

这时，浴室门开了。

一袭衬衫西装，俊美禁欲的男人走出来。

秦梵抬了抬下巴，冷静脸："画师来了。"

在场所有的工作人员齐刷刷地看过去："……"

酒店客房内，陷入死一般的静寂。谢砚礼恍若毫无察觉，云淡风轻地朝着蒋姐额首，而后走向秦梵，修长白皙的手指托起她的下巴。

秦梵这才发现，谢砚礼手里还拿着一张薄薄的湿巾，此时旁若无人地擦拭着她的眼尾。

她余光瞥到干净湿巾上留下红色晕染的痕迹，顿时明了，这是特定的卸妆湿巾。

等擦干净后，谢砚礼将手里这张用过的湿巾塞进秦梵手心："可以了。"

秦梵捏了捏那湿润的湿巾，微微一笑："不可以。"

谢砚礼清俊眉心微微蹙起，目光落在她的眼尾处，原本那只"打滚的小猫"已经消失得无影无踪，留下雪白细腻的皮肤与那颗浅浅泪痣。

他没听到刚才造型师与秦梵他们的对话。

秦梵拉着他的手腕面对着造型师："'缘起'的造型团队准备出十倍价格邀请你当造型设计师，在脸上画猫。"

她拉长了语调，故意问道："所以谢总，你平时什么价格？"

"缘起"这些工作人员都来自国内，自然也刷国内的八卦，对于秦梵这个神秘男友也有所耳闻，此时他们居然撞上了！

天哪，果然如网友们说的那样，又高又帅，还格外有气质，不过怎么好像在哪里见过一样？

这时，有个经常看财经新闻的男化妆师低呼一声："谢总？商界佛子谢砚礼？"

秦仙女的神秘男友居然是他！！

蒋蓉眼皮子一跳，见秦梵还有兴致调戏谢总，忍不住扶额："诸位保密保密，梵梵和谢总暂时还不打算公开。"

其他人连连点头："懂懂懂，我们都懂。"

都是圈里人，自然明白像是谢砚礼这个级别的人物，并不是他们能随便出去当作闲话八卦的对象。

消化完毕谢砚礼的身份后，忽然想起来，所以秦仙女脸上的那只猫也是谢砚礼画的？

刚才秦仙女说什么来着？夫妻情趣还是情侣情趣来着？啊，万万没想到，谢砚礼私下竟然是这样的！

谢砚礼终于知道秦梵那个价格问的是什么，左手漫不经心地整理着袖扣，又拿起西装外套穿上："无价，而且，你不是不喜欢？"

穿西装时，谢砚礼手腕上那只显眼的歪脸狗隐隐露出来，似乎是在提醒秦梵，昨天她对这只猫是多么深恶痛绝。

秦梵："……"

她一把拽住谢砚礼的手腕，用被谢砚礼塞进她手心的卸妆湿巾用力擦了擦那手腕上的狗子："你画不画？"

男人冷白色的皮肤都被她擦得微微泛红。

旁边的围观群众不敢吱声，眼睛却睁得溜圆，耳朵竖得老高。其中包括蒋蓉和小兔。

小情侣之间逗趣太好看了。

尤其是这种高颜值小情侣，不跟现场版偶像剧似的。这种看戏的机会，机不可失，时不再来。

谢砚礼扫了眼时间，还有三分钟。他随手拂开秦梵脸颊上的碎发，微微俯身在她耳边低声道："可以，但我很贵，谢太太准备用什么来作为交换？"

　　听到这熟悉的话，秦梵脑海中顿时浮现出上次的交换。她跳舞卖艺也就算了，还被骗让他画了幅油画，到现在都不知道那幅油画成品是什么。

　　秦梵耳朵瞬间红通通的，原本慵懒散漫的表情一下子变了，她用力推了谢砚礼一下："你赶紧去干活吧！"

　　谢砚礼薄唇勾起淡淡的笑痕，若无其事地帮她将滑落在纤细手臂上的真丝睡袍重新提回肩膀上说："下午回来。"

　　"随便你。"

　　秦梵收紧了睡袍领子，转身去他们准备好的化妆台前坐下。镜子里，少女眉眼精致，毫无瑕疵，但少了那只红色的猫，秦梵总觉得少了点儿什么。

　　客房内虽然有将近十个工作人员，但直到谢砚礼离开前，都是大气不敢出。

　　直到谢砚礼离开后，才恢复原本的热闹。

　　"嚯，吓死我了，我刚才居然胆大包天地想让谢总当画师，还出十倍价格，以为差点儿要被丢到F国护城河里喂鱼了。"造型师拍着胸口心有余悸道。

　　秦梵忍俊不禁："哪有那么夸张，还丢到河里喂鱼，我们谢总是正儿八经的商人，不干违法犯罪的事。"

　　造型师问化妆师："你能画吗？"

　　男化妆师："……姐妹儿，我是化妆师，不是画师。"

　　造型师啧了声："人家谢总还是正儿八经的商人呢，怎么连画都画得这么好！"

　　虽然只是寥寥几笔，但栩栩如生，一看就是功底很强。

　　化妆师也是有一点点绘画功底的，但要是在脸上画那么大面积的图案，到时候还要拍特写，若非功底强大如谢总，还真不好找人。

　　尤其是谢总画的那只猫，神似秦梵，说明他很了解秦梵，对她的细微表情都把控得很到位。

　　看到谢总画的后，再找其他画师，就没有那种意思了。

　　造型师有点儿可惜："原本还想着借此超越以往的造型。"

　　"秦老师，真不能让谢总抽空为您再画几只猫吗？我们可以按照谢总的行程来调整拍摄时间。"

　　不——不是谢某人不想画，而是谢某人想狮子大开口！

　　秦梵看着镜子里那张肤白貌美的脸蛋，虽然亦是慵懒靡丽的，但若是多了那只猫，好像拍摄起来，更有特色一点儿。

　　秦梵咬着下唇，有些犹豫不决。倒是小兔在秦梵耳边低声说了两句话。

　　秦梵眼尾扬起："能行？"

小兔肯定地点头："绝对行！"

秦梵想了想，好像这法子确实能行，刚好试试谢砚礼，越想越觉得可行，于是拍板："就这么定了。"

谢氏集团在 F 国的分部，谢砚礼刚刚结束会议，便看到温秘书欲言又止地站在办公室门口。

谢砚礼："有话就说。"

温秘书轻咳："刚才太太的助理发了条朋友圈。"

他之前为了方便确定太太行程，不但加了蒋蓉的微信，也加了小兔的。

温秘书说着，便将亮起屏幕的平板电脑推到谢砚礼面前："您看。"

小兔：今日份仙女工作照 get。

照片上，秦梵坐在化妆镜前，仰头微微闭着眼睛，而长相清秀干净的男化妆师抬着她的下巴，手上拿着一支眼线笔，似乎正在她眼尾画画。

谢砚礼眼神淡了淡，修长手指钩住领带松了下，薄唇溢出清清冷冷的笑音："很好。"

温秘书瑟瑟发抖，不敢吱声。

谢砚礼靠在真皮办公椅上，拿过旁边薄薄的手机，难得主动给秦梵发了条消息过去。

下午三点钟，成片成片的薰衣草漫山遍野地绽放着，秦梵已经快要拍摄完"缘起"的成衣广告。

最后一套是流光溢彩的银蓝渐变抹胸长裙，长裙勾勒出曼妙身姿，前短后长的设计，露出一双纤细白皙的长腿，后面却是拖曳至地的长长裙摆。

秦梵卷长的发丝如数绾了上去，钻石皇冠卡在中间，从薰衣草中那条小路款款走来时，宛如真正的公主。

外国摄像师手都抖了，张嘴就是一个词："美丽！非常美丽，太美丽了！"

造型师看着秦梵眼尾那颗被点深的红色泪痣，有点儿可惜："虽然秦老师的泪痣很美，但见过了更美的一面，总觉得不够劲儿。

"拍摄美妆大片时，如果能有谢总亲笔画的画……"

秦梵提着裙摆休息时，恰好听到了造型师那句念叨，甚至还能感受到造型师那怜悯的眼神，怜悯什么？

她男朋友不给她画画？工作比她重要？秦梵淡淡笑了声，在谢砚礼眼里，自然谁都比不上工作的。

然而当她拿起手机时，看到一条未读的微信消息，即便还没看到是谁发来的，但像是有预兆，心絮乱地跳了一下。

而看到是谢砚礼发来的消息，秦梵表情顿住——果然为男人心跳加快什么的，就是真心喂了狗！

我的宝贝老公："谢太太，在你的眼尾下绘猫是我的原创，具有著作权。"

秦梵冷着脸把他的备注改成"不是东西的东西"，才回复："你要干吗，告我侵权，要我赔你钱？

"赏你的，告吧。

"转账 1 元。"

不是东西的东西："所以，只能我来为你画。"

秦梵："……"

这男人每次说话都说一半。

她不知道该露出来什么表情比较好，直到耳边传来小兔的惊呼声："梵梵姐，谢总来了！"

谢砚礼探班很低调，身边只带了温秘书，甚至这里面的外国工作人员都很少认识他，只觉得这张东方面孔未免太优越。

美貌是不分国界的，这点，大家达成一致。

秦梵下意识扭头看过去，视线在半空中与谢砚礼深邃的眼眸撞上。

谢砚礼目光扫过她，最后落在发顶那王冠上，走近后，第一句话便是："不好看。"

秦梵："……"

想到谢砚礼平时说话的习惯，秦梵这次没着急发脾气，反而饶有兴致地问他："哪里不好看？"

"配不上你。"谢砚礼修长的手指碰了碰那王冠上的钻石。

这边温秘书打开手上捧着的那个礼盒："真巧，谢总之前为您预定的王冠收到了。"

附近的工作人员都围过来看：王冠融合了四叶草与玫瑰元素，在阳光下折射出璀璨光芒。

礼盒打开的瞬间，秦仙女头上那个原本仙气飘飘的王冠被比成了破烂。

谢砚礼长指将卡在她发间的那顶王冠取下来，亲自戴上这顶王冠。

原本只是仙气飘飘的小仙女，现在少了几分仙气，却多了高不可攀的凛然矜贵，与她身旁同样矜贵自持、恍若神佛的男人，越发般配。

气氛一瞬间凝滞下来，大家都不敢深呼吸，生怕惊动了这对神仙璧人。只有小兔，已经有了不少经验，迅速拿起手机。

"咔嚓……"又一张合照定格。

小兔有个"隐藏相册"，里面全都是秦梵和谢砚礼的合照与小视频，她打算等自家仙女跟谢砚礼公开时，作为礼物送给他们！

这天谢砚礼非但送了紫钻王冠过来，还空出半天时间，为秦梵画了十几只不同造型的猫。

秦梵在F国足足待了一星期，后面两人行程都很满。

直到秦梵回国，谢砚礼出差还未结束，工作结束得年底。

独居综艺正式开播那天，秦梵恰好有时间回老宅看望公公跟婆婆，当面解释上次的乌龙事件。

现在裴景卿澄清了自己的清白，如今网上都在嘲程熹没有魅力，才会让未婚夫对她没兴趣——还诋毁人家不行，人家哪是不行，人家是对你不行——简直是搬起石头砸自己的脚。

为此，姜漾打电话跟秦梵吐槽过好几次，不明白这女人干吗要伤敌八百，自损一千。

谢家老宅，谢夫人也知道秦梵今日首次真人秀综艺播出，便跟着看。

毕竟她现在觉得谢家对不起秦梵，为此，还给秦梵又准备了一堆礼物，其中还有不少她的嫁妆以及谢家祖传的宝贝。

秦梵有点儿烫手："妈，您看新闻了吗？就裴总的那个。"

谢夫人深深叹息："又是谢砚礼逼你的吧？

"他从小跟裴景卿狼狈为奸，这次也是让景卿给他圆谎吧。"

秦梵："啊？"还能从这个角度想？

谢夫人哼道："我生的他，还能不了解？委屈景卿了，过几天给他家也送点儿重礼。"

秦梵心想：不，委屈的明明是你家儿子。

他才是真的无妄之灾。

趁着节目还没播出，谢夫人继续道："妈这段时间跟学医的朋友咨询了一下关于这方面的事情，梵梵啊，等他回国，还得麻烦你好好说服他，去看看医生，不能再讳疾忌医。"说着，还塞给秦梵一张名片，"这家医院私密性极好，这个医生是专家，专门研究各种这方面的疑难杂症，他成年之前身体是很健康的，也不知道后面怎么回事，但应该还有救。"

"他爷爷临终前指定你当我们谢家儿媳妇，说你是砚礼的福星，妈妈以前还不懂老爷子的意思，现在终于懂了，能救他的只有你了！"

283

听婆婆提到谢爷爷指定孙媳妇这件事，秦梵睫毛忽然颤了颤，没再继续替谢砚礼解释。婆婆认定的事情，除了证据摆在面前，否则她都不会信。

后面看真人秀，秦梵兴致缺缺。

直到蒋姐的电话打过来："你跟谢总又上热搜了！"

秦梵第一反应就是："我们在国外没拉窗帘被拍了？"

蒋蓉炸了："什么，你们在国外没拉窗帘！"

听蒋蓉的语气，秦梵就知道应该不是这件事，略松口气，只要不是上社会新闻热搜，她都能平静接受。

然而蒋蓉追着不放："你们为什么不拉窗帘？要是我没记错的话，谢总住的那套主卧，大床旁边就是落地窗，你们夫妻两个是不是有什么特殊爱好，这都能睡着？"

"灯关了吗？"蒋蓉抱着最后的侥幸问。

如果灯关了的话，大概率外面也看不到什么。

秦梵想了想："……蒋姐，我们还是聊聊这个热搜吧，我怕你撑不住。"

蒋蓉："我已经想死了。"

秦梵安慰道："谢砚礼说了，无人机在酒店附近没有信号，而且我们在最高层，所以不会被拍到的。"

别说，这句"谢砚礼说了"的开头，还真让蒋蓉放心了几分。她可以不相信秦梵，但相信谢总的本事。

"刚播完第一期节目，结束卡点不是你跟谢总在谢氏集团大厅门口对视吗，然后有人截图发到网上，并且给你们取了个CP名，叫神颜CP，现在已经有一千多个网友申请开通你们俩的CP超话。"

秦梵已经回到老宅谢砚礼的房间内，开了免提后，便点开微博。

果然，看到了一个状似关于他们的热搜——一眼万年的对视。

看得秦梵头盖骨都尴尬得快掀起来，忍不住吐槽了句："这什么文案标题……"

蒋蓉微笑："你们CP文案更肉麻。"

这时，秦梵已经点进去了，入目便是置顶的一张动态照片。

照片上，身后跟着一群工作人员的秦梵进入谢氏集团大厅，谢砚礼被西装革履的精英团簇拥着从里面往外走，而他们同时停住脚步，刹那对视。

秦梵一边点开评论，一边随口问："什么CP文案？"

"我眼底有光，光中有你。"

秦梵："……"

然而当她目光重新回到那张对视的照片上时，像是被烫到了般，错开了视线。

什么眼里有光，她才没看到自己眼里什么光呢，谢砚礼更没有，深沉得让人如坠深渊见不到底。

蒋蓉难得见秦梵说不出话来，终于找到对付她的法子，饶有兴致地继续念：

"'神颜下凡，赴一场人间盛宴。'

"听听，听听，你们CP粉期待值还挺高，这才刚播完半个小时不到呢，这一条条文案就出来了。"

秦梵看了看前排热评，发现居然大部分都是在讨论CP，倒是没有人扒出她跟谢砚礼的关系。

但——就是因为没有扒出来他们俩的关系，这才更奇怪吧！

"我们俩在外，一个结婚有老婆，一个刚跟神秘男友'寺庙求子'，他们讨论我们两个的CP，这么没三观吗？"

"人家CP粉说了，只议论你们的颜值，不议论真人，相当于把你们两当纸片人。议论真人CP一律打成黑粉全网示众。

"这个热搜不错，以后你们就算曝光了，粉丝们接受能力也更强。"

蒋蓉越想越觉得这个可行性很高："我让公关部尽量拿下这个超话的管理权。"

秦梵往下刷了刷，热门评论果然如蒋姐念的那样——

"啊，这对颜值太绝了，这个对视要不是知道他们彼此都有爱人，真的以为是什么绝世般配的神仙情侣。"

"不说别的，就这两位的颜值，我掉进坑里出不去了……"

"谢太太跟秦梵那位神秘男友拆散了这对神颜CP，怎么办，虽然他们还没有公开露面过，但我已经想迁怒了。"

"这是什么虐恋言情文，君娶我亦嫁，错过了！"

"太虐了，要不别叫神颜CP，叫虐恋CP算了。"

"哈哈哈哈，虐恋CP，哭着哭着笑了……"

虐恋CP？

秦梵看到这个转变，红唇也没忍住弯了弯，然后截图发给谢砚礼：

"网友们说我们是虐恋CP，谢总觉得呢？"

顿了顿，秦梵想到谢砚礼平时不怎么关注网络用语，非常大胆地问：

"说起来，你知道CP是什么意思吗？"

她跟谢砚礼有将近七个小时的时差，这个点大概他还没下班。

秦梵等他回复时，继续刷微博，别说，这些人都还挺有梗。

这档节目开播第一天讨论度便几乎打破了同类型节目的收视纪录，而秦梵一夜之间也涨粉几十万，此时还在上涨。

看着自己即将破三千万的粉丝数，秦梵考虑着要不要搞个抽奖来庆祝一下。没等她想好，掌心手机振动了一下。

入目便是男人照常言简意赅的回复。

不是东西的东西："Cerebral Palsy，简称 CP。"

Cerebral Palsy？

这个单词真触及秦梵的知识盲区了，她刚准备问谢砚礼是什么意思，但理智让她停住了，转而复制这个单词去搜索。

百度翻译：Cerebral Palsy 大脑性麻痹、脑性瘫痪。

秦梵看着手机屏幕："……"迷茫之后便是释然，出现在和谢砚礼的聊天记录中，好像也不奇怪了。

不过，他一个学金融的，为什么对这种医学术语这么清楚，甚至比 CP 的日常网络语还要了解，这正常吗？

秦梵许久才缓过来，然后默默给他发了句："网络小土狗。"

她随机应变地把他的备注，也从"不是东西的东西"改成了"网络小土狗"，非常应景，并且将他的新备注截图发送，附文："反思一下。"

"网络小土狗"发来一张图片。

秦梵看到谢砚礼回给她的图片，是关于 Cerebral Palsy 这个病症的一系列症状。

她觉得自己被冒犯到，指尖啪啪啪敲字："谢砚礼，你知道'弃夫'这两个字怎么写吗？"

网络小土狗："给谢太太普及正常知识罢了。"免得被网络教坏。

聊到最后，秦梵甚至忘了那什么"虐恋 CP"的事情。等到她反应过来后，虐恋 CP 的名号已经叫响了。

临近年底，颁奖典礼格外多，之前秦梵都没有资格参加这种级别的颁奖典礼，但今年，她接到了不少邀请函。

自然不是入围，而是邀请她当嘉宾去跳舞。秦梵与蒋蓉商议过后，全都拒了，毕竟她最近的曝光度已经足够，没必要再去抢年底的曝光，而是应该沉下心来，争取多拍摄几部作品。

直到知名导演宋麟递来橄榄枝。

本来蒋蓉还以为宋麟之前说如果有合适的角色会邀请秦梵是客气话，没想到居然真的来了，还直接给女主角试镜。

京郊别墅，蒋蓉将宋导的意思传达："虽然是试镜，但是凭借你的长相和演技以及你家谢总的旺妻体质，我觉得应该没问题。"

前面两个优势也就算了，旺妻体质算什么优势？

秦梵把玩着谢砚礼之前在 F 国给她拍下的那块蓝宝石之星，没有作声。

倒是蒋蓉，看她把宝石抛上抛下的，眼皮子不停地抽抽："小心点儿，你小心点儿。要是明年工作室办不下去，把这块'石头'卖了还能抢救抢救。"

秦梵被她逗笑："蒋姐，我还没穷到这种地步，我还有私房钱。"

但她不打算跟蒋蓉聊自己的私房钱问题，话锋一转："跟宋导说，我答应了。"

蒋蓉松口气："宋导说了，如果你试镜女主角不合适的话，可以再去试试女二号。

"宋导作为国内第一位破百亿票房的导演，商业片拍摄得非常好，如果真能拿下他电影中有分量的角色，对你以后扛票房的口碑也有好处。"

秦梵已经开始看剧本了。

没想到是青春电影，而剧中两个有分量的角色，女一号是高中生，女二号是老师，其他女性角色都没有这两个角色出彩。

蒋蓉看着秦梵那张脸，已经想象到她扎高马尾、穿校服裙是怎样一个画面了，她就不信秦梵拿不到这个女主角。

试镜时间安排在腊月二十五，和裴枫合作的那部、秦梵首次当女主角的电影《风华》，也正式进入宣传期。

裴枫财大气粗，加上背靠谢氏集团，团队经验十足，制作也十分精良，提前到年前进入宣传期也不奇怪。

难怪最近秦梵很少听到裴导的动静，原来他彻底闭关亲自盯着制作这部电影，怎么可能效率不高。

在一档宣传综艺节目中见面时，秦梵发现裴枫瘦了很多，少了几分狐狸眼的轻佻，多了几分严肃。

然而，他一笑，还是那副风流浪荡的样子。

"嫂子，好久不见，听说最近这段时间谢哥放血不少？"秦梵跟裴枫一个休息室，都是自己人，所以说起话来旁若无人。

秦梵闭着眼睛在补妆，听到后，红唇溢出笑音："给他的仙女老婆花钱怎么能叫放血？"

裴枫不耻下问："那叫什么？"

秦梵微微一笑："叫求仙问道。"

"噗……"

裴枫快要被笑死了，秦梵还很善良地补充："问的是如何才能不成为'弃夫'的大道。"

裴枫："哈哈哈哈哈哈！"

裴枫的助理忙说："老板，你皱纹把妆笑裂了！"

裴枫："本仙男没有皱纹。"

但他还是忍不住笑，并且拿出手机，在备注为"性感猛男们的养老院"兄弟群中发出一长串的"哈哈哈哈哈哈"。

姜傲舟："有病？"

徐从淙："有病？ +1"

裴景卿："别在外面丢人现眼。"

江晏之："你哥喊你回家吃饭。"

…………

裴枫看着兄弟们一个个的嘲讽，发了个睥睨的表情包。

全群最猛的裴仙男："算了，你们不懂我跟嫂子一块儿工作的快乐。

"听嫂子提到谢哥，真是我今天的快乐源泉。"

裴枫还故意发了张他跟秦梵的合影过去。

下一刻，页面显示："您已被群主谢砚礼踢出群聊。"

裴枫："……"

凭什么谢砚礼是群主！凭什么他又被踢出去了！

裴枫本来打算自己拉个群然后再好好声讨这个闷不吭声把他踢出去的"弃夫"，谁知，工作人员敲门道："裴导，秦老师，该你们两位上了。"

秦梵看到裴枫表情憋屈，路上问他才知道他被谢砚礼踢了，忍不住笑出声。对上裴枫那哀怨的眼神，秦梵克制住："我没笑。"

裴枫："……你看我信吗？"

不过要是秦梵能给他其他关于谢砚礼的快乐源泉的话，他大概可以立刻快乐起来。然而，他要的快乐源泉，不单单他得到了，全网观众也得到了。

这档节目是游戏访谈节目，在一些小游戏中宣传电影。秦梵和男主角方逾泽等演员组成嘉宾队，裴枫作为导演跟东道主的四位主持人组成主持人队，输的一方要抽取惩罚问题作答。

惩罚问题非常直白与犀利，很有可能会涉及隐私，尺度也很大。这档节目收视率至今很高的原因，就是这个惩罚，太容易把明星们大揭秘了。

裴枫摩拳擦掌要赢，他已经想到问题了，因为这个惩罚问题，也可以让赢方来问。

于是，在今晚这一系列游戏中，因为裴枫的冲劲儿，导致四位主持人都跟着他干劲满满，结局显而易见，秦梵他们输了。

作为男女主角，秦梵和方逾泽代表大家出来接受惩罚。

裴枫笑眯眯地上前一步。

秦梵觉得他的笑过分狡诈，给了他眼神的暗示：不要胡说八道！

裴枫接收到眼神，表示明白，然后张嘴就问："我们女主角最近桃花旺盛，其实我最感兴趣的就是，你的正桃花最近一次在你面前出的丑是什么？要有证据！"

"嚯！裴导威武！"主持人们跟着起哄，"刺激啊，刺激，难怪裴导拒绝让秦仙女抽签，这是在这儿等着呢。"

"我们节目有史以来第一次是这种问题，好紧张，秦仙女会怎么回答呢？"

下面的观众也都激动了。

"证据，证据，证据！"

秦梵觉得自己要是不说出一个谢砚礼的糗事儿真的下不来台。

她漂亮的眼睛望着镜头，很无辜："可是我们家正桃花活得神仙似的，我还真想不起来他的糗事儿。"

裴枫脑子里浮现出谢砚礼那张冷冷清清的脸，竟觉得秦梵说得对……

难道这个问题就白问了？

就在裴枫要放弃时，秦梵忽然道："最近好像还真有一件事。"

"啊！"

观众对于这种男女之事，特别爱起哄。别说他们，台上的嘉宾、主持人也都是一脸吃瓜相。

秦梵："那天我问正桃花，'你知道什么是 CP 吗？'没错，就是你们想象中的那个 CP 的意思，但是你们知道正桃花这位网络 1G 用户是怎么解释的吗？

"他说——

"Cerebral Palsy，简称 CP。"秦梵表情平静地念出这个单词。

全场一片寂静，他们只是想听个八卦而已，这语言涉及他们的知识盲区了！

直到知识储备量最高的裴枫和另外一位老牌主持人齐齐大笑出声："哈哈哈哈哈哈哈。"

裴枫狐狸眼都笑出了眼泪："Cerebral Palsy 的简称是 CP。"

其他观众："……"

蒙，就很蒙。裴导在笑什么？

直到那个老牌主持人给大家解释这个词语的意思是——脑性瘫痪，众人才恍然大悟。

安静几秒后，整个演播厅发出一阵爆笑。

节目结束，离开演播厅时，观众唇角飞扬的弧度都克制不住，真的太好笑了，对秦仙女那位重新定义 CP 这个词的神秘男友更好奇了！

虽然大家都知道节目没播出之前要保密，但还是有观众克制不住自己想要八卦之心，例如，秦梵的粉丝们。

当未参加节目的粉丝在群里询问情况时，刚从演播厅出来的粉丝按捺不住激动的情绪："今天节目爆点是仙女提到那位神秘人了！"

其他粉丝："嚯，什么情况，有说细节吗，长得怎么样？"作为仙女的颜值粉，他们可实在是为仙女的另一半操碎了心。

他们可以接受仙女谈恋爱，毕竟仙女配拥有甜甜的爱情，但男方绝对不能是丑八怪，他们接受不了！

参加节目的粉丝："很搞笑，不能多说，等下星期节目播出你们就知道了，反正很好笑很好笑！"

不单单是一个粉丝提到"好笑"这个词，其他从演播厅出来的粉丝也纷纷用这个词来形容仙女提到的男友。

其他没参加节目的粉丝内心崩溃：完了，秦仙女的男朋友可能是凭借幽默的灵魂赢得仙女芳心的，但他们也想看到完美的跟他们家仙女相配的外表啊！

正是因为这个小乌龙，导致秦梵不少颜值粉丝偷偷摸摸用小号关注了"虐恋CP"的超话——现实太可怕，还是看看神颜CP来缓解缓解（幻想幻想）吧。

晚上十二点，秦梵又同节目组吃了个夜宵。临散局之前，节目主持人还戏谑着提醒秦梵："等播出那天，梵梵别忘了把证据截图发出来，这是节目惩罚。"

"好。"

说都说了，秦梵也不差张截图了，本来她之前就打算发朋友圈，后来被谢砚礼岔开话题忘了。

发微博也是发，秦梵非常认真地思考：话说这算是秀恩爱吗？

之前粉丝们一致在她微博下面要求秀出男朋友，他们作为仙女的娘家人要把把关。

秦梵穿了件黑色的大衣，在餐厅大厅略有些昏黄的灯光下，显得肤色越发白皙，红唇雪肤，美得明艳夺目，让人移不开目光。

别说，在场的嘉宾与主持人们脑海中都浮现出同样的问题：秦梵那位 1G 网络用户的神秘男友到底是怎样的人，能得到仙女的青睐。

一行人走出餐厅，目光齐刷刷地落在门口那辆格外显眼的黑色迈巴赫上。车窗缓缓降下，远远地，众人看到车窗内露出的男人面容。

路灯光线过暗，而餐厅门口的灯光又过亮，致使站在门口的众人，看向男人的面容有些模糊，阴影交错，只隐约能看出来俊美深邃的五官轮廓。

男人的目光正遥遥地穿越人群，落在人群中央那个穿着黑色双排扣大衣的女

290

孩身上。

一个月没见，秦梵竟然觉得谢砚礼有点儿陌生，她身体停在原地，没有动。时间都仿佛停滞了，唯独他们的眼神，在半空中相接。

直到裴枫的一阵笑声陡然在安静的空气中响起。

"哈哈哈哈！"

瞬间打断了这仅仅几秒钟的对视。

大家把视线挪到大笑不止的裴枫身上，女主持人问："裴导，你笑什么？"

裴枫看到谢砚礼就忍不住想笑，但是又不敢笑得太猖狂，憋得脸都红了。

好不容易从岔气儿中缓过来，他忍着笑，摇摇头："没笑什么，就是突然想到了一个笑话。"

秦梵幽幽地看他一眼，裴枫轻咳了声："来接你了，你还不快去。

"想让他下来？公开？"

秦梵陡然反应过来，眼看着坐在副驾驶的温秘书准备下车，她自然知道他是来给谢砚礼开车门的！

她快走了两步下台阶，而后扭头对其他人说："抱歉，有人来接我了，那么下次见。"

"啊？"

"哦好。"

"梵梵再见，有机会合作。"

"再见，路上小心。"

在场的都不是傻子，见秦梵快速跑向那辆黑色迈巴赫，便知道，这位便是来接她的人了。

秦梵刚走到车门旁，车门已经被温秘书打开，而谢砚礼正准备弯腰出来。

温秘书也恭敬地站在旁边："太太，晚上好。"

"好好好。"秦梵随口答了句，下一刻——伸出两只手，直接抵着男人的肩膀，把他还没出来的修长身躯，重新按了回去，随即上车，提醒温秘书，"快关门！"

温秘书看着太太这一系列操作，满脸蒙，条件反射地关上车门，而后对着不远处忍笑的裴二少点头示意，这才上车。

黑色的迈巴赫很快消失在宽敞的道路上，隐约能听到裴枫那嚣张的笑声。

"哈哈哈哈哈哈！"

要不是还有外人在，裴枫真的很想大喊两声——谢砚礼也有今天！

当然，裴枫虽然忍着笑，但也早有预感地拿出手机录下这段小视频，一边欣赏一边笑。

笑得其他人忍不住问："裴导，你认识秦仙女的男朋友？"

"什么……"男朋友？

话音未落，裴枫立刻住嘴，差点儿忘了，秦梵还没曝出结婚。

于是他点点头："认识。"

大家顿时八卦之心兴起："秦老师的男朋友是靠什么俘获仙女心的？"

"他们是怎么在一起的？"

"在一起多久了？"

"从远处看，还挺帅的，但感觉也配不上秦老师的颜值啊。"

"……"

裴枫一边将小视频发到他新拉的兄弟群里，这次他是群主，谁都踢不了他，一边回道："我兄弟都配不上，那谁还配得上秦梵的颜值？"

谢砚礼不说别的，就那张脸，裴枫都甘拜下风。从小到大，他们兄弟几个也都长得不错，气质也不错，丢在帅哥堆里也是第一梯队的，但只要谢砚礼和他亲哥裴景卿出现的地方，他们那些从小一块长大的兄弟都沦为陪衬。

后来大家非常有先见之明地在上高中之后远离他俩。也就他们两个，谁都不嫌弃谁，上了同所高中，又进入国内顶尖大学，一路出国进修，从没分开。

这时，有个喜欢网上冲浪的年轻女主持人说道："要说颜值，我觉得大概就谢氏集团的谢总配得上了。"

"哎呀太可惜了，颜值那么般配的两个人，居然各自有了对象！"

裴枫表情故作深沉，怜悯地看向说这话的人，却很恶趣味地想：等到公开或者被拍到曝光那天，想想就觉得好玩。

忽然有点儿期待了怎么办！玩儿还是这对夫妻会玩儿。

此时，迈巴赫后排，谢砚礼被谢太太按在了车座上，呼吸之间流动着幽静的淡香。

前排温秘书已经很有眼力见儿地将挡板升起来，后排形成一个密闭的空间。

秦梵身上散落下来的黑色衣摆与男人黑色的西裤交叠在一起。等车子发动时，秦梵才准备收回手，谁知刚直起身子，便被男人揽住腰肢，猝不及防，重新趴回他的胸膛上。

想到今晚还在节目上爆料谢砚礼的小秘密，秦梵有点儿心虚："看什么看？

"想我了？"

谢砚礼没答，反倒将温热的掌心贴上那柔软脸蛋，不允许她避开自己的眼神："又做什么坏事了？"

笃定的语气。

秦梵："……"

292

这男人为什么这么了解她！

"夫妻之间问得太清楚，彼此就没什么小情趣了哦。"秦梵小脑瓜子转得很快，变被动为主动，"倒是你，怎么知道我在这里的，是不是偷偷让人调查我的行踪？"

"哼哼哼，我真是一点儿秘密都没有了！"

车厢内光线也很暗，车窗外，即便深夜，北城这座不夜城街道上的车辆依旧川流不息。

霓虹灯偶尔滑过，忽明忽暗，透着怪异的神秘。

谢砚礼没松手，就着暗淡光线，却看到了她藏在碎发缝隙中泛红的小耳朵。

"谢太太，我们还要偷情多长时间？"

指尖慢条斯理拨弄了一下她的耳垂，谢砚礼似是无意问。

"嗯……"

原本只是微微泛红的耳垂，因为他逗弄似的动作，一下子变得红通通的，越发娇艳可爱。

秦梵抬起眼睫毛，就连眼眸都水润潋滟："怎么，这么想要名分？"

本以为谢砚礼不会答，因为他已经抱着她在放平的椅背上坐起来，并将她安置在旁边座椅上，系上安全带。

秦梵睫毛低垂，见他戴着佛珠的那只白皙的手，正从容地放在她腰侧的安全卡扣上。

咔——一声轻响，也彻底让秦梵原本的期待成空。

然而眸底那失望的神色还没涌现出来，她便听到安静的车厢内响起男人一如既往平静清淡的嗓音："嗯。"

嗯？秦梵蓦然抬眸，撞进男人那双幽邃如深海的眼瞳内，亘古不变般毫无波澜的眼神，让人仿佛看一眼便深陷其中，无法自拔。

秦梵有些不相信，以为自己听错了："我问你的是，你想要名分吗？"

谢砚礼圈住她细细的手腕，这才在秦梵的注视下，从那张薄而形状完美的唇瓣中溢出浅淡三个字："是，想要。"

话落，没等秦梵反应，谢砚礼指腹轻轻摩挲着她的手腕皮肤："给吗？"

时间恍若静止，直到十几秒后，秦梵忽然主动将这只被把玩的柔若无骨的小手手指交叉进谢砚礼长指的指缝之间，十指相扣。

秦梵学着他的速度，柔软指腹松松地在他手背上摩挲着，一下一下，很慢却很磨人。

谢砚礼喉结微微滚动，嗓音压得很低："嗯？给不给？"

离得近了，秦梵呼吸间都是男人身上的气息，原本木质沉香的气息越来越浅

293

淡，取而代之的是如霜雪般的清冽。

秦梵忽然笑了，松开安全带，凑了过去。

她本来就天生美貌，笑起来的时候，更是透着旖旎明艳，俯过身去，红唇轻吻在男人唇角，灵巧的舌尖刻意地舔了一下，像是故意勾人的小狐狸，拉长了语调："给不给呢……要不谢总贿赂贿赂我？"

一碰即松，秦梵重新坐回了座椅上，还一本正经地给自己重新系上安全带。

谢砚礼眼睫微抬，侧眸清晰看到她那似笑非笑的眼眸里，写满了"故意"。

秦梵还以为依照谢砚礼的脾性又要刻薄地回她一个：做梦。

然而——谢总出其不意："我的荣幸。"

秦梵乌黑瞳仁陡然放大，脑子里印满了谢砚礼语速缓慢的这句话。

下一秒，她手忙脚乱地拿出手机匿名在情感论坛发帖：

《毒舌老公突然从刻薄直男进化为懂女人心的小甜甜，是不是被什么附身了？在线等消息！》

刚打完字，便听到谢砚礼打开前后挡板，对司机道："去京郊别墅。"

原本是打算回老宅的，谢家老宅距离演播厅近，且谢砚礼出差几个月，刚好回老宅一趟。

秦梵随口问了句："不是回老宅吗？怎么又要回京郊别墅那边？"

她原本看路就知道是回老宅的，倒也不反对。

谢砚礼从喉间溢出轻笑："回老宅，如何贿赂谢太太？"

将"贿赂"这两个字咬得极重，秦梵指尖一抖，直接将帖子发了出去。

都是成年人，如何听不出这暗示，秦梵睫毛乱颤，片刻后，轻轻地说："那去市中心那套公寓吧。"

司机疑惑："谢总？"

谢砚礼见她捏着手机，莹润粉嫩的指甲都因为用力而泛白，若无其事地应了声："去太太说的位置。"倒也没问秦梵为什么不想回家，而要去市中心公寓。

凌晨两点，京郊别墅外，埋伏了一个月的狗仔蹲守得有些不耐烦了。他们是24小时轮班，必须追到秦梵和她的神秘男友。

然而自从秦梵回国，次次都是一个人进出，不知道的还以为他们分手了呢！

偏偏今天他们得到粉丝内部消息，秦梵在节目上公开提男友秀恩爱，这绝对不是分手，而是低调的地下情。但是，再地下也不能真的在地底下约会啊！

寒风萧萧，竟然还下起了雪，雪花越来越密，寒气穿透面包车缝隙，侵进骨头里。

狗仔1苦着脸："看，外面的雪，格外像我现在的心情。"

狗仔2："渗进来的风也像我的心情。"

得，都挺惨。

京郊别墅如同雪中蛰伏的暗夜凶兽，獠牙凶兽旁边那辆薄得跟铁皮似的小面包车里传出哀号："秦仙女能不能行啊，把男人拖回家让我们拍点儿素材啊！"

市中心公寓。

今年的初雪来得突然而迅猛，不过短短几步路的工夫，外面已经被覆盖上了厚厚的雪花。透过干净明亮的落地窗，能清晰看到黑夜披上了一层白衣。

就连夜幕都被这茫茫雪地映照得发亮，让室内的一切都无所藏匿。

暗纹西装与长长的领带被随意抛弃在玄关走廊处，白色男士衬衫缠绕着一抹黑色修身长裙蔓延至落地窗旁的几何地毯上，一路凌乱靡丽。

谢砚礼的"贿赂"没有掺一丝一毫的水分，认真到要在这栋公寓每一个角落都留下他"行贿"过的痕迹。

秦梵浑身酸软、干干净净倒在换了新床单的大床上时，外面雪都停了，天边也渐渐变亮。

翻了个身侧躺在枕头上，秦梵却没什么睡意。

谢砚礼刚才给她洗完澡之后，接了个重要电话，安置好她便去书房了。

秦梵无聊地从床头摸到自己手机，想起来她好像昨晚在车里发过一个帖子，不知道有没有人回复她。

　　主帖：《*毒舌老公突然从刻薄直男进化为懂女人心的小甜甜，是不是被什么附身了？在线等消息！*》

　　1楼：姐妹小心，多半是被别的女人调教了。

　　2楼：楼上怎么知道不是楼主老公忽然开窍了？

　　3楼：说男人忽然开窍的一定是单身小妹妹，姐姐作为过来人告诉你，就没有无缘无故开窍的男人，只有能不能打开他那窍的女人。很显然，楼主跟老公早就结婚了，现在才开窍，必定不是因为楼主，那只能是别的女人了。

　　4楼：三楼，你是对的！

　　……

后面排到了七十多层，全都在顶三楼的帖子。

　　76楼：楼主呢，怎么不吭声了，是不是被打击到了？

　　77楼：希望楼主能看开点儿，寻找机会拿到老公出轨的证据，然后让他

净身出户。

……

又几十层安慰秦梵去找到证据，让他净身出户，然后寻找第二春，还有热心姐妹给她推荐打离婚官司的律师。

秦梵越刷越忍不住，最后捂着嘴，差点儿笑出声。后来才想起来，谢砚礼不在啊，主卧隔音很好，她干吗捂着嘴笑。

"哈哈哈……"

秦梵原本还有一点儿困意，现在一点儿不剩。

重新滑到第一页2楼，然后点击回复——

> 2楼姐妹是对的，我老公确实是开窍了，并没有出轨，也没有别的女人，感谢其他姐妹们回答。

大家看到楼主回复后，顿时涌来——

> 112楼：又是一个被伤害的可怜女人。
>
> 113楼：楼主醒醒吧，男人天生是会演戏的。

"可我老公不会演戏啊。"

秦梵心想：他只会冷淡着一张脸，演戏？浪费谢商人的时间。

> 115楼：大家散了吧，叫不醒一个装睡的女人。
>
> 116楼：楼主俨然是被洗脑了。
>
> 117楼：这年头怎么还会有这么头脑不清醒的女人？一群明白人都唤不醒。
>
> 118楼：……

大家直呼带不动，秦梵都不知道为什么会发展成这种情况，好像她越为老公说话，大家越觉得她在替他掩饰……

就在秦梵对着手机屏幕百思不得其解时，手机忽然被人从身后抽走："还不睡？"

男人清冽磁性的嗓音陡然在耳边炸开，吓得秦梵下意识地躲进了被子。

压低的笑声缓缓响起，秦梵终于反应过来，连忙把被子扯下来，睁着一双还留有余惊的眼睛，不可置信地望着他："你故意吓唬我！"

谢砚礼随意垂眸往上滑了滑屏幕，气定神闲地否认。

"你别看！"

秦梵见他开始刷帖子，连忙扑了过去。谁知酸软的腰肢，让她毫无冲击力，反而像是投怀送抱。

谢砚礼顺势接住软玉温香，揽着她一同上床，随手拍了拍她的后腰："不软了？"

"软！"秦梵一只纤细手臂勾住谢砚礼脖颈，另一只手臂伸过去夺自己的手机。"但是少女的秘密你不能看不能看！"

"嗯，我看看少女有什么秘密。"谢砚礼拒绝听从。

秦梵惊讶万分："谢砚礼，你是不是变态啊，少女的秘密你看什么，心里难道还住着一个少女？"

谢砚礼已经看到了秦梵那个字体放大的主帖内容，薄唇勾着笑，晃了晃手机："这就是你少女的秘密？"

秦梵阻止不了，对上男人戏谑的眼神，双手扶住他的肩膀，吻了上去。亲吻不但能让叽叽的女人闭嘴，也能让准备说刻薄话的男人闭嘴。

谢砚礼这张嘴，用来说话可惜了，还是物尽其用吧。

谢砚礼猝不及防，被谢太太吻了个正着。等谢砚礼放松之时，秦梵趁机把自己手机抢回来，并且一把推开他，留下冷漠无情的两个字："睡觉！"

谢砚礼看着她躲在被子里单薄纤细的身影，慢条斯理地用拇指指腹碰了碰唇角。

秦梵竖起耳朵想要听谢砚礼的动静——几秒钟后，听到布料摩擦的声音，随后身旁多了个存在感强烈的男性身躯，越来越近，越来越近。

秦梵莫名有些紧张地抓紧了绸滑的床单布料，呼吸都下意识地屏住，直到身体落入男人温热的怀抱中。

隔着薄被，能清晰感受到对方毫不紊乱的心跳声，她紧绷的身体不知不觉放松下来。

本以为这件事到此为止，刚有了睡意，忽然听到谢砚礼用磁性的音质在她耳边道："看来我的贿赂，谢太太很满意。"

秦梵脑海中蓦然浮现出她在帖子里说的话，啊！她不要面子吗？非要说出来！

秦梵手指摸索到谢砚礼被子里，然后用力掐了他手腕上软肉一下，没掐着，反而被谢砚礼反握住手腕，从裹紧的被子里拉进他被子里。

女性柔软的身躯撞进男人怀里，随即被抱住。

秦梵："……"

临睡之前，秦梵总觉得谢砚礼最后那话是故意气她，好趁机把她拐进被窝。

谢砚礼出差结束后，有几天休息时间。这几天他们两个都住在公寓，甚至谢砚礼都没问过，为什么不回京郊别墅住。

这让秦梵有种自己被无脑信任的感觉，她很享受这种信任。

没了成群的保姆与走到哪儿跟到哪儿的管家，公寓虽然小，偶尔住一住却别有情趣。

尤其是——秦梵看着在厨房做午餐的男人，默默拿出手机，隔着半开的玻璃门，拍了张他的背影照。

秦梵难得有心情发朋友圈：

怀疑谢总的厨艺。

并附了一张照片。

裴枫：妈呀，被鬼附身了？

姜傲舟：今晚的太阳怕是要从东边落下了。

裴景卿：可以说是大厨水准。

姜漾回复裴景卿：人家谢总能文能武能写会画上得厅堂下得厨房，你呢？啥也不会。

裴景卿回复姜漾：下班就找他学。

婆婆大人：二十多年了，从没吃过一顿儿子做的饭。可怜的老母亲，梵梵，你问他是不是想要个弟弟和他争家产了！

被婆婆后面的话逗笑，秦梵看得愉快不已，直到一条评论的出现让她脸上笑意微凝，指尖定格在那条评论上——

妈妈：梵梵，你怎么能让砚礼下厨！

而后秦梵便看到偶尔才给她发条消息的母亲，一连几条消息发过来。

"梵梵，你不能仗着女婿脾气好就娇气任性，他是什么人，怎么能给你做饭？"

"你快跟女婿道歉，再亲手给他做顿饭。"

"要是你这么任性，万一他不要你了怎么办？"

"当人家媳妇，当儿媳妇，得小心翼翼，你这样让你婆婆怎么想！我都看到你婆婆评论了，她不高兴。"

"记得也要给你婆婆道歉。"

秦梵想到婆婆那脾性，刚才的评论分明就是开玩笑的，她妈真是把男人当成祖宗伺候了。

秦梵冷着一张小脸回复："他是我男人，又不是我祖宗，我干吗伺候他？

"你喜欢男人把你当保姆我不管，但我没这兴趣爱好。"

大概是察觉到了秦梵语调的冷漠与尖锐，秦夫人过了好久才回了条：

"下周你姐姐生日，你带砚礼回家参加生日宴吧。"

生日宴。

秦梵忽然想到自己生日那天，她连一句冷漠的"生日快乐"都没有，却每年都为继女准备盛大的生日宴。

秦梵有些累，垂下眼睫，"不……"，还没敲下那个"去"字。

谢砚礼已经放下餐具走过来，入目便是秦梵情绪低落的样子。虽然她唇角是向上翘着的，谢砚礼却感觉她下一刻能哭出来。

低头便看到她的聊天记录，最上方写着"妈妈"两个字，谢砚礼从她背后俯下身，像是环抱的动作，掌控她的手机，当着秦梵的面，将已经输入的"不"字删掉，重新输入"会准时到。"加上标点符号一起点击发送。

秦梵怔怔地望着他一系列操作。

"你干吗？我不想去。"

将手机重新塞回秦梵手里，谢砚礼掌心按了按她的发顶："怕什么，不是有我在？"

"谁怕了！"秦梵像是骄傲的小孔雀，刚才的寂寞委屈一扫而空，扬起下巴，"我才不怕他们，我只是觉得那个地方没有什么值得留恋的。"

如今那栋别墅依旧是秦家，却再也不是爸爸还在时的那个秦家了。

"吃饭吧。"谢砚礼似乎并未将要去秦家的事情放在心上，甚至还不如午餐重要。

见他这么云淡风轻，秦梵也莫名地被影响到了。去就去，谁怕谁。

而后等谢砚礼将做好的四菜一汤端上桌时，秦梵眼睛瞪得圆溜溜的："天哪，你变魔术吧？"

她也就玩了会儿手机，谢砚礼怎么就变出来一桌子色香味俱全的菜？而且单单看卖相，就知道肯定不错。

"让我来品品谢大厨的厨艺。"秦梵先给"厨师"夹了一筷子松鼠鳜鱼里最嫩的鱼肉，这才自己开始吃。

舌尖品尝到滋味后，她眼底的惊讶更浓："你竟然真的会！难怪裴景卿说你厨艺好。"

谢砚礼不疾不徐地给秦梵布菜，姿态闲适优雅，甚至连布菜这件事，都赏心悦目极了。

他顺便回答谢太太的话："在国外吃不惯西餐，裴景卿又是厨房杀手，我就随便做做。"

随便做做就做得这么好，秦梵深深感叹："谢砚礼，你要是破产了，还能去当厨师。

"哦，不，你还可以画画。

"你还会弹琴！会下棋！会书法！"

秦梵倒吸一口凉气："谢砚礼，你原来琴棋书画样样精通啊，要是在古代，你绝对是风华绝代、才貌双全的……书香世家大小姐。"

谢砚礼手指敲了敲桌面提醒道："谢太太，首先，我们不会破产，就算破产也不会沦落到要卖艺的地步。其次，好吃吗？"

最后这问句，意思很明显——好吃就闭嘴吃，不然别吃了。

秦梵顺着他的目光看向被自己筷子夹住的那块糖醋小排，咽了咽口水："……"被威胁到了。

"吃！"

整个午餐时间，秦梵用实际行动演绎了什么叫作规矩仪态，完美的用餐礼仪。

二人世界时间结束得很快，谢砚礼回公司上班那天，也刚好是秦梵试镜宋麟导演那部新电影女主角的时间。

试镜大厅。

这次是蒋蓉陪着秦梵一同去，因为明年要跟秦梵脱离公司，所以她这段时间陆陆续续将手里其他艺人分了出去。

原本她手里艺人就不多，而且基本都不是她自己选的，而是公司分配来的，唯独秦梵，是她自己挑中的。

秦梵没想到，会在化妆间遇到个许久没见的人，秦予芷。上次吓过她之后，秦予芷倒再也没敢主动找麻烦，秦梵这段时间清净了不少。

秦予芷朝着秦梵招招手："真巧啊。"

秦梵在她旁边的化妆镜前坐下，语气淡淡："是挺巧。"

"梵梵，你对我怎么这么冷漠？咱们都姓秦，或许几百年前还是一家呢。"秦予芷笑得温和优雅，知心大姐姐的模样，丝毫不见任何戾气。

嗯，演技变好了，不知道被哪位指点过。秦梵瞥了她一眼，心中点评。

这时，同化妆间另一个试镜女二号的女演员道："现在新人都这么嚣张吗？"

她眼馋秦予芷的主流资源，最近为了转型正在接触同类型资源，此时自然捧着秦予芷。

本来秦梵还以为秦予芷要顺势把她打成不尊敬前辈的嚣张新人，谁知——

秦予芷不赞成道："徐姐姐，秦梵是很优秀很尊敬前辈的新人演员，你可不要破坏她的名声。"

随即对着秦梵露出个笑容。秦梵被她这含情脉脉的眼神看得快要原地吐出来，秦予芷知道自己现在这表情是什么鬼样子吗？

秦梵难得哽住："秦予芷，你照照镜子。"

秦予芷唇角笑意僵住，化妆间伴随着秦梵这句话，终于彻底安静下来。

等徐子萱化完妆离开后，秦予芷也化完了，离开前，秦予芷忽然在秦梵耳边说了句："你要小心程熹，她要对付你。"说完，便离开化妆间。

蒋蓉将这一切收入眼底："她这是跟你示好？"

秦梵指尖把玩着垂落在发间那一缕银蓝色挑染，悠悠笑了声："你也可以当作黄鼠狼给小鸡崽拜年。"

说完后她强调了句："仙女小鸡崽！"

噗——蒋蓉差点儿没忍住大笑出声，未免过分形象了。

蒋蓉笑了好一会儿才说："你可不是小鸡崽，你是打盹的大猫，等惹急了你，一爪子上去，什么黄鼠狼都不是对手。"

更何况，她后面还有个外挂。没错，正是旺妻的谢砚礼。

秦梵漫不经心勾起唇角，看着镜子里映照出她一头乌黑发丝编进去几缕银蓝挑染的矮双马尾，觉得这个颜色有点儿酷啊。

蒋蓉用卷起来的纸质行程本轻敲她的脑袋："娘娘，别欣赏您的美貌了，还有半个小时准备时间。

"还不快去换衣服。"

化妆师化完妆便离开了，毕竟他们还得去给其他试镜演员化妆。此时室内只有秦梵和蒋蓉，再加上个刚刚买热饮回来的小兔。

当秦梵换上白衬衫、浅蓝格子裙，配长到膝盖的白色长筒袜加小白鞋出来时，顿时让人眼前一亮。

小兔刚进来，冲击比较大："姐，你扮演的真是不良少女吗？这分明就是漫画里走出来的美少女！"

宋导这部电影讲述的是在复杂家庭环境中长大的叛逆不良少女女主角在品学兼优男主角的影响下，一步步变好，最后双双考入一流大学的故事，是一个关于暗恋、梦想、友情、爱情的故事。

秦梵翘起一侧红唇，眼神陡然变了，似笑非笑地挑起小兔的下巴，逼近了她，压低嗓音道："现在，像吗？"

下一秒，小兔脸涨红了。

她捂住脸："啊！"

原地尖叫了好几声，仿佛化身尖叫鸡，吓得秦梵都忍不住松开手："……"

无辜地眨了眨眼睛看着小兔，秦梵觉得自己应该没弄疼她吧？小兔叫了好几声才平复下来，脸蛋依旧滚烫滚烫的，她一脸害羞地说："姐，你以后千万不要对同性这么笑，我怕你会吸引一群女粉丝！"

蒋蓉深以为然："不瞒你说，我的老少女DNA都动了。"

"这么夸张吗？"秦梵看着镜子里映照出来的身影，歪了歪头，原本眼底那刻意逗小兔的凌然煞气收回，依旧是甜酷甜酷的小美人。

小兔已经习惯性地拿出手机开始拍摄照片，刚拍了没几张，外面便传来工作人员的敲门声："秦梵老师在吗？要轮到你试镜了。"

"在！"蒋蓉连忙帮秦梵整理了一下随意搭在肩膀上的辫子："加油啊！"

秦梵应了声："好。"

让人看不出来是紧张还是平静。

蒋蓉双手合十："一定要成功，一定要成功。"

在看到秦予芷的身影后，蒋蓉就很担心又被她抢了先。

然而——万万没想到，等到她们出去之后，便听到工作人员们议论，说秦予芷放弃试镜女主角，刚刚离开了。

"放弃？"蒋蓉眼神闪了闪，莫名有种不太妙的感觉。

秦予芷几个月前可还是一副要把秦梵踩在脚下的劲儿，这次居然直接放弃？

要知道，按照咖位与扛票房的能力以及拍摄电影的经验来说，秦予芷是比秦梵更好的选择。

所以这次试镜，她是秦梵最大的对手。

秦梵略略顿了顿，眼睫低垂，嗓音悠悠："所图更大。"

所图比名导的女主角更大，会是什么呢？

蒋蓉有些不安："不然咱们也不试了？"

"试，为什么不试？"秦梵把玩着垂落在胸前的银蓝渐变挑染发丝，嗤笑了声，"你不是说了吗，我有旺妻谢佛子当外挂，怕什么。"

秦梵想到秦夫人前几天给她发的微信消息，突然邀请她参加秦予芷的生日宴。她有种预感，或许那天会有答案。

而且秦予芷又突兀地提起程熹，她打的什么主意？让自己和程熹撕，她坐收渔翁之利？

蒋蓉眼睁睁地看着秦梵气定神闲地进去试镜，有些坐立不安地等在外面：她不会被秦予芷影响吧？

对比蒋蓉皱着眉头心神不宁，心大的小兔已经抱着手机修刚才拍摄的照片。

调完色调后，小兔再看照片，完全不知道从哪里下手，因为无论哪里都不需要修。

"唉！"

"唉！"

两个人叹气声同时响起，对视后，蒋蓉问她："你叹什么气？"

小兔晃了晃手机："叹我这一手修图美颜技术毫无用武之地，蒋姐，你看。"

她倒是知道蒋姐为什么叹气，将秦梵那张在化妆间拍的照片递到对方眼皮子底下："就咱们娘娘这瞬间变脸的演技，这扮演高中生丝毫没有任何违和感的颜值，又没了秦予芷那个拦路虎，肯定没问题的。"

　　"希望如此。"

第十二章　贪图她

此时试镜厅内，在看到秦梵走进来之后，宋麟以及其他面试官皆是眼前一亮。

他们本来是考虑在电影学院找在读的新人女演员担任女主角。还未出学校的女学生，那种青春感是与生俱来的，是自然而然的，比专业演员演出来的更能打动人心。

让秦梵来面试是宋麟的意思，在私人酒宴初见时，秦梵撑试图潜规则她的于州升，那一本正经胡说八道的劲儿，给他留下了深刻印象。

骄矜而不自大，傲气而不狂妄，恰好符合他这部戏的女主角性格。

看着秦梵一身学生打扮站在舞台中央，宋导临时换了试镜内容，让她试镜那段偶遇男主角被小混混拦截，美女救英雄的片段。

本来宋导没对秦梵的动作戏有什么指望，想着入组后可以让武术指导教一下，主要是看她的眼神戏与爆发力。

秦梵犹豫几秒，没说话。

制片人问："怎么，演不了？"

秦梵摇摇头："能找几个工作人员配合我吗？我看这场戏动作戏比较多。"

她也没想到，自己穿得这么少女，导演居然让她试镜全剧本唯一一场动作戏。

副导演本来想要解释两句，是要让她试镜这场戏里的前半部分，后半部分随意比画比画就行了，却被宋导拦住了："好，你们几个都过去，扮演拦路的混混。"

上阵的两个副导演，其他负责试镜演员的面试官，就那么被打发扮演混混。

秦梵指尖蜷缩了一下：什么鬼？

"宋导，你确定？"

不是在耍她吗？这真是想要让她当女主角？不是要坑她？

面试官们看着秦梵那纤细的小胳膊小腿，觉得宋导或许是想让他们捞点儿好处。毕竟被秦梵这样的大美人当沙包，也是荣幸。

很快，他们便知道是不是荣幸了。宋导笃定地点头："你按照自己的想法来演这一整场戏。"

整场戏是从女主角雨中看到男主角被小混混拦着开始的，然后他们想动手动脚，被扮猪吃老虎实则武力值爆棚的女主角按在地上打。

秦梵迟疑地点点头，然后看向其他临时演员："等会儿得罪了。"

一群男临时演员："没关系。"还不知道谁得罪谁。

试镜台上除了一张椅子，什么都没有，连道具都没有，秦梵微抬起手，仿佛打了一把伞，周身气质瞬间散漫起来。

即便穿着乖乖的校服，发上那几缕挑染也说明了她并非乖乖女，就连眼神都充满着叛逆与不羁。

秦梵随意走了两下，拐过弯，忽然停下了脚步，白皙下巴微微扬起，连带着举伞的手腕也抬了抬，似乎要露出被雨伞遮挡的视线。

宋导看到这个细节，眼神满意，拿过副导演旁边的记录手册，在秦梵名字后面画了个圈。

册子上已经写了整整一页试镜演员的名字，而名字后面画红色圈的只有寥寥四五个，画圈超过三个以上的，一个都没有，其余的全都打了大大的叉号。

这边，秦梵已经扯了扯唇角："欺负人呀。"

她根本不需要陪演搭戏，已经自顾自地继续往下说台词。等陪演们一拥而上时，忽然宋导眼睛亮得惊人。只见秦梵按照剧本上写的那样，一把攥住为首的"小混混"的手腕，借力用肩膀将他重重地摔到地上。

其他人顿了顿，显然没料到会有这种情况发生，震惊地望着瘦弱的秦梵，而秦梵已经入戏般，眼神锋利如刀，甚至带他们入戏。

就这样迟钝冲上来时，一个又一个被她借力摔了出去，甚至他们都没有来得及碰到她，便被甩了出去，摞在一起。

正是剧本上描述的，分毫不差。而后，秦梵拍了拍手，弯腰捡起地上并不存在的雨伞，走到某处后，仰头看过去。剧本中，她是在看男主角。

"卡！"

宋导连连鼓掌："好好好，真是太好了！你居然真的会柔道，我这部戏简直就是为你量身定做的。"

没错，戏中女主角也是柔道跟散打高手。

秦梵出戏后，才意识到自己做了什么，她居然把一群剧组负责人全丢出去了，幸好她潜意识收住力道。

秦梵揉了揉用力过度酸疼的手腕，走过去鞠躬："抱歉抱歉。"

当时因为秦梵的爆发力，人的第一反应就是还手，但这几位不愧是在剧组混的，他们全都克制住了，不然秦梵怎么可能那么顺利把他们一个个大男人甩出去。

不得不说，就凭借这个，秦梵都对宋导这个团队刮目相看。

"没关系，这年头年轻人都身怀绝技啊。"制片人感叹道，"秦小姐爆发力很强，也很有张力，真的很适合我们《只为渡她》女主角。"

宋导直接拍板定下："让你经纪人立刻过来签约。"

免得大家夜长梦多。

蒋蓉被叫进去签合同时，还有点儿恍恍惚惚的。

这边宋导已经开始跟秦梵闲聊了："看你娇娇弱弱的，怎么会学武术？"

秦梵笑了笑："我是学古典舞出身，后来为了锻炼身体，又去学了点儿柔道跟散打。"

她说得简单："也是为了不被欺负。"

宋导理解点头："这倒也是，像你这样漂亮的女孩子，最好也是学点儿功夫防身，不错不错，刚好现在也用得上。"

秦梵已经好久没有活动过筋骨，再次假装无意揉了揉手腕。

《只为渡她》官博效率格外高，生怕出现意外，试镜结束当晚便立刻官宣秦梵为女主角。

这部电影改编自国内青春小说，书粉众多，尤其女主角容梨是多少粉丝心中的朱砂痣，提到又美又飒的书中角色，那容梨的名字绝对名列榜首。

当初小说被爆出要改编成电影之后，大批大批的书粉喊脱粉，在他们心里，谁都演不出他们青春记忆里的那个甜酷女孩。

官博大概早就预料到了会有一群人反驳，所以官宣微博发布之后，又发布了一条宋麟导演亲自剪辑的试镜片段。

　　《只为渡她》官博 V：宋导第一次出马剪辑试镜片段，我们女主角排面好大！视频 30 秒。

短短 30 秒视频，网络点击率瞬间破千万。

留言破十万——

　　"这真不是特效吗？我居然看到了仙女把体重是两个她的男人甩飞出去？"

　　"秦仙女到底还有多少惊喜是我们不知道的？"

　　"啊，这就是书中走出来的容梨啊！"

　　"我最佩服她的就是把那么多人甩飞出去，裙子居然没有飞！这是黏在腿上了吗？"

　　"不，这是对自己身体控制力强大，你们忘了'秦仙女'这个称呼是怎么来的吗？她是古典舞女神啊，舞蹈界宝藏级女神。果然，仙女无论在什么行业都能给我们惊喜。"

"姐姐银蓝挑染双马尾简直太好看了！"

"容梨容梨容梨，秦梵就是容梨本梨，高颜值，高武力值，又美又飒，啊，还有什么是秦梵不会的？"

"秦梵本人就是小说女主角的设定吧，颜值绝美，娱乐圈颜值天花板没人有意见吧！跳古典舞时是古典舞女神，到演艺圈，也顺风顺水，两部女主角电影全都是国内名导，搞不好明年就能拿演员奖，男朋友又高又帅又有钱，对她还大方。本人优秀爱情顺利，秦梵上辈子真的是仙女吧，才能投这么好的胎。"

"……"

下面全都是附和。

很快，"秦梵小说女主角人生"这个词条被顶到了热搜前三，给足了还没有开拍的剧组热度。

在大家都庆祝秦梵拿到《只为渡她》的女主角时，姜漾看到微博热搜上的视频，冷着一张脸开车几十公里直奔秦梵面前。

次日，秦梵正为了公司年会做准备。作为公司今年力捧的准一姐，秦梵不好拒绝，而且明年她要跟公司解约，倒也不好在这个关头为了点儿小事闹得不高兴。

秦梵试好造型后，便接到了姜漾在造型工作室门口的电话。

一出门便看到午后阳光下，姜漾的车停在路边上。车窗降下，露出姜漾那张严肃的面容："上车。"

秦梵："……你绑架？"

姜漾："对，绑架，自己上来！"目光扫过她遮挡在衣袖下的手腕，"你自己手腕什么情况你不知道？居然跟那么多人打架？"

秦梵已经坐在副驾驶座，见姜漾还准备给她系安全带，俨然是把她当成二级残废，感动中又有些无奈："我没事，就是有点儿酸，现在好了。而且，不是打架，就是试镜。到拍摄时，也就这一幕，我不会逞强，我知道。"

"你知道个……"脏话没有说出口，姜漾暴躁地捶了下方向盘，忽然哽咽了声，半晌才说出一句话，"当年，你手腕差点儿废了。"

说话时，很轻很轻地捧起秦梵那只有旧伤的手腕，秦梵睫毛轻颤，反握住姜漾的手："过去了。

"现在我不是好好的吗？"

"不好，一点儿都不好，你那么喜欢跳舞。"姜漾眼眶通红，她跟秦梵从小一起长大，知道古典舞对她而言有多么重要。

小时候，她提起跳舞时，整个人像是在发光。只要站在舞台上，她就是全世界最璀璨的那颗星星。

她是璨璨啊，她原本注定是要在舞台上绽放最璀璨的一生，可一切都被毁了。

所以姜漾对秦予芷的痛恨与厌恶，从来不加掩饰。

看到姜漾的眼神变化，秦梵明白为什么，她轻轻地说："秦予芷也得到了教训，她永远失去了当母亲的机会。"

"害人害己，她活该！"姜漾也不想秦梵再想起以前的事情，擦了擦眼泪，便发动了车子，"我带你去医院检查，我不放心。"

秦梵手腕是当初从楼上摔下来，粉碎性骨折，又被拖延治疗，最后虽然运气好康复，但也不能从事长时间需要手腕力量的工作，自然也不能再跳古典舞。

偶尔跳一场舞，都会有些难受。更何况跳舞这个行业，要日日都练习，若是中断几年，就很难捡起来。

最后无奈之下，秦梵选择了低调退出古典舞圈，后来结婚，之后又遇到了蒋蓉，便误打误撞地进入演艺圈，本身她对演员这个行业也有兴趣。

医生检查过后，表示秦梵手腕当初愈合、复健得很好，所以并没有什么问题，姜漾这才彻底放心。

送秦梵回家时，姜漾知道她要去秦予芷的生日宴，顿时决定："我也要去！恶毒女人凭什么办生日宴？"

刚好裴景卿也接到了邀请函，还问她想不想去玩。

当时姜漾听到是秦予芷这个恶毒女人的生日宴，直接拒绝，现在她改变主意了，拒绝才便宜了秦予芷，她要去搞破坏！

秦梵到家后，谢砚礼还没回来。他前段时间出差回来休息了几天，工作全都堆积起来，尤其越临近年底，工作越多。

洗过澡后，秦梵裹着月白色的真丝睡袍，懒洋洋地往床上一躺。试镜成功，像是又打通一个关卡。

想到今天姜漾哭红的眼睛，秦梵红唇抿了抿，给她发了条消息："回家记得敷眼睛，不然明早醒来跟兔子似的。"

姜漾绝世大美女："小没良心的，姐姐这是为了谁！"

秦梵想了想，跑到衣帽间找了找，最后停在玻璃柜子里摆放着的红宝石项链前。红宝石项链璀璨又夺目，跟姜漾素来张扬不羁的性子格外契合。

秦梵拍照片发过去："补偿公主殿下今日为我受惊的小心脏。"

姜漾作为红宝石爱好者，顿时被这条项链惊艳到了，心满意足："本公主看到了你的心意，明个儿呈上来。"

秦梵被姜漾逗笑："好。"

这么好哄，她就是这么被裴景卿那个笑面狐狸哄走的吧。哄好了公主殿下，秦梵回到床上，准备日常睡前刷微博，毕竟自己还在微博热搜上呢。

此时"秦梵小说女主角人生"的词条依旧高居前排，秦梵点进去之后，看到基本上都在夸她的演技和羡慕她的人生。

有网友评：谁不想要秦梵这样的人生呢？

昏黄的壁灯下，她唇角淡淡地勾起来，这样的人生，还真不是她想要的。如果能选择，她宁可普普通通地长大，有爸爸有妈妈，有一栋不大但温馨的房子。

然而，秦梵往下刷时，终于发现了不同的言论——

> "你们有没有发现，秦梵好像从来没有提过她的家庭。"
> "父母亲人都没有出镜过。"
> "对啊，她上真人秀综艺，家里好像就只有她一个人，保姆不算。"
> "综艺节目拍了已经三期了，其他嘉宾家人或多或少出镜过，就算没出镜，最起码也会打个电话，只有秦梵，连个家里人的电话都没有。"
> "没错，唯一跟她有联系的，好像只有一个闺密。"
> "她性子这么独吗？"
> "小道消息：秦梵好像跟家里人关系不好，被赶出家门了，后来遇到她现在的男朋友，才住得起这么贵的别墅。"
> "果然，选择男朋友就跟重生似的，麻雀变凤凰。"
> "所以，今天扒到秦梵男朋友真人了吗？记者、营销号，你们怎么做事的？"
> "今天秦梵男朋友被废物记者拍到了吗？没有。呵呵。"
> "……"

秦梵见风向从她的身世又转变成扒她男朋友，终于没忍住笑出声。这时，发现有微博关注人提醒她，秦梵这才想起来，宣传《风华》那档综艺刚好今晚播出，是综艺官博艾特她转发。

蒋蓉也给她发了微信消息提醒，让她别忘了她还上了这档综艺。秦梵没忘，而且更没忘了等会儿还要把"网络小土狗"的证据截图发上去。

晚上十点，节目准时结束，秦梵的那些佛系粉丝炸了！

秦梵同时发布了上次跟谢砚礼关于"CP"的聊天截图。

本来以为下面评论会跟刚才节目播出时的弹幕似的全都是"哈哈哈哈"。

然而，全都是粉丝们心态崩了的评论——

> "说好的高富帅都是骗人的！"

"呜呜呜,所以你男朋友是凭借幽默打动你的吗?"

"一般幽默的男人都颜值不高。"

"啊,不要啊,仙女快点洗洗眼睛吧,你就算不为自己着想,也为你未来的孩子想想吧!如果是女儿,面对长得这么漂亮的妈妈,可能要从小怀疑人生,怀疑不是亲生,小小年纪很容易心理扭曲……"

"楼上苦口婆心,我也是这么想的,仙女再想想吧。"

"……"

秦梵看到粉丝们一个个苦口婆心劝她不要贪图谢砚礼的幽默,谢砚礼有幽默吗?所以他们这是觉得谢砚礼是在跟她搞笑?

秦梵忍不住发了条微博为他们家谢总澄清——

秦梵V:你们以为他在幽默,殊不知,他只是暴露了自己是网络小土狗罢了。

然而粉丝们反应是这样的——

"完了,我现在脑子里已经冒出来仙女跟一只小土狗恩爱的画面了。"

"完了,有画面感了!"

"姐妹们,仙女在秀恩爱啊!"

"跟小土狗秀恩爱。麻木脸。"

"仙女配土狗,你们品,你们细品。"

"我忽然有个大胆的想法,想让隔壁谢佛子离婚追求仙女了,你们觉得有戏吗?"

"三观端正起来!不能破坏人家谢佛子的夫妻关系。"

"呜呜呜,可是我想破坏仙女跟小土狗的情侣关系,仙女哪里都好,就眼神不太好。"

"……我现在跪求媒体记者别把小土狗扒出来,我怕看到美女跟小土狗亲密的画面会当场吐血而死。"

"……"

秦梵一条条反驳粉丝——

"他不是小土狗,他是网络小土狗!"

"仙女配土狗怎么了怎么了怎么了？"

"我的眼神好着呢。"

粉丝回复："仙女，你清醒点儿，他只是贪图你的美貌！"

谢砚礼忙到零点才到家，客厅唯独沙发旁一盏落地灯亮着柔和的光，仿佛有人在等他回家。

他清淡的眼眸柔了几分，慢条斯理地扯松了脖颈上的领带上楼。主卧门没关紧，里面亮着灯。

谢砚礼走路无声，临到床边，便听到专心致志玩手机的小姑娘小声嘟囔："他才不是贪图我的美貌，他是贪图我的人！"

秦梵完全没有意识到身后站了人，她满心注意力都在跟网友们辩论之上。

粉丝们：这男人只图你年轻漂亮的身体，除了钱什么都配不上你，赶紧分手分手分手，不然我们脱粉了！

什么叫作只图她年轻漂亮的身体？

这届粉丝怎么回事，到底会不会审题！他们可以侮辱她的人品，但是不能侮辱她的眼光！

她家谢总最吸引她的就是旺妻体质和那张貌美如花的脸蛋好不好！

秦梵："我家小土狗天生貌美！我们天作之合！"

粉丝们累了，但依旧坚持评论——

"好，你男人美貌，你有本事秀给我们看啊！"

"不然，我们就不信，就说他丑。"

"丑丑丑，小丑狗！"

秦梵深呼吸，红唇无意识地嘟起："哎呀，好气啊。"

忽然脸颊被捏了一下，她吓得差点儿把手机丢出去。余光瞥到贴到脸颊上那触感冰凉润泽的淡青色佛珠，秦梵这才轻轻吐息，先发制人："你吓死我了！"

谢砚礼站在床边，身姿挺拔，垂眸望着她时，清俊眉目似笑非笑："做坏事？"

秦梵并不知道自己嘟囔的话全都被听去了，她理直气壮地反驳："污蔑我！"

谢砚礼松开捏着她脸颊的长指，姿态悠闲从容地解开西装扣，而后将西装脱下，随意搭在不远处的沙发上，偏冷的音质不疾不徐，带着几不可察的笑意："我贪图你的人，嗯？"

她这才意识到自己小声嘟囔的话他全都听到了。谢砚礼到底来多长时间了，听了这么多！

313

秦梵明亮的眼眸转了转，立刻条件反射甩锅，指着手机屏幕上的微博告状："是他们欺负我！他们非说你贪图我的美貌，我贪图你的钱，我们才在一起的！这能忍吗？你能忍吗？"

谢砚礼已经解衬衫扣子了，乍听到谢太太问话，漫不经心地颔首："确实不能忍。"

"是啊，我分明是贪图你的……"

秦梵话音一顿——视线不经意落在谢砚礼散开衬衫扣子的上半身，在昏黄的光线下，他仿佛散发着薄薄的光。

秦梵注意力完全被他这具充满男性魅力的身躯吸引。

谢砚礼："贪图我什么？"

见秦梵顿住不答，谢砚礼微微侧眸看她："嗯？"

秦梵想着她可是谢太太，有什么好戾的！这是专属于谢太太的福利！

秦梵理直气壮地扬起小下巴了，坐在床上朝他勾勾手指："图你身体，过来，我摸摸。"

谢砚礼见她这么理直气壮地耍流氓，薄唇忍不住往上弯了弯，当真走了过去。衬衫已经被他同样丢到了沙发上，此时他浑身上下只穿着黑色西裤。

然而她手还没伸过去，便被一只修长的手指抵住了额头，止住了后续动作。

秦梵仰头："……"

下一秒，小巧挺翘的鼻尖被男人长指刮了一下，耳边传来男人磁性含笑的声音："小流氓。"随即越过她拿起床边的男士睡衣往浴室走去。

秦梵："……"看着男人毫不留恋离开的背影，一脸蒙。

不给摸也就算了，还说她是小流氓！

秦梵觉得自己大半夜帮他撑粉丝，真是白干了。

她不干了！粉丝们爱怎么传他是小土狗就怎么传吧。

秦梵心里原本那点儿把他是网络小土狗爆出去的愧疚，因为他连摸都不给摸，而烟消云散。

她就是这么现实的女人，哦，不，是少女！

秦梵瞪着他的背影。眼看着谢砚礼身影即将消失在门口，忽然，他转过身来，恍若随意："谢太太这如狼似虎的眼神，是想一起洗？"

如狼似虎？听到他刻意加重这四个字，秦梵没心虚，傲娇地哼了声："一起洗？你想得美。"

说完之后神清气爽，谢砚礼每次都用这话来对付她，现在终于有机会还回去了。

谢太太扭过身子，一副"本仙女不想再跟你这种小土狗聊天"的架势，重新拿起了手机。

谢砚礼也不生气，慢悠悠地留下句："我不锁门。"

秦梵："……"

谁管你锁不锁门啊，难不成仙女还会出卖灵魂去偷窥？

她没转身，当然也没听到浴室关门声，直到比往常更加清晰的花洒声传来时，秦梵纤细的肩膀略略一僵，双唇抿着，表情复杂：谢砚礼居然真的不关门！

上次谢砚礼背自己下山时，她担心他会累得洗澡摔倒，当时他可是一副冰清玉洁绝不让她占便宜的模样，现在居然主动门户大开！

事出反常，一定有诈，她才不会上当呢。

秦梵继续玩手机，转移注意力，此时因为她那句"我家小土狗天生貌美！我们天作之合！"惹得许多大粉都跟着下场评论，求秦梵清醒一点儿，不要恋爱脑——

"仙女，求求你去隔壁'神颜虐恋CP'超话看看真正的天作之合是怎么样的吧！答应我们，把眼疾治好？不要讳疾忌医。"

"谢佛子和人间宝藏秦仙女才是真正的颜值般配好不好？"

"仙女，你清醒点吧，恋爱脑要不得。"

"哎！就秦仙女这眼光，就算谢佛子单身她都没戏。"

"可能越美的女人审美越清奇呢，帅哥美女在一起不香吗？"

"秦仙女不会是有什么慕丑慕土狗症吧？"

"噗，秦梵，秦仙女，你这是心里有病，去看看心理医生。"

"……"

秦梵隔着磨砂玻璃都能想象出他们谢佛子那完美的身材与容貌，怎么就因为一张截图毁了形象？

不过秦梵骨子里就是那种叛逆性子，而且恶趣味十足。

秦梵打开私信，发现组团过来的粉丝，全都在苦口婆心劝她好好生活，不要恋爱脑，记得去看心理医生。

刷着那些让她看病的私信，秦梵腹诽：就不告诉你们，你们心仪的光风霁月谢佛子跟你们嫌弃的网络小土狗是同一个人。

不过——心理医生？倒是得看。

秦梵瞟了眼浴室半开的门，忽然掀开盖在膝盖上的被子，蹑手蹑脚地走到浴室门口。就着花洒声，秦梵觉得谢砚礼应该听不见她的脚步声。

她默默地探进去一个小脑袋："嘿嘿，谢总，需要搓澡服务吗？"

入目，浴室内一片雾气朦胧，唯独花洒下站着身形修长、肌肉健美的男人，乍然听到门外那贼兮兮的声音，男人身形微顿，便要转过身来。

热雾蒸腾，迷了秦梵的眼睛，她睫毛被晕染上了水汽。

她眨了眨眼睛，想要看清楚，于是下意识地睁大了桃花眼："嚯！"

真给她看啊。

秦梵及时捂住了眼睛："你干吗？我的天呀！"

谢砚礼平静地关掉花洒，拿起旁边的浴巾擦拭。在一片白雾之中，嗓音格外磁性好听："不是送搓澡服务吗？过来。"

秦梵纤白的手指分开，假装捂眼，实则站着不动偷偷摸摸地欣赏美男出浴："骗你的，傻子才信。我可是正经人，过来也是正经事，妈让我带你去看心理医生，说你有心理疾病。"

上次谢砚礼的体检报告已经送到了谢夫人手里，当然，身体完全没问题。所以谢夫人认定自家儿子是心理有问题，特意嘱咐秦梵带他去看心理医生，秦梵含泪接下了这个艰巨任务。

"好看吗？"谢砚礼没答她那去看心理医生的话，反问道。

秦梵捂在脸上的手指放下："看两下也不会少块肉。怎么，你不让我看，让谁看？"

谢砚礼已经穿好惯常穿的黑色睡袍，腰间没有系紧，冷白色灯光下，肌肉分明。

他正缓缓走向秦梵，嗓音低沉："不但可以看，还可以试。"

"试什么？"

秦梵话音刚落，便被他洗过澡后有些炽热的掌心箍住了手腕，整个人蓦地从门口扑了进去，直接扑进了男人怀里。

"嗯……"秦梵捂着鼻尖，惊呼一声，"我是不是流鼻血了？"

没有，吓死她了。刚才那力道，她还以为自己要撞出鼻血了，毕竟她小鼻子可脆弱了。

幸好没有假体，不然这一撞，怕不是要歪到耳朵上去。

谢砚礼压低了声音，仿佛从喉间满溢出来的笑音："谢太太，原来你对我这么垂涎欲滴。"

"刚好，顺便试试我到底有没有心理疾病。"谢砚礼轻松将她横抱起来，稳稳地离开打滑的浴室。

秦梵身体力行地检查过，谢某人的心理绝对没有半点儿问题，影响不到给她婆婆生孙子孙女。

当谢砚礼知道自己在网络上的形象时，已经在公司了。

谢氏集团总裁办公室，谢砚礼早会结束刚进门，眉眼淡淡地看着坐在他位置

316

上的裴景卿："有事？"

裴景卿靠在他椅子上，清俊温润的面庞上含笑："来看看网络小土狗是什么样子。"

跟在谢砚礼身后的温秘书被口水呛得咳嗽了好几声。

"喀喀喀！"

也只有裴总敢这么光明正大地笑话他们家老板，就连裴二少都不敢呢。

谢砚礼昨晚听谢太太说什么粉丝说他贪图美貌，还真不知"网络小土狗"这个梗。

温秘书适时地将平板电脑递过来："本来早晨打算跟您说的，但……"谢总今早差点儿早会迟到，便没机会说，温秘书只能先忙工作的事情。

谢砚礼扫了眼温秘书整理出来的新闻热点，以及整件事的来龙去脉，最后视线落在节目剪辑出的视频中，秦梵看着镜头提到他的眼神。

温秘书战战兢兢，以为谢总要不高兴，却没想到，谢砚礼把那段视频看了一遍又一遍，看得裴景卿都觉得他有病地从椅子上站起来："谢砚礼，你什么时候变成老婆奴了？连老婆的视频都得看三遍以上，是不是还要背诵全文？"

谢砚礼将平板电脑还给温秘书，云淡风轻地越过裴景卿，回到自个儿位置上："总比没老婆的好。"

裴景卿："……"

温秘书用怜悯的眼神看了眼被扎心的裴总，默默地退下了。

裴景卿：我是来笑话谢砚礼的，不是被谢砚礼扎心的。

谢砚礼没搭理他，修长手指把玩着私人手机。屏幕亮起，便出现那张山路月下照。

裴景卿探身看了眼，嗤笑："谢砚礼，你完了。"

对女人无情无欲、无悲无喜的谢砚礼已经成为过去，现在的谢砚礼连私人手机的屏保都是他跟老婆的合影。

当然，裴景卿这是没看到谢砚礼对他老婆的备注。

谢砚礼抬了抬眼皮子，没什么表情地看他一眼："你还有事？"

意思很明显：没事赶紧滚。

裴景卿拖了张椅子坐在他旁边，满脸平静："漾漾被你老婆送的珠宝迷花了眼睛，对我毫无兴致，所以我很闲。"

他的意思也很明显：你老婆的锅，你背。

谢砚礼当他不存在，指腹轻点屏幕，找到微博那个图标，没登录自己的账号，很熟练地切换到小号，然后才开始搜索"神颜虐恋CP"超话。

裴景卿清俊面容上，表情一言难尽，眼睁睁地看着谢砚礼刷新超话里的微博。

例如——

"啊，颜值真的宇宙无敌般配，真希望他们还能有同框的机会。"
"对于这对注定要悲剧收场的神颜CP，我们粉丝没别的请求，只求他们偶尔能同框一下下。"
"听说秦梵签了谢氏集团的新游戏代言，应该还会有机会吧？"
"光是看看他们俩的脸，我就能想到一万字的小说情节。"
"他们俩能在一起，真是我们妄想了。"
"妄想CP是不是比虐恋CP要好听点？"
"我们只能天天改CP名了哈哈哈，苦中作乐。"
"别人家的CP粉多多少少还能从玻璃碴找糖，我们？连玻璃碴都没有！苦涩。"
"这张对视图都快被贴烂了！"
"……"

裴景卿见谢砚礼一路点赞下来，并且居然还在超话发图发微博。

乱码小号：新图。

所谓"新图"，就是那张被温秘书找专业人士修过的、谢砚礼的屏保——月下山路照。万万没想到，这照片一发，谢砚礼的小号便被闲得无聊的CP粉们追着咬——

"仙女和小土狗的CP粉，你走错了，仙狗CP超话在隔壁。我们这是神颜CP超话。"
"没走错，故意来气我们的？"
"谁不知道这是仙女跟那只小土狗去求子的图，看着就晦气。"
"仙女被狗啃了能不气？"
"……"

裴景卿将这一系列收入眼底，终于没忍住笑出声："小土狗？
你还不快澄清一下，这就是你本人？"
谢砚礼退出微博，语气淡了淡："她会不高兴。"
"啧，你也有今天。"裴景卿觉得自己应该是全世界最了解他的人了，谢砚礼看似淡漠清冷，对什么都不感兴趣，实则骨子里掌控欲极强，现在却为了秦梵一退再退，倒也活得像个真人了。

裴景卿离开前，拍了拍他的肩膀："我很期待，你还会为她做到什么程度。"

谢砚礼推开他的狼爪，抬了抬下颌："不送。"

"无情。"

裴景卿走了两步，背对着他挥挥手："过几天，秦家见。"

谢砚礼长指把玩着冰凉的钢笔，清俊面庞上若有所思，脑海中却回荡着裴景卿那句话：

会为她做到什么程度。

他自己都不知。

无形中，他的底线对着秦梵，一退再退。

秦予芷生日宴那天，天公倒是作美，下了好几天的雪，居然停了。

云开雾散，阳光极好。秦予芷的生日宴邀请了许多明星，所以秦梵并未与谢砚礼一块出席，也没刻意避开。

她先入场，谢砚礼随后。秦梵一袭蓝色丝绒晚礼服出现时，理所当然成了全场焦点。

没有过多的装饰，唯独发箍两侧那长长的钻石链条垂在耳后垂至雪白纤细的背部，乌发松松绾起，蓬松微卷，走路时摇曳多姿，钻石链条平白勾起阵阵涟漪。

"梵梵，这里。"姜漾早就到了，正端着一杯香槟朝她招手，旁边还站着裴景卿。

秦梵眼睁睁看到裴景卿跟她说了什么，然后朝自己点点头，便离开了这里。

秦梵提着裙摆，慢悠悠地走到姜漾身边问："裴总怎么走了？"

姜漾塞了杯红酒给秦梵："去找他好兄弟了。"

"嘿嘿嘿，你知道我送给她一样什么生日礼物吗？"姜漾拉着秦梵在附近的沙发上坐下，小声在她耳边坏笑。

秦梵空着手来的，给秦予芷花一分钱她都觉得浪费。

"准备了什么？浪费钱。"

姜漾想到自己送的东西，冷冷一笑："当然是最扎她心的东西。"

秦梵："嗯？"

姜漾看向秦梵时，眼神的冷色顿时消失得无影无踪，笑得格外甜："让她怀孕那男人的婚礼请柬呀，我还贴心地附带了一张人家恩爱小夫妻的结婚照。"

"噗……"秦梵对姜漾刮目相看。

"姜小漾，我真是小看你了，你居然还能想出这种主意。"

姜漾轻咳一声，心虚地瞟了瞟秦梵，还是说了实话："其实是裴景卿教我的。"

319

果然，秦梵就知道姜漾想不出这么坏的主意。裴景卿那个老狐狸，都把她们家姜小白兔带坏了！

就在秦梵跟姜漾说悄悄话时，秦夫人穿着隆重的旗袍亮相继女的生日宴，与众人寒暄过后，她找到秦梵："梵梵，妈有事找你。"

秦梵抬头，便看到站在沙发旁边的秦夫人，皱了皱眉："有什么事，在这里说吧。"

"关于你爸爸留给你的遗产……你二叔已经打算交给你。"秦夫人眼神带着几分急迫，"梵梵，你不能不要，这些原本就该是你的。"

秦夫人怕秦梵性子执拗，为了跟他们秦家划清界限，连她爸爸留给她的遗产都不要。对女人而言，傍身的钱越多越好。

姜漾知道秦夫人不会害秦梵，推了推秦梵："你爸爸给你的东西，不要便宜了那对狼心狗肺的父女。"

当着秦夫人的面，姜漾提起那对父女时，丝毫没掩饰自己的厌恶。

秦夫人有些尴尬，顿了顿，又说道："梵梵，你奶奶也回来了，就在书房，为了遗产这件事。"

听到奶奶也在，秦梵眼眸终于微动，站起身："好。"

她也该去见奶奶了，从小到大，奶奶虽然对她不怎么亲近，但因为奶奶的存在，秦临至少明面上不敢亏待她，学跳舞，学其他东西，也都有奶奶的功劳。

不然她还不知道会被养废成什么样子。

姜漾挥挥手："去吧，我在这里等你。"说着，她懒洋洋地插了块水果吃，丝毫不客气

秦梵点头："你没事就去找裴总，别到处溜达。"

"知道啦！"

上楼时，秦夫人道："你跟漾漾关系还是很好。"

秦梵语调淡淡："是啊，毕竟她是这世界上唯一真正关心我好不好的人。"

秦夫人略一顿，语气有些哀怨："梵梵，妈妈是有苦衷的，你怎么能不理解妈妈？"

秦梵不愿意跟她讨论苦不苦衷，她从小到大的伤害已经产生，现在讨论这些有什么用？

抵达书房门口，果然——秦老太太与秦临都在，却没有秦予芷。

宴会厅内，秦梵一走，姜漾吃了两块哈密瓜，有点儿无聊，又担心秦梵，于是便准备去找裴景卿跟谢砚礼那对好兄弟，刚站起身走了两步，忽然一个身影跟跄地撞了过来。

“小心！”姜漾下意识地扶住了她，那人手中的香槟却如数泼到姜漾胸口位置。姜漾穿了身淡金色刺绣长裙，此时湿透之后，全部贴在皮肤上，显得格外狼狈。

“抱歉抱歉。”撞到姜漾的是一个陌生女孩，想要用手帮她擦拭，“我赔您一条新的吧。”

姜漾皱了皱眉，看她年龄不大，像是跟父母一块来的，摇摇头：“没事，我去洗手间处理一下就行。”

洗手间距离这里不远，姜漾捂着胸口去了客用洗手间。忽然，洗手间房门被推开，姜漾扭头看过去：“有人。”

入目是程熹那张娴静如水的面容，姜漾脸上表情微顿：“是你。”

程熹走到姜漾旁边，打开水龙头洗手：“姜小姐，你认识这个镯子吗？”

姜漾下意识地看向她白皙手腕上那只紫罗兰的翡翠玉镯，玉质极好，清透如水。

梵梵说过这女人心机深沉，谁知道她突然提起这个镯子是什么目的：“我不感兴趣。”

程熹擦干净手晃了晃镯子：“这是裴家祖传的主母凭证，是被认可的主母才会拥有的，不然就是名不正言不顺。

“姜小姐，我是裴家认定的长媳，裴景卿的妻子，我知道景卿喜欢你，如果你懂得讨好我，我倒是能睁一只眼闭一只眼，让景卿在外面养个小宠物。”

姜漾何等骄傲，程熹竟然羞辱她让她给裴景卿当情人。她上前两步，用力攥住程熹的手腕，看向镯子讽刺道：“你不配戴这个镯子。”

程熹见她转身的骄傲背影，脑海中浮现出秦梵的身影，伸手拉住姜漾：“难道你配？你不过是景卿的宠物而已，这个镯子，是属于我的，你永远没那个命拥有。”

姜漾嗤笑着甩开她的手：“别说裴景卿不娶你，就算你靠装疯卖傻嫁了又怎样，谢砚礼照样不会看你一眼。”

想到谢砚礼眼里只有她那个闺密，程熹恨意弥漫，猛地推了她一把：“你胡说！”

姜漾踩着高跟鞋，瓷砖很滑，她重心不稳地重重摔了下去。看着尖锐的洗手台角，姜漾瞳仁骤然放大，失去了意识。

程熹看着鲜血流了一地，素来冷静的眼神里满是惊恐：“我不是故意的，我不是故意的。”

三楼书房，秦梵上楼便看到素来严苛的奶奶端坐在主位之上。

“奶奶。”

秦梵不冷不淡，却恭谨有礼地喊了声，随后语调淡了淡：“二叔。”

秦老夫人“嗯”了声：“来了，坐吧。嫁人后有什么不适应吗？”

秦梵眼睛微微眯了眯，没想到奶奶居然有心思过问她的婚后生活，她眼睫低垂，不再敷衍："挺好，比在秦家好。"

秦临跟秦夫人脸色变了变，这跟说他们对她不好有什么区别？

秦夫人扯了扯秦梵的手腕："梵梵！"

倒是秦老夫人笑了，正眼看向秦梵："你这性子倒是越发像你父亲了，也好，以后不会被轻易欺负。"

不尴不尬地聊了会儿后，秦梵凝眉。忽然想到秦老夫人绝口不提什么遗产的事情，而且——

秦梵瞥了眼那位好二叔，见他表情镇定，秦梵眼睛微微眯了眯，心陡然一沉：不对劲。

如果是遗产的话，二叔不会是这样的表情。秦梵倒不是为了遗产而来的，她在意的是秦夫人说奶奶也在，又是关于她爸爸留下的东西。

她以为是什么重要的东西，需要奶奶亲自出马。毕竟一个孙女的生日宴而已，奶奶怎么可能会特意为了秦予芷出席。

秦梵忽然心慌得厉害，像是想到什么般，她拿出手机给姜漾打了个电话，铃声响了许久，自动挂断。

秦梵听着嘟嘟嘟的声音，漂亮的脸蛋微微有些泛白，她猛地站起身："奶奶，我还有事，下次再向您赔罪。"说完便迅速提着裙摆走出去。

"梵梵，"秦夫人连忙拉住她，"你爸爸的遗产……"

"什么遗产？"秦临诧异道，"大哥有留下什么遗产吗？"

秦夫人张了张嘴，下意识看向秦老夫人："芷儿不是说……"

秦梵彻底明白了，用力甩开秦夫人的手，一字一句道："如果漾漾出事，我不会再认你这个母亲。"

无论是跟秦予芷合谋，还是被秦予芷欺骗，如果漾漾出事，她都永远不会原谅这个母亲。

"梵梵！"

对于秦夫人的呼唤，秦梵未做回应，转身头也不回地下楼了。

秦予芷就在门口，未免被秦梵曝光她的过去，连忙撇清关系："梵梵，我没骗妈妈，我偷听到了奶奶跟她私人助理的谈话，奶奶这次来真的是为了大伯留给你的遗产。"

里面传来秦老夫人冰冷的声音："秦予芷进来。"

秦予芷最怕这个奶奶，眼神有些慌乱："梵梵，我……"

秦梵看着她那张脸，忽然一巴掌打了过去："滚。"随即将头上的发箍取下来，提着裙摆快速下楼。

长长的鬈发挡住她若隐若现的白皙美背，即便是背影，甚至这么慌乱地下楼，都是美不胜收的。

秦予芷眼底的慌乱消失，掌心贴着自己发疼发胀的脸颊，眼神像是浸透了毒液，恰好被秦夫人收入眼底："芷儿……"

下一秒，秦予芷眼神立刻恢复正常："妈，您也跟过去看看吧，毕竟是在咱们秦家，或许真是出什么事情了呢？您是秦家主人，是我爸爸的贤内助。"秦予芷强调道。

秦夫人表情怔了怔，仿佛第一次认识这个继女般，脑海中浮现的却是亲生女儿那没有感情甚至带着恨意的眼神。她指尖不断地颤抖，最后低低应了声，转而下楼。

秦梵一路跑得极快，在看到宴会厅角落沙发上，已经没有了那个淡金色身影后，顿时手心冰冷。

"漾漾，漾漾。"

秦梵不顾形象地到处找姜漾，披头散发在宴会厅到处寻找，丝绒质地的蓝色长裙飞扬，如落跑的公主，只是公主此时精致的面容一片惨白。

宴会厅里议论纷纷：

"这是秦梵，她疯了吗，用这种方式博眼球？"

"不是仙女吗，怎么跟疯子似的？"

"她好像在找人。"

"找人至于这个样子吗？估计是为了博眼球。"

"我听说哦，秦梵跟秦予芷私下关系很差的，搞不好是故意破坏对方的生日宴。"

"那秦予芷邀请她干吗？"

因为秦梵从未作为秦家二小姐出席过正式的豪门宴会，所以豪门圈内基本上都只认识秦家大小姐，不知秦家还有个二小姐。

直到秦家低调与谢家联姻，秦二小姐的名号才出现在众人面前。

秦梵脑子里满是姜漾，众人的议论纷纷落在她耳朵里，像是刺耳的噪声。

她目光落在不远处的香槟杯上，秦梵闭了闭眼睛，强迫自己冷静下来，她拿起酒杯往大理石地面上一摔："安静。"

女孩沙哑却好听的声音在宴会厅响起，原本乱糟糟的宴会厅内陡然安静下来，众人齐刷刷地看向这个竟敢在秦家闹事的人。而秦家唯一能管事的秦夫人，站在楼梯旁，怔怔地望着自己生出来的女儿。

她的女儿此刻眼神冰冷又无情，而她脑海中浮现出梵梵小时候笑眼弯弯的样子，仿佛比天上的星星还要璀璨。

对了，她的女儿还有一个小名——璨璨，秦夫人手指抓在扶手上，穿着旗袍的纤细身子微微颤抖。好像她这次真的要失去这个女儿了。

秦梵桃花眼里毫无感情："谁看到姜漾了？

"姜家大小姐，姜漾。

"半个小时前，她坐在这里，穿着淡金色的鱼尾长裙，很漂亮。"

秦梵知道，姜漾的长相绝对不会被忽略，她尽量让自己声线清晰平稳一些。在场的都是有头有脸的人物，秦梵这样像是逼问的语气，谁都不愿意低头回答她的话。

反倒是有人站出来："秦小姐，就算你要找人，也没必要闹成这样吧。"

"果然没教养。"

"穿上华丽的裙子，麻雀也变不成白天鹅。"这是忌妒秦梵从一进门就吸引无数目光的秦予芷闺密所说。

"请我们帮忙，也客气点儿吧。"

"是啊，没礼貌。"

"……"

就在秦梵快要隐忍不住时，谢砚礼从宴会厅外走进来，俊美面庞上带着冷色："她问什么，你们答什么。

"有问题？"

"谢，谢总？"众人齐刷刷地看向秦梵和谢砚礼。

圈子里的这些人忽然想起一个流传很久，但没有被证实的言论：谢砚礼与一个秦姓女明星的风流韵事。

此时亲眼见他为秦梵站台，这个消息重新涌上来，或许是真的？

谢砚礼音质偏冷，在宴会厅内格外清晰："谁还有疑问？"

"没有没有。"

众人面面相觑，开始回忆秦梵的问题："可我们好像没注意过。"

"我上次看到姜小姐的时候，她就在那儿坐着。"

"我看她拿了几块哈密瓜坐那儿吃，也不跟人交流。"

"……"

秦梵越听，心底越凉，十指不自觉地掐进掌心，她刚才几乎把能找的地方全都找过了，秦家很大，难道是已经走了吗？

去哪儿了？她肯定是被人带走的，不然不会不接她电话，更不会一声都不跟她说就走。

秦梵脸色越发苍白，甚至连纤薄的肩膀都开始颤抖。

谢砚礼看着她脆弱又惊恐的模样，眉心深折，抬手脱下身上的西装外套披在秦梵肩膀上，旁若无人地揽着她："别慌，不会有事。"

秦梵点点头，抓着谢砚礼的衣袖，像是抓住了救命稻草："你会帮我找到漾漾的对吗？"

秦梵现在脑子一片混乱，心慌得厉害。她有预感，漾漾出事了，一定是出事了。

秦梵大颗大颗的眼泪从脸颊滑下来，这种未知的恐惧萦绕在心尖。谢砚礼见过她真哭，才知道之前她在自己面前哭得那么假。

好像她从来没有在自己面前表露过真实情绪，一切情绪都像是藏在云雾中，不过现在并不是翻旧账的时候。

谢砚礼直接让跟来的保镖们地毯式搜寻，一个地方都不能放过："姜漾应该还在秦家。"

因为刚才谢砚礼就在秦家门口，如果有人进出他不会错过。

"裴景卿呢，他是不是跟漾漾在一起？"秦梵忽然想到什么一样，仰头用湿漉漉的眼睛望着谢砚礼，眼底满是期望。

如果姜漾因为谈恋爱把她忘了，秦梵想，她一定要好好教训这个重色轻友的小浑蛋。

然而谢砚礼嗓音低沉："刚才裴景卿接到他母亲心脏病发作住院的消息，已经去医院了。"

秦梵褪色的唇瓣轻颤，半晌说不出话来。

宴会厅安静一片，大家都看着秦梵和谢砚礼不敢作声。这时，一个十二三岁的小女孩声音响起："姐姐，我看过那个淡金色长裙的漂亮姐姐。"

秦梵手指紧紧攥住谢砚礼的手，然后身子僵硬地转身，声音很轻，仿佛怕惊到了她："她在哪儿？"

小女孩刚才不敢说，怕被爸爸妈妈责骂她偷偷喝酒，但看到这个美得像是仙女一样的姐姐那么担心那个漂亮姐姐："我的酒不小心洒到那个姐姐身上了，所以她去洗手间了。"

"哪个洗手间？"

小女孩摇摇头："她去洗手间弄裙子了，但不知道是哪个。"

秦梵知道这个家里所有的洗手间，她转身就跑，一个洗手间一个洗手间地找。

就在这时，保镖的声音响起："谢总，找到了。"声音有点儿不稳，"在大厅客用洗手间，姜小姐出事了，在大厅客用洗手间。"

秦梵跌跌撞撞往那个方向跑时，差点儿摔倒。幸好谢砚礼一直跟在她身后，在她快要摔倒的时候，扶她一把。秦梵一进入洗手间，刺目的鲜血差点儿让她晕倒："漾漾！"

秦梵看着原本张扬明媚的少女此时苍白无力地倒在冰冷的地板上，不敢去试她的呼吸："漾漾……"

谢砚礼随之进来后，脸色阴沉不定："叫救护车来。"

看到秦梵不住地颤抖，谢砚礼揽住了她的肩膀："别怕，姜漾还活着，你来得很及时。"

不知道什么时候，秦梵的指甲已经把掌心掐得伤痕累累，她终于颤抖着伸出一只手，碰了碰姜漾柔软的指尖，然后大哭出声，仿佛要把一辈子的眼泪都流尽。

下一秒，大喜大悲之下，秦梵晕倒在谢砚礼怀里，苍白的脸色比起失血过多的姜漾，也差不了多少。

"漾漾，漾漾！"

秦梵在一片迷雾之中，怎么都找不到出路，但是潜意识告诉她，她要找的人是姜漾，是从小陪着她长大，不离不弃的小伙伴。

当前方出现一个纤细曼妙的身影时，秦梵眼前一亮："漾漾，是你吗？"

那人陡然转身，满脸都是鲜血。

"啊！"

秦梵猛地睁开眼睛，入目便是雪白冰冷的墙壁："漾漾！"

谢砚礼将秦梵从病床上扶起来："她没事。"

秦梵听到姜漾没事后，这才感觉天旋地转，起得太猛，而且许久没吃东西，有些低血糖。

秦梵扶着额头缓了好一会儿，那股子眩晕感才渐渐消失。

谢砚礼坐在她旁边，用修长白皙的手指打开保温桶："吃点儿东西，不然等会儿怎么去看她？"

秦梵浑身软绵绵的，想下床都没力气，只好被谢砚礼喂了点儿汤进去，有了力气，就迫不及待地要见姜漾。

掌心包裹了纱布的手握住谢砚礼的手臂，秦梵满是期待："带我过去。"

谢砚礼垂眸对上她那双眼眶还通红的桃花眼，知道如果她没有亲眼看到姜漾的话，一定不会安心。他瞥了眼桌上的保温桶，于是压低了嗓音："等着。"

谢砚礼拿出手机。

不一会儿，温秘书亲自推着轮椅进来，谢砚礼弯腰将秦梵抱到轮椅上："有点儿远，你昏迷刚醒走不动。"

秦梵没答，只是自言自语说着："漾漾最爱美了，额头上伤口那么深，不知道会不会留疤。"

温秘书站在秦梵身后，看了眼自家老板，顿时明了，谢总这是没跟太太说实话。

不然太太怎么还会有心思担心留不留疤的问题，应该关心姜小姐能不能脱离生命危险。

身后两人一言不发，秦梵声音忽然淡了淡："凶手找到了吗？"

温秘书连忙说:"太太放心,已经报警了,很快就会有消息的。"

这种事情,还是得请专业人士来。秦梵咬了咬下唇,垂眸"嗯"了声,安静下来。

细微的脚步声与轮椅碾过地面的声音,秦梵不由得握紧了轮椅扶手,隔着薄薄的纱布,掌心传来一阵刺疼。

她这才发现,自己手上包了纱布,表情有些茫然,手什么时候受伤的?

谢砚礼目光落在她手上,语气平静:"被你的指甲抓破了。"

这得用多少力气,指甲才能把掌心掐得鲜血淋漓、伤痕累累?但也更清晰地感知到,姜漾失踪时,她的心情有多紧张。

"哦……"秦梵有点儿迟钝地应了句,没再说话。

医院走廊幽深,而且越走人越少。秦梵再次攥紧了扶手,刺疼感让她大脑清醒,直到看到了"ICU病房"几个字,瞳仁放大。

"这是什么意思?"秦梵猛然从轮椅上站起来,跟跄着往门口走去。

"太太小心。"温秘书连忙扶住她。

刚伸出一只手,秦梵便被谢砚礼拦腰抱到门口,撑着她站稳,嗓音低沉:"虽然没有生命危险,但毕竟伤到了脑部,可能醒来所需的时间会很长。"

秦梵不可置信地仰头看向谢砚礼,张了张嘴,嗓子像是被什么堵住了一样:"什么意思?"

会永远醒不过来吗?这话她不敢问。

谢砚礼被她紧紧攥着衬衫领口,双手握住她冰冷入骨的指尖:"最多一个月,我也会请最好的医生,尽量让她早些醒来。"

他不敢想象,如果姜漾真的醒不过来,秦梵会变成什么样子。但无论什么样子,都不会是他希望看到的。

一个月,不是一辈子,秦梵听到后整个人像是虚脱了一样。

温秘书接到后续消息,连忙禀报道:"太太,谢总,警察局有消息了,监控显示程熹与姜小姐一前一后进入洗手间,后来程熹出来,姜小姐却没出来。"

明明医院里很暖和,秦梵却硬生生地打了个寒战,泛红的眼睛里并不是害怕,而是冰冷的恨意:程熹,是她。

谢砚礼薄唇紧抿着,还未来得及说话。

"漾漾呢!"

这时,裴景卿的声音陡然传来,他不过离开短短几个小时,漾漾居然发生了这种事。

秦梵闭着的眼睛陡然睁开,一把推开谢砚礼,挡在病房门口,冷睨着裴景卿:"裴总既然处理不好未婚妻的事,就不要来招惹漾漾。招惹了漾漾,就要保护

327

好她。现在装什么情深，漾漾需要你的时候你在哪里？"

距离漾漾出事已经半天了，同在一个城市，裴景卿到现在才过来，在他心里，漾漾到底算什么？

如果没有裴景卿，漾漾就不会认识那个恶毒的女人。如果没有谢砚礼，那个恶毒的女人也不会纠缠裴景卿，更不会伤到漾漾。于是，秦梵连带着也不想看到谢砚礼。

秦梵明知自己是迁怒，但看着命悬一线的姜漾，还是忍不住迁怒谢砚礼，迁怒裴景卿，更迁怒她自己，为什么要离开姜漾身边，为什么明明早就察觉到了会有阴谋，还没有提起更深的戒备心？

是她过于自傲，以为这两个人的阴谋是针对她，而不是针对漾漾，才会让漾漾出现这样的意外。

秦梵不再看谢砚礼与失魂落魄的裴景卿，转头望向病房内，一字一句道："我要让程熹受到法律的制裁，身败名裂。"

秦家，秦予芷正在给程熹打电话："你不是说要我引走秦梵，你再把姜漾藏起来，让秦梵在找姜漾途中，把她跟方逾泽关在一起被他老婆捉奸？怎么会差点儿闹出命案？"

她们连摄像头都装好了，到时候发出去的就是秦梵勾引已婚影帝、婚内出轨的实锤。

现在最烦躁不安的就是程熹了："我怎么知道？"

当时她不是故意推姜漾的，谁让姜漾连站都站不稳。

秦予芷难得聪明一次，从她语气中听出了不对劲："姜漾那事不会是你干的吧？

"天哪，你竟敢杀人。"

程熹后悔跟秦予芷这个蠢货合作："闭嘴，你以为你脱得了关系？而且我没杀人，你别乱说话。"

她只是没及时叫救护车而已，叫不叫都是她的自由。

秦予芷心怦怦直跳："关我什么事？"随即挂断了电话，把"大难临头各自飞"这句话诠释个彻底。

秦予芷现在更后悔了，真是晦气，居然扯上了这种案子，就不应该跟程熹这种疯女人合作。

程家，程熹气得快要把房间里的东西摔完了。

她准备了那么久，要让秦梵身败名裂，没想到居然出了姜漾这个意外，导致后面的事情都没法进行下去，白白在秦予芷和方逾泽那个圈外老婆身上下了那么

328

多功夫，功亏一篑。

听到外面传来警车的声音，程熹烦躁的心情却突然冷静下来，来就来，谁怕谁。

就算有外面的监控又怎么样，没人看到是她推了姜漾。

程熹甚至还有心思在满是碎片的地板上找出几样化妆品，化了个淡妆，又换了身优雅端庄的白色刺绣连衣裙。

单看容貌与气质，与犯罪分子扯不上半分关系。

但警察们并未因为她的气质长相而给予半分特殊，公事公办道："程小姐，您与一桩蓄意谋杀案有关，请跟我们走一趟吧。"

程熹微微一笑，不慌不乱地抚了下裙摆上不存在的褶皱，安抚慌乱的母亲："清者自清，我愿意配合调查。"

等程熹与警察们离开后，程夫人连忙抖着手给程总打电话。

秦梵守了姜漾三天三夜，姜漾终于彻底脱离了危险，不过还没有醒来。医生也不知道她什么时候能醒过来，可能明天，也可能一个月后，总之，情况在慢慢变好。

其间姜父也从国外回来，看到独生女变成这个样子时，当场要去警局把程熹砍死，幸好被秦梵拦住了。

而后姜父抱着秦梵一顿哭，五十多岁的老父亲，泣不成声，惹得秦梵又跟着哭了一场。

这段时间裴景卿每天都在门口守着，一动不动，不吃不喝，眼看着从一个英俊的美男子变成了比姜父还要不修边幅的狼狈老男人，每天还要被姜父打一顿。

若不是怕乖女儿醒来怪自己，姜父真的想把这个小王八蛋打死算了。

后来，连秦梵都看不下去了，对裴景卿说："你如果真的想要弥补，就让程熹、让程家得到应有的惩罚，而不是在这里，让亲者痛仇者快。"

秦梵这段时间都没有心思工作，连最后一期的综艺拍摄都推迟了。最后蒋蓉实在是没忍住："要不拍你每天去医院看姜小姐也行，节目组那边也同意。"

"我想想吧。"秦梵垂着睫毛，正站在厨房里，亲手给姜漾炖汤。

她每天都炖，期待着姜漾醒来就可以喝。

蒋蓉转移了话题："姜小姐的案子有后续了吗，程熹认罪了没？"

秦梵顿了顿，嗓音像是浸在冰水里几天几夜，透着彻骨的寒意："认罪？她不认。"

程熹那女人心机深沉得很，完全没有表露出分毫，甚至头脑清晰地反问警察："你们有证据吗？那段监控视频并不能证明是我推的她，想拘留我，可以，请拿出证据。"

听秦梵讲完来龙去脉，蒋蓉差点儿被恶心到："难道就这么放过她？"

"没放。"秦梵嗓音清淡，"就她嫌疑最重，在找到证据证明不是她之前，也不会放。"

"但一般关押是有期限的，如果这期间没有确凿证据或者漾漾没醒过来，可能就得放了她。"

蒋蓉连忙说："阿弥陀佛，阿弥陀佛，姜小姐一定要醒过来，把坏人绳之以法啊。"

秦梵听到她念佛号，忍不住垂眸看了眼最近这段时间经常被自己戴在手腕上的佛珠，轻轻捻动了几颗，心中默念：愿世间当真有佛，保佑姜漾平安度过此劫。

谢砚礼进门时，便看到秦梵雪白指尖捻着他戴了近十年的佛珠，柔和的灯光洒在她脸颊上，原本小巧精致的脸蛋，因为这段时间的劳心费神而消瘦很多，看着可怜兮兮的。

谢砚礼站在厨房门口，静静地望着她将炖好的补汤盛好，清冽的嗓音轻缓沉着："什么时候去医院？我送你。"

秦梵早就看到他回家了，不过谢砚礼没开口，她也当没看到，乍然听到谢砚礼这话，她睫毛低垂，漫不经心地"嗯"了声。

她知道谢砚礼可能是要去看整天蹲守在病房外的裴景卿，毕竟最近裴景卿状态也不太好。

最近这段时间，姜漾的身体各项机能恢复得越来越好，但苏醒时间不定，略一顿，秦梵仰头看他："谢谢你请的医生。"

若不是谢砚礼效率极快，当天便请来国际上赫赫有名的脑科专家，姜漾被及时抢救，否则或许真的会成为植物人。想到那个可能性，秦梵攥紧了保温桶。

听到秦梵的感谢，谢砚礼清俊的眉眼却微微一皱，垂眸望着她："我们是夫妻。"

秦梵怔了一下，红唇扬起："对，我们是夫妻，不用说谢谢，这是你应该做的。"

对上她那弯起的桃花眼，谢砚礼从她眼底看不到半分笑意，他见过秦梵真正在意一个人是什么样子，也知道她现在这样子有多敷衍。

男人目光落在她绯色未消的眼眶上，没有多说，只径自与她出门前往医院。

车厢内，秦梵系上安全带："先不去医院，去一趟秦家。"

被抓来当司机的温秘书看向他们家老板。

秦家？这是随随便便能去的吗？这可是他们老板的岳家！

坐在秦梵身旁的谢砚礼没问原因，语调淡了淡："去秦家。"

温秘书不敢大意，连忙发动了车子，并且察觉到了太太跟老板的气氛有点儿不对劲，主动将挡板升起来。

后车厢形成一个密闭的空间，安静得只能听到彼此的呼吸声。姜漾有姜家与裴家同时出手，谢砚礼便没有越俎代庖，素来性子凉薄如他，怎么可能管别的女人的事情？

毕竟若非为了秦梵，他连后续都不会让人探听。

秦梵自始至终都没有开口让谢砚礼帮忙，送程熹坐牢，为姜漾报仇，她根本不需要借助别人之手。

秦家门口，秦梵下车后，见谢砚礼也解开安全带，她语调淡淡地说："你不用下车，我很快回来。"

随即将车门关上。

听到车门关闭的声音，温秘书心尖都跟着颤了颤，降下挡板："谢总，让太太一个人进去，没事吗？"

谢砚礼长指抵着眉心："秦家不敢。"

温秘书正在查看邮件，忽然"啊"了声："谢总，秦家生日宴那天的事，查清了。"

"程熹和秦予芷的目标是太太，姜小姐是意外。"看着资料，温秘书真的觉得姜小姐这次是无妄之灾。

谢砚礼听温秘书将来龙去脉说清楚，半合的眼眸微微睁开。

见谢总没什么反应，温秘书试探着问："谢总，那要如何处理她们？"

原本是不打算过问姜、程、裴三家的事情，但现在涉及了太太，谢总定然不会不管吧。

怎么着也得为他的小娇妻出气呀。

谢砚礼漫不经心地摩挲着薄薄的手机边缘，沉吟过后："告诉太太，让太太自己处理。"

"啊？"

温秘书被谢总这操作弄得有点儿蒙，让太太自己面对？

谢砚礼神态平静："她想自己报仇。"

那天在姜漾的病房外，秦梵提到程熹的眼神与表情，谢砚礼记得清晰。

温秘书回头望了眼他们总裁界的泥石流谢总，竟然从素来没什么情绪的谢总眼底，看到了一抹温柔。

他确定自己没看错，嘶……温柔？

温秘书下意识地透过车窗看向窗外，夕阳照常从西边落下。把车窗打开，冷风瞬间灌了进来，吹得温秘书脑子彻底清醒，所以不是幻觉。